历朝通俗演义（插图版）——后汉演义 II

党锢之祸

蔡东藩　著

北方联合出版传媒(集团)股份有限公司

万卷出版公司

© 蔡东藩 2015

图书在版编目（CIP）数据

后汉演义. 2, 党锢之祸 / 蔡东藩著. — 沈阳：万
卷出版公司，2015.1（2017.5重印）
（历朝通俗演义）
ISBN 978-7-5470-3094-3

Ⅰ. ①后… Ⅱ. ①蔡… Ⅲ. ①章回小说 – 中国 – 现代
Ⅳ. ①I246.4

中国版本图书馆CIP数据核字（2014）第154402号

出版发行：北方联合出版传媒（集团）股份有限公司
　　　　　万卷出版公司
　　　　　（地址：沈阳市和平区十一纬路29号　邮编：110003）
印　刷　者：北京航天伟业印刷有限公司
经　销　者：全国新华书店
幅面尺寸：168mm×233mm
字　　　数：261千字
印　　　张：15.75
出版时间：2015年1月第1版
印刷时间：2017年5月第2次印刷
责任编辑：周莉莉　杨博鹏
封面设计：向阳文化　吕智超
版式设计：范思越
ISBN 978-7-5470-3094-3
定　　　价：36.00元

联系电话：024-23284090/010-57262361
传　　　真：010-88332248
E-mail：200514509@qq.com
网　　　址：http://e.weibo.com/zhipinshuye

目 录

1

第一回

黜外戚群奸伏法
歼首虏定远封侯

却说司徒袁安，郁郁告终，汉廷失了一位元老，都人士无不痛惜，只有窦氏一门，却称快意。也不长久了。太常丁鸿，代袁安为司徒。鸿系经学名家，砥砺廉隅，为和帝所特拔。和帝年已十四，也知窦氏专权自恣，必为后患，故选鸿代安，倚作股肱。会当季夏日食，鸿即借灾进规，上书言事道：

臣闻日者阳精，守实不亏，君之象也；月者阴精，盈毁有常，臣之表也。故日食者臣乘君，阴陵阳；月满不亏，下骄盈也。昔周室衰季，皇甫之属，专权于外，党类强盛，侵夺主势，则日月薄食。故《诗》曰："十月之交，朔日辛卯；日有食之，亦孔之丑。"《春秋》日食三十六，弑君三十二，变不空生，各以类应。夫威柄不以放下，利器不以假人，览观往古，近察汉兴，倾危之祸，靡不由之。是以三桓专鲁，田氏擅齐，六卿分晋，诸吕握权，统嗣几移，哀平之末，庙不血食。故虽有周公之亲，而无其德，不得行其势也。今大将军虽欲束身自约，不敢僭差；然而天下远近，皆惶怖承旨。刺史二千石，初蒙除授，虽已奉符印，受台敕，不敢便去，久者至数十日，背王室而向私门，此乃上威损，下权盛也。人道悖于上，效验见于天，虽有阴谋，神照其情，垂象见戒，以告人君。间者月满先节，过望不亏，此臣骄溢背君，专功独行

1

也。陛下未深觉悟，故天重见戒，诚宜畏惧，以防其祸。《诗》云："敬天之怒，不敢戏豫。"若敕政责躬，杜渐防萌，则凶妖销灭，害除福凑矣。夫坏崖破岩之水，源自涓涓；干云蔽日之木，起于葱青，禁微则易，救末者难。人莫不忽于微细，以致其大；恩不忍诲，义不忍割，去事之后，未然之明镜也。臣愚以为左官外附之臣，依托权门，诌谀以求容媚者，宜行一切之诛。间者大将军再出，威振州郡，莫不赋敛吏人，遣使贡献。大将军虽不受，而物不还主，部署之吏，无所畏惮，纵行非法，不伏罪辜。故海内贪猾，竞为奸吏，小民嗟吁，怨气满腹。臣闻天不可以不刚，不刚则三光不明；王不可以不强，不强则宰牧纵横。宜因大变，改正匡失，以塞天意！

这封奏章，若被窦太后接阅，当然不欢。偏和帝已留心政治，密嘱小黄门收入奏牍，须先呈阅一周，再白太后，因此丁鸿一疏，得达主知。即命鸿兼官卫尉，屯南北宫。是时邓迭已受封穰侯，与窦宪同镇凉州。迭弟步兵校尉磊，与母元出入长乐宫，为窦太后所宠爱；宪婿郭举，亦得邀宠。彼此互争权势，两不相容，势将决裂。和帝已有所闻，很是焦灼，默想内外大臣，多是窦氏耳目，只有司空任隗，与司徒丁鸿，不肯依附窦氏，尚可与谋。但若召入密商，必致机关漏泄，转恐速祸。想来想去，唯有钩盾令郑众，素有心计，不事豪党，且平时尝随侍宫中，可免嫌疑。因此俟众入侍，屏去左右，与议弭患方法。十四岁的小皇帝，便能谋除权戚，可谓聪明，特惜商诸宦官，未及老成，终致流弊无穷。众请先调回窦宪，一体掩戮，方可无虞。计固甚是，然已可见中官之毒谋。和帝依言，乃颁诏凉州，但言南北两匈奴，已皆归顺，可弛边防，大将军宜来京辅政为是。一面往幸北宫，借白虎观讲经为名，召入清河王庆，共决大计。庆即前时废太子，为窦太后所谮，贬爵为王，见前文。和帝素与相爱，留居京师。此时召庆入议，也知他衔怨窦氏，必肯相助。庆果代为设法，欲援据前朝《外戚传》，作为引证，免致太后违言。唯《外戚传》不便调取，只千乘王伉，藏有副本，当由庆前往借阅，托言备查。原来章帝遗有八子，除和帝及清河王外，尚有伉、全、寿、开、淑、万岁六人。伉年最长，为后宫姬妾所出，生母无宠，史不留名，章帝时已封为千乘王。全已早殇。寿母为申贵人，开淑万岁母氏，亦未详史策，大约与伉母相同。和帝永元二年，封寿为济北王，开为河间王，万岁尚幼，至永元五年，始封广宗王，一病即殇。补叙章帝子嗣，笔不渗漏。唯和帝因伉为长兄，常相尊礼。伉见庆借取《外戚传》，也不问明底细，立即取给。庆得书便归，夜纳宫中，和帝仔细披阅，如文帝诛薄昭，武帝诛窦婴，昭帝诛上官桀，宣帝诛霍禹等故事，并见《前汉演义》。虽俱载及，却是简略得很，因复令庆转告郑众，使他钩考详情。正在秘密安排的时候，窦宪邓迭等奉诏还都，和帝函使大鸿胪持节郊迎，赏犒军吏，多寡有差。时已天晚，宪等不及诣阙，须待翌日入朝。文武百官，已皆曩夜往候，如蝇附膻。哪知是夜已有变动，把邓迭兄弟，郭璜父子，一古脑儿拘系狱中。*仿佛天空霹雳*。自从和帝与郑众等定谋，专待宪至，即行发作。一闻宪已入都，立由郑众奉御车驾，夜入北宫，传命司徒兼卫尉官丁鸿，严兵宿卫，紧闭城门，速调执金吾五校尉等，分头往拿邓迭兄弟及郭璜父子。邓迭方回家卸装，与弟磊等畅叙离情；郭璜父子，正迎谒窦宪，事毕归家，执金吾等奉诏往拿，顺手牵来，一个没有逃脱。窦宪尚倦卧家中，未曾闻知，一到天明，门外已遍布缇骑，由门吏传报进去，方才惊起。出问情由，偏已趋入谒者仆射，宣读诏书，收还印绶，改封为冠军侯，促使就国。宪只得将印绶缴出。待至朝使出门，使人探问兄弟消息，俱已勒还官印，限令就封。俄而邓氏、郭氏诸家，统来报知凶信，累得窦宪瞠目结舌，不知所为。*也只有这般伎俩么？*嗣复闻邓迭兄弟，郭璜父子，俱皆绑赴市曹，明正典刑。又不多时，来了许多吏役，查明宗族宾客，一齐驱出，撵归原籍。已而执金吾到来，传布严诏，催宪启行，就是窦笃、窦景、窦瑰三人，亦俱促就道，不准逗留。宪拟至长乐宫告辞，面乞转圜，偏执金吾不肯容情，催趱益急。再密令家人通书长乐宫，又被外兵搜出，拿捉了去。于是力尽计穷，没奈何草草整装，出都自去。笃、景、瑰亦分路前往。随身只许挈领妻孥，所有广厦大宅，一律封闭，豪奴健仆，一律遣散。都中人民，统皆称快，偌大的侯门贵戚，倏忽成空。*倏来富贵，原同幻梦*。和帝策勋班赏，称郑众为首功，封为大长秋。*官名*。更钩考窦氏余党，贬黜多人，连太尉宋由，亦遭连坐，饬令罢职。由惧罪自尽。太傅邓彪，慌忙告病乞休，和帝因他年老龙钟，不忍苛求，听令辞职归里，彪幸得考终。司空任隗，亦即病逝。当时唯大司农尹睦，宗正刘方，常与袁安、任隗同抗窦氏，和帝乃擢睦为太尉，兼代太傅，方为司空。并特简严能吏员，嘱使往督窦宪兄弟，逼令自杀。河南尹张酺，奉职无私，常因窦景家奴，击伤市卒，立派吏役多人，捕奴抵罪。景又使缇绮侯海等五百人，殴伤市丞，复由酺拿住侯海，充戍朔方。至窦氏得罪，朝旨森严，酺却请从宽典，慨然上疏道：

臣实蠢愚，不及大体，以为窦氏既伏厥辜，而罪刑未著，后世不见其事，但闻其诛，非所以垂示国典，贻之将来，宜下理官与天下平之。方宪等宠贵，群臣阿附，唯恐不及，皆言宪受顾命之托，怀伊吕之忠；今严威既行，又皆言当死，不复顾其前后，考折厥衷。臣伏见夏阳侯瑰，每存忠善，前与臣言，常有尽节之心，检敕宾客，未尝犯法。臣闻王政骨肉之刑，有三宥之义，宁过厚，毋过薄。今议者为瑰选严能相，恐其迫切，必不完全，宜量加贷宥，以崇厚德！

和帝览疏，乃有意免瑰，唯将宪、笃、景三人，遣吏威迫，先后毕命。光禄勋窦固早死，未及坐罪；安丰侯窦嘉，本奉前司空窦融祭祀，入为少府，至是亦免官就国，总算还保存食邑，尚得自全。中护军班固，为窦氏党与，和帝但将他褫职了事。偏是洛阳令种竞，前被固家奴醉骂，怀恨未忘，此次正好假公济私，竟将固捕系狱中，日加笞辱。固年已六十有余，怎禁得这般凌虐？一时痛愤交迫，遂至捐生。竞自知闯祸，不得不罗织固罪，奏明死状，有诏将竞免官，狱吏抵死。固曾为兰台令史，奉诏修撰《前汉书》，见前文。大致粗备，尚缺八表及天文志，他人不能赓续，只有固妹班昭，博学多才，特征入东观藏书阁中，属令续成。班昭字惠班，一名姬，为同郡扶风人曹寿妻。寿字世叔，不幸早亡，佳人多薄命，但不如是不足成班昭之名。昭誓志守节，行止不苟。及奉诏入宫，贞操如故，后宫多奉为女师，号曰大家。家读如姑。唯西域长史班超，虽系班固兄弟，但在外有年，鲜与窦氏往来，当然不致得罪，且已积功升官，拜为西域都护。超自攻克莎车后，威扬西域，远近震慑。回应三十一回。独月氏国王曾遣兵助汉，击破车师，因此致书班超，欲与汉朝和亲，求尚公主。超不肯转奏，竟将来书掷还。月氏王心下不平，即于永元二年，遣副王谢领兵七万，进攻班超。超部下不过数千，欲召集各国兵马，又是缓不济急，遂致士心惶惶，相惊失色。超独从容镇静，并无忧容，且召语吏士道：“月氏兵势虽盛，但东逾葱岭，远道至此，粮运定然不继，怎能久持？我若固守城堡，坚壁清野，彼必饥蹙求降，不过数十日，便可无事，何容过虑呢？”吏士亦无他策，只好依令奉行。月氏副王谢，自恃骁勇，前驱挑战；超督众坚守，旬月不出一兵。谢屡攻不下，又未得与超接仗，决一胜负，看看粮食将尽，不得不分兵抄掠。谁知四面都是荒野，并无粮草可取，一时情急思援，特遣使赍着金银珠玉，往赂龟兹，向他乞粮济师。偏早被班超料着，预遣兵往伏东境，待月氏使经过路旁，齐出袭击，尽行杀毙。当即枭了首级，并金银珠玉，悉数取回，向超缴令。超却把月氏使首，悬出城外，使谢闻知。谢果然大惊，遣使请罪，愿得生还。超语来使道："汝国无故犯我，罪有所归。我已知汝粮尽势穷，本当发兵乘敝，令汝片甲不回。但我朝方主怀柔，不尚屠戮，且汝既知罪，我亦乐得放汝回去。但此后须要每年贡献，休得误期，否则明日决战，莫怪无情！"来使唯唯听命，回营报谢。谢已但望生还，还有何心恋战？因即再遣使致书，愿如超约。超遂纵令西归，并不出追。恩威两尽，不怕月氏不降。谢当然感激，返告国王，说得超如何智勇，还是岁贡方物，尚可无忧。月氏王也觉惊心，依了谢言，岁贡如仪。

这消息遍传西域，龟兹、温宿、姑墨三国，并皆震恐，也遣人谢罪乞降，超乃据实奏闻。前次都护陈睦败殁，汉廷拟弃去西域，撤销都护，及戊己校尉等官。至超复收服西域，乃将旧官重设，即擢超为西域都护，军司马徐干为长史。并使龟兹侍子白霸归国为王，特令司马姚光，护送西行。光至西域，与超会商进止。超以龟兹本有国王，叫作尤利多，若使立白霸，尤利多必将抗拒；计唯带兵同往，方足示威，压倒尤利多。光闻言大喜，即与超同往龟兹，龟兹国王尤利多果欲拒绝白霸，嗣见来兵甚众，料知难敌，只好俯首帖耳，推位让国。超即使尤利多随着姚光，共诣京师。尤利多不敢不从，便偕光出龟兹城，东往洛阳。超尚恐龟兹反复，特留居龟兹它乾城，使徐干屯驻疏勒。于是西域诸国，大半归顺。只有焉耆、危须、尉犁三国，因前时攻没陈睦，未敢遽降。至永元六年孟秋，超发龟兹、鄯善等八国兵马，合七万名，并及吏士贾客千四百人，共讨焉耆。兵入尉犁国境，先遣使晓谕三国道："汉都护率兵前来，无非欲镇抚三国，如三国果改过向善，宜遣酋长迎师，都护当为国宣恩，赏赐王侯以下，各有彩帛；若再执迷不悟，敢抗天威，恐大兵入境，玉石俱焚，虽欲面缚出降，也已无及了！"焉耆王广，听到此语，即遣人探视超军，果然兵多将众，如火如荼，当下望风胆怯，忙遣左将北鞬支赍奉牛酒，出迎超军。超闻北鞬支曾为匈奴侍子，归秉国权，乃面加诘责道："汝为匈奴侍子，莫非尚欲臣事匈奴么？我率大兵到此，汝王不即出迎，想是汝在旁挠阻，所以迟来？"北鞬支慌忙答辩，不肯认罪。超反回嗔作喜道："汝既未曾挠阻，可即归告汝王，自来犒军！"说着，即令取帛数匹，赏给北鞬支，北鞬支拜谢而去。军吏向超进议道："何不便杀北鞬支？"超摇首道："汝等但知张威，未知立功。北鞬支在焉耆国中，威权甚重，若未入彼国，先将他杀死，适令彼国惊疑，设备守险，拚死相争，我如何得至焉耆城下呢？"无往不用智谋。军吏始皆拜服。超即麾军进行，至焉耆国界，为河所阻。河上本架桥梁，叫做苇桥，本是焉耆国第一重门户。北鞬支回国，恐超军随入，故将桥梁拆去，杜绝交通。超在桥旁虚设营寨，但留老弱数百人，使他在营外司爨，晨夕为炊，自率大队绕道驰入。越山度岭，得于七月晦日，至焉耆城二十里外安营立寨，遣人促焉耆王犒师。焉耆王广，方因北鞬支返报，与商迎超事宜，不防超军已经深入，将到城下，那时心乱神昏，急欲挈众入山，共保性命。北鞬支以为无虞，但教广出城迎超，奉献方物，便可保全。已入班超计中。议尚未定，焉耆左侯元孟，从前尝入质京师，得蒙放归，心中尚感念汉德，乃密遣人报超，谓国王将入山保守。超不待说完，驱出斩首，示不信用，并与诸国王定一会期，扬言当重加赏赐。焉耆王广，遂与北鞬支等三十人，如期出会；唯国相腹久等十七人，惧诛远遁。尉犁王汎，也闻令趋至，独危须王不至。超大陈军士，传召二王入帐，甫经坐定，超即怒目诘广道："危须王何故不至？腹久等何故逃亡？"两语说出，便顾令吏士，把二王以下诸人，全数拿下，押至陈睦所居故城，设立陈睦神主，就香案前绑住俘虏，一刀一个，杀得干干净净。陈睦有知，当亦喜出意外。当将二叛王首级，解送京都；一面纵兵抄掠，斩首五千余级，获生口万五千人，马畜牛羊三十余万头，更立焉耆左侯元孟为焉耆王。自留焉耆城半年，抚定人民。自是西域五十余国，俱纳质内附，重译来庭。和帝下诏酬庸，特封超为定远侯。诏曰：

往者匈奴独擅西域，寇盗河西，永平之末，城门昼闭。先帝深愍边氓，婴罹寇害，乃命将帅击右地，破白山，临蒲类海，取车师城。诸国震慑，相率响应，遂开西域，置都护。而焉耆王舜，舜子忠，独谋悖逆，恃其险隘，复没都护，并及吏士。先帝重元元之命，惮兵役之兴，故使军司马班超，安集于阗以西。超遂逾葱岭，迄县度，出入二十二年，莫不宾从，改立其王，而绥其人，不动中国，不烦戎士，得远夷之和，同异俗之心，而致天诛，蠲宿耻，以报将士之仇。司马法曰："赏不逾月。"欲人速睹为善之利也。其封超为定远侯，邑千户，以示国家报功之至意。

超受封拜爵，宿愿终偿，万里侯相的预言，至是果验。小子有诗赞道：

投笔从戎胆略豪，积功才得换征袍；

漫言生相原应贵，要仗胸中贯六韬。

西域已为超所平，北虏西羌，尚是叛服无常，屡劳征讨。欲知详情，试看下回续表。

先王立法，凡仆从侍御诸臣，悉选正士为之，所以弼主德，杜祸萌也。后世不察，乃以阉人充选，名为禁掖设防，实为宫廷养患。如和帝之欲除窦氏，不能直接外臣，但与郑众设策，计虽得行，而宦官窃权之祸，自此始矣，窦宪等俯首服罪，实属无能，孤雏腐鼠之言，不为不验；设非窦太后之纵容姑息，宪等皆不过碌碌庸材，何至骄横不法，自取覆亡乎？班固文人，党附窦氏，始至杀身；独班超能立功异域，终得封侯。大丈夫原应自奋，安能久事笔砚间？观于超之有志竟成，而固之无志可知，一荣一辱，优劣判焉乃知人生处世，立志为先，慎毋媚世谐俗为也！

第二回

送番母市恩遭反噬

得邓女分宠启阴谋

却说北单于於除鞬，本由窦宪主议，因得嗣立。宪本欲派兵护送，使归北庭，嗣因召还得罪，乃致中止。於除鞬闻窦氏伏辜，竟不待朝命，叛汉自去。汉廷得报，亟令将兵长史王辅，会同中郎将任尚，率领数千骑穷追。途中尚托词护送，使於除鞬不生疑心。於除鞬探悉谣传，果然中计，遂被汉兵追及，冲杀过去。於除鞬还疑汉兵误认，拍马向前，用言分辩。谁知汉长史王辅舞动大刀，抢步出阵，一声吆喝，竟将於除鞬劈落马下，结果性命。虏众慌忙四走，已是不及逃生，汉兵四面兜杀，但见得头颅滚滚，血肉横飞，霎时间便屠尽残虏，阒寂无人了。**实为窦宪所害。** 王辅等还兵报捷，当有优诏褒奖，不消絮叙。唯南单于屯屠何，忽然病死，由弟左贤王安国嗣立；安国素乏声威，国人不甚信服。左谷蠡王师子，为安国从兄，狡黠多力，屡与汉兵掩击北庭，受汉赏赐，因此国中多敬惮师子，轻视安国。安国得为单于，师子当然为左贤王，因恐功高遭忌，不就左贤王庐帐，独徙居五原界中。安国果然怀嫌，笼络北庭降胡，欲图师子。每召师子会议，师子辄称病不往；汉度辽将军皇甫棱，亦保护师子，使得安居。安国怀愤益甚，上表汉廷，指斥皇甫棱，汉廷将棱免官，改任执金吾朱徽，行度辽将军事。但尚有一个中郎将杜崇，与皇甫棱同镇北方，未曾掉换，仍然守棱遗制，反对安国。安国再上书讦崇。崇却先令河西太守截住北使，不许通使，且转告朱徽谓安国有叛汉意，徽即与崇联衔会奏，略称安国疏远故胡，亲近新降，欲杀左贤王师子等，背叛汉廷，请饬西河、安定、上郡一带，严兵固守，以防不测。和帝览奏，令公卿集议方法。公卿等复言"夷情难测，应派干员至单于庭，与杜崇、朱徽等，观察动静，如有他变，即令便宜从事"云云。和帝如言施行。徽崇闻命，立即发兵击单于庭，安国闻汉兵猝至，弃帐遁去。待至汉兵南归，复引众往攻师子，师子预先察悉，急率部众入曼伯城，及安国追到城下，门已早闭，不能攻入，乃移驻五原，与师子相持。朱徽遣吏调停，安国不从，因与杜崇发诸郡兵马，往讨安国。安国两面受敌，支持不住，当然惊惶。安国舅骨都侯喜为等，恐并遭诛灭，不得已格杀安国，迎立师子。南庭原无异议，独北庭降胡，感念安国遗惠，欲与复仇，黄夜袭师子庐帐，师子几为所乘。还亏汉安集掾王恬，率卫士往援师子，击走北庭降胡。怎奈降胡愈聚愈众，共计有十五部，二十余万人，统皆蠢动，另立前单于屯屠何子逢侯为单于，肆行焚掠，奔驰出塞。若先使屯屠何北归就令，彼有内乱，亦不至扰动边疆。汉廷再遣光禄卿邓鸿行车骑将军事，与越骑校尉冯柱，会合朱徽、任尚等，统领汉、胡兵四万余众，出讨逢侯。南单于师子，与杜崇同屯牧师城，专待汉兵到来，会师北进。偏逢侯先发制人，竟率万余骑围牧师城，连日攻扑。可巧邓鸿至美稷县，距牧师城不过数十里，逢侯乃闻风解围，向满夷谷退去。邓鸿至牧师城下，再与师子、杜崇等，共追逢侯至大城寨，斩首三千余级，得生口万余人。冯柱亦自率偏师，追击逢侯别部，斩首四千余级。任尚更率乌桓、鲜卑等众，往满夷谷邀击逢侯，复得大捷，先后斩首万七千余级。逢侯带着残众，向北窜去，汉兵不能远追，只好退归。朝议以邓鸿沿途逗留，致失逢侯，召还论罪。旋复因朱徽、杜崇，轻挑边衅，并皆逮归，统令下狱，鸿、徽、崇三人，前后致死。但留冯柱屯守五原，另任雁门太守庞奋，行度辽将军事。但从此朔漠一带，又分作南北二部，扰攘频年，后文再表。

　　且说匈奴纷争的时候，羌人亦乘机思逞，再行犯边。前次羌众慑伏，全仗护羌校尉邓训，恩威两济，驾驭有方，所以全羌畏怀，不敢叛乱。永元四年，训竟病殁，羌胡如丧父母，朝夕哭临，且家家为训立祠，祷祀不绝。独迷唐回居颇岩谷，阴生幸心。回应三十二回。蜀郡太守聂尚，奉调为护羌校尉，他见邓训得人心，也想设法羁縻，沽恩市惠，乃遣译使招抚迷唐，叫他洗心归化，仍得还住大小榆谷。真是多事。迷唐常思规复故地，唯恐后来校尉，与邓训智勇相同，因此未敢遽发；凑巧来了译使，招回榆谷，正是喜出望外，当即挈领部属，仍至大小榆谷中居住。且使祖母卑缺，至聂尚处拜谢厚恩。聂尚大喜，统道迷唐受抚，出自真诚，即遣人迎入卑缺，格外优待，并出金帛相赠。及卑缺辞归，复亲送至寨下，为设祖帐饯行；又令译使田泛等五人，护送至榆谷中。看官试想，这狼子野心的迷唐，岂是区区小惠，所可牢笼？他遣祖母入谢，明明是巧为尝试，来觇虚实，既见聂尚无威可畏，乐得乘此反侧。于是拘住田泛等人，召集诸羌，把泛等当做牛羊，破胸取血，滴入酒中，使大众各饮一杯，约为同心，再图入寇。羌众本没有什么知识，忽散忽聚，可从即从，当下奉迷唐为酋长，听从命令，进扰金城。聂尚不能制服，反向朝廷乞援。廷议自然归咎聂尚，把他褫职，改命居延都尉贯友代任。贯友惩尚覆辙，主张讨伐，先遣译使分谕诸羌，诱以财帛，令他解散。诸羌又贪得贿赂，与迷唐背盟，不肯相从。贯友乃遣兵出塞，掩击大小榆谷，擒住首虏八百余人，夺得麦数万斛。唯迷唐又得幸免，逃出谷外。贯友未肯罢休，特在榆谷附近的逢留河旁，筑城坞，作大航，建造河桥，为大举计。迷唐却也惊恐，率众远徙，至赐支河曲避居。到了永元八年，友复逝世，令汉阳太守史充，继任护羌校尉。充决计扫灭迷唐，大发湟中羌胡出塞进攻，不意人多势杂，趋向不同，反被迷唐击败，伤亡至数百人。<small>聂尚以主抚败事，史充又以主剿丧师，统是无材所致。</small>充坐罪免归，再调代郡太守吴祉往代。越年迷唐又率众八千人，入犯陇西，胁迫塞内诸羌，共为盗寇。诸羌复多与联合，共得步骑三万名，击破陇西守兵，杀死大夏县长，蹂躏人民。警报传达京都，诏遣行征西将军事刘尚，及越骑校尉赵世，调集汉羌胡兵三万人，出讨迷唐。尚屯狄道，世屯枹罕，再由尚司马寇盱，督诸郡兵，四面并进，声势甚盛，吓得迷唐胆战心惊，忙将老弱弃去，奔入临洮南山。尚等从后追蹑，好容易攻入山谷，与迷唐鏖斗一场，斩虏千余人，获马牛羊万余头，迷唐败走。汉兵死伤，却也不少，未敢再进，乃收兵退回。是年皇太后窦氏告崩，尚未及葬，忽由梁棠子扈，令从兄禅<small>古禅字</small>。上书三府，<small>即三公府。</small>略称"汉家旧典，崇贵母氏，梁贵人亲育圣躬，不蒙尊号，乞求申议"等语。先是梁贵人自尽，由宫人草草藁葬，并不发丧；和帝时尚幼稚，向由窦后抚养，还道窦后是自己生母，不复忆及梁贵人。宫廷内外，都畏惮窦氏势力，何人敢与和帝说明隐情？至窦氏既败，方有人约略提及，但窦太后尚是生存，究竟还未便尽言。待到梁上书，正值太尉尹睦病终，由张酺进任太尉，酺召禅讯明颠末，方才入白和帝。和帝始知为梁氏所生，不禁悲恸，且泣且问道："卿意以为何如？"酺答说道："春秋大义，母以子贵，故汉兴以来，帝母无不尊显。臣愚以为宜亟上尊号，追慰圣灵，并应存录诸舅，顾全亲谊，方为两安。"和帝点首道："非卿言，朕几罹不孝了！"酺退出后，又有奏章呈入，署名为南阳人樊调妻梁嬿，音意。就是和帝生母梁贵人的胞姊，和帝当即披阅，但见纸上写着：

妾嬿同产女弟贵人，前充后宫，蒙先帝厚恩，得见宠幸，皇天授命，诞生圣明。而为窦宪兄弟所见谮诉，使妾父竦冤死牢狱，骸骨不掩；老母孤弟，远徙万里。独妾幸免，逸伏草野，常恐没命，无由自达。今遭值陛下神圣之运，亲统万几，群物得所，窦宪兄弟奸恶，既伏辜诛，海内旷然，各获其宜。妾得苏息，拭目更视，乃敢昧死自陈所天。妾闻太宗即位，指汉文帝。薄氏蒙荣；即薄太后。宣帝继统，史族复兴。宣帝祖母史良娣遭难，嗣封史恭三子为侯。妾门虽有薄史之亲，独无外戚余恩，诚自悼伤。妾父既冤，不可复生。母氏年逾七十，及弟棠等，远在绝域，不知死生。愿乞收竦朽骨，使母弟得归故郡，则施过天地，存殁幸赖矣！

和帝看到末句，亟命中常侍掖庭令，传召梁嬿入宫。嬿已在阙下候命，一经宣召，当即入宫陈明。情词确凿，并无欺饰，掖庭令复报和帝，和帝因即引见。嬿举止大方，谈吐明白，说到母家蒙冤情事，禁不住珠泪盈眶，和帝亦为流涕。遂留嬿止宫中，旬月乃出，赏赐衣被钱帛，第宅奴婢，加号梁夫人。擢樊调为羽林左监。调系樊宏族孙，宏即光武帝母舅，曾为光禄大夫。是时司徒丁鸿，早已病逝，由司空刘方继任司徒，用太常张奋为司空。三公联名上奏，太尉张酺亦列在内。请依光武帝黜吕后故事，请贬窦太后尊号，不准与章帝合葬。和帝踌躇再四，究竟抚育有年，不忍依议，乃下诏答复云：

窦氏虽不遵法度，而太后常自减损。朕奉事十年，深维大义：礼，臣子无贬尊上之文，恩不忍离，义不忍亏。案前世，上官太后亦未闻降黜，昭帝后上官氏，父安谋反被诛，后位如故。其勿复议！

手诏既下，群臣无复异言，乃奉窦太后梓宫，与章帝合葬敬陵，和帝此举，不失忠厚。尊谥为明德皇后。复将生母梁贵人，改行棺殓，追服丧制，与姊梁大贵人俱葬西陵，谥曰恭怀皇后。且追封梁竦为褒亲侯，予谥曰愍。即遣中使与嬺及梁松子扈，同赴汉阳，迎回竦丧，竦死汉阳狱中，见前文。特赐东园画棺，玉匣重衾，东园署名，主司棺椁。就恭怀皇后陵旁，建造坟茔，由和帝亲自送葬，百官毕会。征还梁竦家属，封竦子棠为乐平侯，棠弟雍为乘氏侯，雍弟翟为单父侯；食邑各五千户，位皆特进，赏赐第宅、奴婢、车马、兵弩等类。就是梁氏宗族，无论亲疏，俱得补授郎官。梁氏复转衰为盛，宠遇日隆。皇恩不可过滥，矫枉过正，又种下一段祸根。清河王庆，亦乞诣生母宋贵人茔前，祭扫致哀，和帝当然允许，并诏有司四时给祭。庆垂涕语左右道："生虽不获供养，终得奉承祭祀，私愿已足。倘再求作祠堂，恐与恭怀皇后相似，复涉嫌疑。欲报母恩，昊天罔极，此身此世，遗恨无穷了！"嗣又上言外祖母王氏，年老罹忧，病久失医，乞恩准迎入京师，使得疗疾。有诏许如所请，宋氏家属，亦得并至都中。庆舅衍、俊、盖、暹等，并补授为郎。唯窦氏从此益衰，夏阳侯窦瓌，就国后虽得幸存，终因贷给贫人，致遭廷谴，徙封罗侯，不得役属吏士。贵盛时，受人货赂，尚且无罪；衰落时出资货人，反触朝章，世态炎凉，即此可见。及梁棠兄弟，奉诏还都，路过长沙，与罗县相距甚近，竟顺道往胁窦瓌，逼令自杀。和帝方加恩诸舅，不复查问。可见得天道无常，一反一复，荣耀时不知谦抑，总难免家破身亡，贻讥后世呢！当头棒喝。

且说和帝春秋日盛，尚未立后。后宫里面已选入数人，入宫最早，承宠最隆，要算是前执金吾阴识的曾孙女儿。识为光烈皇后阴氏兄，即光武帝继后阴丽华。世为帝戚。阴女年少聪慧，知书识字，面貌亦秀丽动人，因此亦选入掖庭，即邀恩宠，受封贵人，永元八年，立为皇后。偏又有一位世家闺秀，相继充选，门阀不亚阴家，姿色且逾阴后，遂令施旦争妍，施旦即西施、郑旦。尹邢斗艳，尹邢两婕妤，皆武帝时宫妃，事见《前汉演义》。正宫不免摇动，终落得桃僵李代，燕去鸿来。是女为谁？乃是故护羌校尉邓训女，前太傅高密侯邓禹孙。母阴氏，系光烈皇后侄女，生女名绥，五岁时已达书礼。祖母很加钟爱，亲为剪发，因年高目昏，误伤女额，女忍痛不言。旁人见她额上有血，未免惊问，女答说道："非不知痛，实因太夫人垂怜及我，倘若一呼，转伤老人初意，所以只好隐忍哩！"五岁弱女，能体贴老人心意，却是难得。左右俱为叹羡。六岁能作篆书，十二岁通《诗经》《论语》，诸兄每读经传，辄从旁问难。母阴氏常嘲语道："汝不学针黹，专心文学，难道想做女博士么？"女乃昼习妇工，暮读典籍，家人戏呼为女学生。父训亦另眼相看，事无大小，辄与详议。当阴后入选时候，女亦与选；适值父训病殁，在家守制，因此谢却。女日夕哭父，三年不饮酒食肉，憔悴毁容，几至人不相识，又共称为孝女。女尝梦两手扪天，荡荡正青，若有钟乳状，乃仰首舐饮。醒后亦自以为奇，询诸占梦，占者谓尧梦登天，汤梦咶天，咶与舐通。这统是帝王盛事，吉不胜言。又有相士得见女容，也是极口夸奖，称为成汤骨相。可惜是个女身。家人闻言，私相庆贺，不过未敢明言。太傅邓禹在世时，常自叹道："我统兵百万，未尝妄杀一人，后世必有兴旺的子孙。"禹从子陔，亦谓兄训为谒者时，修石臼河，岁活数千人，天道有知，家必蒙福。及女年十六，丧服早阕，衣食如常，竟出落得丰容盛鬓，广额修眉，如此方为福相。身长七尺二寸，肌肤莹洁，好似玉山上人。宫中复将她选入，大小粉黛，俱相对无颜。和帝年将及冠，正是好色华龄，一经瞧着，怎肯放过？当晚即挈入寝室，谐成好梦。一宵恩爱，似漆投胶，越日即册为贵人。好在这邓贵人承宠不骄，恭慎如故，平时进谒阴后，必小心伺候，战战兢兢，待遇同列，务极执谦；就是侍女隶役，亦皆好意抚驭，毫无倨容。因此阖宫悦服，誉满一时。只有一人未惬，奈何？偶然感冒，竟致罹疾，和帝忙令邓氏家属，入视医药，许得自由往来，不限时日。邓贵人反屡次陈请道："宫禁甚重，乃使外家得自由出入，上令陛下弛防，下使贱妾蒙谤，这乃是上下交损，妾实不愿叨此异恩！"和帝不禁赞叹道："他人以得见亲属为荣，今贵人反以为忧，深自抑损，真非常人可及哩！"嗣是益邀帝眷，宠逾正宫。邓贵人仍然谨饬，并不矜张。每当六宫宴会，诸妃妾竞加修饰，簪珥衣服，焕然一新，独邓贵人淡妆浅抹，自在雍容。平时衣服，或与阴后同色，当即解易；若与阴后同时进见，不敢并行，不敢正坐；每承上问，必逡巡后对，不敢与阴后同言。和帝知她劳心曲体，辄顾语道："贵人修德鸣谦，幸毋过劳！"既而阴后不育，邓贵人亦未得怀妊，后宫虽间有生产，辄致夭殇，贵人乃屡称有疾，另选她女入御，冀得孳生。独阴后相形见绌，妒恨日深。外祖母邓朱，出入宫掖，阴后常密与计议，拟令巫祝咒死邓贵人，然后泄恨。谁知邓贵人未曾遇祸，和帝却抱病垂危，阴后忿极，密语左右道："我若得志，不使邓氏再有遗类！"外祖母亦曾姓邓，且邓贵人由阴氏所出，彼此戚谊相关，岂无香火情？乃存心如此，何妇人之阴狠乃尔？偏宫人多得邓贵人厚惠，竟将密语传告，邓贵人流涕道："我尝竭诚尽心，侍奉

13

皇后，乃不为所谅，竟致获罪于天！妇人虽不必从死，但周公请代，*武王有疾，周公祷告三王，愿以身代死，事见《周书》。* 越姬自杀，*越姬为勾践女，楚昭王妃，昭王有疾，姬先自杀，事见《列女传》。* 传为盛德，我当先自引裁，上报帝恩，中免族祸，下不使阴氏贻讥人彘，*人彘即戚夫人事，见《前汉演义》。* 虽死亦得瞑目了！"说着，即欲仰药自尽。适宫人赵玉在旁，慌忙劝阻，且诈言帝疾已痊，可以无虞，贵人乃止。越日和帝果瘳，渐渐的把阴后密言，传入帝耳，于是阴后愈为和帝所憎。眼见得长秋宫中，要让与他人作主了！*汉称中宫为长秋宫。* 小子有诗叹道：

> 螽斯麟趾尽呈祥，樛木怀仁百世芳。
>
> 试看桐宫终饮恨，何如大度示包荒！*阴后废居桐宫，详见下回。*

毕竟阴后被废与否，待至下回再详。

夷狄无亲，非贪即狡，与其失之过爱，毋宁失之过威。窦宪既灭北匈奴，复立於除鞬，卒有后来之叛去；幸而王辅一出，叛虏授首，而北寇复平。至南单于之纷争，亦由杜崇等之左袒师子，致启兵戎。若聂尚之护送畔缺，见好迷唐，更不足道矣。迷唐为邓训所逐，徙居穷谷，防之且不暇，何可招之使归，与跳踉言仁义？匪徒无益，反且招尤，聂尚遗事其明证也。窦太后崩而梁氏复盛，邓贵人进而阴氏寖衰，外戚之兴亡，莫非由于妇女之播弄。自作之而自受之，故梁窦易势，阴邓易位。观于此而知妒妇之不可为也！史称邓贵人德冠后宫，称扬不绝；然观于后日之称制终身，不肯还政，意者其入宫之始，毋亦心灵手敏，巧于夺嫡欤？而阴后之褊浅难容，自诒伊戚，则固出邓氏下矣。

第三回

鲁叔陵讲经称帝旨
曹大家上表乞兄归

　　却说阴皇后妒恨邓贵人，已被和帝察觉，随时加防。到了永元十四年间，竟有人告发阴后，谓与外祖母邓朱等，共为巫蛊，私下咒诅等情。和帝即令中常侍张慎，与尚书陈褒，会同掖庭令，捕入邓朱，并二子邓奉、邓毅，及后弟阴轶、阴辅、阴敞，一并到案，严刑拷讯。三木之下，何求不得？当即录述口供，证明咒诅属实，应以大逆不道论罪，定谳奏闻。和帝已与阴后不和，见了张慎等复奏，也不愿顾及旧情，便命司徒鲁恭，持节至长秋宫中，册废皇后阴氏，徙居桐宫。鲁恭由侍御史擢至光禄勋，累蒙宠信。会司徒刘方，坐罪自杀，继任为光禄勋吕盖，不久又罢，遂升恭为司徒。恭奉命废后，后已无计可施，只得缴出玺绶，搬向桐宫居住。长门寂寂，闷极无聊，即不气死，也要愁死。况复父纲仰药，弟辅毙狱，外祖母邓朱，及母舅奉毅，并皆为刑杖所伤，陆续毙命。阴、邓两姓家属，都被充戍日南，单剩了自己一身，凄惶孤冷，且悔且愤，且愤且悲，镇日里用泪洗面，茶也不饮，饭也不吃，终落得肠断血枯，遽登鬼箓。谁叫你度量狭窄。宫人报闻和帝，总算发出一口棺木，草草殓讫，即日舁出宫外，藁葬平亭。邓贵人闻阴后被废，却还上书劝阻，太觉得假惺惺了。和帝当然不从。贵人即自称疾笃，不敢当夕，约莫有好几旬，有司请续立皇后，和帝说道："皇后为六宫领袖，与朕同体，承宗庙，母天下，岂可率尔册立？朕思宫中嫔御，只邓贵人德冠后庭，尚可当此！"这数语为邓贵人所闻，连忙上书辞谢，让与后宫周、冯诸贵人。好容易又是月余，和帝决计立邓贵人为后，贵人且让至再三，终因优诏慰勉，方登后位。也好算得大功告成了。宫廷内外，相率庆贺；梦兆相法，果如前言。小子因一气叙下，未便间断，免不得中多阙漏，因再将和帝亲政后事，略述数条：和帝崇尚儒术，选用正士，颇与乃父相似。沛人陈宠，系前汉尚书陈咸曾孙，咸避莽辞职，隐居不仕，见《前汉演义》。常戒子孙议法，宁轻毋重。及东汉中兴，咸已早殁，孙躬出为廷尉左监，谨守祖训，未敢尚刑。宠即躬子，少为州郡吏掾，由司徒鲍昱辟召，进为辞曹，职掌天下讼狱，多所平反；且替昱撰《辞讼法》七卷，由昱上呈，颁为《三府定法》。嗣复累迁为尚书，与窦氏反对，出为泰山、广汉诸郡太守，息讼安民。窦氏衰落，宠入为大司农，代郭躬为廷尉。躬通明法律，矜恕有声，任廷尉十余年，活人甚众。及躬病逝，由宠继任，往往用经决狱，务在宽平，时人以郭陈并称，交口揄扬。唯司空张奋免职，后任为太仆韩棱，棱以刚直著名，迭见前事，当然为众望所归。太尉张酺，因病乞休，尝荐魏郡太守徐防自代，和帝进大司农张禹为太尉，征徐防为大司农。禹襄国人，族祖姑曾适刘氏，就是光武帝祖母；祖况随光武北征，战殁常山关；父歆为淮阳相。禹笃厚节俭，师事前三老桓荣，得举孝廉，拜扬州刺史。尝过江行巡，吏民谓江有伍子胥神灵，不易前渡，禹朗声道："子胥有灵，应知我志在理民，怎肯害我？"甚是。言毕，鼓楫径行，安然无恙。后来历行郡邑，决囚察枉，民皆悦服。嗣转兖州刺史，亦有政声。入为大司农，吏曹整肃，及擢拜太尉，正色立朝，为朝廷所倚重。徐防沛人，亦有令名，祖宣父宪，皆通经术，至防世承家训，举孝廉，乃入为郎。体貌矜严，品行慎密，累迁至司隶校尉，又出为魏郡太守。和帝因张酺荐引，召为大司农。适司空韩棱逝世，太常巢堪代任，未能称职，乃进防为司空。防留意经学，分晰章句，经训乃明。就是司徒鲁恭，亦以通经致用。恭弟丕更好学不倦，兼通五经。章帝初年，诏举贤良方正，应举对策，约有百余人，独丕同时应举，得列高第，除为议郎，迁新野令，视事期年，政绩课最。擢拜青州刺史，后复调为赵相。门生慕名就学，追随辄百余人，关东人互相传语云："五经复兴鲁叔陵。"叔陵即丕表字。东汉自光武修文，历三传而并尚经学，故士人多以此见誉，亦以此致荣。旋复调任东郡陈留诸太守，坐事免官。侍中贾逵，独奏称丕道艺深明，宜加任用，不应废弃，和帝乃再征为中散大夫。永元十三年，帝亲幸东观，取阅藏书，召见侍中贾逵，尚书令黄香等，讲解经义，丕亦在列。贾逵为贾谊九世孙，累代明经，至逵复专精古学，尝作《左氏传国语解诂》五十一篇，献入阙廷，留藏秘馆，入拜为郎；又奉诏撰《尚书古文同异》，及《齐鲁韩诗与毛氏异同》，前汉时，辕固为《齐诗》，申公为《鲁诗》，韩婴为《韩诗》，毛苌为《毛诗》。并作《周官解诂》，凡十数卷，皆为诸儒所未及道，因此名重儒林。和帝迁逵为左中郎将，改官侍中，领骑都尉，内参帷幄，兼职秘书，甚见信用，盈廷俱推为经师。逵以经学成名，故特从详叙。黄香为江夏人，九岁失母，号泣悲哀，几致灭性，乡人称为至孝。年十二，为太守刘护所召，使居幕下，署名门下孝子，香得博览经典，殚精道术，京师称为天下无双，江夏黄童。嗣入为尚书郎，超迁至尚书令。看官试想！这贾侍中、黄尚书两人，一个是累代家传，一个是少年博学，平时讲贯有素，一经问答，统是口若悬河，不假思索。偏鲁叔陵与他辩难，却是独出己见，持论明通，转使贾、黄两宿儒无词可驳，也不免应对支吾。和帝顾视鲁丕，不禁称善，特赐冠帻履袜，并衣一袭。此时却难为贾、黄。丕谢赐而退，越日复上疏道：

臣以愚顽显备大位，犬马气衰，煨得进见，论难于前，无所甄明，衣服之赐，诚为优过。臣闻说经者传先师之言，非从己出，不得相让；相让则道不明，若规矩准绳之不可枉也。难者必明其据，说者务立其义；浮华无用之言，不陈于前，故情思不劳，而道术愈章。法异者各令自说师法，博观其义，览诗人之旨意，察《雅》《颂》之终始，明舜、禹、皋陶之相戒，显周公、箕子之所陈，观乎人文，化成天下。陛下既广纳謇謇以开四聪，无令刍荛以言得罪，既显岩穴以求仁贤，无使幽远独有遗失，则言路通而人才进，人才进而经说明，天下可不劳而理矣！

为此一疏，和帝乃下诏求贤，令有司选举明经洁行，使侍经筵，且敕边郡各举孝廉。敕书有云：

幽、并、凉州户口率少，边役众剧，束修良吏，进仕路狭。朕唯抚接夷狄，以人为本，其令缘边郡口十万以上，岁举孝廉一人，不满十万，二岁举一人，五万以下三岁举一人。

看官阅此，应疑和帝既令边郡各举孝廉，何故限人限岁，严格如此？哪知孝不易得，廉亦难能，且边郡人民，华夷杂处，性质多半愚蒙，尚未开明文化，能有几个孝子几个廉士呢？这且无容细叙。且说凉州西偏，屡有寇患，叛羌迷唐，自被刘尚、赵世等击走，奔往塞外，汉兵引归。回应前回。廷议且谓尚、世畏懦，不敢穷追，应该坐罪，乃逮入诏狱，并令免职。议亦太苛。谒者王信，代领尚营，屯驻枹罕；谒者耿谭，代领世营，屯驻白石。谭复悬赏购募，招诱羌人，羌众又陆续来归。天下无难事，总教现银子。迷唐见部众离散，复起惊慌，因遣人乞降。谭令迷唐自至，方可允许。迷唐不得已趋诣汉营，谭与信会同受降，且遣迷唐诣阙投诚；余众不满二千，统皆饥乏，暂入居金城，拨给衣食。及迷唐入京，朝谒已毕，和帝令他还居榆谷，不得再叛。迷唐未便多言，拜辞西行。奈何复纵之使去？到了塞下，却不肯再回故地，他想榆谷附近，汉人已造河桥，往来甚便，如何保守得住？因致书护羌校尉吴祉，托言种人饥饿，不肯远归。吴祉得书，还道他是真言，多赐金帛，令得籴谷购畜，便即出塞。不料迷唐心变，至金城挈领部众，顺便钞掠湟中诸胡，满载而去。王信、耿谭、吴祉，统皆坐罪，又致夺职还乡，改用酒泉太守周鲔为护羌校尉。永元十三年秋季，迷唐复至赐支河曲，率众犯塞。周鲔与金城太守侯霸，调集诸郡兵士，湟中小月氏胡，合三万人出塞，行至允川，未见羌踪。鲔安营驻扎，使侯霸前往探哨。霸骁勇敢战，在途巡逻，忽与迷唐相遇，毫不畏缩，即向前突阵，锐不可当，羌众慌忙退走，已晦气了四百多人，做了枉死的无头鬼。霸复驱兵追剿，急得羌众走投无路，多半匍伏乞降，共计有六千余口。迷唐只带了数百残骑，奔往赐支河北，伏匿岩谷间。及霸飞章告捷，汉廷因周鲔逗留，未曾与战，饬令还都论罪；擢霸为护羌校尉。置校尉如弈棋，也属不宜。既而安定降羌烧当种叛乱，由郡守发兵剿灭，没入妇女，尽为奴婢。于是四海及大小榆谷，无复羌寇。隃麋相隃麋为东汉侯国。曹凤上书献议道：

西戎为害，前世所患，臣不能纪古，且以近事言之：自建武以来，其犯法者常从烧当种起事。所以然者，以其居大小榆谷，土地肥美，又近塞内，诸种易以为非，难以攻伐，南得杂种以广众，北阻大河，因以为固，又有西海鱼盐之利，缘山滨水，以广田畜，故能强大。常雄诸种，恃其权勇，招诱羌胡；今者衰困，党援坏沮，亲属离叛，余兵不过数百，窜走穷荒。臣愚以为宜及此时，建复西海郡县，规固二榆，广设屯田，隔塞羌胡交通之路，遏绝狂狡窥伺之谋；又殖谷富边，省委输之役，国家可无西顾之忧矣！

　　和帝览书，发交公卿会议，俱云可行。乃复置西河郡，即拜凤为金城西部都尉，出屯龙耆。嗣金城长史上官鸿，复开置归义建威屯田二十七部，霸亦增置东西邯屯田五部，及留逢二部，总计得三十四部。功将垂成，后因安帝永初元年，诸羌复叛，竟至中辍。唯迷唐孤弱失援，终至病死。有一子款塞来降，户口不满数千，西陲暂得少安。至若西北一带，自从班超抚定西域，各国归命，变乱不生。唯超由明帝永平十六年，奉命西行，直至和帝永元十二年，尚未得归，先后约三十载，超年将七十，思归故里。适值超掾史甘英，奉超令欲赴大秦，即罗马国。行至条支，即阿剌。西临大海，为安息人所劝阻，中道折回；安息国献入狮子，及条支大鸟，超因遣子勇偕同外使，共诣洛阳，特拜疏乞归道：

　　臣闻太公封齐，五世葬周；狐死首丘，代马依风。《韩诗外传》云："代马依北风，飞鸟扬故巢。"夫周齐同在中土，千里之间，犹且如此，况远处绝域如小臣，能无依风首丘之思哉？蛮夷之俗，畏壮侮老，臣超犬马齿歼，常恐年衰，奄忽僵仆，孤魂弃捐。昔苏武留匈奴中，尚十九年，今臣幸得奉节，带金银，护西域，如自以寿终屯部，诚无所恨；然恐后世或因臣沦没西域，举以为戒。臣不敢望到酒泉郡，但愿生入玉门关。老病衰困，冒死瞽言。谨遣子勇随献物入塞。及臣生在，令勇目见中土，亦所慰心。望阙哀鸣，伏冀垂鉴。

　　这疏呈入，和帝因超居西域，得外人心，急切无人可代，只得暂从搁置，俟后再图。转眼间又是二年，超久待朝命，杳无消息。但闻妹昭入宫续史，为后宫师，因特寄与一书，浼令设法求归。昭本善文，援笔立就奏章，伏阙上陈。略云：

　　妾同产兄西域都护定远侯超，幸得以微功特蒙重赏，爵列通侯，位二千石，天恩殊绝，诚非小臣所当被蒙。超之始出，志捐躯命，冀立微功，以自陈效。会陈睦之变，道路隔绝，超以一身奔走绝域，晓譬诸国。因其兵众，每有攻战，辄为先登，身被创痍，不避死亡，赖蒙陛下神灵，尚得延命沙漠。至今积三十年，骨肉生离，不复相识，所与相随时人士，皆已物故。超年最长，今且七十，衰老被病，头发无黑，两手不仁，耳目不聪明，扶杖乃能行，虽欲竭尽其力，以报塞天恩，迫于岁暮，犬马齿索。蛮夷之性，悖逆侮老，而超旦暮入地，久不见代，恐开奸宄之源，生逆乱之心。而卿大夫咸顾目前，莫肯远虑，如有猝变，超之气力，不能从心，便为上损国家累世之功，下弃忠臣竭力之效，诚可痛也！故超万里归诚，自陈苦急，延颈遥望，三年于今，未蒙省录。妾窃闻古者十五受兵，六十还之，亦有休息，不任职也。缘陛下以至孝理天下，得万国之欢心，不遗小国之臣，况超得备侯伯之位？故敢触死为超求哀，乞超余年，一得生还，复见阙庭，使国家永无劳远之虑，西域无仓猝之忧，超得长蒙文王葬骨之恩，子方哀老之惠。子方姓田，为战国时魏文侯师，文侯弃老马，子方为弃马非仁，收而养之。《诗》云："民亦劳止，汔可小康；惠此中国，以绥四方。"超有书与妾生诀，恐不复相见。妾诚伤超以壮年竭忠孝于沙漠，疲老则便捐死于旷野，诚可哀怜。如不蒙救护，超后有一旦之变，如国家何？妾冀幸超家蒙赵母、卫姬先请之贷，赵母谓赵括母，惧括败，先请得不坐罪。卫姬系齐桓公姬，桓公与管仲谋伐卫，桓公入，姬先请卫罪。并见《列女传》。愚戆不知大义，触犯忌讳。无任翘切待命之至。

和帝见了此奏，不禁感动，乃召超还朝，命中郎将任尚代为都护。超欣然奉命，与尚交代。尚问超道："君侯在西域三十余年，远近畏怀，末将煨承君后，任重才浅，还求明诲！"超喟然道："超已年老，耳目失聪，任君屡当大任，经验必多，何待超言？但既承明问，敢不竭愚！塞外吏士，本非孝子顺孙类，皆因平时犯罪，徙补边屯；戎狄又性同禽兽，难养易败，今君来此抚驭，他不足虑，只性太严急，还宜少戒。水清无大鱼，察政不得下和，宜改从简易，宽小过，总大纲，便可收效了！"尚虽然谢教，心下却未以为然，待超去后，私语亲吏道："我以为班君必有奇谋，谁料他所言止此，平淡无奇，何足为训？"平淡中却寓至理，奈何轻视？遂把超言置诸脑后，不复记忆。超至洛阳，诣阙进谒，和帝慰劳数语，令为射声校尉。超素患胸疾，至是益剧，入朝不过月余，便致告终，年七十一。和帝遣使吊祭，赠遗颇厚，令长子班雄袭爵。小子有诗咏道：

久羁外域望生还，奉诏登途入玉关。

老病已成身遽逝，此生终莫享余闲！

班超如此大功，生虽封侯，死不予谥；那宦官郑众，居然得加封为鄛乡侯，真是有汉以来，闻所未闻了！欲知后事，试看下回续叙。

经者常也，六经即常道也。圣贤之所以垂训，国家之所以致治，于是乎在。自秦火一炬以后，简残编断，得诸爨余者，往往阙略不全。汉儒重兴经学，意为笺注，已失古人精义；但先王之道，未坠于地，则犹赖汉儒之力耳。鲁丕在东观讲经，能折贾、黄二宿儒之口，当非强词夺理者可比。本回特从详叙，所以表章经术，风示后世。经废则常道不存，安在而不乱且亡也？班超有抚定西域之大功，年老不得召归，幸有同产女弟之博学贞操，为后宫所师事，方得以一篇奏牍，上感九重。至超归而月余即殁，狐死首丘，吾犹为超幸矣！夫苏武归而仅为典属国，班超归而仅得射声校尉，至病逝后，并谥法而且靳之，汉之薄待功臣久矣！无惑乎李陵之降虏不返也！

第四回

立继嗣太后再临朝
解重围副尉连毙虏

却说郑众封侯，乃是汉廷创例，和帝因他诛窦有功，班赏时又辞多就少，所以格外宠遇，竟给侯封。哪知刑余小人，只可备供洒扫，怎得视若公卿？就使郑众驯良可取，有功不矜，究不能封他为侯。贻讥作俑，这便是教猱升木，引蚁决堤。光武帝辛苦经营的天下，要为了郑众封侯，自启厉阶，终落得七乱八糟，不可收拾呢！引起下文乱事。话休叙烦，且说永元十五年间，孟夏日食，有司以阴气太盛，奏遣诸王就国。日食，乃天道之常，就使果应人事，亦为邓后临朝预兆，奈何归咎诸王，请令就国？穿凿附会，殊属可笑。原来和帝性情友爱，遵循乃父故事，令兄弟留居京师。及有司奏请遣发，和帝尚不忍分离，有诏作答道：

日食之异，责由一人。诸王幼稚，早离顾复，弱冠相育，常有《蓼莪》《凯风》之哀。《蓼莪》《凯风》见《诗经》。选懦仁弱之意。之恩，知非国典，且复须留。

未几又是冬日，和帝出祠章陵旧宅，光武帝改舂陵乡为章陵县，事见建武六年。令诸王一律从行。祠毕后大会宗室，饮酒作乐，备极欢洽。嗣又顺道进幸云梦，至汉水滨方拟再诣江陵，忽接到留守太尉张禹奏章，乃是谏阻远游，和帝乃还。清河王中傅卫诉，与清河王庆并同随驾，沿途索赃，得千余万缗，事被和帝察觉，派吏鞫治，并责庆不先举发。庆答复道："诉位居师傅，选自圣朝，臣本愚昧，但知言从事听，不便纠察，所以未得先闻。"和帝听了，颇以奏对合宜，待抄出卫诉私赃，一并赐庆。庆辞让不许，乃拜受而退。太尉张禹，亦得蒙特赏；此外留守诸官，及随从诸臣并各赐钱帛有差。会岭南例贡生龙眼荔枝，十里一置，**马递曰置**。五里一候，**司望曰候**。互相传送，昼夜不辍。临武县长唐羌，具陈贡献劳苦情形，且请和帝勿重滋味。乃有诏禁止贡献，饬太官毋受珍羞。**这是和帝美政，故特表明**。越年司徒鲁恭，因事免官，迁司空徐防为司徒，进大鸿胪陈宠为司空。**宠已由廷尉进官大鸿胪**。又越年改号元兴，大赦天下，凡宗室因罪削籍，并得赐复。既而雍地忽裂，时人讶为不祥。待至十二月间，和帝不豫，逐日沉重，竟至告崩，享年只二十七岁，在位一十七年。当时储君未立，后宫生子多殇，往往视宫中为凶地，遇有生育，辄使乳媪抱出宫外，寄养民间。及车驾将崩，群臣尚未知皇嗣下落，无从拥立，不得不禀明邓后，请旨定夺。邓后却知后宫生子，遗存二人，长子名胜，素有痼疾，未便迎立；少子名隆，生才百日，已在宫外寄养，乃即令迎入，立为太子。当夜即位，尊邓后为皇太后，临朝听政。不到半月，便已改岁，定年号为延平元年，进太尉张禹为太傅，司徒徐防为太尉，参录尚书事，百官总己以听。邓太后以帝在襁褓，欲令重臣入居禁内，乃令张禹留卫宫中，五日一归府；并擢光禄勋梁鲔为司徒，使继徐防后任，备位三公。封皇兄胜为平原王，奉葬和帝于慎陵，庙号穆宗。总计和帝在位十七年，英明仁恕，有祖父风，少年即能摈除窦氏，收揽权纲；后来尊儒礼士，纳谏爱民，凡蠲租减税，赈饥恤贫诸诏，史不绝书；遇有灾异，辄延问公卿，谕令极言得失，前后符瑞，得八十一处，皆自称德薄，抑而不宣。可惜天不假年，未壮即殁。只晚年荣封郑众，以致宦官继起用事，这乃是和帝一生遗累，种下绝大祸根。**祸足亡国，故不惮烦言**。丧葬既毕，清河王庆等，始俱令就国。庆追念和帝德惠，衔哀不已，甚至呕血数升，力疾就道。邓太后格外体恤，许得置中尉内史，所赐什物，皆取自和帝乘舆，俾作纪念。且因嗣皇幼弱，恐有不测，乃留庆长子祐，与嫡母耿姬，仍居清河邸中，以备非常。**既有此虑，不如先立皇子胜，何必舍长立幼？**一面使宫人归园，特赐周、冯两贵人策书道：

> 朕与贵人托配后庭，共欢等列，十有余年。不获福祐，先帝早弃天下，孤心茕

荣，靡所瞻仰，夙夜永怀，感怆发中。今当以旧典分归外园，惨结增叹，《燕燕》之诗，曷能喻焉？**《燕燕》为卫庄姜送戴妫诗。**其赐贵人以王青盖车、采饰辂、骖马各一驷，黄金三十金，杂帛三千匹，白越四千端；布名。冯贵人未有步摇、环珮，亦加赐各一具，聊为赠别，不尽唏嘘。

周、冯两贵人，奉策拜赐，辞别出宫，至园寝中陪侍山陵去了。邓太后复接连下诏，大赦天下，凡建武以来得罪被锢，皆复为平民。又减节太官、导官尚方内署所供服食，**太官掌御厨，导官掌择御米。**自非陵庙祭祀，食米不得导择，朝夕唯一肉一饭，不得妄加。郡国贡献，悉令减半，斥卖上林鹰犬，蠲省离宫别馆米炭，所有掖庭侍女，及宗戚没入诸官婢，一律遣归，各令婚嫁。会因连月下雨，郡国或患水灾，即敕二千石据实详报，为除田租刍藁，不得欺隐。各处淫祀，不入祀典，概令罢免。这都是邓太后初次临朝的美政。**总束一语。**既而司空陈宠病殁，命太常尹勤为司空，且进虎贲中郎将邓骘为车骑将军。骘系邓训长子，为邓太后亲兄，表字昭伯，少时为窦宪府掾，及女弟立为贵人，乃与诸弟并为郎中，和帝尝欲加封邓骘，为邓后所推让，故迁官止虎贲中郎。及后既临朝，遇有一切政务，不能不引骘入议，较免嫌疑，因擢骘为车骑将军，仪同三司。三司就是三公，汉官中向无此名，自骘为始。**太后临朝，势必引用外戚，后来一跌赤族，可慨可叹！**骘颇知敛抑，且受祖父邓禹遗训，居安思危。但女弟既为太后，年仅花信，不便屡见大臣，自己托在同胞，出入较便，只好勉强受命，就职任事。光阴易过，又是仲秋，那小皇帝竟感冒风寒，仓猝天殇，年仅二岁，殡殓崇德前殿中。邓太后忙与骘密商，议及继统事宜。好在清河王庆子祐，尚留邸中，当由邓太后创议迎立，骘亦赞成。再由骘商诸公卿，亦无异言，便夤夜使骘持节，用王青盖车迎祐入宫，先授封长安侯，然后准备嗣位。邓太后即下诏道：

先帝圣德淑茂，早弃天下，朕奉嗣皇，夙夜瞻仰日月，冀望成就。岂意猝然颠沛，天年不遂，悲痛厥心！朕唯平原王素婴痼疾，未便继承。念宗庙之重，思继嗣之统，唯长安侯质性忠孝，小心翼翼，能通诗论，笃学乐古，仁爱爱下，年已十三，有成人之志。亲德系后，莫宜于祐。《礼》："昆弟之子犹已子。"《春秋》之义："为人后者为之子。"不以父命辞王父命，其以祐为孝和皇帝嗣，奉承祖宗，案礼议奏。

公卿等依诏定议，复奏进去；又由宫中撰就策命，交付太尉张禹，引祜受策。当由禹对祜宣读道：

> 唯延平元年秋八月癸丑，皇太后曰：咨长安侯祜，孝和皇帝，懿德巍巍，光于四海。大行皇帝古称帝丧，为大行，大行者，不返之意。不永天年，朕唯侯系孝章帝世嫡皇孙，谦恭慈顺，在孺而勤，宜奉宗庙，承统大业。今以侯嗣孝和皇帝后，其君临汉国，允执厥中，一人有庆，万民赖之！皇帝其勉之哉！

张禹读罢，持策与祜，祜拜受后，再由禹奉上玺绶，乃拥祜即皇帝位，是为安帝。公卿以下，循例谒贺。但因安帝年甫十三，未能亲政，仍由邓太后临朝。越月将崇德前殿的殡宫，奉葬康陵，幼主无谥，且无庙号，只称作殇帝罢了。安帝本与嫡母耿姬，同居清河邸中，帝既入承大统，耿姬不便独留，邓太后即使中黄门送她归国。唯安帝生母叫作左姬，左姬字小娥，有姊字大娥，系犍为人，伯父圣坐妖言伏诛，家属俱没入掖庭，二娥当然在列，并有才色，小娥更善史书，能词赋，为众所称。会和帝命赐诸王宫人，清河王庆素闻二女艳名，特贿托宫中保姆，求得二娥。好容易得遂心愿，将二娥拨至清河邸中，庆得左拥右抱，其乐陶陶。*废太子也想纵欢么？* 小娥有娠生子，便是安帝。相传安帝幼时，屡有神光照室，又有赤蛇蟠护床中，近视又复不见，因此称奇。这多是附会之谈，实则安帝入嗣，由乃父无辜被废，天道有知，巧为转移而已。年至十岁，好学史书，和帝亦叹为奇童，暇辄召见，与谈文字。只大小二娥，却是始终薄命，做了清河王的姬妾，还是没福消受，一对姊妹花，相继沦谢。*好花不久长。* 到了安帝入嗣，二娥已逝世有年了。清河王庆，就国逾年，也是形销骨损，病入膏肓，至耿姬返后，病即垂危，乃嘱清河中大夫宋衍道："清河土薄，不堪茔葬，我意欲至我母坟旁，掘穴下棺。自思朝廷大恩，尚应赐筑祠室，俾得母子并食，魂灵有所依庇，死后亦无遗恨了！"说至此，即令宋衍缮就遗表，乞将骸骨赐葬亡母宋贵人旁，越宿竟逝，年才二十有九。遗表传达京师，邓太后也觉含哀，函遣司空尹勤持节，与宗正同往吊祭，特赐龙旗九旒，虎贲百人，饰终典仪，尽仿东海王强故事。一面使掖庭令送左姬遗棺，与庆合葬广丘，谥曰孝王，长子虎威袭封。越年为永初元年，邓太后又封宋衍为盛乡侯，并分清河为二国，封虎威弟常保为广川王，这且待后再表。且说车骑将军邓骘，自与太后定策立嗣后，不欲常居禁中，屡求还第，太后乃准如所请。骘有四弟，长弟京时已去世；次弟悝得升任城门校尉；三弟弘亦得为虎贲中郎将；季弟阊尚为郎中。邓太后复增封骘为上蔡侯，悝为叶侯，叶音摄。弘为西平侯，阊为西华侯，食邑各万户。骘以定策有功，加邑三千户。邓太后前为兄弟辞封，此时何遽封为侯？骘表辞不获，出都谢使，复恳切上陈，大略说是：

　　臣兄弟庸秽，无能可采，谬以外戚，遭值明时，托日月之末光，被云雨之渥泽，并统列位，光昭当世，不能宣赞风美，补助清化，诚惭诚惧，不胜疚心。陛下躬天然之姿，体仁圣之德，遭国不造，仍罹大忧，开日月之明，运独断之虑，援立皇统，奉承太宗，圣策定于神心，休烈垂于不朽，本非臣等所能补效万一。而猥推嘉美，并享大封，伏闻诏书，惊惶惭怖。追睹前世倾覆之诫，退自思念，不寒而栗。臣等虽无逮及远见之虑，犹有庶几戒惧之情，常聚母子兄弟，内相敕厉，冀以端悫畏慎，一心奉戴，上全天恩，下完性命。刻骨定分，有死无二，终不敢横受爵土，以增罪累，惶窘征营，昧死待命。

　　邓太后接阅骘书，尚不肯许，骘再申前请，且欲审迹穷荒，于是太后收回成命，召令还都；唯封生母阴氏为新野君，以万户供汤沐邑。虎贲中郎将邓弘，素治欧阳尚书，欧阳生字伯和，师事伏生，为前汉武帝时人。太后乃令他入傅安帝，自己亦从曹大家受经，兼习天文算数，昼治政事，夜览书籍，习以为常。好算是巾帼丈夫，可惜阴盛阳衰。偏是内忧少靖，外患又迭起不休，西域都护任尚，不肯依从班超遗诫，专务苛察，致失众心，西域诸国又相率叛汉，围攻任尚。尚上书求救，汉廷令北地人郎中梁懂为西域副校尉，使率河西四郡羌胡五千骑，星夜赴援。懂尚未至，尚已解围，因复据实报闻，有诏征尚还都，另任骑都尉段禧为都护，西域长史赵博为骑都尉，同驻龟兹它乾城。城中形势狭隘，梁懂往阅一周，谓西域方有变志，此城如何可守？乃特访龟兹王白霸，与述朝廷厚恩，嘱使勿负，且言龟兹势孤，当邀都护等入城共守。白霸本由汉廷遣归，得立为王，见三十四回。听了梁懂议论，当然乐允；唯吏士同声谏阻，霸乃不从。梁懂见众有贰心，急命从吏飞报段禧，请即引兵入龟兹城。禧遂与赵博率兵八九千至龟兹国都。龟兹部众，恨王招入汉军，却去联结温宿、姑墨两国兵马，来攻白霸，共计有数万人，环绕龟兹城下，势甚汹汹。白霸原是惊惶，连段禧、赵博两人，亦自悔仓猝失图，被他围住。独梁慬毫无惧色，慷慨誓师，出城奋击，三战三胜。叛众自恃势盛，虽屡经败衄，尚未肯退。慬出战一次，还守数日，出战两次，又还守数日，相持至好几月，看得叛众疲敝，索性与段禧、赵博等，并力出战，大杀一阵，刀过处血风乱洒，槊落处胡马齐倾，叛众抵挡不住，自然尽溃，温宿、姑墨两国败兵，也即散走。慬复引兵追击，大振余威，复枭得许多头颅，夺得许多牲畜。总计先后斩虏首万余级，获生口千余人，骆驼牛羊万余头，力写梁。龟兹乃定。慬等自然奏捷。无如龟兹以外，余国尚未肯服从，遂致道路梗塞，奏报不通，待至捷书到达，差不多有百余日。一班公卿大夫，统是顾近忽远，并言西域遥隔，向背无常，朝廷多耗饷糈，吏士屯田，连年劳苦，为费亦巨，不如取销都护，迎师回朝为是。邓太后亦不欲劳兵，依了众议，就遣骑都尉王弘，发关中兵，及西陲羌胡，往迎段禧、赵博、梁慬等，及伊吾卢柳中屯田诸吏士。看官听着！班定远数十年的劳绩，至此乃甘心弃去，尽隳前功，说将起来，统是任尚一人，贻误大事。可见得安内攘外，全仗人才，一或误用，未有不立时败坏呢！慨乎言之。朝廷大臣，不知另举才能，出镇西域，反以为撤销都护，可无外患。谁知一误不足，还要再误，为了迎还西师一役，又惹出羌人的变乱来了。先是烧当羌酋东号，挈众内附，见三十二回。有子麻奴，随父同降，寓居安定。东号死后，麻奴继立，种人滋生日繁，散居河西诸郡县。吏人豪右，往往目为贱种，随时差役，积成众怨。及王弘奉命征调，发遣金城陇西汉阳诸羌，使迎西师，羌人还疑是调署西域，往往裹足不前。郡县官吏，严行逼迫，约有数千百骑，到了酒泉，复不愿出关，陆续逃避。官吏当作叛羌相待，发兵邀截，非杀即拘，或把他旧居庐落，尽行毁去。于是诸羌益惊，哄然尽溃，麻奴亦支撑不住，也西走出塞。先零别种滇零，与钟羌诸种，反得乘隙为乱，据住陇道，大为寇掠。一时不得兵械，就将竹竿当作戈矛，板案充作盾牌，四出滋扰。郡县官无法抵敌，不得不连章奏闻，邓太后乃使车骑将军邓骘，发兵征羌；再用任尚为征西校尉，令归邓骘节制，一同西行。小子有诗叹道：

良言不纳总无成，轻隳前功罪岂轻？

如此庸材犹屡用，边陲何日得澄清？

邓骘任尚西行征羌，究竟能否制服羌人，待至下回再叙。

邓后以贤德见称，迹其行谊，殆亦得半失半，瑜不掩瑕。和帝崩后，应援立嗣以长之大经，谘询群臣，然后定议，奈何遽以生经百日之婴儿，骤使嗣位？谓非贪立幼主，希揽政权，其谁信之？及幼主已殇，又徒与亲兄定策，迎立清河王子祜，一朝元首，乃出自兄妹二人之私意，试问国家建置三公，果何为乎？且临朝未几，即封兄弟四人为侯，违反祖制，专顾私亲，而其他之煦煦为仁，转不足道。微邓骘等之犹知退让，几何而不为窦氏也？洎乎西域变起，措置失常，梁慬有却寇之材，不使专阃，反听朝臣鄙议，甘举西域而尽弃之，定远有知，能无隐恫？况弃西域而复构西羌，虽属内外之失人，究由宫廷之失策！诗曰："哲夫成城，哲妇倾城。"邓后虽非倾城之妇人，其亦不能无讥乎？

第五回

勇梁慬三战著功
智虞诩一行平贼

　　却说车骑将军邓骘，与征西校尉任尚等，出讨诸羌，因各郡兵马尚未到齐，乃留屯汉阳，但遣前哨数千骑，窥探诸羌动静。不意到了冀西，突与钟羌相遇，急切不能抵敌，竟被杀死千余人，余众狼狈逃归。可巧西域副校尉梁慬驰归，行抵敦煌，奉诏为邓骘援应，因即引兵转赴张掖，击破诸羌万余人，斩获过半。再进至姑藏，羌豪三百余人，畏威乞降，慬曲为晓谕，遣还故地，各羌豪喜跃而去。是年边疆未靖，腹地多灾，郡国十八处地震，四十一处雨水，二十八处大风雨雹。太尉徐防，司农尹勤，相继引咎，上书辞职。邓太后准令免官，*三公以灾异罢免，实自此始*。命太傅张禹为太尉，太常周章为司空。宦官鄛乡侯郑众，及尚方令蔡伦，乘机干政，为邓太后所宠幸。*外戚宦官，更迭干政，有何好处？* 司空周章，屡次规谏，并不见用。章素性戆直，因见外戚宦官，内外蒙蔽，邓太后始终未晤，免不得愤激起来，当下密结僚友，谋诛邓骘兄弟，及郑众、蔡伦诸人，并且废去太后嗣皇，改立平原王胜。事尚未发，竟致漏泄机关，把章褫职；章自知不免，忙即服毒自尽。*是何等事，乃敢仓猝妄行？死不累家，尚是侥幸！* 颍川太守张敏，入为司空；司徒梁鲔病逝，仍起鲁恭为司徒。*鲁恭免官，见前回*。越年二月，遣光禄大夫樊准、吕仓，分巡冀、兖二州，赈济灾民。准上移民政策，谓赈给不足济事，应将灾民徙置荆、扬熟郡。邓太后依准所议，民得少苏。会仲夏大旱，邓太后亲幸洛阳寺，令若卢狱中囚犯，解入寺中，面加讯问。官之所居曰寺，若卢狱为少府所掌，主鞫将相大臣。有一囚徒犯杀人罪，实是屈打成招，冤枉牵累，当时已奄奄一息，由吏役扛抬至前，可怜他举头四顾，尚不敢言。太后察出情隐，温言讯鞫，具得实情，乃将囚徒释免，收系洛阳令抵罪。行未还宫，甘霖大降，群臣喧呼万岁。太后虽有心恤囚，但以一妇人，亲加讯鞫，究非国法所宜。未几又接任尚败报，复致忧劳。原来车骑将军邓骘，出屯经年，因使任尚及从事中郎司马钧，带领各部兵马，出讨羌豪滇零，到了平襄，与滇零等接仗多时，尚军大败，伤亡至八千余人，慌忙遁回。此人原不堪典军。滇零得了胜仗，竟自称天子，招集武都、参狼、上郡、西河诸羌种，东犯赵魏，南入益州，攻杀汉中太守董炳，转掠三辅，气焰甚盛。湟中诸县，粟石万钱，百姓死亡，不可胜计。朝廷既要转饷输兵，又欲发粟赈民，弄得日夜徬徨，不知所措。故左校令庞参，坐法遭谴，充作若卢狱中工作，特令子俊上书道：

方今西州流民扰动，而征发不绝，水潦不修，地力不复，重之以大军，疲之以远戍，农功消于转运，资财竭于征发，田畴不得垦辟，禾稼不得收入，搏手困穷，无望来秋，百姓力屈，不复堪命。臣愚以为万里运粮，远就羌戎，不若总兵养众，以待其疲。车骑将军邓骘，宜且振旅，留征西校尉任尚，使督凉州士民，转居三辅，休徭役以助其时，止烦赋以益其财，令男得耕种，女得织纴，然后蓄精锐，乘懈沮，出其不意，攻其不备，则边民之仇报，奔北之耻雪矣。臣身负罪戾，自知昧死，区区一得，不敢不闻，伏希赐鉴。

邓太后得书后，尚在踌躇。适光禄大夫樊准，自冀州回京复命，闻得庞参上书言事，具属可行，且素知参材足任事，因上疏荐参道：

臣闻鸷鸟累百，不如一鹗。昔孝文皇帝悟冯唐之言，而赦魏尚之罪，使为边守，匈奴不敢南向。夫以一臣之身，折方面之难者，选用得也！臣伏见故左校令河南人庞参，勇谋不测，卓尔奇伟，高材武略，有魏尚之风，前坐微法，输作经时，今羌戎为患，大军西屯，臣以为如参之人，宜在行伍。唯明诏采前世之举，观魏尚之功，免赦参刑，以为军锋，必有成效，宣助国威不难矣！谨此上陈，唯陛下裁察之。

为此一疏，参得蒙恩赦罪，进拜谒者，奉使西行，监督三辅诸军，屯田防边。且诏令梁懂进屯金城。懂得三辅军报，知叛羌随处骚扰，迫近园陵，乃即引兵往击，转战武功美阳间，*武功美阳皆县名。*身先士卒，连败羌众，夺还被掠生口多人，截获马畜财物，不可殚述。邓太后得懂捷书，心下少慰，特用玺书劳勉，委懂剿抚诸羌，节制各军；一面从庞参计议，征还邓骘，但留任尚屯兵汉阳。骘奉诏东归，途次又接太后恩诏，拜为大将军。*骘并无功劳，何得升官？可见太后全是为私。*既至都门，大鸿胪持节出迎，中常侍赍牛酒犒劳，王侯以下，相率候望，络绎道中。及诣阙入谒，复特赐束帛车马，真是宠灵显赫，震耀京师。*若使扫平诸羌，不知如何待遇？*太后既优待邓骘，不得不加赏任尚，遂封尚为乐亭侯，食邑三百户。*败军之将，且得封侯，邓太后真是愦愦。*唯将护羌校尉侯霸召还，说他不能驭羌，黜为庶人，*也是冤枉。*即令前西域都护段禧，代为护羌校尉。怎奈羌势日盛，终不能制，永初三年孟春，三辅告急，因复遣骑都尉任仁，督领诸郡屯兵，往援三辅。仁屡战屡败，羌众越加猖獗，当煎、勒姐种羌，攻陷破羌县，钟羌攻陷临洮县，连陇西南部都尉，都被擒去。司徒鲁恭，年近八十，乞请致仕，乃改任大鸿胪夏勤为司徒。勤既就职，日虑国用不足，往往仰屋兴嗟，不得已商诸太尉张禹，及司空张敏，援照前汉入粟拜爵的故例，联名上奏，许令吏民纳入钱谷，得为关内侯，或虎贲羽林郎，及五官大夫府吏缇骑营士各有差。邓太后见三公同意，自然准议。无如天灾屡降，常患饥荒，上半年河洛水溢，京师大饥；下半年并凉水溢，人自相食。接连又传到许多警报，海贼张伯路等，寇掠沿海九郡，渤海、平原剧贼刘文河、周文光等，遥与勾连，搅乱得一塌糊涂。还有代郡、上谷、涿郡间，又由乌桓、鲜卑两路叛胡，一再入犯，杀败五原太守，伤毙郡中长吏。南匈奴骨都侯，阴助乌桓、鲜卑，也是逆焰滔天，不可收拾；甚且南单于亦背叛汉朝，把美稷守将耿种围住，危急非常。那时汉廷将相，无从隐讳，当然奏白邓太后。邓太后很是着忙，只好与亲兄邓骘等会议，一路一路的调遣人马，前去征讨。出剿海贼的一路，委任了侍御史庞雄；出救五原一路，委任了车骑将军何熙；出击南单于一路，委任了辽东太守耿夔；又调梁懂行度辽将军事，使出为耿夔后应。军书四达，鼙鼓齐鸣，不但汉廷当日，忙乱得什么相似，就是小子一支秃笔，从今追叙，也觉得东顾西应，煞费精神了。我说是好看得很。侍御史庞雄，出剿海贼，究竟贼众乌合，不能抵敌王师，张伯路屡败乞降；渤海、平原等剧贼，也望风瓦解，四处避匿。庞雄遽报肃清，有诏迁雄为中郎将，令他引兵西行，往副车骑将军何熙。那辽东太守耿夔，与行度辽将军事梁懂，统皆百战名将，一经会师，便向美稷城进发，行至属国故城，遇着南匈奴部酋奥鞬日逐王，约有三千余骑，截住途中，夔当先冲阵，懂在后继进，两将似生龙活虎一般，搅入匈奴阵中，三千人不值一扫，奥鞬日逐单骑走脱，所有辎重什物，尽被汉军夺来。

此时南单于师子，已早病亡，从弟檀嗣立为单于。永初三年六月间，曾诣阙入朝，随从有一降虏的汉人，叫作韩琮，朝毕还国，琮与语道："关东水潦为灾，兵民统皆饥死，若发兵进击，必可得志！"单于檀为琮所惑，因此叛汉兴兵，围攻美稷。至日逐王子身败还，才知汉军仍然厉害，但还以为未曾亲睹，总要自己督兵，与汉军决一雌雄，方肯罢休。乃将美稷撤围，亲率精骑八千人，来敌汉军。凑巧与梁懂相遇，懂部下不过二三千人，单于大喜，总道以众敌寡，无患不胜，当下麾动骑兵，将懂围住。哪知懂全不惧怕，披甲持槊，跃马突阵，部曲各持械随上，一荡一决，十荡十决，把虏骑冲作数截，不能成围，只好退去；南单于檀，也是顾命要紧，奔还虎泽，未几又移寇常山。梁懂与耿夔合兵万人，倍道往援，南单于又复却还。车骑将军何熙，已到五原，击退乌桓、鲜卑叛胡，庞雄亦至，熙适撄疾，闻得常山被攻，因遣雄驰救。及雄到常山，虏兵已退，遂与梁懂等会合，共得万六千人，进攻虎泽。南单于两番败走，已经胆落，又见汉军连营并进，布满旷野，越吓得魂魄飞扬，遂召责韩琮道："汝言汉人尽死，今是何等人到来，有此声威哩？"琮无辞可答，匍匐谢罪，当被单于斥退。琮本汉人，乃敢诳虏为寇，死有余辜，南单于轻信琮言，也是笨鸟。即遣奥鞬日逐王，至梁懂营中乞降；懂训斥一番，且令单于檀自来谢过，方可赦罪。单于檀接得复报，已是无可奈何，只得徒跣面缚，出来投诚。懂与庞雄、耿夔等，排开兵马，列成数大队，各执兵械站着，然后传出号令，召檀进见。檀到了案前，不待斥责，已是把头乱捣，爆得怪响。经懂责他忘恩负义，不堪污刃，所以贷死，此后不得再作妄想，经须遣子为质，方才还军。檀慌忙承认，誓不复叛。方由懂等许令起来，改容相待，叫他回帐送出侍子。檀诺诺而去，不到半日，便遣子为质，且缴还前时所掠的汉民。懂等乃班师就道，移至五原。五原地方，尚有乌桓余党，出没往来，再经梁懂等领兵回击，斩获多人，残众乃降。车骑将军何熙，病不能起，竟致去世，汉廷实授梁懂为度辽将军，镇守塞下，召还中郎将庞雄，擢为大鸿胪。唯耿夔得功最少，且因他不能穷追单于，在道逗留，应该处罚，乃左迁为云中太守。北方一带，总算弭平。唯海贼张伯路，悔罪乞降，隔了一年，又复与渤海平原贼相连，攻入厌次县，戕杀长官。诏遣御史中丞王宗，督同青州刺史法雄，征集幽冀兵数万人，大举从事，连破贼党。会有赦书到来，解散贼众，贼众以军未解甲，不敢投诚。王宗听部佐计议，意欲乘间出击，法雄独进谏道："兵系凶器，战乃危机，勇不足恃，胜不可必。贼若航海入岛，未易荡平，今正可宣布赦书，罢兵解严，使他解散胁从，然后轻兵裹甲，歼除贼首，这乃所谓事半功倍呢！"确是弭盗良策。宗方才称善，收兵敛迹，但将赦书宣示贼党，令将所掠人物，一体交还，许令免死。贼遵令而行，嗣见东莱郡兵，尚未解甲，因复遁匿海岛中，唯胁从多半散去，只剩了张伯路等几个头目。过了月余，岛中无粮可用，乃入内地劫掠，法雄早已严兵待着，把他截住，见一个，杀一个，见两个，杀一双，伯路等并皆授首，海贼乃平。三路并了。

　　是时独叛羌未服，屡扰西陲，羌豪滇零，且进寇褒中。汉中太守郑勤，移兵驻防。汉廷因任尚久成无功，传旨召归，令率吏民还屯长安。谒者庞参，复致书邓骘，谓宜徙边郡难民，入居三辅。骘颇以为然，且欲弃去凉州，专戍朔方。因召公卿等会议，公卿等尚有异辞，骘慨然道："譬如敝衣已破，并二为一，尚可完补；若非如此办法，恐两不可保了！"大众听了此言，只得勉强赞成。光禄勋李修，方因张禹病免，代为太尉。幕下有一个智士，方拜郎中，姓虞名诩，字升卿，系陈国武平县人。诩以谋略见称，故履历从详。少时失怙，孝养祖母，县吏举为顺孙。及既为郎中，闻邓骘决弃凉州，甚以为疑，自觉官小职卑，未便入朝驳议；只有新任太尉李修，本是当道主人，不妨直言相告，托他挽回，因即向修建议道：《通鉴辑览》误作张禹，此时禹已免官，应从《虞诩列传》。

　　窃闻公卿定策，当弃凉州，求之愚心，未见其便。先帝开拓土宇，劬劳后定，而今惮小费，举而弃之，一不可也。凉州既弃，即以三辅为塞，则园陵单外，二不可也。谚曰："关西出将，关东出相。"观其习兵壮勇，实过余州，今羌胡所以不敢入据三辅，为心腹之患者，以凉州在后故也。凉州士民，所以摧坚折锐，蒙矢石于行阵，父死于前，子战于后，无返顾之心者，为臣属于汉故也。今若弃其疆域，徙其人民，安土重迁，必生异志，倘猝然发难，因天下之饥乱，乘海内之虚弱，豪雄相聚，席卷而东，虽贲育为卒，太公为将，犹恐不足以御之。如此则函谷以西，园陵旧京，非复汉有，此不可三也！议者喻以补衣犹有所完，诩恐其疽食浸淫而无限极也。

　　李修既得诩议，大为感悟，便进诩与语道："若非汝言，几误国家大事；但欲保凉州，须用何策？"诩答说道："今凉州扰动，人情不安，防有他变。诚使朝中公卿，收罗该州豪杰数人，作为掾属，又引牧守子弟，授为散官；外示激扬，令他感激，内实拘致，防他为非，凉州有何难保呢？"这一席话，说得李修频频点首，当即入朝再议，公卿等俱同声称善。*好似墙头草一般。*邓骘见口众我寡，只好取消前议，但心中很是不平，意欲伺隙害诩。*设心如此，全是憸人行径。*会闻朝歌贼宁季，聚众数千，攻杀长史，猖狂日甚，州郡不能制，乃即命诩为朝歌长，促令指日到任。*竟欲借刀杀人。*故旧都为诩加忧，同时往吊，诩反笑说道："志不求安，事不避难，乃是人臣的职分！若不遇盘根错节，如何得见为利器呢？"*早有成算。*说罢，当即束装就道，直抵朝歌，先谒河内太守马棱，棱叹息道："君系儒生，应在朝就职，参赞谋犹，为何奉使到此？"诩答说道："诩奉遣时，士大夫俱来吊诩，也道是诩无能为。诩既为人臣，何敢避难？诩思朝歌为韩魏郊野，背太行，*山名。*临大河，去敖仓只百里，青、冀人民，流亡万数，贼不知开仓招众，劫库兵，守城皋，断天下右臂，可见他实无大志，不足为忧。唯目前贼势新盛，未可争锋，兵不厌权，愿明府宽假辔策，勿与拘牵，诩自然有法平贼呢！"棱慨然许诺。*此公也特具青眼。*诩即告别就任，悬赏购募壮士，分列三等：上等是专行攻劫；中等是好为偷盗；下等是不事家产，游荡失业。这三等莠民，令掾史以下，各举所知，招罗得数百人，由诩亲自挑选，汰弱留强，尚得百余。当下设酒与宴，许贷前罪，嘱使投入贼中，诱令劫掠，一面伏兵待着。等到贼众前来，便由伏兵突出，并力兜拿，得擒斩数百人；余贼经此巨创，不敢出头。诩又想到别法，潜召缝纫为业，家况贫穷的男妇，叫他佣作贼衣，缝就记号，另许优给工资，遣令依计办理。百姓已恨贼切骨，得了诩命，自然往觅贼巢，替贼缝衣。贼众不知秘谋，待衣缝就，便往市里游行，不意为捕役所察，辄被拿住。捕役尚未肯与他说明，顿令贼犯莫名其妙，惊为神明，于是贼皆骇散，朝歌复安。小子有诗赞道：

> 不经盘错不成材，功业都从患难来。
> 试读升卿虞氏传，一回叹赏一惊猜。

　　诩既平贼，上书报功，邓骘至此，也无可如何了。欲知后事，且看下回再表。

　　邓骘统兵征羌，逾年两败，何功足言？及召之使归，反擢为大将军。任尚既失西域，复衄平襄，乃赏以侯封，汉廷之赏罚倒置，莫如此时！夫当日之号为良将者，无过梁慬，慬连败羌人，复制服南单于，功无与比，委以专阃，游刃有余；且胡人既服，正可调彼征羌，削平叛寇，奈何满朝将相，仓皇失措，反欲轻弃凉州耶？虞诩为国宣猷，保全西土，邓骘反视若仇敌，徙治朝歌，非诩之智能平贼，则陷谋士于群贼之中，天下皆引以为戒，不敢复闻朝廷事矣。吾嫉邓骘，吾尤不能无慊于邓太后云。

第六回

作女诫遗编示范
拒羌虏增灶称奇

却说永初四年九月，邓太后母新野君患疾，<small>新野君见前文。</small>太后亲往省母，连日留侍，未见还宫，三公上表固请，方才返驾。<small>安帝此时已十有七岁，何不共请还政？</small>既而新野君病剧，再去送终临丧，极尽悲哀，棺殓时给用长公主赤线，特赠东园秘器，玉衣绣衾，<small>东园秘器，注见前。</small>使司空张敏持节护丧，仪比清河王临终遗制，谥曰敬君，<small>清河王临终，见三十七回。</small>又赐布三万匹，钱三千万。邓骘等辞还钱布，并乞退位守制，还居里第。太后尚未肯许，询诸曹大家班昭，昭因上疏复陈道：

伏唯皇太后陛下，躬盛德之美，隆唐虞之政，辟四门而开四聪，采狂夫之瞽言，纳刍荛之谋虑，妾昭得以愚朽身当盛明，敢不披露肝胆，以效万一！妾闻谦让之风，德莫大焉！故典坟述美，神祇降福。昔夷齐去国，天下服其廉高；太伯违邠，孔子称为三让，所以光昭令德，扬名于后者也。《论语》曰："能以礼让为国，于从政乎何有！"由是言之，推让之诚，其旨远矣。今国舅深执忠孝，引身自退，而以方陲未靖，拒而不许，如后有毫毛加于今日，诚恐推让之名，不可再得。缘见逮及，故敢昧死竭其愚诚，自知言不足采，聊以示虫蚁之赤心，伏冀鉴察。

邓太后素师事班昭，因即听从，许令骘等还第终丧，且封昭子曹成为关内侯。昭此时续著汉史，已经垂成，昭续《汉书》，见三十四回。出示士大夫，多半未解。故伏波将军马援从孙融，与昭同郡，得为校书郎，至阙下从昭受读。融兄名续，少甚敏慧，七岁通《论语》，十三明《尚书》，十六治《诗》，博览群经，又通《九章算术》。邓太后闻续才名，亦召入东观，使他参考《前汉书》，再为校正。故《前汉书》百二十卷，除班氏兄妹编著外，续亦略有损益，然后大成。见《曹大家传》。班昭复作《女诫》七篇，作为内训：第一篇标目，是卑弱二字，第二篇是夫妇，第三篇是敬慎，第四篇是妇行，第五篇是专心，第六篇是曲从，第七篇是和叔妹，总计不下数千言，流传后世，近俗呼为女四书。小子无暇尽述，但记得她有一序文，照录如下：

鄙人愚暗，受性不敏，蒙先君之余宠，赖母师之典训，年十有四，执箕帚于曹氏，于今四十余载矣。战战兢兢，常惧黜辱，以增父母之羞，以益中外之累；夙夜劬心，勤不告劳，而今而后，乃知免耳。吾性疏顽，教导无素，恒恐子谷负辱清朝，《后汉书》引《三辅决录注》云：子谷即曹成子。圣恩横加，猥赐金紫，即授封关内侯事。实非鄙人庶几之望也。男能自谋矣，吾不复以为忧也。但伤诸女方当适人，而不渐训诲，不闻妇礼，惧失容他门，取羞宗族。吾今疾在沉滞，性命无常，念汝曹如此，每用惆怅，闲作《女诫》七章，愿诸女各写一通，庶有补益裨助，汝身去矣，其勖勉之！

校书郎中马融，见了七篇《女诫》，特为抄录，归示妻女，嘱令讲习，所以逐渐流传，千古不磨。此外尚有《赋颂铭诔问注哀辞书论上疏遗命》，凡十六篇。至昭殁后，由子妇丁氏编成全集，自撰大家赞一则，附入集中，姑媳能文，可作彤史佳话。昭有夫妹曹丰生，亦有才慧，尝作书与昭论难，词亦可观。当昭逝世时，年已七十有余，邓太后且素服举哀，厚加赗赠，特派使臣监护丧事。这真好算作士女班头，生荣死哀了！才德如曹大家，应该褒扬。当时尚有广陵人姜诗妻，河南人乐羊子妻，也有贤名，并垂不朽。姜诗为广陵人，事母至孝，妻为同郡庞盛女，奉事尤谨。姜母好饮，江水去家约六七里，庞氏随时往汲，携归奉母。一日适遇大风，归家较迟，致母渴不能耐，诗因怒责庞氏，将她斥归。庞氏涕泣出门，借寓邻舍，日夕纺绩，托邻媪转遗姜母，数月间馈问不绝。姜母不免惊异，详问邻媪，邻媪始据实相告。姜母

曹大家著书

且感且惭，忙嘱诗召还庞氏，格外怜爱。庞氏益曲体母心，始终无违。有子少长，为姑汲流，竟致溺死，庞氏恐姑哀伤，未敢相告，但托言出外求学，未便常归。姜母更好嗜鱼鲙，又不愿独食，夫妇尝合力勤作，得资买鱼，为鲙供母，并令邻媪作陪，冀博母欢。既而孝感动天，有涌泉流出舍侧，每旦必双鲤跃起，使供母膳。庞氏亦再得生子，不致绝嗣。地方官吏，因举诗为孝廉，入拜郎中。寻复出宰江阳，颇有治绩，居官数年，病殁任所。人民为诗立祠，并将诗妻庞氏，一并绘像供奉。姜门双孝，流播千秋。**举此可以劝孝。**乐羊子妻，姓氏失传。羊子尝出外游行，拾得遗金一饼，还家示妻，妻瞿然道："妾闻志士不饮盗泉水，廉士不受嗟来食，**齐黔娄贩饥，见饿者与语曰：'嗟！来食。'饿者以其无礼，竟不食死。**奈何贪利拾遗，自污清行哩？"羊子大惭，亟将遗金还掷原地，一面寻师求学。逾年还，妻跪问归家理由，羊子道："久别怀思，并无他故。"妻起身取刀，趋近机前，指示羊子道："此织生自蚕茧，成自机杼，积缕累寸，积寸累尺，积累不已，方成丈匹，今若割断，便是自弃前功，终至无成。夫子既出外求学，应该学成乃归；若中道辍业，便与断机无异了！"羊子慌忙拦阻，情愿再出求学，妻始将刀放下。羊子遂去，七年不返。羊子尚有老母，妻殷勤奉养，又尝远馈羊子。会有邻鸡误入园中，羊子母竟盗鸡宰食，妻对鸡不餐，潸然泪下。母怪问何因，妻答说道："自伤居贫，使食有他肉。"母方有惭色，将鸡弃去。嗣有盗贼入门，逼妻受污，妻操刀趋出，盗见她执刀，便把羊子母劫住，且威吓道："汝若释刀从我，当使两全；否则先杀汝姑！"羊子妻举首仰天，长叹一声，竟举刀刎颈，流血毕命。盗也觉惊愕，舍去羊子母，扬长自去。羊子母报闻太守，太守捕盗抵罪，赐她缣帛，依礼安葬，号曰贞义。**举此可以劝节。**后来尚有汉中人陈文矩继妻，表字穆姜，生有二男，前妻亦有四子，文矩出为安众令，在任病故，穆姜与诸子携榇归葬。四子以穆姜本非生母，每有憎嫌；穆姜却慈爱温仁，加意抚养，衣食一切，比亲子还要加倍。邻人语穆姜道："四子不孝，可谓已甚，何不与之分居，免得受嫌？"穆姜答说道："我方欲以仁义相导，令他自知迁善，奈何反与分居呢？"邻人乃怀惭退去。嗣因前妻长子陈兴，遇疾甚笃，穆姜亲调药食，昼夜探问，不厌烦劳。好几月始疗兴疾，兴方才感悟，起呼三弟道："继母仁慈，出自天授，我兄弟不识恩养，行同禽兽，虽母德从此益隆，我辈过恶，也从此益深了！"**使他自悟，方为善教。**说着，遂挈三弟诣南郑狱中，具陈母德，且述自己从前不孝，乞许就狱治罪。县令却暗暗称奇，往白郡守。郡守提讯四子，四子陈述如前，郡守乃劝谕道："汝等既自知不孝，革面洗心，此后可在家侍奉，格外孝谨，借赎前愆，既往不咎，权从贷免罢了！"四子方相引归家，共至穆姜前跪下，愿受家法。穆姜道："知过能改，还有何言？"说着，那郡中已遣吏至门，代为旌表，且免除全家徭役；穆姜率诸子拜谢。嗣是兴等悉遵母训，并为良士。穆姜年至八十余乃殁，遗命薄葬，不得好奢，诸子奉行维谨，见称乡曲。举此可以劝慈。这三妇的德性，与曹大家相较，看似贵贱不同，行为互异；但试看古今妇女，能有几人懿言美行，得如三妇？怪不得史册流芳，推为贤媛呢！这且按下不提。

　　且说邓太后为母服丧，逾年乃毕，复因天时久旱，亲幸洛阳狱录囚，理出死罪三十六人，余罪八十人，方才还宫。至永初七年正月，率命妇等往谒宗庙，与安帝交献亲荐，礼毕乃还，诏省时物二十三种。古礼："天子入祭宗庙，与后并献。"此时皇后尚未册立，所以母子交献如仪。待到安帝二十二岁，方册立贵人阎氏为后。阎氏母为邓弘姨，故得册立，后文自有交代。唯屡年羌寇不绝，边警频闻，汉中太守郑勤，战死褒中，郑勤出屯褒中，见前回。主簿段崇，与门下史王宗原展，奋身捍勤，并皆斗死。骑都尉任仁，出援三辅，战无一胜，亦见前回。部下兵又不守纪律，乃由朝廷派遣缇骑，将仁絷归，下狱处死。护羌校尉段禧病殁，接替乏人，不得不再起侯霸，使他出屯张掖，防御羌人。侯霸见黜，俱见前回。羌众转寇河内，百姓多南奔渡河，络绎不绝。北军中侯朱宠，奉命率五营兵士，往守孟津；屯骑，越骑，步兵，长水，射声，为五营。并有诏令魏郡、赵国、常山、中山数处，缮筑坞候六百十六所，分段御边。偏是沿边长吏，多籍隶内郡，不愿在外战守，纷纷请徙郡县人民，暂避寇难；朝廷亦弄得没法，乃令陇西徙治襄武，安定徙治美阳，北地徙治池阳，上郡徙治衙县。这令一下，四郡长吏，当然大喜，急促人民徙居，自己也好避开虎口。我能往，寇亦能往，岂趋避所能了事？无如百姓多恋居故土，不愿徙去，惹动官吏怒意，饬吏役刈去禾稼，撤去墙屋，毁去营堡，除去积聚，硬迫百姓移徙。可怜百姓流离分散，颠沛道旁，老弱转沟壑，妇女踬山谷，一大半送命归阴；只有一小半壮丁，还能勉强支撑，随官流徙，侥幸生存。比羌寇还要厉害。前征西校尉任尚，已经免官，再奉召为侍御史，出击叛羌。至上党牛头山，与羌众交锋数次，幸得胜仗，羌众散走，河内少安。乃撤回孟津屯兵，仍戍洛阳。俄而汉阳贼杜琦，及弟季贡，与同郡王信，聚众通羌，夺据上邽城，自称安汉将军，散布伪檄。汉阳太守赵博，潜遣刺客杜习，混入上邽，枭得杜琦首级，还献郡守。赵博以闻，诏封习为讨奸侯，赐钱百万；再令侍御史唐喜，领兵往讨杜季贡、王信。信等据住樗泉营，被唐喜一鼓攻破，斩首六百余级，信亦伏诛。唯季贡逃脱，奔依滇零。适滇零病死，子零昌继为羌酋，年尚幼弱，未知大计，但使季贡为将军，别居丁奚城。这统是永初五六七年间的事情。到了永初八年，改号元初，又出了一个羌豪号多，为当煎、勒姐诸羌总帅，抄掠武都汉中。巴郡有一种蛮人，当前汉开国时，曾受高祖恩诏，免输租赋，蓄息多年，因闻羌人屡扰汉中，所以奋然投效，愿为汉助。蛮俗好用板楯，与敌相斗，时人号为板楯蛮。这板楯蛮约有数千，与汉中五官掾程信会师，出击号多，号多败走，退屯陇道，与零昌合。护羌校尉侯霸，率同骑都尉马贤，复掩击号多，杀毙二百余人，号多复遁。越年侯霸病终，即令前谒者庞参接任。参招诱号多，恩威并用，号多乃率众请降。参遣号多入朝，蒙给侯印，使还原镇；参亦移治令居，专顾河西通道，防御零昌。既而屯骑校尉班雄，<small>即班超子。</small>出屯三辅。左冯翊司马钧，奉命行征西将军事，督率右扶风仲光，安定太守杜恢，北地太守盛包等，合兵八千余人，与庞参分道出讨零昌。参部下亦有七八千，行至勇士县东首，为杜季贡所邀击，失利引还。独司马钧等进攻得胜，乘虚入丁奚城。季贡方击退庞参，回至城下，见城上已插汉帜，并不返攻，便即窜去。<small>明明有诈。</small>钧令仲光、杜恢、盛包三人，领兵数千，出刈羌禾，临行时亦嘱他谨慎，不得分兵。光等违钧节度，四处刈禾，只管深入，被季贡伏兵掩杀，不能相救。钧恨光等不遵号令，虽有所闻，也不赴援，终至光等败没。季贡复乘胜杀来，钧见孤城难守，又复走还。<small>光等有应死之咎，钧坐视不救，罪亦相同。</small>事为朝廷所闻，敕将司马钧、庞参，一并逮系狱中。又因北地、安定、上郡三处，并遭羌害，特使度辽将军梁慬，遣发边兵，救拔三郡吏民，徙入扶风界内。慬即遣南单于兄子优孤涂奴，引兵往徙，事毕回来，慬以涂奴有劳，先给羌侯印绶，然后报闻。哪知朝廷责他专擅，也召慬还都下狱。还亏校书郎中马融，力请赦免庞参、梁慬二人，始蒙贷死；唯司马钧无人救解，自尽狱中。于是诏令马贤为护羌校尉，且将班雄调回，迁任尚为中郎将，督屯三辅。<small>始终不忘此人。</small>朝歌长虞诩，已调为怀令，进谒任尚，乘便献议道："《兵法》有言：'弱不攻强，走不逐飞！'这乃自然定理。今叛羌类皆骑马，日行数百里，来如风雨，去似断弦，若欲使步兵追击，如何能及？故虽屯兵二十余万，旷日持久，毫无效用。为使君计，莫如罢诸郡兵，各令出钱数千，就二十人兵饷，移买一马，可得万骑；万骑兵逐虏数千，尾追掩击，不患无功，这岂不是利民却敌，一举两得么？"此议尚无甚奇特，如何他人未曾想着？尚大喜道："君言甚是。"当即令诩主稿，奏达京师，复诏尽如诩议。尚汰兵买马，选得轻骑万人，袭击丁奚城。杜季贡仓猝出御，终不能支，尚军得斩首四百级，获马牛羊数千头，回营报功。尚复上书奏捷，邓太后乃器重虞诩，擢诩为武都太守。诩率吏属赴任，行近陈仓、崤谷间，探得前面有羌众数千，截住要道，遂停车不进，扬言须请兵保护，方可前行。羌众信以为真，分掠旁县，诩得乘虚冲过。星夜急走，每日驰行百余里，且每一驻足，必令吏士各作两灶，逐日加倍，好容易至武都。属吏私下怀疑，至是方向诩启问道："古时孙膑行军，逐日减灶，今公乃令逐日加增；且《兵法》尝云：'日行不过三十里，所以防备不虞。'今乃日行至二百里，究为何因？"诩笑答道："寇众我寡，徐行必被追及，速行方可远害；我令汝曹增灶，无非示虏不测，虏见我灶日增，总道是郡兵来迎，众多行速，不宜追我，因此我得无忧。从前孙膑减灶，故意示弱；我今却欲示强，情势不同，虚实互异，汝等何必多疑？"属吏方才省悟，憬然退出。嗣闻羌人因诩脱走，果来追诩，及见诩逐日增灶，然后却还，吏士越佩服诩谋。诩查阅郡兵，不满三千，又费踌躇，外面又传入警报，谓有羌众万人，围攻赤亭。诩急令军士操演箭法，约阅二三旬，技射并精，乃令羸兵至赤亭诱敌，有退无进。羌众踊跃追来，将到城下，诩因发出弓弩手数百名，先用小弩，后用强弓。小弩不能及远，只有数十步可射，羌众以为矢力甚弱，不足为惧，遂猛扑城壕，并力急攻；诩再发号令，使弓弩手各用强弩，且命二十人专射一羌，发无不中，中无不踣，羌众前队多死，当然骇退。诩复亲率吏士，出城奋击，毙羌甚多，余羌退至数里外下营，诩亦收兵还城。翌日大开城门，环列士众，从东郭门入北郭门，复自北郭门入东郭门，回转数周，屡换军装。仍与增灶法同意，先后用一疑兵计。羌人遥望诩兵，不知有多少，士卒互相惊吓，仓皇夜走。到了浅水滩边，跃马乱渡，忽听得一声鼓号，有许多官兵杀出，齐声大呼道："羌奴快留下头来！"正是：

一呼已破群羌胆，百变尤奇太守谋。

欲知浅水滩旁的官兵，从何而来，容待下回说明。

本回叙述曹大家遗事，并录《女诫》序文，实为《列女传》增一色彩。至若姜、乐、陈三妇，亦随笔叙入，并非画蛇添足，殆有鉴夫人心不古，女教益衰，不得不胪述前型，为女界留一榜样，作者之寓意甚深，其用心亦良苦也。《后汉书·列女传》中，尚有一周郁妻，不能谏夫，竟致自尽，盖犹有遗憾存焉；略而不记，去取从严，比范史且更进一层矣。虞诩增灶，千古称奇，厥后之奇谋迭出，更见智能。自永初元年，羌人为乱，连扰至十余年，将士络绎，不绝于途。求一谋略如虞诩，不可再得，汉亦可谓无人，而诩之名乃益盛。谁谓白面书生，不可与语行军哉?

第七回

驳百僚班勇陈边事
畏四知杨震却遗金

却说羌众奔渡浅水滩，被官军一声呼喝，已是心惊胆落；再加夜色昏暗，辨不出官兵若干，但觉得刀槊纵横，旌旗错杂，吓得羌众拼命乱跑，所有辎重，尽行弃去，命里该死的，统做了滩中水鬼，余皆逃散，再不敢还寇武都。其实这班官军，只有四五百名，由虞诩遣伏滩旁，料知羌众必从此返奔，正好乘夜掩杀，果然不出所料，大获胜仗，官军奏凯还城。诩犒劳已毕，复出巡四境，审视地势，添筑营垒百八十所，招还流亡，赈贷贫民，疏凿水道，开垦荒田。初到郡时，谷每斗千钱，盐石八千，户口只一万三千，及任职三年后，米斗八十，盐石四百，民增至四万余户，家给人足，一郡大安。**此之谓为政在人。**邓太后特简从兄邓遵为度辽将军，邀同南单于檀，及左谷蠡王须沈，合兵万骑，同至灵州，击破羌豪零昌，斩首八百级，有诏封须沈为破虏侯，并赐南单于以下金帛有差。至元初三四年间，中郎将任尚，也遣兵击破丁奚城，乘势招募敢死士，往攻北地，得捕诛零昌妻孥，搜得零昌父子僭号文书，把庐帐尽行毁去。尚再买结当阗种羌榆鬼等五人，使他投入杜季贡寨中，伺隙刺死季贡，携首归报；由尚替榆鬼请封，得受封破羌侯。**季贡遇鬼，安得不死？**三辅一带，羌势少衰。唯余羌流入益州，势尚蔓延，朝廷曾使中郎将尹就往讨，好多日不能荡平，乃将就征还坐罪，改命益州刺史张乔代领就军。乔剿抚并用，羌众或降或逃，渐归平靖。任尚已进为护羌校尉，再购募效功种羌号封，刺杀零昌，号封得受封为羌王。零昌虽死，尚有谋主狼莫，拥兵北地，未肯降附。于是尚与骑都尉马贤，合击狼莫，相持至两月余，与狼莫大战富平河畔，斩首五千，狼莫乃遁。诸羌自是知惧，次第诣邓遵营，橄械投降，陇右始平。唯狼莫在逃未获，由邓遵募得羌人雕何，伪寻狼莫，幸与相遇，狼莫引为腹心，终被刺死，将首级献与邓遵。遵报称大功垂成，且具陈雕何劳绩，诏封遵为武阳侯，食邑三千户；雕何亦得为羌侯。唯任尚与遵争功，互有龃龉，遵劾尚虚报虏首，并受赃至千万以上，邓太后偏信遵言，赫然震怒，竟派大员拘拿任尚，用槛车囚入都中。有司仰承风旨，锻炼成狱，即将尚推出市曹，枭首示众，家产俱籍没充公。尚有罪时，可诛而反赏，此次平羌，不为无功，且反弃市，真正令人不解！看官听说！自从羌人叛乱十余年，调兵遣将，岁时不绝，军需用去二百四十余亿，兵士死亡，不可胜数。至零昌、狼莫刺死，群羌瓦解，三辅益州，方得不闻寇警；但并、凉二州，从此耗敝，就是国家府库，亦用尽无余，汉廷元气，已渐就消磨了。到了元初七年间，立皇子保为太子，复改年号为永宁元年。皇子保为后宫李氏所生，安帝本欲立李氏为后，嗣因阎姬入宫，阎氏名姬。饶有姿色，专宠后房，且与邓太后戚谊相关，遂得由贵人进为皇后。阎姬为邓弘姨妹所生，已见前回。事在元初二年。阎后素性妒忌，视李氏如眼中钉，竟将李氏鸩死，唯保得仅存。安帝待后生男，五六年不得一产，乃立保为太子。阎后无法谏阻，只得由他册立。内外臣僚，方入宫庆贺，忽由敦煌太守曹宗，呈入奏章，请发兵击北匈奴，并取西域。原来西域为汉廷所弃，各国复为北匈奴所制，连兵寇边。敦煌太守曹宗，曾奏荐掾吏索班，使行长史事，出屯伊吾，招抚西域。车师前王及鄯善王，复闻风请降。永宁元年，车师后王军就，连结北匈奴兵马，攻杀索班，并击走车师前王，略有北道。曹宗乃表请北征，报怨雪耻。邓太后以事关重大，不得不召集群臣，会议进止。群臣以羌寇初平，疮痍未复，不如闭住玉门关，免得劳师。太后犹豫未决，继思前西域军司马班勇，为前定远侯班超次子，颇有父风，不妨召令与议。勇奉召入阙，独与众议未合，复伸己见，大略说是：

昔孝武皇帝患匈奴强盛，兼总百蛮，以逼障塞，于是开通西域，离其党与，论者以为夺匈奴府藏，断其右臂。嗣遭王莽篡逆，征求无厌，胡夷忿毒，遂以背叛。光武中兴，未遑外事，故匈奴负强，驱率各国；及至永平，再攻敦煌，河西诸郡，城门昼闭。孝明皇帝独抒庙策，命虎臣出征西域，故匈奴远遁，边境得安；及至永元，莫不内属。间者羌人叛乱，西域复绝，北虏遂遣责诸国，备其逋租，高其价值，严以期会，鄯善、车师，皆怀愤怨，思乐事汉，其路无从；前所以时有叛者，皆以牧养失宜，还为其害故也！今曹宗徒耻于前负，而不寻出兵故事，犹未度当时之宜也。夫徼功塞外，万无一成，若兵连祸结，悔无所及。况今府藏未充，师无后继，是示弱于远夷，暴音仆。短于海内，臣愚以为不可许也！旧敦煌郡有屯兵三百人，今宜复之，复置护西域副校尉，居于敦煌，如永元故事。又宜遣西域长史，将五百人屯楼兰，西当焉耆、龟兹径路，南强鄯善、于阗心胆，北扞匈奴，东近敦煌，然后可徐图招怀，服西域而却北虏也！臣勇谨议。

这议既上，便由各尚书诘问道："今立副校尉，如何称便？但置长史屯楼兰，有何利益？"勇答说道："从前永平末年，始通西域，初遣中郎将居敦煌，复置副校尉住车师，既足节度胡虏，又禁止汉军侵扰，所以外域归心，匈奴畏威。今鄯善王尤还，为汉人外孙，若匈奴得志，尤还必死。彼等虽行同鸟兽，也知趋利避害，若使长史出屯楼兰，楼兰与鄯善相近，自足使尤还安心。故愚见以为便利呢！"道言甫毕，又有长乐卫尉镡显，廷尉綦母参，司隶校尉崔据，同声出驳道："朝廷前弃西域，无非因西域无益中国，反多糜费，所以决计弃去。今车师已属匈奴，鄯善未可保信，一旦反复，试问班司马能保北虏不为边害么？"口亦利害。勇复答道："朝廷分建郡国，各置州牧，岂不是防寇诘奸，安民利国么？若州牧能长保治安，勇亦愿拚此身首，长保匈奴不为边害！试想今日能通西域，北虏势必衰微，自不致常为我害。若再不遣置校尉，分屯长史，西域诸国，更觉绝望；望绝必屈就北虏，合兵窥我，恐沿边诸郡，将屡为所侵，河西城门，终日长闭，不能复开了！照此看来，为了目前惜费，反令北虏势盛，难道是长久计策么？"驳得好。镡显等理屈词穷，只好默然。忽又有一人出诘道："今若更置校尉，西域必络绎遣使，要索无厌。若一概给与，必致耗费无穷；不与便启彼异心；一旦为匈奴所迫，又要向我求救，徒致烦扰，有损无益，何必多此一举哩？"此说更属牵强。班勇瞧着，乃是太尉掾属毛轸，便开口辩难道："今若将西域让与匈奴，匈奴果肯感念汉恩，不再犯边，倒也罢了；否则匈奴得西域租赋，养兵蓄锐，来犯我境，是适为仇雠增富，暴夷增势，如何可行？勇请再置校尉，意在令西域内向，杜北虏外侵，免得费财耗国，常为我忧！且西域诸国，无他需求，不过使节往来，稍费廪饩；若为此拒绝，俾归北虏，北虏必与西域并力，入寇并凉，那时不能不防，不能不御，劳师糜饷，不可胜计！何止千亿百亿呢？"仍是引伸前意。毛轸听了，也只得哑口无言。邓太后见班勇所议，确有至理，因复敦煌郡营兵三百人，置西域副校尉，使居敦煌。鄯善诸国，始无异志。唯匈奴与车师，尚是连兵入寇，钞掠河西，待至班勇出屯，方见战功，后文再表。

　　且说前大将军邓骘，自母丧还第后，与诸兄庐墓守制，还算勉尽孝思。季弟闾哀恸过甚，竟至骨立，尤得时誉。及服阕后，邓太后召令复职，仍授前封，骘等固辞，乃止令并奉朝请，遇有大议，方诣阙参谋。已而邓弘病逝，邓太后亲服齐衰，安帝亦服缌麻，并往吊丧。有司请追赠弘骠骑将军，封西平侯，太后因弘有遗言，不愿加赠，但赐钱千万，布万匹。骘等复辞还不受，乃诏令大鸿胪持节，就弘灵前，封弘子广德为西平侯。嗣因弘曾为帝师，备有劳绩，复封广德弟甫德为都乡侯。都乡由西平分出，名为两侯，食邑实未尝加增，不过虚示显荣罢了。旋复封邓京子珍为阳安侯，兼职黄门侍郎。不意邓弘殁后，未及三年，邓悝、邓阊相继谢世，皆遗言薄葬，不受爵赠。*早死为幸。*太后并如所言，唯封悝子广宗为叶侯；阊子忠为西华侯，自是邓氏兄弟五人，唯骘尚存。*何不速死？免有后责！*骘子凤官拜侍中，尝与尚书郎张龛书，极称郎中马融才能，说他应居台阁。又复受中郎将任尚赠马，尚坐罪弃市，*见上文。*凤惧连坐，先在骘前自首，骘髡妻及凤，以谢天下，舆论称贤。邓太后尝征和帝弟济北、河间王子女，*济北王寿，河间王开，俱见三十四回。*凡四十余人，又邓氏近亲子孙三十余人，为开邸第，教学经书，亲自监试，威爱兼施。且诏敕从兄河南尹邓豹，越骑校尉邓康等云：

　　吾所以引纳群子，置之学宫者，实以方今承百王之敝，时俗浅薄，巧伪滋生，五经衰缺，不有化导，将遂陵迟，故欲褒崇圣道，以匡失俗。《传》不云乎："饱食终日，无所用心，难矣哉！"今末世贵戚，食禄之家，温衣美食，乘坚驱良，而面墙无术，不识臧否，斯故祸败所从来也！永平中，四姓小侯，皆令入学，所以矫俗厉薄，返诸忠孝。先公既以武功书之竹帛，兼以文德教化子孙，故能束身修心，不触刑网。

诚令儿曹上述祖考休烈，下念诏书本意，则足矣。其勉之哉！

邓氏子弟，素承训诫，虽似保泰持盈，有所顾忌，但声势已是赫耀，宫廷内外，无不曲意趋承。时三公已皆易人，太尉李修，已经去世，后任为大司农司马苞，不久又殁，代以太仆马英；司空张敏罢职，改任太常刘恺为司空；未几司徒夏勤免官，进刘恺为司徒，用光禄勋袁敞为司空。**三公为汉廷重官，故每有沿革，备叙不遗。**敞为故司徒袁安子，廉正不阿，与邓氏子弟有嫌。尚书郎张俊，有私书与敞子，述及省中秘议，当时尚无人知晓。俊有同僚朱济、丁盛，品行不修，为俊所嫉，意欲上书弹劾，偏两人得悉风声，转浼同官陈重、雷义，代为缓颊。陈雷俱豫章人，向系好友，并有义行。陈重得举孝廉，让与雷义，义当然不受，两人交让数次。太守张云，因相继并举，均得入为尚书郎。乡里有谣传云："胶漆自谓坚，不如雷与陈。"**随笔叙入雷陈交谊，是消纳法。**此次为朱济、丁盛所托，两人不知他品行失检，只因同僚相委，不便固却，乃转告张俊，乞免奏弹。俊年少气盛，怎肯听从？雷陈亦乐得辞退，复告朱济、丁盛。济与盛越加衔恨，遂私赂侍史，使求俊短，得俊与敞子书稿，便即封好上奏。朝廷因他漏泄省事，拘俊下狱，且责袁敞教子不严，交通郎官，策免司空官职。敞愤急自尽，俊坐罪论死。亏得他文艺素优，在狱上书侃侃论辩，邓太后爱他文辞，特驰诏赦免死刑。俊已被刑官推出都门，引颈待戮，死里逃生，可谓侥幸万分。敞子亦得免死，并赐复敞官，仍用三公礼殡葬，继任为太常李郃。郃未几罢官，复另任卫尉陈褒。司徒刘恺，与李郃同时罢免，特简太常杨震为司徒。震字伯起，弘农郡华阴县人，父名宝，习欧阳尚书，**注见前。**隐居不仕。相传宝年九岁时，出游华阴山北，见一黄雀为鸱枭所伤，坠落树下，被蝼蚁困住，宝心怀不忍，将雀取归，置巾笥中，饲食黄花。百余日毛羽丰满，纵令飞去。是夕有黄衣童子入见，向宝再拜道："我乃西王母使者，蒙君仁爱，拯我灾厄，谨酬白环四枚，令君子孙清白，位登三公，有如此环！"说毕，将环呈上，宝方才接受，转眼间童子已杳，诧为奇事。后来娶妻生子，取名为震。震少年丧父，能承遗志，博通经籍，家贫无资，课徒为生，暇辄亲植菜蔬，供养老母，门生替他种植，震却不愿，特拔起更种，免得弟子服劳，诸儒交口相赞道："关西孔子杨伯起。"嗣复有鹳雀衔三鳝鱼，飞集讲堂前，有都讲取鱼进说道："蛇鳝为卿大夫服，鳝数有三，便是三台预兆，先生当从此升迁了！"**酬环衔**

鳝事，趁手叙明。时震年已至五十，果由大将军闻名辟召，得举茂才。四迁至荆州刺史。调任东莱太守，道经昌邑，县令王密，本由震举荐茂才，至是乘夜进谒，献金十斤。震勃然道："故人知君，难道君不知故人么？"密答说道："暮夜进馈，何人知晓？"震摇首道："天知地知，汝知我知，共有四知，何谓无知？"说着，举金掷还，密怀惭引退。震就任年余，又转为涿郡太守，持身廉介，不受私谒，子孙常蔬食步行。或劝震少营产业，留贻子孙，震正色道："使后世称我为清白吏，便是贻泽子孙，比较贻金积产，好得多哩！"四世贵显，赖此余泽。元初四年，征入为大司农，永宁元年，升任司徒，朝野无不钦慕，就是邓太后亦另眼相看。唯安帝年将及壮，邓太后尚未还政，临朝如故。先是郎中杜根，奏请归政嗣皇，语甚切直，惹动太后盛怒，令用缣囊盛根，下杖扑死。刑罚亦奇。弃尸城外，竟得复苏，逃奔宜城山中，为酒家保，埋名避难。还有平原郡吏成翊世，亦奏请太后归政，坐罪系狱。越骑校尉邓康，因宗族盛满为忧，屡劝太后恬退深宫，太后不从，康谢病不朝。太后使侍婢探视，侍婢本由康家入宫，服事太后多年，当时老年内侍，多称中大人，所以侍婢奉命视康，及门通名，亦以中大人自呼，康召婢入内，厉声呵叱道："汝出自我家，敢自称中大人么？"说得侍婢满面羞惭，回宫复命，便诬康心存怨望，诈称有疾。太后不禁怒起，竟将康罢免官职；但存夷安侯旧封，遣令就国，削绝属籍。若非邓氏支裔，性命休矣。及永宁二年仲春，太后不豫，欻逆唾血，尚力疾起床，乘辇出殿，召见侍中尚书，顺便至太子宫中监视。还宫后大赦天下，赐诸园贵人，及王侯公主钱帛有差。到了春暮，病势日笃，竟尔归天，享年四十一岁，临朝至十有八年。小子有诗咏道：

屈指临朝十八年，母仪虽美总贪权。

千秋书法留遗憾，何若含饴马氏贤？马氏指明帝后。

欲知邓太后临终后事，待至下回再详。

黩武穷边，古有明戒！然既已奏功于当日，不应骤绩于后时！试思班超以二三十年之劳苦，得定西域，而却北虏，乃以后任非才，一旦轻弃，岂不可惜？勇承父志，再议屯边，朝臣多以为非计，即史家亦谓其复图西域，致贻河西以寇虏之忧。不知西域不通，河西亦未必免寇，勇之驳斥群僚，并非强词夺理。且观其后来出屯，终复父业，坐言起行，勇固为定远肖子乎！杨震不受遗金，四知之言，可质天地；并欲清白传子孙，卒能贻泽后人，休光四世。后之为子孙计者，何其熏心富贵，但知贻殃，未知贻德耶？而关西夫子杨伯起，卒以此传矣。

第八回

黜邓宗父子同绝粒
祭甘陵母女并扬威

却说安帝永宁二年三月，邓太后驾崩，安帝方得亲政。尊谥邓太后为和熹皇后，与和帝合葬慎陵。自从邓太后临朝以来，连年水旱，四夷外侵，盗贼内起，几至岌岌不安。还亏邓太后宵旰勤劳，知人善任，每闻民饥，辄达旦不寐，减膳撤乐，力救灾厄，故天下复安，岁仍丰穰。平时施恩布惠，常有所闻，就是废后阴氏家属，本已由和帝诏命，充戍日南，见三十六回。邓太后不念旧恶，仍令赦归，给还资财五百万。这都是太后宽仁，非寻常妇女可及。平望侯刘穰，尝上书安帝，请令史官著《长乐宫圣德颂》，虽不免献谀贡媚，却也非全出虚夸。不过临朝日久，未肯还政，邓氏外戚，总不免加恩太厚，遂致见讥当世，贻祸母家，下文便见叙明。小子且说安帝亲政，已将太后梓宫，奉葬顺陵，当即有一班希旨承颜的大臣，请追上安帝本生父母尊号。奏疏有云：

昔清河孝王至德淳懿，孝王即清河王谥法，见三十七回。载育明圣，承天奉祚，为郊庙主。汉兴高皇帝尊父为太上皇，宣帝号父为皇考，序昭穆，置园邑，太宗之义，旧章不忘。宜上尊号曰孝德皇，皇妣左氏曰孝德后，孝德皇母宋贵人，追谥曰敬隐后，以存《春秋》"母以子贵"之大义，并彰陛下孝思维则之隆规，谨此奏闻。

51

安帝得奏，当然准议，遂告祠高庙，使司徒持节，与大鸿胪奉策书玺绶，至清河追上尊号；并添置园邑，号孝德皇墓为甘陵；又追封敬隐后父宋杨为当阳侯，予谥曰穆，杨四子皆封列侯。孝德皇元妃耿姬尚存，尊为甘陵大贵人。嫡母为贵人，生母为皇后，嫡庶倒置，究属不宜。耿贵人为牟平侯耿舒孙女，舒即故好畤侯耿弇弟，两姓袭封；孙耿宝尚嗣侯爵，为耿贵人兄，乃召使监羽林军，侯封如故。又封帝妹侍男等四人，皆为长公主，锡类推恩，备极优渥。句中有刺。唯因中常侍蔡伦，前承窦后意旨，附会成狱，逼令宋贵人自尽，即敬隐后事，见前文。此时回溯前冤，特令伦自诣廷尉，追究罪状。伦料难免辱，即沐浴整衣，饮药毕命。伦与鄡乡侯郑众，皆为邓太后所宠，尝受封龙亭侯，众已早死，伦尚为长乐太仆，时人因他功足抵罪，颇为叹惜。原来伦有才学，并有巧思，在宫中监作器械，无不精工；且有一种特别的制造，流行后世，就是古今通用的字纸。古时书契，多用竹简编成，笔或用铁，或用竹木，蘸墨为书。自秦蒙恬用兽毛作笔，柔软耐用，于是竹简亦改为缣帛。但简重缣贵，总嫌未便，经伦独出心裁，采用树皮麻头，及破布鱼网，捣煮如法，摊晒成纸，遂为后人所利用，时称为蔡侯纸。嗣伦且奉诏校书，监同通儒谒者刘珍，与博士良史等，并诣东观勘正经籍，功亦颇多。只为了屈死宋贵人一案，遂至不得令终，咎虽自取，但宦官中却也不能多得呢！褒贬得当。一蟹不如一蟹，果有中常侍江京、李闰等，相继并起，取悦安帝，得窃政权。还有安帝乳母王圣，盘踞宫掖，亦得肆行无忌，与江京等朋比为奸，遂致兴起大狱，要推翻那邓氏外戚，乘间徼功。

先是安帝兄平原王胜，多病伤生，殁后无嗣，邓太后令千乘王伉孙得过继。伉系和帝长兄。得父宠已改封乐安王，得因过继与胜，袭封平原王。未几得又病逝，亦无子息，乃再命河间王开子翼为平原王，仍奉胜祀。翼容止翩翩，温文尔雅，邓太后受他韶秀，留住京师。安帝少时，亦号聪明，所以得立。及年既逾冠，喜昵群小，失德颇多，转为邓太后所嫌。乳母王圣，常恐安帝被废，密与江京、李闰等，伺察太后颜色，报闻安帝，语中免不得带着蹊跷，叫安帝预先加防。安帝还道他是好人，引作心腹，暗中却怨邓太后寡恩。及太后既崩，加封宋、耿二族，尚先封邓骘为上蔡侯。嗣由王圣等妄想图功，屡谈邓氏短处，再加后宫女寺，从前受过邓太后责罚，正好乘此报怨，遂诬告邓悝、邓弘、邓阊，曾从尚书邓访，查取废帝故事，谋立平原王。王圣与江京、李闰，复从旁煽惑，不由安帝不信，况安帝素有心迹，自然一齐发作，便嘱令有司追奏邓氏兄弟，尝图废立，罪坐大逆。当日即有复诏批准，废去邓弘子西平侯广德，都乡侯甫德，邓京子阳安侯珍，邓悝子叶侯广宗，邓阊子西华侯忠，一古脑儿俱为庶人。**邓氏子弟封侯，俱见前回。**邓骘本应连坐，因前时未曾与谋，但徙封罗侯，遣令就国；宗族一体免官，勒归原籍。并抄没邓骘等资财田宅，充戍尚书邓访，及访妻子等至远方。郡县官吏，更仰承上意，迫令广德及忠，并皆自尽。唯广德兄弟，与阎后有中表谊，因得不死，寓居都中。**阎后母为邓弘姨，见三十九回。**邓骘见家族被诬，无从诉枉，又闻王圣等从中媒蘖，料知将来亦多凶少吉，一时忧愤交并，索性不饮不食，由他饿死了事。子凤见乃父绝粒，也即断食，一同毕命。骘从弟河南尹邓豹，度辽将军武阳侯邓遵，将作大匠邓畅，得知同宗并坐大罪，吓得心绪不宁，辗转图维，还是速死为上，免得逮系取辱，因皆服毒而终。只前越骑校尉邓康，前被太后削去属籍，徙往夷安，此时却得特邀宠命，征为太仆。**邓康被黜，见四十回。**平原王翼，也坐贬为都乡侯，遣归河间。亏得翼闭门谢客，不再与闻政事，方得幸免。朝臣自三公以下，莫敢进谏，唯大司农朱宠痛骘无辜遇祸，不忍不言，乃舆榇诣阙，肉袒上书。书中说是：

> 伏唯和熹皇后，圣善之德，为汉文母。兄弟忠孝，同心忧国，宗庙有主，王室是赖；功成身退，让国逊位，历世外戚，无与为比，当享积善履谦之祜。而横为宫人单词所陷，利口倾险，反乱国家，罪无申证，狱不讯鞫，遂令骘等雁此酷滥，一门七人，死非其命，骘父子及豹遵畅与广宗忠，并死七人。尸骸流离，冤魂不返，逆天感人，率土丧气。宜收还冢次，宠树遗孤，奉承血祀，以谢亡灵。臣自知言出必死，但愿陛下俯纳臣言，臣虽碎首，亦无遗恨矣！舆榇待罪，生死唯命。

这封书奏，却是激切得很，安帝颇为动容。偏故司空陈宠子忠，劾宠党同邓氏，竟致免官。从前和熹皇后初正中宫，三公欲追封后父训为司空，陈宠时亦在朝，谓无故事可援，打消廷议，因此邓氏与宠有嫌。宠子忠素有才誉，父殁后浮沉郎署，不能得志，所以朱宠上言，忠不愿为邓氏洗罪，竟将朱宠劾去。**统是器小不堪。**哪知人心未死，公论犹存，百姓也为邓氏呼冤，连上封章，吁请公卿代陈。安帝不得已加谴郡县，责他逼迫广宗等人；且令骘等遗榇，还葬洛阳，派使致祭，祠以中牢；邓氏宗戚，亦使还居都中，这且无庸细叙。唯邓氏既除，安帝得报复私嫌，遂改永宁二年为建光元年，大赦天下，封江京李闰为列侯，且令阎后兄弟阎显、阎景、阎耀，入为卿校，并典禁兵。中常侍樊丰、刘安、陈达，皆为京、闰羽翼，互作党援；乳母王圣，权势甚盛，甚至圣女伯荣，亦得出入宫掖，交通贿赂。妇女阉寺，互相炀蔽，累得安帝昏迷日甚，耳目不聪。太尉马英，已经病逝，再起前司徒刘恺为太尉。恺与司空陈褒，不过以资格充选，无甚材能；独司徒杨震，看得妇寺干政，忍不住热忱上进，即抗疏上奏道：

臣闻政以得贤为本，治以去秽为务。是以唐虞俊乂在官，天下咸服，以致雍熙。方今九德未事，嬖幸充庭。阿母王圣，出自贱微，得遭千载，奉养圣躬，虽有推燥居湿之勤，前后赏惠，过报劳苦，而无厌之心，不知纪极，外交嘱托，扰乱天下，损辱清朝，尘点日月。书诫牝鸡牡鸣，诗刺哲妇丧国。昔郑严公即郑庄公，明帝讳庄，故改庄为严。从母氏之欲，恣骄弟之情，几至危国，然后加讨，《春秋》贬之，以为失教。夫女子小人，近之喜，远之怒，实为难养。《易》曰："无攸遂，在中馈。"言妇人不得与于政事也。宜速出阿母，令居外舍，断绝伯荣，莫使往来，令恩德两隆，上下俱美。尤愿陛下绝婉娈之私，割不忍之心，留神万机，戒慎拜爵，减省献御，损节征发；令野无《鹤鸣》之叹，朝无《小明》之悔，《大东》不兴于今，《劳止》不怨于下。《鹤鸣》《小明》《大东》《劳止》俱诗名，并见《小雅》。拟踪往古，比德哲王，岂不休哉？

这疏呈入，安帝竟取示王圣。圣略通文墨，看到这奏，自然忿懑得很，佯至安帝面前，自陈被诬，且泣请出宫。安帝正加宠遇，怎肯听她出去？反用好言劝慰，待遇益优；圣女伯荣，当然照常出入，毫无禁忌。时有泗水王刘歆从曾孙瓌，久居京师，生成一副媚骨，专与王圣母女交通。泗水王歆，为光武族父，传国至孙护，无子国除。伯荣年已及笄，见瓌放诞风流，惹动情窦，免不得与他笑谑。瓌正欲挑逗伯荣，凑巧针锋相对，自然不待媒妁，先偷试雨意云情，枕畔密盟，愿与偕老，然后向王圣说明，再行六礼。好一个自由结婚，若生今之世，必称她为文明女子。一对野鸳鸯，变作真鹣鲽，卿卿我我，越觉情浓。伯荣遂替瓌入宫乞封，居然得邀恩准，使袭故朝阳侯刘护封爵，并官侍中。**可谓妻荣夫贵。** 护为刘歆曾孙，且年龄比璪为轻，不过早殁无嗣，因致绝封；璪为护再从兄，怎得牵合过去？司徒杨震，又不禁愤激，再行上疏道：

　　臣闻高祖与群臣约，非功臣不得封，故经制父死子继，兄亡弟及，以防篡也。伏见诏书封故朝阳侯再从兄璪，袭护爵为侯；护同产弟威，今犹见在。臣闻天子专封，封有功；诸侯专爵，爵有德。今璪无他功行，但以配阿母女，一时之间，既位侍中，又至封侯，不稽旧制，不合经义，行人喧哗，百姓不安。陛下宜览镜既往，顺帝之则，勿使贻讥将来，则表率先端，垂誉无穷矣。

　　奏入不报。安帝既沉湎酒色，委政外戚内阉，及王圣母女，就是边疆有事，亦置诸度外，不愿与闻。烧当羌酋麻奴，自奔徙出塞后，虽伏居不动，终未肯向汉投诚。护羌校尉马贤，亦因他首鼠两端，不甚抚恤，遂致麻奴党羽忍良等，俱有怨言，于是怂恿麻奴，并寇湟中，转攻金城诸县。还算马贤引兵剿抚，解散诸羌，杀败麻奴。麻奴穷蹙饥困，方至汉阳太守耿种处乞降。耿种据实奏闻，安帝也无心详察，但令有司援照前例，假给金印紫绶，并赐金银彩缯，算作了事。嗣由鲜卑寇居庸关，云中太守成严，及功曹杨穆，同时战殁；鲜卑复移掠雁门、定襄，并及太原。警报传达京师，亦未闻发兵防讨，只晦气了边疆百姓，被他掠去若干，饱载而去。安帝置若罔闻，反至宠臣冯石家内，连日留饮，经旬方归。**也好算是无愁天子。** 石为故阳邑侯司空冯鲂孙，**冯鲂为司空，见前文。** 鲂子柱曾尚明帝女获嘉公主，石得袭爵获嘉侯，兼官卫尉。生平无他伎俩，专能逢迎上意，取悦一时，**却是希宠梯荣的好手段。** 所以安帝格外加宠，时有赏赐；且进石子世为黄门侍郎，世弟二人并为郎中。是年秋冬二季，郡国水灾，多至二十七处，地震至三十五处，安帝反令翌年改元，号为延光元年。接连又是京师雨雹，或如斗大，损及室庐；未几京外郡县，又报地震，又报大水，安帝仍然不理，耽乐如故。高句骊为武帝时所灭，夷作郡县，东道始通。**见《前汉演义》。** 至王莽篡位，发高句骊人伐匈奴，高句骊人不愿西行，亡奔塞外，遂为寇盗。东汉初兴，复遣使朝贡，因得赐复王封。明章以来，贡使不绝；及安帝嗣立，四方多难，高句骊亦停止贡献，抄掠辽河东西。建光元年，高句骊王宫，复率马韩、涉貊诸部落，进攻辽东，太守蔡讽，出战阵亡，宫复往围玄菟城，几被陷没，幸亏城北有扶余国，与汉廷通好有年，急遣子尉仇台领兵二万余人，来救玄菟，才得与郡守姚光，合破高句骊兵，宫乃遁还。既而宫死，子遂成立，姚光请乘丧往讨，朝议多半赞成，唯陈忠已擢任尚书仆射，援据《春秋》大义，不伐人丧，谓宜遣使往吊，且责让前罪。安帝巴不得疆场无事，遂从忠请。幸喜事还顺手，去使西归复命，谓高句骊嗣王遂成，情愿降汉，将前时所掠人口，一并放还，当即驰诏赦罪，东陲少安。**招抚高句骊事，却还办理合宜，不得为陈忠咎。**只姚光素性戆直，专喜纠发奸慝，幽州刺史冯焕，也与姚光相类，怨家遂伪造玺书，谴责两人；又矫诏传饬辽东都尉庞奋，叫他收系光焕，就地取决。奋不知有诈，遽令属吏赍诏杀光，复往幽州治焕。焕闻得光已被戮，连及自己，不如先时自尽，免得受刑。焕子焜却颖悟过人，劝父忍待须臾，察视真伪。待至辽东使人持诏到来，细阅诏书，果有疑窦，乃拒诏不受，竟上书自讼冤屈。朝廷果不知此事，立征庞奋到京，下狱抵罪。看官试想！庞奋所接的伪诏，想总由宫廷奸慝，主使出来，否则奋亦有口，岂能不辩？为何但将奋坐罪，并未究及主名哩？**显见是安帝糊涂。**安帝嫡母耿姬，居守甘陵，乳母王圣，及瓌妻伯荣，奉诏往祠陵庙，并省视耿大贵人。当即备齐车马，召集仆从，凡宫中大小宦官，及屯卫兵士，多半随行。王圣算是正使，高坐车中，威仪烜赫；伯荣算作副使，乘车先驱，绣帷高卷，故意露出娇容。但见她巧蟠凤髻，淡扫蛾眉，满头珠翠，遍体绫罗，上身披着全红猩氅，下面系着五彩蝶裙，仿佛是出塞昭君，可比那入吴西子。沿途经过郡县，所有当差官吏，都是望风伺候，先日绸缪。道里不平，发民缮治；驿传未足，派吏补充。一切供张，统皆安排妥当，专待二贵使到来。好容易盼到使车，便不管命官体统，就在石榴裙下，屈膝叩头。伯荣首先承受，竟尔端坐不动，由他拜跪。甚至河间王开，及列侯二千石，俱出郊迎谒，甘拜下风。**莫非想作刘瓌么？**等到伯荣母女，驱车过去，又取出许多金帛，献作赆仪，此外千乘万骑，亦统有馈赠。及行至甘陵，清河嗣王延平，**是时清河王庆子虎威已殁，无嗣，由乐安王宠子延平过继。**亦已在陵旁恭候，见了伯荣母女，也是望车拜倒，执礼甚恭。待祭过陵庙，谒过耿大贵人，徐徐的回京复命。那伯荣母女，已是出尽风头，贮满私囊，这正是一场好差事哩！小子有诗叹道：

> 骏奔宗庙贵钦承，淫女如何使祭陵？
> 浊乱如斯君不悟，履霜宁特兆坚冰！

　　伯荣母女，回朝复命，当有一个朝右大臣，闻知伯荣母女路上的威风，出头弹劾，欲知此人为谁，容待下回报明。

　　炎炎者灭，隆隆者绝，高明之家，鬼瞰其室。是为莽大夫扬雄遗言。雄之行谊不足称，但其言确有至理，豪宗贵戚，往往不能逃出数语。试观邓骘兄弟，守祖宗遗训，尚知敛抑，而卒为妇寺所诬，横罹大狱，七人毙命，全族遭殃。骘且如此，遑论窦宪、耿宝诸人乎？王圣以乳养之劳，竟得干政，淫女伯荣，尤为骄横，连结中官，交通外戚，安帝不加检束，反令其出祭园陵，清河贤王地下有知，度亦不愿享此淫妇之主祭也！而清河王延平，与河间王开等，奴膝婢颜，尤为可耻。悍妪淫女，且大出风头，汉之为汉可知矣！

第九回

班长史捣破车师国
杨太尉就死夕阳亭

却说伯荣母女，奉命祭陵，骄纵不法，上干天变，下致人怨。尚书仆射陈忠，也不禁激发天良，缮疏上奏道：

臣闻位非其人，则庶事不叙；庶事不叙，则政有得失；政有得失，则感动阴阳，妖变为应。陛下每引灾自厚，不责臣司；臣司狃恩，莫以为负，故天心未得，灾异荐臻。青冀之城，淫雨决河；兖岱之滨，海水盆溢；兖豫蝗螟滋生；荆扬稻收俭薄；并凉二州，羌戎叛戾；加以百姓不足，府帑虚匮，自西徂东，杼柚将空。臣闻《洪范》五事，一曰貌，貌思恭，恭作肃；貌伤则狂而致常雨。春秋大水，皆为君上威仪不穆，临莅不严，臣下轻慢，贵幸擅权，阴气盛强，阳不能禁，故为淫雨。陛下以不得亲奉孝德皇园庙，遣中使致敬甘陵，朱轩轺马，相望道路，可谓孝至矣。然臣窃闻使者所过，威权翕赫，震动郡县，王侯二千石，至为伯荣独拜车下，仪体上僭，侔于人主；长史惶怖谴责，或邪谄目媚，发民修道，缮理亭传，多设储偫，征役无度，老弱相随，动有万计，赂遗仆从，人数百匹，颠踣呼嗟，莫不叩心。河间托叔父之属，河间王开为安帝叔父。清河有灵庙之尊，指清河王延平。及剖符大臣，皆猥为伯荣屈节车下，陛下不问，必以陛下欲其然也！伯荣之威，重于陛下，陛下之柄，在于臣妾，水灾之发，必起于此。昔韩嫣托副车之乘，受驰视之使，江都误为一拜，而嫣受欧刀之诛。刑人之刀谓欧刀。臣愿明主严天元之尊，正乾纲之位，职事巨细，皆任贤能，不宜复令女使，干错万机。重察左右，得无石显泄漏之奸；尚书纳言，得无赵昌谮崇之诈；公卿大臣，得无朱博阿傅之援；外属近戚，得无王凤害商之谋。自韩嫣以下故事，并见《前汉演义》。若国政一由帝命，王事每决于己，则下不得偪上，臣不能干君，常雨大水，必当霁止，四方众异，亦不能为害矣！

安帝得疏，并不知悟，反封乳母王圣为野王君。有识诸徒，俱为扼腕。忠尝因安帝亲政，奏请征聘贤才，宣助德化，又荐引杜根、成翊世等，入朝录用。杜根因请邓太后归政，扑死复苏，为宜城山中酒保，至是乃为忠所闻，派吏征召，入为侍御史。成翊世亦与杜根同罪，系狱有年，也亏陈忠保救，得为尚书郎。此外尚有几个隐士，曾由内外臣工荐举，特下征车，偏数人志行高洁，不愿投身危乱，相率固辞，史家播为美谈，垂名后世。相传汝南人薛包，年少失恃，父娶后妻，不愿抚包，把他逐出，包日夜号泣，不忍远离。后母忿恚乃父，横加鞭挞，不得已在户外栖宿，每旦复入内洒扫。谁知又触动父怒，不准他栖宿户外，乃至里门旁暂居，晨昏定省，依然如故。父母倒也感怍，仍使还家同住。及父母相继亡故，诸弟求分产异居，包不能止，因将家财按股照分，唯自己情愿认亏，瘠田、敝器、老奴婢，悉归自取；后来诸弟屡次破产，辄复赈给，因此人人称他孝友。名达朝廷，安帝召为侍中，包誓死不肯就职，乃许令归里，在家考终。同时汝南尚有黄宪，表字叔度，父为牛医，宪少年好学，履洁怀清，年方十四，与颍川人荀淑相遇，淑目为异器，相揖与语，终日方去，临别握手道："君真可为我师表哩！"郡人戴良，才高性傲，独见宪必正容起敬，别后归家，尚惘然如有所失。良母辄已料着，便问良道："汝复见牛医儿么？"良答道："儿不见叔度，自谓相符；及既相见，毕竟勿如，叔度原令人难测哩！"还有同郡陈蕃、周举，亦常相告语道："旬月不见黄生，鄙吝心又复发现了！"太原人郭泰，少游汝南，先访袁闳，不宿即去，转访黄宪，累月乃还。或问泰何分厚薄，泰与语道："奉高器量，奉高系袁闳字。譬诸泛滥，质非不清，尚易挹取；叔度汪洋，若千顷波，澄不见清，淆不见浊，这才是不可限量了！"宪初举孝廉，旋辟公府，友人劝他出仕，宪亦未峻拒，到了京师，不过住了一二月，便即告归。延光元年病终，只四十八岁，天下号为征君。黄宪以外，又有周燮，也是汝南人氏，学行深沉，隐居不仕，郡守举他为贤良方正，均以疾辞。尚书仆射陈忠，更为推荐，安帝特用玄纁羔币，优礼致聘，燮仍不起，宗族俱劝令就征，燮慨然道："君子待时而动，时尚未遇，怎得轻动呢？"他如南阳人冯良，少作县吏，沉滞多年。三十岁奉县令檄，往迎督邮，途次忽然幡悟，裂冠毁衣，遁往犍为求学，十年不归。妻子都以为道死，替他服丧，不意他学成归来，励节隐居。朝廷亦遣使往征，始终谢病，不入都门。这虽是甘心肥遁，别具高风，但也是有托而逃，所以为此避人避世呢！类叙高人，仍是箴励末俗。

且说南单于檀降汉后，北方幸还少事，就是前单于屯屠何子逢侯，与师子构衅，奔往北塞，见前文。至此亦部众分散，无术支持，仍然款塞请降。汉廷从度辽将军计议，徙逢侯居颍川郡，时度辽将军尚为邓遵。免得复乱。独北匈奴出了呼衍王，收集遗众，得数万人，又复猖獗，常与车师寇掠河西。亦见前文。朝议又欲闭住玉门关，专保内地。敦煌太守张珰，独上书陈议，分作上中下三策，上策请即发酒泉及属国吏士，先击呼衍王，再发鄯善兵讨车师，双方并举，依次讨平，为一劳永逸的至计；中策谓不能发兵，可置军司马将士五百人，出据柳中，令河西四郡供给军糈，尚得相机进行，安内攘外；下策谓弃去西域亦应收鄯善王等，徙入塞内，省得借寇赍粮，树怨助虏。这三议却是有条有理，毫不说谎，安帝将原奏颁示公卿，令他酌定可否。尚书仆射陈忠，拟采用张珰中计，因上疏说明道：

臣闻八蛮之寇，莫甚北虏。汉兴，高祖窘平城之围，太宗屈供奉之耻，故孝武愤怨，深唯长久之计，命遣虎臣浮河绝漠，穷破虏廷。当斯之役，黔首陨于狼望之北，财币糜于卢山之壑，狼望卢山，皆匈奴地名。府库单竭，杼柚空虚，算至舟车，资及六畜，夫岂不怀？虑久故也。遂开河西四郡，以隔绝南羌，收三十六国，断匈奴右臂。是以单于孤持，鼠窜远藏！至于宣元之世，遂备藩臣，关缴不闭，羽檄不行。由此察之，戎狄可以威服，难以化狎。西域内附日久，区区东望叩关者数矣，此其不乐匈奴慕汉之效也。今北虏已破车师，势必南攻鄯善，弃而不救，则诸国从矣。若然则虏财赂益增，胆势愈殖，威临南羌，与之交连，恐河西四郡，自此危矣。河西既危，不得不救，则百倍之役兴，不资之费发矣。议者但念西域悠远，恤之烦费，不见先世苦心勤劳之意也。方今边境守御之具不精，内郡武卫之备不修，敦煌孤危，远来告急；复不辅助，内无以慰劳吏民，外无以威示百蛮，蹙国减土，经有明戒。臣以为敦煌宜置校尉，案旧增四郡屯兵，以西抚诸国，庶足折冲万里，震怖匈奴。谨此上闻。

这疏经安帝批准，且因前时班勇所陈，与忠议相合，遂令勇为西域长史，率兵五百人，出屯柳中。勇议见前文。勇受命即行，既至楼兰，即因鄯善诚心归汉，传诏奖勉，特加该王三绶。复派吏招抚龟兹。龟兹王白英，尚怀疑未服，勇再开诚示信，加意怀柔，白英乃自知悔罪，约同姑墨、温宿二王，自行面缚，向勇乞降。勇亲为解缚，好言慰抚；令各处发步兵骑士，共讨车师。白英等既已投诚，自然从命，当下凑集万余人，受勇调度，直入车师前庭。前庭已归后王军就占领，军就仍居后庭，由北匈奴伊蠡王守住伊和谷，回应前文。被勇冲杀过去，不到多时，便捣破虏营，伊蠡王遁去；尚有军就留成的兵士，及前庭被胁诸降卒，约有六七千名，见匈奴兵尚被击走，哪里还敢抵敌？当即逃去了一二千人，余皆跪伏军前，稽颡听命。勇全数收抚，共得五千人，仍令住居车师前庭，自至柳中屯田。柳中距前庭只八十里，呼应甚便，可以无虞。勇拟暂从休养，筹备刍粮，俟至士饱马腾，再击车师后王。好容易已越一年，系延光四年。春光和煦，塞外寒消，草木已渐生长，正好乘此兴师。勇遂发敦煌、张掖、酒泉三郡兵马，共六千骑，又征鄯善、疏勒及车师前部兵，亦不下五六千，由勇亲自督率，往攻车师后王军就。军就亦领兵万余人，出庭迎敌，不意班勇部下，统是勇壮得很，一阵交锋，已被杀得人仰马翻，军就连忙退回，部众已丧失了好几千名。一时惶急失措，欲向北匈奴求援，又恐道远难及，没奈何硬着头皮，再图守御。偏来兵厉害得很，乘胜直入，锐不可当，部众出去招架，不是惊散，就是杀死。霎时间庭中大乱，只见外面大刀阔斧，一齐杀来，此时欲逃无路，还想拚死再战，蓦听得一声箭响，仔细审视，那箭镞已到面前，慌忙把头一偏，右肩上适被射着，痛不可耐，竟致晕倒。待至苏醒转来，四肢早经捆住，不能动弹；还有匈奴使人，也在旁边陪绑，束作一堆。俄而有数人驰至，把他两人扛抬了去，好似牛羊一般，直至汉前长史索班死处，作为祭品。号炮两振，军就与匈奴使人，头皆落地，魂灵儿从头中飞向鬼门关上挂号去了。不愿同生，但愿同死，两语可为两人写照。班勇既枭斩军就，传首京师，露布报捷。自是车师前后庭，又得开通，西域各国，复震慑汉威，陆续归附。真个是父作子述、两世重光呢！好肖子。

安帝闻得西域复通，心又放宽，乐得逍遥自在，倒把那班勇功绩，搁置一旁，并没有什么赏赉。且当时廉直大臣，第一个要算司徒杨震。永宁二年秋季，迁震为太尉，似乎知人善任，偏是小人道长，君子道消，结果是易明为昏，崇邪黜正，终落得朝廷柱石，化作尘沙，说来既觉可痛，尤觉可叹！太尉刘恺，因病免官，由震继为太尉，另用光禄勋刘熹为司徒。帝舅耿宝，已拜大鸿胪，特为宦官李闰兄弟说情，托震录用。震不肯相从，宝一再往候，且与震语道："李常侍为国家所重，欲令公辟除乃兄，主上亦曾允许，宝唯有传达上命罢了！"震正色道："如朝廷欲令三府辟召，应先敕下尚书，但凭私嘱，不敢闻命！"宝见震定意拒绝，悻悻自去。后兄阎显，亦进任执金吾，向震有所荐托，震亦不许。司空陈褒，已经罢去，后任为宗正刘授。他想讨好贵戚，一得风声，不待请托，便辟召李闰兄，及阎显意中的私亲，旬日间并见超擢。嗣复有诏为野王君造宅，王圣为野王君，见前文。大兴工役，中常侍樊丰，及侍中周广、谢恽等，更相煽惑，倾动朝廷。震为汉家首辅，实属忍无可忍，因再上书力谏道：

臣闻古者九年耕，必有三年之储，故尧遭洪水，人无菜色。臣伏念方今灾害滋甚，百姓空虚，不能自赡，重以螟蝗，羌虏钞掠，三边震扰，战斗之役，至今未息，兵甲军粮，不能复给，大司农帑藏匮乏，殆非社稷安宁之福！伏见诏书为阿母兴起第舍，合两为一，合两坊为一宅里。雕修缮饰，穷极巧技；今盛夏土王，而攻山采石，转相迫促，为费巨亿。周广、谢恽兄弟，与国无肺腑枝叶之属，依倚近幸奸佞之人，与樊丰、王永等，分威共权，属托州郡，倾动大臣，宰司辟召，承望旨意，招徕海内贪污之人，受其货赂，至有赃锢弃世之徒，复得显用；黑白混淆，清浊同源，天下喧哗，为朝结讥。臣闻师言，上之所取，财尽则怨，力尽则叛；怨叛之人，不可复使。故曰："百姓不足，君谁与足？"唯陛下度之！

这书呈入，好似石沉大海一般，并不见答。樊丰、周广、杨恽等，统皆切齿，就是野王君王圣母女，亦视若仇雠，恨不将震即日摈去。且因安帝不从震言，越好肆无忌惮，匪但王圣第宅，造得非常工巧，连樊丰等一班权阉，也胆敢捏造诏书，调发司农钱谷，大匠现徒材木，各起冢舍园池，役费无数。遂致变异相寻，京都地动。

杨震因屡谏不从，愤闷已极，何不引退？因岁暮不便陈词，勉忍至次年正月，申上直言道：

臣备台辅，不能奉宣德化，调和阴阳；去年十一月四日，京师地动。臣闻师言："地者阴精"，当安静承阳，而今动摇者，阴道盛也。其日戊辰，三者皆土，位在中宫，此中臣近官持权用事之象也！臣伏唯陛下以边境未宁，躬自菲薄，宫殿垣屋倾倚，枝柱而已，无所兴造，欲令远近咸知政化之清流，商邑之翼翼也。而亲近幸臣，骄溢逾法，多发徒士，盛修第舍，卖弄威福，道路喧哗，众听闻见，地动之变，近在城郭，殆为此发！又，冬无宿雪，春节未雨，百僚焦心，而缮修不止，诚致旱之征也。《书》曰："僭恒旸若。"臣无作福作威玉食，唯陛下奋乾坤之德，弃骄奢之臣，以掩妖言之口，奉承皇天之戒，无令威福久移于下，则阳长阴消，天地自无不交泰矣！

震言虽然激切，怎奈安帝已为群小所蒙，任他如何说法，始终不理。且嬖幸愈加侧目，往往在安帝旁谤毁杨震，安帝已渐觉不平。唯震为关西名儒，群望所归，若一时将他除去，免不得物议沸腾，摇动大局，所以群小尚有畏心，未敢无端加害。尚知畏清议么？会有河间男子赵腾，诣阙上书，指陈时政得失，安帝不禁怒起，说他无知小民，也来多嘴，当即诏令有司，捕腾下狱。中官最恨谤言，私下嘱托有司，谳成"讪上不道"的罪名，处腾死刑。杨震身为太尉，怎能坐视不救？乃复上疏谏净，略云：

臣闻尧舜之世，谏鼓谤木，立之于朝；殷周哲王，小人怨詈，则还自敬德。所以达聪明，开不讳，博采负薪，极尽下情也。今赵腾所坐，激讦谤语，为罪与手刃犯法有差，乞为加恩，全腾之命，以诱刍荛舆人之言，则国家幸甚！

安帝得疏，仍然不听，竟把赵腾处死，伏尸市曹。伯起！伯起！何不起身亟去？是年为延光三年，安帝想往外面游览，借着望祀岱宗的名目，出都东巡。文武百官，多半扈行，独太尉杨震，及中常侍樊丰等，却都留住京都，未尝随去。丰等因乘舆外出，越好擅用帑藏，移修第宅。原来为此，故未随行。偏被太尉掾高舒，召大匠令史等，底细考核，查出丰等前时捏造伪诏，呈与杨震。震因安帝东巡，未便举发，只好待回銮后，然后奏闻。何不飞使驰奏？丰等闻信，很是慌张，日夕与党与密商，意欲先发制人，为自保计。也是杨伯起命运该绝，不先不后，竟有星变逆行的天象，被阉党作为话柄，构成邪谋。一俟安帝回来，将到都门，急忙先去迎谒，伪言还宫须待吉时，请安帝至太学中，暂时休息，应吉乃入。安帝还道他是真心爱主，当即依议。及驾入太学，丰等得乘间密奏，说是太尉杨震，祖庇赵腾，前因陛下不从所请，心怀忿怼，意图构逆，所以上见星变，显示危机，请陛下先行收震，方可入宫。安帝尚未肯信，踌躇半晌，方语樊丰道："震为名士，难道也如此不法么？"丰应声道："震为邓氏故吏，邓氏既亡，怪不得震有异心了！"谗口可畏，震由邓骘辟举，见前文。安帝愕然点首，便夜遣中使，往收太尉印绶，策免震官。震不防有此一举，既被权阉占了先着，悔亦无益，当将印绶交出，坦然归第，闭门韬晦，谢绝交游。哪知安帝还宫以后，擢耿宝为大将军，宝与震挟有宿嫌，又由樊丰等从旁煽构，竟奏称震不服罪，仍怀怨望。有诏遣震归里。震奉诏即行，至夕阳亭，慨然语诸子门人道："人生本有一死，死不得所，也是士人常事。我叨居宰辅，明知奸臣狡猾，不能驱除；嬖女倾乱，不能禁遏，有何面目再见日月？我死后可用杂木为棺，粗布为被，盖形掩体，已自知足，不必归就墓次，添设祭祠了！"说毕，即饮鸩而死，时已七十余岁。小子有诗叹道：

> 拚死何如预见机，网罗陷入已难飞。
>
> 夕阳亭下沉冤日，应悔当年不早归！

杨震已死，樊丰等尚不肯干休，还要设法摆布，欲知他如何逞毒，待至下回叙明。

西域诸国，势如散沙，各酋长亦皆庸鄙，无一有为，但得中国良将一人，出而镇抚，便得制驭各国，使之帖服，非若冒顿父子之桀骜难驯也！试观班氏父子之出使，不待劳师费财，即此用夷攻夷之一策，已能指挥如意，无往不宜，谁谓外域之不可以驭乎？唯安内之谋，比攘外为尤亟，安帝有一杨震而不能用，反且听信群小，黜逐正人，汉之纲纪，自此紊矣！唯震为关西名士，当知以道事君之义，合则留，不合则去，胡为乎刺刺不休，坐听谗人之构陷，而未能自拔也？彼薛包、黄宪、周燮、冯良诸人，则倜乎远矣。

第十回

秘大丧还宫立幼主
诛元舅登殿滥封侯

却说樊丰等闻杨震已死，还不肯干休，密遣心腹赴弘农郡，嘱令太守移良，派吏至陕，阻住震丧，不准他携榇归葬；并令震诸子充当苦役，走驿传书。路人共知冤情，代为流涕。野王君王圣，与大长秋江京，<small>大长秋中官名。</small>连结樊丰等一班权阉，复要寻事生风，谋易储位，见好中宫。先将太子保乳母王男，厨监邴吉，构成死刑，流徙家属；然后与阎皇后串同一气，谗毁太子，及东宫属下的官僚。阎后尝鸩死太子生母李氏，<small>见前文。</small>只恐太子长成以后，察悉毒谋，必图报复，因此处心积虑，欲将太子除去。且太子保已逾十龄，为了王男、邴吉两人，无端致死，时常叹息。阎后及王圣、江京等，见太子已有知识，越觉情急，遂日夜至安帝前，诉说太子过恶。安帝本爱宠阎后，再加她三寸妙舌，一副娇容，装出许多泪眼愁眉，就使明知架诬，也要顾妻舍子，<small>枕席之言，最易动听。</small>况又有乳母王圣，幸臣江京、樊丰，从旁证实，几把那十龄童子，当作枭獍一般。看官试想这糊涂皇帝，尚能不入他彀中么？<small>妇寺之所以可畏者，如此。</small>当下召集公卿，拟废太子。大将军耿宝，首先赞成。唯太仆来历，与太常桓焉，廷尉张皓，同声梗议道："经有常言，人生年未满十五，过恶尚不及身；且王男、邴吉，果有逆谋，亦未肯与童年说知，皇太子怎能预闻？应亟选贤良保傅，辅导礼义，自能弼成储德。若遽欲废立，事关重大，请圣恩且从宽缓，不可速行！"

安帝不省，竟废太子保为济阴王，使居德阳殿西钟下。于是太仆来历，邀同光禄勋祋讽，*祋，丁外反，姓也。* 宗正刘祎，将作大匠薛皓，侍中闾邱弘、陈光、赵代、施延，及大中大夫朱伥等十余人，共诣鸿都门，力白太子无过，吁请收回成命。安帝闻知，勃然变色，竟使中常侍草就诏旨，至鸿都门宣读道：

> 父子一体，天性自然；以义割恩，为天下也！历、讽等不识大典，而与群小共为喧哗，外见忠直，而内希后福，饰邪违义，岂事君之礼？朝廷广开言事之路，故且一切假贷；若怀迷不返，当显明刑书，毋贻后悔！

这诏读罢，除太仆来历外，统皆失色，薛皓更汗流浃背，慌忙叩首道："诚如明诏！"语才说毕，即由来历从旁呵叱道："薛君近作何言，奈何遽先背约？大臣处置国事，难道好这般反复么？"皓又惧又惭，觑隙自去。祋讽、刘祎等，料知谏诤无益，依次引退。*实是首鼠两端。* 来历独居宿阙下，好几日不肯退回，惹动安帝懊恼，使中常侍往谕尚书，叫他共劾来历。诸尚书不敢不遵，遂推陈忠领衔，劾历迹近要君，失人臣礼。*陈忠奈何复为此举？* 安帝有词可借，便将历褫去官职，削夺国租，且黜历母武安长公主，不准入宫。原来历字伯珍，为故征羌侯来歙曾孙。歙子名褒，褒子名棱，皆袭侯爵。棱且尚明帝女武安公主，殁后公主尚存。子历既得嗣封，复因帝室姻戚，入朝登仕，由侍中迁至太仆，平素刚方持正，与权阉杜绝往来，至是因言得罪，闭户伏居，不与亲友交通，亲友亦无敢过问，可见得群阴交沍，天地晦盲了！是年京师及郡国地震，共二十三次，大水雨雹，共三十六次，安帝毫不知儆，反于永光四年二月，趁着和风丽日，鼓动游兴，挈了娇娇滴滴的阎皇后，带同国舅阎显兄弟，并及宠竖江京、樊丰等人，出都南巡。六龙并驾，五凤齐飞，驺从如云，旗旄如雨，说不尽的繁华烜赫，看不完的锦绮罗丛，沿途官吏，盛设供张，忙个不了。只是百姓又都遭殃，把卖男鬻女的血钱，供作龙舆凤辇等行乐费。*藻不妄抒。* 好容易到了宛城，安帝忽然不豫，饮食无味，寒热交侵，*乐极生悲。* 忙令御医诊视，服药罔效。那时不便再行，只好中途折回，才抵叶县，已是病入膏肓，不可再救。眼睁睁的看着阎后，及阎显兄弟等人，想传下两三句遗嘱，怎奈痰已上壅，不能出口，一刹那间，两目上翻，呜呼归天。在位一十九年，年止三十有二。阎后记得雨露深恩，不禁大哭，阎显兄弟，与江京、樊丰等在旁，连忙向后摆手，叫令休哭。待后收泪，即密语道："今皇上晏驾途中，济阴王尚在京师，倘被大臣拥立，必为所害，我等将身无死所了！"阎后听着，也觉着忙，急向大众问计。到底三五权阉，有些奸计，劝阎后秘不举哀，但言安帝病剧，移乘卧车，至入都后，方可发丧。阎后依计施行，便将帝尸置入卧车内，兼程还都，路上仍省问起居，及朝夕进食。鬼鬼祟祟的过了四日，方得驰入都中，尚佯遣司徒刘熹，往祷郊庙社稷，吁天请命。俟至晚间，方由宫中传出哀耗，令即治丧；一面迎立济北王寿子北乡侯懿为嗣，尊阎后为皇太后，授阎显为车骑将军，仪同三司。济阴王保，闻丧入哭，却被内侍阻住，不得上殿，但许在梓宫外面，遥望举哀。可怜保有冤莫白，有口难言，徒向那灵帏前大恸一场，几致晕倒地上，好多时方才趋出，接连不饮不食，约有数日。内外群僚，见他童年负屈，又能曲尽孝思，莫不唏嘘流涕，代抱不平。为后文迎立张本。北乡侯懿，尚在冲龄，阎太后贪立幼君，所以与阎显等定策禁中，迎立幼主。既已即位，然后奉安帝梓宫，出葬恭陵。阎太后即日临朝，阎显揽政。显却阴忌大将军耿宝，及野王君王圣，中常侍樊丰等人，于是交欢三公，密图进行。时卫尉冯石，迭经超迁，已代杨震为太尉，冯石见四十一回。阎显且奏闻太后，擢石为太傅，进司徒刘熹为太尉，参录尚书事，起前司空李郃为司徒。石本是个唯唯诺诺的人物，又蒙显一力保举，当然唯命是从；刘熹、李郃，也得拔茅连茹，感激不遑，何人再与阎氏反对？阎显遂与三公同奏一本，弹劾大将军耿宝，中常侍樊丰，侍中谢恽、周广，乳母野王君王圣，结党营私，罪俱难逭云云。阎太后立即下诏，饬拿樊丰、谢恽、周广下狱，严刑拷讯，三人受不起痛苦，并皆毙命。贬耿宝为辛侯，宝服毒自尽；王圣母女，流徙雁门。当日威风，而今安在？于是擢阎景为卫尉，耀为城门校尉，耀弟晏为执金吾，兄弟并处权要，威福自由。前车覆，后车鉴，奈何仍然不知？过了数月，幼主懿冒寒得病，病且日剧。中常侍孙程，前曾为邓太后服役，与樊丰、江京等志趣不同，因见樊丰虽死，江京尚存，要想自己出头，总非容易，朝思夜想，不如迎立济阴王，把阎显、江京等一概推倒，乃是绝好机会，稳取侯封。主见已定，即往语济阴王谒者兴渠道："济阴王本系嫡统，并无失德，先帝误信谗言，遂致废黜。若北乡侯一病不起，正好将王迎入，摔去江京、阎显，事必可成！"渠喜答道："此计甚善，幸亟安排！"孙程即退约私党，秘密筹备。先是中黄门王康，曾为太子保府史，太子被废，康常叹愤，又长乐太官王国，与程素来莫逆，彼此会商，各愿效劳。十月二十七日，幼主懿竟尔殁世，阎显替太后画策，再征诸王子弟，择为帝嗣。诸王俱在外藩，中使往返需时，未能骤至，孙程忙连络十八人，约于十一月二日，共诣德阳殿西钟下。届期十八人俱到，姓氏官职，备录如下：

王国长乐太官丞。

王康　黄龙　彭恺　孟叔　李建　王成　张贤　史汜　马国

王道　李元　杨佗　陈予　赵封　李刚　魏猛　苗光 以上并为中黄门。

十八人聚集一处，与孙程议定密谋，截衣为誓。待至次日夜间，各持利械，闯入章台门，直登崇德殿。内侍江京、刘安、李闰、陈达四人，守卫殿中，蓦见孙程等拥入，不知何因。京仗着累年威势，出来呵止，才说一语，已被孙程拔出短刀，砍落京首。刘安、陈达、李闰，惊慌的了不得，连忙向内逃入；偏是心下愈急，脚下愈慢，走了几步，即为孙程、王康追及，一刀一个，杀毙刘安、陈达。**凶狡何益？** 只有李闰还是活着，抖做一堆，众人又欲将他杀死，独孙程向众摇手，但用刀搁住闰肩，厉声与语道："今日当迎立济阴王，汝若赞成，无得摇动，否则立诛！"闰已吓倒地上，浑身乱颤，忙应了几个诺字。原来闰在宫中，颇有权术，为内外所畏服，所以程胁使同事，不愿加刃。既得闰连声允诺，乃扶闰起来，共至德阳殿西钟下，迎入济阴王保，拥他登位。保年才十一，是为顺帝。孙程等宣传诏命，遍召尚书仆射以下，扈从帝驾，转幸南宫云台；程等留守省门，捍蔽内外。阎显时在禁中，听报顺帝即位，惊愕失措，不知所为。**实是没用的东西。** 小黄门樊登，见显双眉紧蹙，踌躇不安，便向前献计，劝即用太后诏旨，传入越骑校尉冯诗，虎贲中郎将阎崇，守住朔平门，调兵御变。显如言颁诏，当即来了校尉冯诗，阎太后授诗符印，且与语道："能得济阴王，封万户侯；得李闰封五千户侯。"诗受印即出。显尚虑诗兵寥寥，特使樊登与诗偕行，至左掖门外号召吏士。哪知诗阳奉阴违，一出禁门，遽将樊登格杀，扬长自去。卫尉阎景闻报，急从省中还至外府，召集卫兵数百人，欲进盛德门。孙程传顺帝诏敕，令尚书郭镇，引羽林军出捕阎景。镇方卧病，闻命跃起，立刻点齐值宿羽林军，趋出南止车门，兜头碰着阎景，便扬声说道："阎卫尉下车听诏！"说着，即一跃下马，持节宣读诏书。景不肯下车，且怨叱道："这诏从何而来？"一面说，一面即拔剑出鞘，来斫郭镇。镇眼明手快，早已闪过一旁，掣出佩剑，刺入车中，喝一声"着"，景即从车中扑出，一个斤斗，仰堕地上。镇左右各持长戟，双管齐下，叉住景胸，因即将景擒住。景兵统皆溃散。当由郭镇送景入狱，景已受重伤，夜分即死。越宿辰刻，复遣使入宫，向阎太后索取玺绶。阎太后无可如何，不得不将玺绶交出，转呈顺帝。顺帝既得玺绶，便出御嘉德殿，使侍御史持节收系阎显，及显弟耀、晏，一并下狱，各处死刑；并将阎太后迁居离宫。又是一贵戚推翻，报应何速？尚书令刘光等，乘机上奏道：

昔孝安皇帝圣德明茂，早弃天下，陛下正统，当奉宗庙。而奸臣交构，遂令陛下龙潜藩国，群僚远近，莫不失望。天命有常，北乡不永；汉德盛明，福祚孔章。近臣建策，左右扶翼，内外同心，稽合神明。陛下践祚，奉遵鸿绪，为郊庙主，承续祖宗无穷之烈，上当天心，下厌民望。而即位仓猝，典章多缺，请条案礼仪，分别具奏，臣等不胜待命之至。

未几即有复诏颁出，准如所请，令有司参考旧议，规定新制。一面开南北宫门，撤销屯兵，大封功臣。诏书有云：

夫表功录善，天下之通义也。故中常侍长乐太仆江京、黄门令刘安、钩盾令陈达，与故车骑将军阎显兄弟，谋议恶逆，倾乱天下，中黄门孙程，王康，长乐太官丞王国等，怀忠愤发，戮力协谋，遂归灭元恶，以定王室。《诗》不云乎？"无言不仇，无德不报"。程为谋首，康国协同，其封程为浮阳侯，食邑万户；康为华容侯，国为郦侯，各九千户；中黄门黄龙为湘南侯，食邑五千户；彭恺为西平昌侯，孟叔为中庐侯，李建为复阳侯，各四千二百户；王成为广宗侯，张贤为祝阿侯，史泛为临沮侯，马国为广平侯，王道为范县侯，李元为褒信侯，杨佗为山都侯，陈予为下隽侯，赵封为析县侯，李刚为枝江侯，各四千户；魏猛为夷陵侯，食邑二千户；苗光为东阿侯，食邑千户。朝廷量功加赏，无偏无私，尔众侯其因功加懋，毋忽朕命！

看官记着：这就叫做十九侯。前时窦氏伏法，封侯唯一郑众，食邑只千五百户，已为有识所忧；此次多至十九人，推孙程为首功，封邑竟至万户，阉人得志，无逾此时。从此汉朝与宦官共天下，眼见得贻祸无穷，不亡不止了！**扼要语。**李闰先未预谋，故不得加封。孙程且迁官骑都尉，并得了许多金银钱帛的赏赐；就是王康以下，亦量予金帛有差。**做着一注大买卖。**又诏谕司隶校尉，除阎氏兄弟及江京等私亲外，悉从宽贷。用王礼葬北乡侯，起来历为卫尉。赦免王男、邴吉等家属，尽令还京，各给钱币。光禄勋祋讽、宗正刘祎、侍中闾邱弘等，均已去世，诸子皆选入为郎；侍中施延、陈光、赵代，及大中大夫朱伥等，皆见拔用。后至公卿，安平人崔瑗，前由阎显辟为掾吏，见显迎立北乡侯，有失众望，免不得代为寒心，意欲乘间谏显，劝他改立济阴王，捕诛江京、刘安、陈达等人。怎奈显终日沉醉，始终不得进言，乃告长史陈禅，邀与共入求见。禅恐难挽回，迟疑未决，遂致瑗孤掌难鸣。迁延了好多日，阎氏果败，瑗亦坐斥。门人苏祇，欲上书陈述前情，替瑗解免，瑗止令勿为。陈禅已进署司隶校尉，召瑗与语道：“君何不听门生上书，乃自甘坐废呢？”瑗答说道：“前时虽有此论，未曾举行，譬如儿女子屏人私语，怎得当真？愿使君不复出口，瑗从此告辞了！”说毕遂行，还至安平，杜门绝迹。州郡闻他狷介，再行辟举，屡征不起，韬晦终身。唯杨震门人虞放、陈翼，闻知樊丰、周广等诛死，却回忆师恩，诣阙陈书，追讼震冤。朝右亦共称震忠，乃下诏除震子牧秉为郎，**震有五子，牧秉最为著名，事见后文。**赐钱百万，许将遗柩改葬华阴潼亭，远近亲友，俱来会葬。先期十余日，有大鸟高约丈余，飞集柩前，俯仰悲鸣，泪下沾地，及安葬已毕，方才飞去。会葬诸人，都为称奇，郡吏亦举状上闻，可巧天灾不已，朝廷愈惜震枉死，因敕郡守致祭墓前，祠以中牢，且用诏书代策道：

故太尉震，正直是与，俾匡时政；而青蝇点素，同兹在藩，《诗》云：“营营青蝇，止于樊。”**樊藩同义。**上天降威，灾眚屡作，尔卜尔筮，唯震之故。朕之不德，用彰厥咎，山崩栋折，我其危哉？今使太守丞以中牢具祠，魂而有灵，傥其歆享。

震冤既雪，舆论益伸，时人更为立石墓旁，图刻大鸟形状，留作纪念。忠臣义士，到底流芳，比那一班权戚幸臣，死且遗臭，相去不啻天渊呢！后人其听之。就是如阎后一流妇女，位正椒房，身为国母，也算巾帼中的第一领袖，只为了贪心不足，弄得声名两败，徙居离宫。司隶校尉陈禅，更指斥阎太后生性妒忌，与顺帝无母子恩，请再徙居别馆，不当复行朝见礼。此议一倡，群臣相率赞成，好好一位太后娘娘，几乎要贬入冷宫，不见天日了。小子有诗咏道：

> 乾道主刚坤道柔，骄痴妒悍总招尤。
>
> 机关算尽徒增慨，十载雌风一旦休。

究竟阎太后再徙与否，容至下回再表。

安帝嗣子，只一济阴王，阎后先鸩死其母，复及其子，明明立为储君，乃交谮而废之，彼且自诩为得计，庸讵知阎氏赤族，已隐兆于此耶？《传》有之："众怒难犯，专欲难成。"阎后之构废济阴王，众怒之所由丛也；迎立北乡侯，专欲之所由败也。欲巧反拙，转利为害，而阎氏亡矣！孙程之谋立济阴王，即为阎氏专政之反动力。阎氏兄弟，固有可诛之罪，特惜其诛阎氏者，不出于三五公卿，而出于十九宦官。宦官得志，祸比外戚为尤烈。十九人同日封侯，汉家之气运已尽。幸而顺帝幼聪，尚能驾驭，故其祸不致遽发耳。然贻谋不臧，终为后世大患，读史至十九侯受封，已不禁为之长太息矣。

第十一回

救忠臣阉党自相攻
应贵相佳人终作后

却说阎太后既徙居离宫，复被陈禅一疏，又将别徙，累得阎太后愁上加愁，悲复增悲。**谁叫你有势行尽？** 还亏司徒掾周举，替她斡旋，进语司徒李郃道："昔瞽瞍尝欲杀舜，舜事瞍愈谨；郑武姜谋杀庄公，庄公誓决黄泉；秦始皇怨母失行，与母隔绝，后来终从颖考叔茅焦谏议，复修子道。书传播为美谈。今诸阎新诛，太后幽居离宫，若悲愁生疾，一旦不讳，主上将如何号令天下？陈禅所议非是，倘误从禅议，后世将归咎明公，恐明公亦无从解免了！今宜密表朝廷，仍率群臣朝觐太后，上厪天心，下副人望，方不失国家治道呢！"郃被他感动，因即上书陈述，毋从禅言，且请顺帝往朝太后。时已岁暮，倏忽逾年，改元永建，下诏大赦，顺帝乃率百官往朝阎太后。阎太后未免惭沮，并因母族衰亡，忧伤不已，害得花容憔悴，病骨支离，夜间梦寐不安，辄见顺帝生母李氏，前来索命，免不得悔恨交并。**妇人心肠，能容得几多惆怅？** 顿致病体日重，一命呜呼。**不死何为？** 顺帝仍援据旧典，为阎太后成服发丧，奉柩出葬，与安帝合瘗恭陵，谥曰安思皇后。司隶校尉陈禅，因前次上议不合，把他免官，召前武都太守虞诩，入朝代任司隶校尉。诩莅任仅及数月，即奏劾太傅冯石、太尉刘熹，阿附权贵，不宜在位。**应该举劾。** 顺帝准奏，便将冯石、刘熹免官，改用太常桓焉为太傅，大鸿胪朱宠为太尉。司徒李郃，亦患病乞休，另命长乐少府朱依接任。朝廷为了虞诩一言，竟致三公并免，群臣已不禁心寒；诩又续劾中常侍程璜、陈秉、孟生、李闰等，私受货赂，虽数人未遭严谴，终惹起同僚侧目，讥诩过苛。会当盛暑，狱中罪囚甚多，当由公卿劾诩不审天时，至盛夏且多系无辜，为吏人患。诩闻自己被劾，亟上书自讼道：

> 臣闻法禁者俗之堤防，刑罚者人之衔辔。今州曰任郡，郡曰任县，更相诿责，百姓怨穷；以苟容为贤，尽节为愚。臣所发举赃罪，不止一二，三府以下，恐为臣所奏，遂加诬劾。臣将从史鱼死，即以尸谏耳！

顺帝看了，也知诩心怀忠贞，不复加罪。唯中常张防，时方用事，每有请托受取等情弊，诩屡次案验，屡次不报。惹动诩忿懑不堪，竟自系廷尉，上书待罪道：

> 昔孝安皇帝任用樊丰，遂交乱嫡统，几亡社稷。今者张防复弄威柄，国家之祸，将重至矣！臣不忍与防同朝，谨自系以闻，无令臣袭杨震之迹，则不胜幸甚。

这书呈入，张防当然着忙，亟至顺帝前哭诉，说是虞诩加诬。顺帝也为所迷，派有司从严鞫讯，二日中传考四狱，狱吏劝诩自裁，诩奋然道："宁伏欧刀，表示远近，不愿轻自捐生！"硬头子。会宦官孙程、张贤等，颇怜诩直言获谴，相率入宫，为诩营救。想是忌防夺权，故借题发挥。既见顺帝，即由孙程面奏道："陛下与臣等谋事时，常恨奸臣误国，今首正大位，乃自蹈此辙，如何得轻议先帝呢？司隶校尉虞诩，为陛下尽忠，反受拘系；常侍张防，赃罪确凿，转得法外逍遥。今上天已经垂象，客星守羽林，占主宫中有奸臣，宜急收防下狱，借塞天变，毋致贻殃！"顺帝听着，面向后顾，防正在背后，面有愠色。孙程已瞧入眼中，竟大声叱防道："奸臣张防，何不下殿！"防虽承帝宠，究竟拗不过孙程，只好趋就东厢。程又向顺帝催促道："陛下宜急收防，毋使从阿母求情！"看官阅至此语，应疑阿母何人？原来乃是顺帝乳母宋娥。顺帝入立，娥亦与谋，故得干预政权，程备悉内情，故有此语。前有王圣，后有宋娥，真是无独有偶。顺帝尚犹豫未决，再召问尚书，以便决议。尚书贾朗，素与防善，竟答称防实无辜，诩独有罪。顺帝因谕孙程等道："汝等且出，容我再思！"程等不得已趋退。诩子颙率同门生百余人，各举白幡，在宫门外候着。凑巧中常侍高梵，乘车出来，颙等遂向他陈冤，甚至叩头流血。**向宦官叩头流血，阉人之势力可知。**梵下车劝慰，并愿为诩申冤，大众同声道谢。梵乃折回宫中，竭力谏诤，乃赦诩出狱，徙防戍边。贾朗等六人，罪坐阿党，贬谪有差。孙程再上言诩有大功，不应废置，顺帝因复征诩为议郎，越数日迁诩尚书仆射。诩又举荐议郎左雄，雄南郡涅阳人，以抗直闻名，故诩荐表中有云：

臣见方今公卿以下，类多拱默，以树恩为贤，尽节为愚，至相戒曰："白璧不可为，容容多厚福。"伏见议郎左雄，数上封事，至引陛下身遭难厄，以为儆戒，实有王臣蹇蹇之节。周公谟成王之风，宜擢在喉舌，必有匡弼之益。臣非敢援引私人，实为国家进一忠臣，以广言路，而成至治，伏唯垂鉴。

顺帝采用诩议，进拜雄为尚书，嗣又擢为尚书令。雄有犯无隐，所言皆明达政体，顺帝颇知嘉纳，无奈为阉竖所把持，不能尽用，多半为纸上空谈罢了。孙程等十九侯，自恃功高，往往上殿相争，不守臣节，顺帝已积不能容，当由有司仰承风旨，奏称孙程等干乱悖逆，久留京都，必为大患。顺帝即诏令程等免官，徙封远县，促令就国。司徒掾周举，独向司徒朱伥进言道："主上在西钟下时，若非孙程等协力定谋，怎能入承大统？今遽忘大德，苛录微疵，如或道路夭折，转使主上滥杀功臣，贻讥后世！明公何不乘他未去，亟为上表转圜？"**前劝李郃奏请朝后，尚有情理可说，此时却替阉人解免，太自失资格了。**伥沉吟道："今诏旨方有怒意，我独上表谏阻，必致罪谴，如何可行？"举又说道："明公年过八十，位为台辅，不乘此时竭忠报国，尚有何求？就使因言得罪，犹不失为忠臣。若以举言为不足采，请从此辞！"**保全几个阉人，怎得为忠？怎能报国？**伥乃如言上表，果得顺帝依从，还十九侯原封，不过遣使就国的命令，仍然照行。过了年余，复召还十九侯，后文再表。

且说顺帝即位以后，尚未知生母何人，至永建二年夏月，方得左右陈明，乃知生母李氏，曾藁葬洛阳城北。当下因感生哀，亲至瘗所致祭，用礼改葬，追尊李氏为恭愍皇后，号园寝为恭北陵。已而司徒朱伥老病侵寻，不能任事，太尉朱宠却因事免官，顺帝乃进太常刘光为太尉，光禄勋许敬为司徒。唯司空一职，自宗正刘授接任后，见四十二回。中经顺帝入嗣，又换易了两人：刘授免职，另用少府陶敦；陶敦免职，又另用廷尉张皓。皓与许敬俱有重名，敬历任三朝，从未昵近贵戚，所以窦、邓、耿、阎四族，迭起迭仆，士大夫辄被牵连，独敬素守清洁，毫不污染。皓为安帝废储一事，与桓焉来历等相率廷争，为士论所推重，见前回。至此擢为司徒，也是顺帝回忆前情，特加倚畀。皓籍隶武阳，敬籍隶平舆，地以人传，毋容琐叙。

顺帝又欲征求隐士，闻得鲁阳人樊英，遁居壶山，屡征不起，乃更用策书玄纁，优礼敦聘。英尝习京氏易，京氏及京房见《前汉演义》。得通星算，善能推步灾异，远方人士，往往负笈从游。尝有暴风从西方吹来，英语门人道："成都市必有大火，非禳解不可！"说着，遂汲水含口，向西喷去，并令门人记录日时。后有蜀客到来，传言某日大火，幸东方起一黑云，须臾大雨，火乃得灭。门人考证时日，果属相符，因此奉若神明。州郡礼请不应，安帝初召为博士，亦不就征，及顺帝备礼聘英，英仍然病辞。郡吏奉诏逼迫，硬把他载入车中，驰诣京师，英坚称病笃，不肯下舆。朝命连舆推入，直抵阙廷，英尚偃蹇不拜。顺帝瞧着，却也动怒，作色与语道："朕能生君，能杀君；能贵君，能贱君；能富君，能贫君！君何故敢慢朕命？"英从容答道："臣由天授命，命当死即死，陛下怎能生臣？怎能杀臣？臣见暴君如见仇雠，入朝尚且不愿，求什么贵官？平居环堵自安，南面王不易真乐，怕什么贱役？陛下怎能贵臣？怎能贱臣？禄不以道，虽万钟不受，独行己志，虽箪食不厌，陛下怎能富臣？怎能贫臣？"倔强语恰有至理。这一席话，说得顺帝无词可驳，怒亦渐平，乃令出就太医，服药疗疾，月致羊酒。过了两年，顺帝复为英设坛席，令公车导入阙中，尚书持奉几杖，视若宾师，英不得已退就臣礼，受职五官中郎将。未几又称病告辞，有诏命为光禄大夫，许得归养。朝廷遇有灾异，尝遣使致问，英所言必验；唯在朝应对，无甚奇猷，故时人或讥他纯盗虚声，不堪大用。独闻英家居时，偶然患疾，妻使奴婢拜问所苦，英必下床答拜。颍川陈实，少从英学，免不得暗暗称奇，便向英问明答拜的原因，英答说道："夫妻共奉祭祀，取义在齐，奈何可不答礼呢？"后英至七十余岁，在家考终。同时又有处士杨厚、黄琼，就征入朝。厚字仲宣，广汉郡新都县人，通术数，入阙进谒，预陈汉至三百五十年，当有厄运，不可不戒，顺帝命为议郎。黄琼字世英，就是江夏人黄香子。香博学能文，世称江夏黄童，见前文。后官终魏郡太守。琼承父荫，拜为太子舍人，丁忧归里，服阕不起。及与杨厚并下征车，琼未便

汉顺帝礼聘遗贤

违慢，登车至纶氏县，称疾不进，有诏命县吏敦迫，不得已再行就道。前司徒李郃子固，少年好学，改名求师，得为通儒，平时雅慕琼名，因从琼途中贻书道：

闻公车已度伊洛，近在万岁亭，岂即事有渐，将顺王命乎？先贤谓伯夷隘，柳下惠不恭，故传曰不夷不惠，可否之间，盖圣贤居身之所珍也。诚遂欲枕山栖谷，拟迹巢由，斯则可矣；若当辅政济民，今其时也！自生民以来，善政少而乱俗多，必待尧舜之君，此为志士，终无时矣。尝闻语曰："峣峣者易缺，皦皦者易污。"阳春之曲，和者必寡，盛名之下，其实难副。近鲁阳樊君，即指樊英。被征初至，朝廷特设坛席，如待神明，虽无大异，而言行所守，亦无所缺；乃毁谤布流，应时折减者，岂非以观听望深，声名太盛乎？自顷征聘之士，功业多无所采，是故俗论皆言处士纯盗虚声，愿先生弘此远谋，令众人叹服，一雪此言耳！

琼得书后，入朝拜官，亦为议郎，屡因灾异上书，颇邀采用，未几迁任尚书仆射，秉忠如故。顺帝时尚童年，独能虚心翕受，亦好算作东汉明君。唯西域长史班勇，平番有功，安帝时未曾加赏，顺帝永建二年，反因他出击焉者，后期坐罪，逮系狱中，这却未免薄待功臣，太觉寡恩了！先是班勇勘定车师，更立后庭故王子加特奴为王，再使别校捕诛东且弥王，亦另立新主，车师等六国悉平。勇复大发诸国兵，击北匈奴，逐走呼延王，虏众二万余人皆降，车师一带，无复虏迹，城郭皆安。独焉者国王元孟，未肯降服，由勇拜表奏闻，汉廷特遣敦煌太守张朗，率领河西四郡兵三千人，助勇进讨。勇征集诸国兵马，得四万余人，分为两路，往攻焉者。使朗从北道进行，自率部众驰入南道，约会焉者城下。朗先尝坐罪，意欲微功自赎，遂星夜前进，直抵爵离关。焉者兵开关搦战，被朗驱杀一阵，斩获至二千余人，残众败奔国都。焉者王元孟，当然惊慌，急遣使至朗营求降，朗不待勇至，先期入焉者国，受降而还。实是失信。勇在途次接得张朗军报，只好折回，据实上奏。偏有诏责他后期，召还系狱，好多日才得释出。还是因他前功足录，加恩贷罪，但官职已经褫免。勇郁愤成疾，返至家中，不久即殁。父子累建大功，徒落得身后萧条，岂不可叹？还有一种冤屈的事情，说来尤令人生愤。勇兄班雄，袭父遗封，曾为屯骑校尉，迁官京兆尹，病殁任所，子始袭爵，得尚清河孝王女阴城公主。公主为顺帝姑母，恃贵生骄，因骄思淫，竟引少年入帏，与他交欢。班始不愿做元绪公，自然与有违言，那公主却放胆横行，竟挈妍夫同坐帏中，召始进去，叱令跪伏床下。男儿总有一些气骨，看到这般情形，怎肯忍耐？顿时无名火高起三丈，立即出帏取刀，把一对奸夫淫妇，砍作四段。恰是快事。当有人报知顺帝，谁知顺帝不咎公主，单责始持刀行凶，立将始拿交诏狱，腰斩东市！甚至始同产兄弟，亦皆处死。惨乎不惨？冤乎不冤呢？这是永建五年间事。明明是导以纵淫。且说顺帝年至十五，举行冠礼，转眼间已是一十八岁，应该册立皇后。时后宫已有四位贵人，并得承宠。顺帝左右为难，意欲祷神探筹，卜定后位。尚书仆射胡广，与尚书郭虔、史敞等，联名进谏道：

> 窃见诏书，以立后事大，谦不自专，欲假之筹策，决疑灵神。篇籍所记，祖宗典故，未尝有也。恃神任筮，既不必当贤；就使得人，犹非德选。夫岐嶷形于自然，倪天必有异表，倪天之妹，见《诗经·大雅》。倪，譬喻也。宜参良家，简求有德，德同以年，年钧以貌，稽之典经，断之圣虑，政令犹汗，往而不返，诏文一下，形诸四方。臣等职在拾遗，忧深责重，是以焦心竭虑，冒昧陈闻。

顺帝阅过谏章，也觉得所言有理，乃决诸己意，特就四贵人中，选出一位梁氏女来，册作中宫。梁女名妠，就是和帝生母梁贵人的侄孙女，父名商，袭父乘氏侯雍遗爵，雍为梁谦次子，见前文。官拜黄门侍郎。永建三年，选商女及妹，并入掖庭，俱为贵人，擢商为屯骑校尉。商女降生时，有红光发现室中，阖家称为奇事；及女粗有知识，便喜习女工，并好读书，九岁能诵《论语》，治《韩诗》，即韩婴所传之诗。颇知大义，常将列女图画，置诸座右，作为鉴戒。父商尝语诸弟道："我先人全济河西，活人无算，虽大位不继，积德必报；若庆流子孙，当就在此女身上呢！"不望子而望女，所见亦谬，故女可兴家，子卒赤族。已女年十三，与姑同充选后宫，相工茅通，见女容止过人，便向顺帝前再拜称贺道："这所谓日角偃月，相法上应当极贵，臣相人颇多，未见有这般贵相哩！"顺帝令太史卜兆，亦得吉占，因即封为贵人，特加宠遇，屡命侍寝，梁女尝从容辞谢道："妾闻阳道以博施为德，阴道以不专为义；螽斯衍庆，百福乃兴。伏愿陛下普施雨露，俾得均泽，使小妾得免罪谤，已是深感皇恩了！"顺帝闻言，深以为贤，乃于永建七年正月，特在寿安殿中，册立梁贵人为皇后，赐后父商安车驷马，并增国土，迁官执金吾，布诏大赦，改永建七年为阳嘉元年。过了一载，又封商子冀为襄邑侯，连顺帝乳母宋娥，亦得受封山阳君。尚书令左雄，一再进谏，语甚切至。疏中有云：

> 臣闻人君莫不好忠正而恶谗谀，然而历世之患，莫不以忠正得罪，谗谀蒙幸者，盖听忠难，从谀易也。夫刑罪，人情之所甚恶，贵宠，人情之所甚欲，是以时俗为忠者少，而习谀者多。故令人主数闻其美，稀知其过，迷而不悟，以至于危亡。臣伏见诏书，顾念阿母旧德宿恩，欲特加显赏。案尚书故事，无乳母爵邑之制，唯先帝时阿母王圣为野王君，圣造生谗贼废立之祸，生为天下所咀嚼，死为海内所欢快。今阿母躬蹈俭约，以身率下，群僚蒸庶，莫不向风；而与王圣并同爵号，惧违本操，失其常愿。臣愚以为凡人之心，理不相远，其所不安，古今一也。百姓深惩王圣倾复之祸，民萌之命，危于累卵，常惧时世复有此类，怵惕之念，未离于心，恐惧之言，不绝于口。乞如前议，岁以千万给奉阿母，内足以尽恩爱之欢，外可不为吏民所怪。梁冀之封，事非机急，宜过灾厄之运，然后平议可否，封冀未迟。幸陛下裁察焉！

自左雄有此奏牍，梁商乃为子冀辞封，顺帝尚未肯遽允，章至数上，乃收回封冀成命。独山阳君宋娥，不闻让还，适值京师地震，缑氏山崩，那謇謇谔谔的左伯豪，又不能不乘机进谏，再贡忠忱。**左雄字伯豪。** 小子有诗咏道：

> 野王以后又山阳，徒顾私恩乱旧纲。
> 独有名臣持大体，不辞苦口砭膏肓。

欲知左雄如何进言，顺帝曾否从谏，请看官续阅下回，便见分晓。

孙程之迎立济阴王，并非持正，实欲邀功；厥后之保全虞诩，指斥张防，并非怜忠，实欲沽直。小人未尝无为善之时，但其所以为善者，亦不免为营私计耳。及观其上殿争功而肺肝具见，微顺帝之童年聪颖，徙封就国，遞削其权，孙程等宁能终安乎。周举号称正士，乃反请朱伥救解，甚矣！其徒知小节，不顾大体也！梁后具有贵相，与窦后略同，正位以后，虽不若窦后之妒悍，然其后临朝专政，不能裁抑兄弟，终酿成梁冀之祸。梁商谓庆流子孙，应兴此女，庸讵知兴宗在此，覆宗亦即在此耶？夫贤德如马皇后，而马氏且未尽令终，如商所言，徒见其鄙陋而已，何足道哉？

第十二回

进李固对策膺首选
举祝良解甲定群蛮

却说尚书令左雄，因见梁冀辞爵，宋娥独不让封，乃复借着地震山崩的变异，再上封章，略云：

> 先帝封野王君，汉阳地震，今封山阳君，而京城复震，专政在阴，其灾尤大。臣前后瞽言，封爵至重，王者可私人以财，不可以官，宜还阿母之封，以塞灾异。今冀已高让，山阳君亦宜崇其本节，毋蹈怨尤，则所保者大，国安而山阳君亦安矣。

宋娥闻得左雄再三谏诤，亦有畏心，乃向顺帝辞还封号；偏顺帝专徇私恩，不肯照准，于是山阳君封号如故。左雄所言，依然无效，但雄名由此益著。雄尝因州郡荐举，类多失实，特奏请察举孝廉，必年满四十，诸生试家法，**即一家之学**。文吏课笺奏，乃得应选；若有茂才异行如颜渊、子奇，方可不拘年齿。**子奇齐人，年十八，齐君使宰东阿，阿县大化。**顺帝依议，颁诏州郡。会广陵郡有孝廉徐淑，应举入都，年未四十，台郎诘以违格，淑答说道："诏书有如颜渊、子奇，不拘年齿，故本郡以臣充选！"郎官无言可驳，转告左雄，雄召淑入见，莞尔与语道："昔颜渊闻一知十，孝廉能闻一知几呢？"说得淑无从对答，默然退归。尚书仆射胡广，曾与雄议不合，出为济阴太守，所举数人，并皆失当，坐是免官。此外尚有牧守滥举，亦遭罢黜。唯汝南人陈蕃，颍川人李膺，下邳人陈球等三十余人，才足应选，得拜郎中。安丘人郎𫖮，素有声誉，由顺帝特征入阙，面问灾异，𫖮详上条陈，大要在修德禳灾，且荐举议郎黄琼，茂才李固。顺帝命𫖮为郎中，𫖮辞病不就，飘然竟去。忽由洛阳令奏报宣德亭边，平地无故自裂，阔约八十五丈，顺帝乃令公卿所举各士人，入朝对策。峨峨髦士，挟策干时，遂皆摛藻扬华，发挥己见。就中名士颇多，如扶风人马融，南阳人张衡，亦俱在列。所上策文，由顺帝亲自展览，内有一篇佳作，系详言时政得失，不涉虚浮，当即拔为第一。看官欲赏识此文，由小子抄录如下：

臣闻王者父天母地，宝有山川，王道得，则阴阳和穆；政化乖，则崩震为灾，斯皆关诸天心，效于成事者也。夫化以职成，官由能理。古之进者，有德有命；今之进者，唯财与力。伏闻诏书务求宽博，嫉恶严暴，而今长吏多杀伐致声名者，必加迁赏，其存宽和无党援者，辄见斥逐，是以淳厚之风不宣，雕薄之俗未革。虽繁刑重禁，何能有益？前孝安皇帝变乱旧典，封爵阿母，因造妖孽，使樊丰之徒，乘权放恣，侵夺主威，改乱嫡嗣，至令圣躬狼狈，亲遇其艰。既拔自困殆，龙兴即位，天下喁喁，属望风政。积敝之后，易致中兴，诚当沛然，思唯善道，而论者犹云方今之事，复同于前。臣伏从山草，痛心伤臆！诚以汉兴以来，三百余年，贤圣相继，十有八主，岂无阿乳之恩？岂忘爵赏之宠？然上畏天威，俯案经典，知义不可，故不封也。勤谨之德，但加赏赐，足以酬其劳苦；至于裂土开国，实乖旧典。闻阿母体性谦虚，必有逊让，陛下宜许其辞国之高，使成万安之福。夫妃后之家，所以少完全者，岂天性当然？但以爵禄尊显，专总权柄，天道恶盈，不知自损，故至颠仆。先帝宠遇阎氏，位号太疾，故其受祸曾不旋时。孟子曰："其进锐者，其退速也。"今梁氏戚为椒房，礼所不臣，尊以高爵，尚可然也；而子弟群从，荣显兼加，永平建初故事，殆不如此；宜令步兵校尉冀，及诸侍中还居黄门之官，使权去外戚，政归国家，岂不休乎？又，诏书所以禁侍中尚书中臣子弟，不得为吏，察孝廉者，以其秉威权、容请托故也。而中常侍在日月之侧，声势振天下，子弟禄任，曾无限极，虽外托谦默，不干州郡，而谄伪之徒，望风进举。今可为设常禁，同之中臣。昔馆陶公主为子求郎，明帝不许，见前文。赐钱千万，所以轻厚赐、重薄位者，为官人失才，害及百姓也。

窃闻长水司马武宣、开阳城门侯羊迪等，无他功德，初拜便真，此虽小失，而渐坏旧章。先圣法度，所宜坚守，政教一跌，百年不复。诗云："上帝板板，下民卒瘅。"刺周王变祖法度，故使下民将尽病也。今陛下之有尚书，犹天之有北斗也。斗为天喉舌，尚书亦为陛下喉舌。斗斟酌元气，运乎四时；尚书出纳王命，敷政四海。权尊势重，责之所归，若不平心，灾眚必至，诚宜审择其人，以辅圣政。今与陛下共理天下者，外则公卿尚书，内则常侍黄门，譬犹一门之内，一家之事，安则共其福庆，危则通其祸败。刺史二千石，外统职事，内受法则。夫表曲者影必邪，源清者流必洁，犹叩树本而百枝皆动也。《周颂》曰："薄言振之，莫不震迭。"此言动之于内，而应之于外也。由此言之，本朝号令，岂可蹉跌？间隙一开，则邪人动心；利竞暂启，则仁义道塞。刑罚不能复禁，化导以之寝坏。此天下之纪纲，当今之急务。陛下宜开石室，陈图书，招会群儒，引问得失，指摘变象，以求天意。其言有中理，即时施行，显拔其人。以表能者，则圣听日有所闻，忠臣尽其所知。又宜罢退宦官，去其权重，第置常侍二人，方直有德者，省事左右；小黄门五人，才智闲雅者，给事殿中。如此则论者厌塞，升平可致也。臣所以敢陈愚瞽、冒昧自闻者，倘或皇天欲令微臣觉悟陛下，陛下宜熟察臣言，怜赦臣死。臣言有尽而意不尽，伏维垂鉴。

看官道这篇策文，是何人所作？原来就是南郑人李固，即故司徒李郃的令子。固五察孝廉，再举茂才，皆不应召，至是为卫尉贾建所举，乃诣阙献词。顺帝特加鉴赏，置诸高第。即日令乳母宋娥，出居外舍，并责诸常侍干预政权。诸常侍悉叩头谢罪，朝廷肃然，因拜固为议郎。马融前曾为校书郎中，因上广成颂，隐寓讥刺，忤旨被黜，及此次对策，乃复使与固同官。张衡南阳人，表字平子，素善机巧，更研精天文阴阳历算，尝作浑天仪，著灵宪算罔论，造候风地动仪，为前人所未有。当时已为太史令，衡不慕荣利，故累年不迁，好几载才得为侍中。这都由阉人当道，排摈清流，虽有名士，终致沉抑下僚，不获大用。浮阳侯孙程等，就国年余，仍复召还京师，命与王道、李元，同拜骑都尉。回应前回。嗣复迁程为奉车都尉，程竟病死，追赠车骑将军印绶，赐谥刚侯。程临终遗言，愿将封邑传与弟美，顺帝将封邑中分一半畀孙美承受，一半使程养子寿袭封，这也是汉朝特别的创格。到了阳嘉四年，居然垂为定例，诏令宦官养子，俱得为嗣，承袭封爵。御史张纲，就是司空张皓子，皓为留侯张良六世孙，居官正直，至阳嘉元年病殁。纲少通经学，砥砺廉隅，既受任为御史，目睹顺帝宠遇宦官，引为己忧，慨然叹息道："秽恶满朝，不能致身事君，扫清宫禁，虽得幸生，也非我所愿哩！"当下缮就奏折，入朝进呈，奏中说是：

《诗》曰："不愆不忘，率由旧章。"溯自大汉初隆，及中兴之世，文明二帝，德化尤盛，观其理为易循易见，但恭俭守节，约身尚德而已。中官常侍，不过两人，近幸尝赐，裁满数金，惜费重民，故家给人足。夷狄闻中国优富，任信道德，所以奸谋自消，而和气盛应。顷者以来，不遵旧典，无功小人，皆有官爵，富之骄之，而复害之，非爱人重器承天顺道者也！伏愿陛下少留圣恩，割损左右，以奉天下，则治道其庶几矣！

书入不报。是时三公已换易数人，太傅桓焉，太尉朱宠，司徒许敬，皆相继罢去；用大鸿胪庞参为太尉，录尚书事，宗正刘崎为司徒，又因司空张皓出缺，进太常王龚为司空。太傅本非常职，暂从缓设。太尉庞参，就职至三年有余，最号忠直，内侍等不便舞弊，屡加潜毁，司隶亦党同阉竖，上书纠弹，独广汉郡上计掾段恭，力为庞参洗刷，请顺帝专心委任，顺帝乃任参如故。不料参后妻嫉妒，竟将前妻子推入井中，猝遭溺死，洛阳令祝良，与参有隙，当即入太尉府查勘属实，立时报闻，参因坐免，改任大鸿胪施延为太尉。越二年，施延免职，又起参为太尉。参年老多病，逾年寿终，司空张龚，继参后任。太常孔扶，迁官司空，未几又改用光禄勋王卓。司徒刘崎，亦坐事免官，特擢大司农黄尚为司徒。唯梁后父执金吾梁商，奉命为大将军，独不愿就任，托疾固辞，顺帝使太常奉策，就第册拜，商不得已诣阙受命。汉阳人巨览，上党人陈龟，并有才行，当由商辟为掾属；李固、周举，亦由商特召，入为从事中郎。固见商谦和有余，刚断不足，乃上笺讽商道：

昔《春秋》褒仪父以开义路，贬无骇以闭利门；夫义路闭则利门开，利门开则义路闭也。前孝安皇帝，内任伯荣、樊丰之属，外委周广、谢恽之徒，开门受略，署用非次，天下纷然，怨声满道。今上初立，颇存清静，未能逾年，稍复堕损，左右党进者，日有迁拜；守死善道者，滞涸穷路，而未有改敝立德之方。又，即位以来，十有余年，圣嗣未立，群下系望。可令中宫博简嫔媵，兼采微贱宜子之人，进御至尊，顺助天意。若有皇子，母自乳养，无委保妾医巫，以致飞燕之祸。明将军望尊位显，当以天下为忧，崇尚谦省，垂则万方，而新营祠堂，费工亿计，非以昭明令德，崇示清俭。自数年以来，灾怪屡见，近无雨润，而沉阴郁决，宫省之内，容有阴谋。孔子曰："智者见变思形，愚者睹怪讳名。"天道无亲，可为祗畏。如近者月食既于端门之侧，既尽也。月者大臣之体也，夫穷高则危，太满则溢，月盈则缺，日中则移，凡此四者，自然之数也。天地之心，福谦忌盛，是以贤达功遂身退，全名养寿，无有怵迫之忧。诚令王纲一整，道行忠立，明公踵伯成之高，唐虞时为诸侯，至禹即位，弃官归耕，事见《庄子》。全不朽之誉，岂与此外戚凡辈，耽荣好位者，同日而论哉？固狂夫下愚，不达大体，窃感故人一饭之报，况受顾遇而可不尽言乎？愚者千虑，必有一得，幸赐裁览！

梁商亦知固效忠，但素性优柔，终不能用。宦官十九侯中，孙程早死，王康、王国、彭恺、王成、赵封、魏猛等，亦陆续病亡，唯黄龙、杨佗、孟叔、李建、张贤、史汎、王道、李元、李刚九人，与乳母宋娥，交相蛊蔽，贿赂公行。太尉王龚，每恨宦官揽权，志在匡正，因极陈诸阉过恶，请即放斥。阉党不免惊惶，各使宾客诬奏龚罪，顺帝竟偏听谗言，命龚自白。李固闻知，即进告梁商，为龚辩诬，且谓三公望重，不应赴廷对簿，请即代为表明，毋令王公蒙冤。商乃入白顺帝，才得无事。商子冀，鸢肩豺耳，两眼直视，口吃不能明言，少时游荡无行，酒色自娱，凡博弈蹴鞠诸技，却是般般精通，又喜臂鹰走狗，骋马斗鸡，此外却无甚材能，不过略通书计。为了椒房贵戚，得列显阶，初为黄门侍郎，转迁侍中虎贲中郎将，及越骑步兵各校尉，至父商为大将军，冀竟代任执金吾。阳嘉五年，改号永元，调冀为河南尹。冀居职暴恣，多为不道。洛阳令吕放，进见梁商，偶然谈及冀过，商当然责冀，冀恨放多嘴，竟遣人伏候道旁，俟经过时，把他刺死。且恐乃父察悉，伪言放为仇家所刺，请使放弟禹为洛阳令，严行捕讯。禹接任后，总道是与冀无干，但将宗亲宾佐，逐加拷问，冤冤枉枉死了一百多人。冀一出手，便冤死多人，怪不得后来要杀皇帝。梁商尚被冀瞒过，顺帝更不必说了。是年武陵蛮叛乱，幸得新任太守李进，领兵讨平，且简选良吏，抚循蛮夷，郡境乃安。过了一年，象林蛮区怜等，纠众为乱，攻县廨，戕长吏，骚扰的了不得。交趾刺史樊演，发交趾、九真兵二万余人，往救象林，兵士不愿远行，倒戈返攻，还亏樊演乘城拒守，觑隙出击，得将叛兵驱散，城郭无恙。但叛兵投入蛮帐，蛮众益盛。适侍御史贾昌，出使日南，闻得叛蛮猖獗，亟与州郡官吏，并力合讨，怎奈岭路崎岖，蛮众负嵎自固，官兵不能与敌，战辄失利，反为所围。贾昌等飞书乞援，诏令公卿百官，会议方略，群臣等请特简元戎，大发荆、扬、兖、豫兵马，往讨叛蛮；独大将军属下从事中郎李固，力驳众议，独献良谟，大致说云：

蛮荒辽远，用兵最艰，若荆、扬无事，发之可也。今二州盗贼，盘结不散，武陵、南郡，蛮夷未辑，长沙、桂阳，数被征发，如复扰乱，必更生患，其不可一也。又兖豫之人，猝被征发，远赴万里，无有还期，诏书迫促，必致叛亡，其不可二也。南州水土温暑，加有瘴气，致死亡者，十必四五，其不可三也。远涉万里，士卒疲劳，及至岭南，不堪复斗，其不可四也。军行日三十里，而兖豫去日南九千余里，三百日乃到，计人粟五升，用米六十万斛，不计将吏驴马之食，但负甲自致，费便若此，其不可五也。军之所在，死亡必众，不足御敌，当复更发，其不可六也。九真、日南，相去千里，发其吏民，犹且不堪，何况苦四州之卒，以赴万里之艰哉，其不可七也。前中郎将尹就，讨益州叛羌，益州谚曰："虏来尚可，尹来杀我。"后就征还，以兵付刺史张乔；乔因其将吏，旬月之间，破珍寇虏。此发将无益之效，州郡可任之验也。宜更选有勇略仁惠任将帅者，以为刺史太守，悉使共住交趾。今日南兵单无谷，守既不足，战又不能，可一切徙其吏民，北依交趾，还募蛮夷，使自相攻，转输金帛以为其资；有能反间致头首者，许以封侯裂土之赏。前并州刺史祝良，性多勇决；又南阳张乔，前在益州，有破虏之功，皆可任用。昔太宗加魏尚为云中守，哀帝即拜龚舍为泰山太守，今宜师其遗意，拜良等便道之官，则不待劳师，自可收效，而蛮疆之绥辑不难矣。

这议一创，公卿等却多以为然，不复坚持成见。于是拜祝良为九真太守，张乔为交趾刺史，即日就道，同赴岭南。乔至交趾，开示恩信，解散胁从，叛众或降或归，不复生乱。良到九真，单车入蛮穴中，晓谕祸福，示以至诚，蛮众亦俯首帖耳，愿遵约束，投降至数万人，俱为良筑造府舍，仍复前观，岭外复平。朝廷未接捷音，尚使公卿等各举猛士，选为将帅。尚书令左雄，时已调任司隶校尉，独将前冀州刺史冯直保举上去。偏尚书周举，谓冯直尝坐赃免官，如何得列入荐牍？因此劾雄所举非人，免不得有阿私情弊。雄以周举得为尚书，也由自己推荐，此次恩将仇报，太觉不情，当下往诘周举道："我素重君才，故敢进言，谁知反害及自身！"举慨然答道："昔赵宣子任韩厥为司马，厥反戮宣子仆，宣子语诸大夫道：'可以贺我！'今君不以举为不才，谬升诸朝，举不敢向君阿谀，致贻君羞。不料君意与古人不同，举始自知得罪了！"雄听了举言，忙改容称谢道："吾过，吾过！幸勿介意！"遂拱手别归。时人称举为善规，雄为善改，统是当时贤士，名不虚传。还有一班窃权揽势的宦官，乘机举用私人，竞卖恩势。独大长秋良贺，清俭退厚，一无所举，顺帝暗暗诧异，召问原因，贺直答道："臣生自草莽，长居宫禁，天下人才，臣未知悉，又与士类素乏交游，怎敢滥举？昔卫鞅因景监介绍，得见秦王，智士已料他不终，若使臣妄举数人，恐士人不以为荣，反且因此见辱了！"顺帝闻言，也为叹息不置。但内侍如贺，实是不可多得。此外多招权纳贿，往往酿成祸阶。永和四年元月，中常侍张逵，竟矫诏捕人，险些儿构兴大狱，连累无辜。小子有诗叹道：

> 刑余腐竖总难容，蟠踞宫廷定兆凶；
> 亦有驯良堪任使，古今能有几人逢？

欲知张逵矫诏情事，容至下回分解。

　　顺帝亦中智之君，观其召试群儒，能举李固为首选，退乳母，责阍人，宫禁肃然，其与乃父之庸暗不君，似不可同日语矣。然一时之明察，终不敌群小之欺蒙，虽有直臣，挽回无几。意者其尚有遗传性之留存，明于初而昧于终欤？梁商以谦退称，亦卒蹈优柔之失，有子如冀，不能教以义方，遑问他事。李固讽商之言，尚未能直揭其弊，而商且不用，时人称商为顺帝贤辅，其然岂其然乎？及固荐引祝良、张乔之抚蛮，而四府均赞成固议，卒得成功。度其时商为首弼，且握兵权，必有为之主宰其间者，况固为从事中郎，亦由商所辟召？盖亦一邓骘之流亚而已。语有之："善善从长，恶恶从短。"则商固非无一长之足采之。

第十三回

马贤战殁姑射山
张纲驰抚广陵贼

却说中常侍张逵，素行狡黠，善能希旨承颜，得邀主眷。只是汉宫里面的宦官，多至千百，几不胜数，彼争权，此夺宠，所以互相奔竞，迭起不休。当时张逵以外，尚有小黄门曹节，及曹腾、孟贲等，俱为顺帝所昵爱，揽权用事。甚至后兄梁冀，及冀弟不疑，常与往来，结为至交。大将军梁商，亦未尝禁止，反令儿辈通好权阉，作为护符，朝臣莫敢与抗。只张逵相形见绌，满怀不平，遂串同山阳君宋娥，及黄龙、杨佗、孟叔、李建、张贤、史汎、王道、李元、李刚等九侯，诬奏大将军梁商，与曹腾、孟贲等阴图废立，请即加防。顺帝却正容答道："必无此事！朕想汝等共怀妒忌，故有此言！"逵等都不禁失色，当即退出。只逵因妒生恨，因恨生惧，自思一不做，二不休，不如冒险一试，先除曹腾、孟贲，再作后图。当下捏造伪诏，收捕腾、贲下狱。*好大胆子，想是活得不耐烦，故有此举。*顺帝闻知，勃然大怒，立饬拿住张逵，交付法司，一经拷讯，水落石出，便将逵推出市曹，一刀两段。乳母宋娥，夺爵归田；黄龙等九侯，遣令就国，削去国土四分之一；释出曹腾、孟贲，守职如故。自是阉党十九侯中，除已死及被黜外，只有广平侯马国，下隽侯陈予，东阿侯苗光，总算保全爵邑，富贵终身。*也是这三人，不欲争权，故得幸免。*这且搁过不表。

且说陇西塞外的杂羌，自经麻奴降服后，幸得少安。*见前文。*既而麻奴病死，弟犀苦嗣为烧当羌酋，阴有贰心，又嗾动钟羌叛汉，寇掠凉州。护羌校尉马贤，引兵出击，斩首千余级，余众多降，贤得进封都乡侯。嗣贤坐事征还，代以右扶风韩皓；皓不久复罢，由张掖太守马续继任。钟羌酋良封等，又复为乱，入寇陇西、汉阳，有诏再起马贤为谒者，前往镇抚。贤至陇西，马续已击败良封，再由贤调发陇西吏士，及羌胡各骑兵，追封出塞，斩首千八百级；封穷蹙失势，被贤击毙，亲属俱降。贤复进剿钟羌支族且昌等，亦获大胜，且昌等率诸种十余万众，诣梁州刺史处投诚。汉廷乃仍使贤为护羌校尉，调马续为度辽将军。续莅任四年，恩威两济，颇得民心。独南匈奴左部句龙王吾斯、车纽等，恃强不法，竟率三千余骑，入寇西河，复煽惑右贤王，合兵七八千人，进围美稷，杀死朔方代郡各长吏。度辽将军马续，因与中郎将梁并、乌桓校尉王元，发边兵及羌胡骑士，共二万余人，掩击吾斯、车纽等联兵，斩馘颇多。吾斯、车纽虽然败衄，却是屡散屡聚，随处骚扰。汉廷遣使赍诏，往责南单于，单于休利，本未预谋，不得已脱帽避帐，至中郎将梁并处谢罪。并却好言抚慰，遣令归庭。未几并因病乞休，后任为五原太守陈龟。龟以南单于不能驭下，外顺内叛，逼令自杀。又欲徙单于近亲，入居内郡，遂致胡人生贰，各有违言。朝廷因他办理不善，逮还都中，下狱免官。大将军梁商，拟招降叛胡，不欲多劳兵戎，乃上表申议，略云：

匈奴寇叛，自知罪大，穷鸟困兽，犹图救死，况种类繁炽，不可殚尽。今转战日增，三军疲苦，虚内给外，非中国之利。窃见度辽将军马续，素有谋谟，且典边日久，深晓兵要，每得续书，与臣策合。宜令续深沟高垒，以恩信招降，宣示购赏，明其期约，如此则丑类可服，国家无事矣。

顺帝依言，诏令马续招降叛虏，毋得一意用兵。梁商又致书与续道：

中国安宁，忘战日久。良骑野合，交锋接矢，决胜当时，此戎狄之所长，而中国之所短也；强弩乘城，坚营固守，以待其衰，此中国之所长，而戎狄之所短也。宜务先所长，以观其变，设购开赏，宣示反悔，勿贪小功，以乱大谋，是所至要！

马续既接朝旨，复得商书，当然专心招抚，敛威用恩。南匈奴右贤王部抑鞮等，率领万三千口，诣续乞降，唯吾斯、车纽，仍然未服。吾斯且推车纽为单于，东引乌桓，西收羌胡等数万人，攻破京兆虎牙营，戕上郡都尉及军司马，转掠并、凉、幽、冀四州。未曾大挫强虏，徒欲一意主抚，亦为启寇之阶。朝廷尚主张退守，但徙西河治离石，上郡治夏阳，朔方治五原。待至寇势日迫，警报时闻，乃遣中郎将张耽，招集幽州、乌桓诸郡营兵，出讨叛虏。耽有胆略，善抚士卒，军中乐为效死，行至马邑，与虏兵相值，一阵横扫，枭得虏首三千级，生擒无算。车纽与诸豪帅骨都侯等，心惊胆落，匍匐请降。唯吾斯窜去，嗣复收拾余烬，再来寇边。耽与马续合兵奋击，追至谷城，大破吾斯；吾斯遁入天山，与乌桓兵依险自固。耽穷兵深入，逾涧攀崖，猱升而上，连斩乌桓渠帅，夺还被掠人畜，不可胜计。吾斯复遁，虏势乃衰。偏是北寇渐稀，西羌复炽，甚至蹂躏三辅，烽火连天。原来且昌羌等投降以后，余羌亦多被马贤击走，陇右却安静了年余。已而烧当羌酋那离等复叛，又为马贤所诛。贤奉调为弘农太守，另任来机、刘秉为并、凉二州刺史。机与秉出都时，往辞大将军梁商，商与语道："古称戎狄荒服，蛮夷要服，是说他荒忽无常，全在镇抚得人，临事制宜，毋拂彼性。今二君素性嫉恶，太分黑白，孔子所谓人而不仁，疾之已甚，必致激乱，何况蛮夷戎狄哩？愿二君务安羌胡，防大赦小，方可无虞！"既知二君性刻，何勿上表谏诅？机等虽然应命，但本性难移，怎能遽改？到任以后，苛待群羌，多所扰发，于是且冻傅难钟羌等复叛，攻掠金城湟中，入寇三辅，杀害长吏，毒虐生民。朝廷闻警，急将机、秉二人逮还，特拜马贤为征西将军，使骑都尉耿叔为副，带领左右羽林五校士，及诸郡兵十万人，出屯汉阳。大将军梁商虑贤年老难任，请改用大中大夫宋汉，顺帝不从。贤在途稽留，多日不进，时马融为武都太守，上书进谏道：

今杂种诸羌，转相钞掠，宜及其未并，亟请深入，破其支党，而马贤等处处留滞。羌胡百里望尘，千里听声，今逃匿避回，漏出其后，则必侵寇三辅，为民大害。臣愿请贤所不可，用关东兵五千，裁假部队之号，尽力率厉，埋根行首，以先吏士；三旬之后，必克破之。臣少习学艺，不更武职；猥陈此言，必受诬罔之辜。昔毛遂厮养，为众所嗤，终以一言，克定从要。从读如纵。臣又闻吴起为将，暑不张盖，寒不披裘；今贤野次垂幕，珍肴杂沓，儿子侍妾，事与古反。臣惧其将士将不堪命，必有高克溃破之忧也！高克，郑人，见《左传》。

　　书入不报。安定人皇甫规，闻马贤不恤军事，料其必败，亦据实上闻，顺帝既不从融言，怎肯听信皇甫规？当然搁置不理，唯遣使催促马贤进兵。贤进抵汉阳，尚是无心进战。至永和六年正月，且冻羌分道入寇，掠武都，烧陇关，蔓延甚盛，贤不得已挈领二子，及骑士五六千名，出御射姑山。羌众设伏以待，诱贤入谷，四面趋集，把贤困在垓心。贤与二子左冲右突，终不得脱，徒落得父子同殉，暴骨沙场。败报传达京师，顺帝未免叹息，特赐马贤家布三千匹，谷千斛，封贤孙为舞阳亭侯；更遣侍御督录征西营兵，抚恤死伤。唯羌众得了大胜，势焰益张。向来羌人分作两派，居住安定、北地、上郡、西河边境，号为东羌；居住陇西、汉阳、金城边境，号为西羌。至是东西连合，愈聚愈多，就中有一班巩唐羌，更是蛮野，趁着汉兵败衄，长驱深入，自陇西直抵三辅，焚园陵，扰关中，杀伤长吏。郿阳令任颙，引兵截击，因寡不敌众，竟至阵亡。独武威太守赵冲，击败巩唐羌，斩首四百余级，收降二千余人，有诏令护羌校，总督河西四郡兵马，便宜行事。安定时亦被兵，郡将因皇甫规智略过人，命为功曹，使率甲士八百人，出遏叛羌。规首冒锋刃，挥兵杀敌，斫死羌人前驱数名，羌众骇退，安定解严，乃举规为上计掾，诣都报册。规乘便上疏，自请效力，疏中有云：

　　臣比年以来，数陈便宜，羌戎未动，察其将反；马贤始出，知其必败，误中之言，皆可考据。臣每维贤等拥众四年，未有成功，悬师之费，且百亿计，出于平民，回入奸吏，故江湖之人，群为盗贼。青徐荒饥，襁负流散。夫羌戎溃叛，不由承平，皆由边将失于绥驭，乘常守安，则加侵暴，苟竞小利，则致大害，微胜则虚张首级，军败则隐匿不言。军士劳怨，困于猾吏，进不得快战以邀功，退不得温饱以全命，饿死沟渠，暴骨中原；徒见王师之出，不闻振旅之声。酋豪泣血，惊惧生变，是以安不能久，叛则经年，臣所以搏手叩心而增叹者也。愿假臣两营二郡，屯列坐食之兵五千，出其不意，与护羌校尉赵冲，共相首尾。土地山谷，臣所晓习；兵势巧便，臣已更之；可不烦方寸之印，尺帛之赐，高可以涤患，下可以纳降。若谓臣年少官轻，不足用者，凡诸败将，非真由官爵之不高，年齿之不迈也！臣不胜至诚，没死自陈，翘首待命。

顺帝览疏，因规资轻望浅，不肯委任，规乃出都归郡。会巩唐羌复寇北地，北地太守贾福，与赵冲合兵出讨，失利退还，羌众复转寇武威。顺帝闻羌寇充斥，凉州震惊，乃复徙安定、北地吏民，入居扶风、冯翊；一面使执金吾张乔，行车骑将军事，引兵万五千人，屯守三辅。既而护羌校尉赵冲，招降罕种羌五千余户，复连败烧何、烧当等羌，羌众乃散匿塞外，边患少纾。诏罢张乔屯兵，仍使还都。适大将军梁商得病，医治无效，顺帝亲往省问，见商卧不能起，料知危险，因问及后事，商且喘且答道："尚书周举，从前坐事免官，由臣召为从事中郎，此人清高中正，可以重任，愿陛下留意！"周举免官复起，借商口中补叙，但商知举之忠，奈何不知子之恶？顺帝允诺，嗣见商无他言，便即辞去。商更召嘱诸子道："我实不德，享受多福，生不能辅益朝廷，死或致耗费帑藏，如衣衾、饭唅、玉匣、珠贝等类，何益朽骨？况边境不宁，盗贼未息，岂尚可为我一人，虚糜国库？俟我气绝，即当载至冢舍，当即殡殓；殓已开冢，冢开即葬。祭食如我生存时，毋用三牲。孝子当善述父志，不宜违我遗言！"说毕即逝。诸子呈报遗命，顺帝不听，特赐东园寿器，涂以朱漆，饰以银镂，并玉匣什物二十八种，钱三百万，布三千匹，予谥忠侯。及出葬时，命兵车甲士护丧，皇后亲送，顺帝至宣阳门遥望灵輴，并作诔云："孰云忠侯，不闻其音？背去国家，都兹玄阴；幽居冥冥，靡所宜穷。"这诔文派员往读，即令商长子冀嗣封乘氏侯，并承父职为大将军，冀弟不疑为河南尹，且进周举为谏议大夫，一是报商旧绩，一是从商遗言。偏梁冀贪婪骄恣，与乃父大不相同，所有正人君子，俱为冀所不容。会值荆州盗起，连年不安，顺帝使李固为荆州刺史。固妥为慰抚，赦过宥罪，许贼更新，贼目夏渠等自缚归罪，由固遣令晓示，群贼一律反正，全州肃清。独南阳太守高赐等，受赃惧罪，恐为固所按考，特派心腹，使载金入都，重赂梁冀。冀爱财如命，悉数收受，即替他千里移檄，嘱固从宽。固不阿权贵，纠察愈严，高赐等复向冀乞怜，冀竟左迁固为泰山太守。泰山亦多盗贼，郡守尝屯兵千人，随处防剿，终不能平；固到任后，却将屯兵罢遣归农，但留战士百余人，嘱令四处招诱，不到一年，贼皆弭散。唯他处牧守，多是贪污阘茸，但知巴结上官，不知安辑百姓，因此流离载道，半为盗贼。可恨这班牧守，讳无可讳，剿不胜剿，又只好归咎人民，奏报朝廷。顺帝特改永和七年为汉安元年，大赦天下，分遣侍中杜乔，及光禄大夫周举、郭遵、冯羡、栾巴、张纲、周栩、刘班等八人，巡行州郡，宣谕威德，表举贤良。如刺史二千石有贪污不法，即驰驿举劾；二千石以下，许得便宜收系。乔等拜命即行，唯张纲年齿最少，气节独高，出京不过里许，至洛阳都亭，竟将车轮埋藏地下，慨然说道："豺狼当道，安问狐狸？"当下缮好奏疏，还都呈入，弹劾大将军梁冀，及河南尹梁不疑，开篇即云：

> 大将军冀，河南尹不疑，蒙外戚之援，荷国厚恩，以刍荛之资，居阿衡之任，不能敷扬五教，冀赞日月，而专为封豕长蛇，肆其贪叨，甘心好货，纵恣无厌，多树诣谀，以害忠良，诚天威所不赦！大辟所宜加也！

后文又条陈冀等十五罪，说得淋漓透彻，慷慨激昂。史传中，止言无君之心，十五罪未曾详叙故事，故本书亦只从略。时梁冀妹为皇后，内宠方盛，诸梁姻族，布满内外，纲却不顾利害，言人未言，廷臣都为震栗。幸顺帝知他忠直，未尝加谴，但不过将原奏搁起，置诸度外罢了。冀因此恨纲，辄思借端中伤。适广陵贼张婴，聚众数万，攻杀刺史二千石，寇乱徐、扬间，非常猖獗；前任郡守，只求兵马卫护城廓，无一敢讨。冀乃嘱使尚书，举纲为广陵太守。纲单车赴任，但率郡吏十余人，径诣婴垒。婴不知何因，闭垒拒纲，纲手书谕婴道："我奉诏宣慰，并非征讨，汝等不必惊慌，且容我入垒明言，从与不从，悉听汝便，何必闭门拒我，自示张皇呢？"婴见纲来意和平，乃开门出迎，拜伏道旁。纲亲为扶起，偕行入垒，延令就座，问所疾苦。婴答言官吏暴虐，不得不变计逃生。纲随机晓谕道："前后二千石，多肆贪暴，致君等怀愤相聚，二千石原是有罪，但君等所为，亦属非义。今主上仁圣，欲以文德服人，特遣我来此抚慰，意在荣以爵禄，不愿迫以刀锯，这正是君等转祸为福的时会了！若闻义不服，天子必赫然震怒，征调荆、扬、豫、兖大兵，云集垒前，岂不危甚？试想用弱敌强，怎得为明？弃善取恶，怎得为智？去顺效逆，怎得为忠？身死嗣绝，怎得为孝？背正从邪，怎得为直？见义不为，怎得为勇？利害得失，关系非轻，请君自择去就便了！"婴听纲说毕，不禁泣下道："荒裔愚民，不能自达朝廷，坐遭侵枉，遂致啸聚偷生，譬诸鱼游釜中，喘息须臾，不遑后顾。今明府开诚晓谕，使婴等再见天日，尚有何言？但恐既陷不义，一经投械，终不免拿戮呢！"纲与婴指天为誓，必不爽约，婴乃决计投诚。俟纲别去，遂遍告部众万余人，至次日齐至郡廓，与妻子面缚归降。纲再单车入垒，置酒大会，遣散叛党，任他自去。又亲为婴卜居宅，视田畴，凡子弟欲为郡吏，皆量材召用，众情悦服，南州晏然。纲论功当封，偏被梁冀从中阻挠，因此罢议。唯顺帝尚器重纲才，将加擢用，张婴等闻知消息，上书乞留，乃任纲如故。纲在郡一年，忽然抱病，竟至告终，年才三十有六。百姓扶老携幼，俱至府舍哭临；张婴等五百余人，并身服缞绖，执杖送葬，奉榇至武阳归葬，即由婴等负土为坟，顷刻即成。**莫谓盗贼中，必无善人！**事为朝廷所闻，也下诏叹息，拜纲子续为郎中，赐钱百万，小子有诗赞道：

> 敢弹首恶竟埋轮，出守防奸独布仁；
> 柔亦不茹刚不吐，宽严两济是能臣！

同时尚有几个好官，政声卓著，待小子下回报明。

兵不可常用，常用必败；将不可久任，久任必亡。如汉之马贤，防边有年，屡破羌人，未始非一时名将；但功多则易起骄心，位高则易生佚志，观马融之劾奏马贤，谓其野次垂幕，珍肴杂遝，儿子侍妾，事与古反，是何莫非骄佚之所酿而成？天下有骄且佚者，而尚能胜敌徼功乎？姑射一役，父子俱死，非不幸也，宜也！张纲埋轮，力劾梁冀，虽未足扫除豺狼，而直声已流传千古。至徙纲为广陵守，单车谕贼，不杀一人，而万贼归降，梁冀本欲借贼以害纲，而纲反得收贼以愧冀，乃知天下事总在人为，直道而行，艰险固不必计也！唯忠贤如纲，而不使永年，天若无知而实有知，观于李固、杜乔之枉死，而纲之早殁，实为幸事。天之保全名臣，固不在命之修短间欤。

第十四回

立冲人母后摄政
毒少主元舅横行

　　却说顺帝时代的名吏，却也不少，除张纲抚定广陵外，尚有洛阳令任峻、冀州刺史苏章、胶东相吴祐。峻能选用人才，各尽所长，发奸如神，爱民如子，洛阳大治。章为冀州刺史，有故人为清河太守，贪赃不法，俟章行巡至郡，当然迎谒，章置酒与宴，畅叙甚欢，太守喜说道："人皆有一天，我独有二天。"章微笑道："今夕苏儒文与故人饮酒，乃是私恩；*儒文系苏章表字。*明日为冀州刺史按事，却是公法，公私原难并论呢！"这一席话，说得太守忸怩不安；果然到了次日，即被挂入弹章，罢官论罪。州吏闻章秉公无私，自然不敢枉法，全境帖然。吴祐政从仁简，民不忍欺，啬夫孙性，私赋民钱，市衣奉父，父怒说道："汝尚敢欺吴公么？快去向吴公伏罪，还可恕汝！"性惶惧自首，具述父言，祐与语道："汝以亲故受污名，还可原谅，古人所谓观过知仁，便是为此。但汝父确系老成，汝当归谢，所有衣服，仍奉遗汝父便了！"性乃拜谢而去。祐遇民事讼，往往闭阁自责，然后讯问两造，多方晓谕，不尚典刑，或身自至乡，曲为和解，因此间阎悦服，囹圄空虚。*苏章宴友，吴祐还衣，后人或讥为好名，但试问后世有几多贤吏？*就是巡行州郡的八使，当时号为八俊。只张纲中道折还，出守广陵，病终任所；余如杜乔、周举等人，亦皆不避权贵，所上弹章，统是梁氏姻亲，及宦官党羽。可奈宫廷里面，都由宵小把持，任他如何弹劾，只是搁置不理。嗣经侍御史种暠，复行案举，方得黜去数人。杜乔到了兖州，表奏泰山太守李固，政绩为天下第一，因召入为将作大匠，再迁为大司农。太尉王龚，因病告归，太常桓焉，及司隶校尉赵峻，相继为太尉。司空王卓病终，光禄勋郭虔继任，嗣又改用太仆赵戒。就是司徒黄尚卸任后，亦接连换易两人，一是光禄勋刘寿，一是大司农胡广。唯当时梁冀用事，三公九卿，统唯唯诺诺，无所可否。唯前太尉王龚子畅，入为尚书，倒还有些乃父风规，不偏不党。汉安二年，匈奴句龙王吾斯，复率众寇并州，畅荐茂陵人马寔为中郎将，出使防边。寔募人刺杀吾斯，送首洛阳；越年又进击余党，收降乌桓余众七十余万口。朝廷下诏褒美，赐钱十万；一面册立南匈奴守义王兜楼储为单于，使他还镇南庭。兜楼储前时入朝，留居洛阳，至是由顺帝临轩，亲授玺绶，特赐车服，并命太常大鸿胪等，祖饯都门，作乐侑酒，待至饮毕，兜楼储乃拜辞还国。南庭有此主子，自然不忘汉恩，较为恭顺，北顾幸可无忧。唯西陲一带，经护羌校尉赵冲出镇，剿抚并用，连破烧何、烧当诸羌，羌种前后三万余户悉降。后来护羌从事马玄，忽生异图，背冲出塞，羌众亦叛去不少。冲追击叛羌，遇伏战殁，诏封冲子义为义阳亭侯。但冲虽阵亡，羌亦衰耗，再加梁并为左冯翊，招降叛羌离湳狐奴等，陇右少安。**回应前回。**到了汉安三年，顺帝年已及壮，尚未立嗣，梁皇后以下，多半不育，只后宫虞美人，生下一子，取名为炳，年才二岁，顺帝乃立炳为太子，改汉安三年为建康元年，颁诏大赦。适侍中杜乔，还京复命，遂拜为太子太傅；又命侍御史种暠为光禄大夫，在承光宫中监护太子。一夕由中常侍高梵，单车迎太子入见，杜乔等向梵索诏，梵答言由帝口授，并无诏书，乔惶惑失措，不知所为，种暠独拔剑出鞘，横刃当车道："太子为国家储贰，民命所系，今常侍来迎，不持诏书，如何示信？暠宁死不从此命！"梵起初尚恃有帝谕，倔强不服，及见暠色厉词严，倒也理屈词穷，无从辩驳，因即驰还复奏。顺帝颇称暠持重，更用手诏往迎太子，太子乃入。杜乔出宫赞叹道："种公可谓临事不惑呢！"种暠字景伯，河南洛阳人，杜乔字叔荣，河内林虑人。两人都被举孝廉，致身通显，并号名臣。未几出暠为益州刺史，乔却迁官大司农，再迁为大鸿胪。是年八月，顺帝不豫，数日即崩，年终三十，在位与安帝相同，也是一十九年。群臣奉太子炳即位，尊梁后为皇太后。两龄嗣主，如何亲政？当然援照前例，由皇太后梁氏临朝。进太尉赵峻为太傅，大司农李固为太尉，参录尚书。越月奉顺帝梓宫，出葬宪陵，庙号敬宗。是日京师及太原雁门地震，三郡水涌土裂。有诏令举贤良方正，并使百僚各上封事，极陈时政得失。前安定上计掾皇甫规，奉诏奏对道：

> 伏唯孝顺皇帝初勤王政，纪纲四方，几以获安；后遭奸伪，威分近习，畜货聚马，戏谑时间，又因缘嬖幸，受赂卖爵，轻使宾客，交错其间，天下扰扰，从乱如归，故每有征战，鲜不挫伤，官民并竭，上下穷虚。臣在关西，窃听风声，未闻国家有所进退，而威福之来，咸归权幸。陛下体兼乾坤，聪哲纯茂，指梁太后。摄政之初，拔用忠贞，指用李固。其余纲维，多所改正，远近翕然，望见太平。而地震之后，雾气白浊，日月不光，旱魃为虐，盗贼纵横，流血川野，庶品不安，谴诚屡至，殆以奸臣权重之所致也。其常侍尤无状者，亟宜黜遣，披扫凶党，收入财贿，以塞民怨，以答天诫。今大将军梁冀，河南尹不疑，处周召之任，为社稷之镇，加与王室世为姻族，今日立号，虽尊可也！唯宜增修谦节，辅以儒术，省去游娱不急之务，割减庐第无益之饰。夫君者舟也，民者水也，群臣乘舟者也，将军兄弟，操楫者也。若能平志毕力，以度元元，所谓福也；如其怠弛，将沦波涛，可不慎乎？夫德不称禄，犹凿墉之址，以益其高，岂量力审功，安固之道哉？凡诸宿猾酒徒戏客，皆耳纳邪声，口出诌言，甘心逸游，倡造不义，亦宜贬斥，以惩不轨；令冀等深思得人之福，失人之累。又在位素餐，尚书怠职，有司依违，莫肯纠察，故使陛下专受诌谀之言，不闻户牖之外。臣诚知阿谀有福，直言贾祸，然岂敢隐心以避诛责乎？臣生长边远，希涉紫庭，怖慑失守，言不尽意，昧死以闻。

这篇奏对，是专从权戚嬖幸上立言，梁冀瞧着，先已忿恨，即黜规下第，授官郎中，规知不可为，托疾辞归。州郡望承意旨，常欲陷害皇甫规，规深居韬匿，但以《诗》《易》教授门徒，幸得不死。时扬、徐盗贼复盛，扬州贼范容等，据住历阳；九江贼马勉，攻入当涂，居然自称皇帝，也建立年号，封拜百官，号党羽徐凤为无上将军。就是广陵降贼张婴，自张纲病殁后，又生变志，仍然号召党羽，扰乱堂邑、江都。梁太后正拟会集公卿，选将出讨，只因年残春转，朝廷改元永嘉，百僚连日庆贺，无暇问及军情。待至庆贺事毕，幼主忽罹重疾，一瞑不醒，年才三岁，宫中忙乱得很。梁太后因扬、徐盗盛，恐国有大丧，愈致惊扰，特使中常侍诏谕三公，拟征集诸王列侯，然后发丧。太尉李固进言道："嗣皇虽幼，犹是天下君父，今日崩亡，人神感动，岂有身为臣子，反可互相隐讳？从前秦始皇病崩沙邱，胡亥赵高，隐匿不发，卒至扶苏被害，秦即乱亡；近北乡侯病逝，阎后兄弟及江京等，亦共隐秘，致有孙程推刃等事。这乃天下大忌，不可不防！"**实是防备梁冀，故有此言。**梁太后乃依固议，即夕发丧。唯顺帝只有嗣子一人，嗣子已殁，不得不别求旁支，入承大统。因征清河王蒜，及渤海王子缵，同入京师。蒜系清河孝王庆曾孙，缵乃乐安王宠孙，**宠即千乘王伉子，见前回。**蒜年已长，缵尚只八岁。太尉李固欲立长君，特语大将军梁冀道："今当立嗣君，宜择年长有德，及躬与政事，夙有经验的人才，方可主治国家，愿将军审详大计，如周霍立文宣，毋效邓、阎二后，利立幼君！"冀不肯从，与梁太后秘密定议，竟迎缵入南宫，授封建平侯，即日嗣位，是谓质帝，仍由梁太后临朝，遣蒜还国。于是议为前幼主安葬，卜兆山陵。李固又进谏道："方今寇盗充斥，随处都宜征剿，军兴用费，势必加倍，况新建宪陵，劳役未休，前帝年尚幼弱，可即就宪陵茔内，从旁附筑，费可减去三分之一。从前孝殇皇帝奉葬康陵，也是这般办法，今何妨依据前制呢？"梁太后复从固言，将前幼主梓宫出葬，谥为冲帝，墓号怀陵。固遇事匡正，辄见信用，黄门内侍，多半黜遣，天下都想望承平。独梁冀专欲好猜，每相忌嫉，再加阉人从中播弄，共作蜚语，架诬固罪。梁太后却不肯听信，因得无事。固又与太傅赵峻，司徒胡广，司空赵戒等，荐举北海人滕抚，有文武才，可为将帅。有诏拜抚为九江都尉，往讨扬、徐诸贼。抚连战连胜，破斩马勉及徐凤、范容等，因进抚为中郎将，都督扬、徐二州军事。抚又进至广陵，击毙张婴，尚有历阳贼华孟，自称黑帝，亦为抚领兵击死，东南乃平。越年改元本初，诏令郡国各举明经，诣太学受业，岁满课成，拜官有差。自是公卿皆遣子入学，生徒多至三万余人，学风称盛。扬徐一带，又已平靖，西北两隅，也还安宁，正好偃武修文，日新政治。偏是贵戚梁冀，挟权专恣，恃势横行，甚至大逆不道，公然做出弑君的事情来了。原来质帝年虽幼冲，却是聪明得很，常因朝中会议，公卿满廷，独目顾梁冀道："这正是跋扈将军呢！"**聪明反被聪明误。**冀听了此言，大为忿恨，暗想如此少主，已是这般厉害，若待至长成，如何了得！不如除去了他，另立一人。乃暗嘱内侍，置毒饼中，呈将进去，质帝吃了数枚，才阅片时，便致腹中作怪，烦闷不堪，因召问太尉李固道："食饼腹闷，得水尚可活否？"冀在旁接口道："恐饮水后或致呕吐，不如不饮为是！"语尚未毕，那质帝已捧住胸腹，直声大叫，霎时间晕倒地上，手足青黑，呜呼哀哉。李固伏尸举哀，大哭一场。少顷梁太后到来，亦泪下潸潸。固停住了哭，面奏太后，请彻底查究侍臣，梁太后含糊答应。固欲再与梁冀说明，左右旁顾，并不见冀踪迹，乃退了出去。适司徒胡广，司空赵戒，闻丧哭临，固待他哭毕，出外与商善后事宜，且恐冀更另立幼主，因邀二人一同署名，致书与冀道：

天下不幸，仍遭大忧，皇太后圣德临朝，摄统万机，明将军体履忠孝，忧存社稷，而频年之间，国祚三绝。今当立帝，膺天下重器，诚知太后垂心，将军劳虑，必详择其人，务求圣明；然愚情眷眷，窃独有怀。远寻先世废立旧仪，近见国家践阼前事，未尝不询访公卿，广求群议，令上应天心，下合众望。且本初以来，政事多谬，地震宫庙，彗星竟天，正是将军忧劳之日。《传》曰："以天下与人易，为天下得人难。"昔昌邑之立，昏乱日滋；霍光忧愧发愤，悔之折骨。自非博陆忠勇，延年奋发，大汉之祀，几将缺矣？至忧至重，可不熟虑？悠悠万事，唯此为大；国之兴衰，在此一举，唯明将军图之！博陆，即霍光封邑，事见《前汉演义》。

梁冀得书，方召百官入议。李固与胡广、赵戒，及大鸿胪杜乔，都请立清河王蒜，说他谊属尊亲，德昭中外，正好入主宗祧。冀默不一答，仍无成议。先是平原王翼，被贬为都乡侯，遣归河间，见四十一回。翼父开时尚生存，愿将蠡吾县为翼封邑，上表请命，朝廷准议，乃改封翼为蠡吾侯。翼殁后，由子志袭封。志酷肖乃父，面目清扬，可惜是个皮相。当顺帝告崩时，曾入都会葬，为梁太后所亲见，太后尚有女弟，意欲与志为婚，合成佳偶，只因国有大丧，一时未便与议，所以遣令归国。迁延至两年有余，志年已十五，乃由梁太后召令入朝，与商婚事。适值质帝暴崩，议立新主，梁冀意中，即欲将志拥立，好做那双料国舅，永久擅权。国舅也有双料，真是奇语。不料三公会议，多主张清河王蒜，与己意殊不相合，急切又未便开口，只得闷闷无言。及公卿等退出后，时已天暮，冀吃过夜膳，正在踌躇，忽由中常侍曹腾等入见，希旨说冀道："将军累代为椒房姻戚，秉摄万机，宾伍如云，免不得稍有过失。清河王凤号严明，若果得立，恐将军必致受祸！不如立蠡吾侯，富贵当可长保哩！"冀皱眉道："我亦有此意，但公卿等未肯赞成，奈何？"腾复说道："将军据有重权，令出必行，何人敢违？"冀不待说毕，奋然起座道："我……我意决了！"冀本口吃，两"我"字形容毕肖。腾等欣然辞去。翌晨冀重集公卿，倡议立蠡吾侯志，怒目轩眉，语甚激切，胡广、赵戒以下，俱为冀所震慑，同声接应道："唯大将军命！"独固与杜乔，坚持初议，尚有辩驳，冀不令多言，竟厉声喝道："罢会！……罢会！"语毕竟入。固亦趋出，尚望冀舍志立蒜，再贻冀书，反复申论。冀略略一阅，掷置地上。先向梁太后请下诏书，将固策免，然后至夏门亭迎入蠡吾侯志，即夕即位，夏门系洛阳西北门，门外有万寿亭。是为桓帝。梁太后犹临朝政，安葬质帝于静陵，追尊河间王开为孝穆皇，蠡吾侯翼为孝崇皇；孝穆皇陵号乐成陵，孝崇皇陵号博陵。帝生母匽氏，本蠡吾侯翼媵妾，至是在园守制，亦得尊为博园贵人。越年改元建和，正月朔日，便报日食，诏令三公九卿，各言得失；到了四月，京师地震，又诏大将军公卿等，荐举贤良方正，及直言极谏各一人。看官试想！豺狼久已当道，欲要纠正时政，必为所噬，有几个肯拚出性命，去膏豺狼口吻？如果有贤良方正，也不愿出仕乱世。至若直言极谏，更不必论了！司徒胡广，已代李固为太尉，会因盛夏日食，将广策免，进杜乔为太尉。且追论定策功勋，益封梁冀食邑万三千户；冀弟不疑为颍阳侯；不疑弟蒙为西平侯；冀子清为襄邑侯。又封中常侍刘广等，皆为列侯。太尉杜乔，守正不阿，独上书谏阻道：

陛下越从藩臣，龙飞即位，天人属心，万邦攸赖，不急忠贤之礼，而先左右之封，伤善害德，兴佞长谀！臣闻古之明君，褒罚必以功过，末世暗主，诛赏各缘其私。今梁氏一门，宦者微孽，并带无功之绶，裂劳臣之土，其为乖滥，胡可胜言？夫有功不赏，为善失其望；奸回不诘，为恶肆其凶。故陈资斧而人靡畏，班爵赏而物无劝。苟遂斯道，岂伊伤政为乱而已，丧身亡国，可不慎哉！

书奏不省。从前乔为大司农时，永昌太守刘君世，铸黄金为文蛇，拟献梁冀，事为益州刺史种暠所劾，致将金蛇没入国库，归与大司农收管。梁冀尚欲索取，伪与乔言，借观金蛇，乔知冀不怀好意，婉词拒绝，冀因此挟嫌。冀有小女病死，公卿都前往吊丧，乔独不赴，又为冀所衔恨。至迎立桓帝时，又与李固等反抗冀议，冀更觉切齿。不过梁太后素知乔忠，乃进乔为太尉。乔抗直如故，复谏阻冀等加封，言不见听，徒增冀恨。桓帝由梁氏得立，自然允从婚议，愿纳冀妹为后。冀想乘此大出风头，拟令桓帝特备隆仪，迎娶乃妹，偏杜乔据执旧典，只准照前汉时惠帝纳后故事，毫不增饰。冀因乔为首辅，也不便硬与争论，唯心中芥蒂益深。及冀妹既纳为皇后，冀势力益张。适都中又复地震，遂归咎首辅杜乔，将他策免，进司徒赵戒为太尉，封厨亭侯；司空袁汤为司徒，封安国侯；汤由太仆升任。起前太尉胡广为司空，封安乐侯。三公各得侯封，遂皆党同梁氏，唯命是从，只有李固、杜乔，不肯附梁，免不得为所倾陷，要同时绝命了。小子有诗叹道：

> 邪正由来不并容，保身何若且潜踪；
> 先机未悟终罹祸，过涉难逃灭顶凶！

欲知李固、杜乔如何毕命，且看下回续叙。

顺帝告崩，子炳嗣立，梁皇后援例临朝，犹可说也。但不当专信乃兄，委以重任。冀本一浮荡子耳，梁后关系同胞，岂无所闻？皇甫规首先进谏，言之甚详，奈何顾恋亲谊，不为国家大局计乎？夫以明德、和熹两后之贤，而母族犹不免中落，梁后凤号知书，尝引《列女图》以为鉴戒，吾未闻古今列女，好为是以私废公也！冲帝夭折，莫如迎立长君，乃偏听冀言，舍蒜立缵，其贪权固位之心，已可想见！至质帝遇毒，顷刻暴崩，若使梁后未知冀谋，奈何不从李固之言，彻底查究？晋赵穿弑灵公于桃园，赵盾归不讨贼，史以赵盾弑君书之。例以《春秋》大义，梁后亦与有罪焉！况为妹联婚，复立桓帝，李固、杜乔，同时抗谏，卒不见从；冀固首恶，试问谁纵之而谁使之耶？吾以是知妇人之仁，终无当于大体云。

第十五回

父死弟孤文姬托命
夫骄妻悍孙寿肆淫

　　却说李固、杜乔，虽相继免职，尚在都中居住；何不速归？外戚中宦，统因他平素抗直，引为大患。桓帝即位以后，宦官唐衡、左悺等，共入内进谗道："陛下前当即位，李固、杜乔，首先抗议，谓陛下不应奉汉宗祀，真正可恨！"桓帝听了，也不禁愤怒起来。会值甘陵人刘文，与南郡妖贼刘鲔交通，讹言清河王当统天下，意欲立蒜邀功，当下劫住清河相谢暠，持刀胁迫道："我等当立王为天子，君当为公，否则与君不便！"暠不肯听从，怒目相叱，致被刘文等杀死。清河王蒜，素来严重，颇有纪律，闻得国相被劫，忙令王宫卫兵，出去救护。卫士等见暠被杀死，当然奋力与斗，刘文、刘鲔，部众无多，一时抵敌不住，立即遭缚，推至清河王面前，还有何幸，自然奉命伏诛。偏朝廷不谅苦衷，反信奸人蜚语，劾蒜不能无罪，坐贬为尉氏侯。蒜本无反意，遭此冤诬，愤不欲生，竟仰药自尽。死得冤苦，但亦等诸匹夫匹妇之为谅，不足成名。梁冀趁此机会，诬称李固、杜乔，与刘文、刘鲔通谋，请逮捕治罪。梁太后素知乔忠，不许捕乔，冀即收李固下狱，迫令诬供。固怎肯承认？固有门生王调，贯械上书，替固讼冤；还有河内赵承等数十人，亦自伏鈇锧，诣阙通诉。梁太后诏令赦固，固得释出狱；行至都市，百姓统欢呼万岁。梁冀闻报大惊，复入白太后，极言固买服人心，必为后患，不如趁早伏法。梁太后尚未允许，冀竟擅传诏命，复

103

将固捕入狱中。固自知不免，因在狱中缮好手书，托狱吏转交太尉赵戒、司空胡广，书中略云：

> 固受国厚恩，是以竭尽股肱，不顾死亡，志欲扶持王室，比隆文宣。何图一朝梁氏迷谬，公等曲从，以吉为凶，成事为败乎！汉家衰微，从此始矣。公等受主厚禄，颠而不扶，倾复大事，后之良史，岂有所私？固身已矣，于义得矣，夫复何言！

赵戒、胡广得了固书，明知固是当代忠臣，为冀所害，但若出头救固，也恐触忤权奸，非唯富贵不保，连身家亦且难存，因此不敢代讼，只是心中悲愧，长叹流涕罢了。千古艰难，唯一死。此外公卿大臣，名位较卑，乐得袖手旁观，免遭横祸。可怜一位为国尽忠的李子坚，子坚即李固字。竟就此死于非命，年五十有四。冀既杀李固，复使人胁迫杜乔道："请早裁决，尚可保全妻子！"乔未受明诏，怎肯为了梁冀私言，便去就死？到了次日，冀遣骑士至乔第探视，并不闻有哭声，乃入白太后，极言乔怨望不道，也不待太后命令，即捕乔下狱，当夜暴亡。并将固、乔二尸，置诸城北，榜示四衢，说他串通叛逆，故加死刑，并下令有人哭临，一并同罪。固弟子郭亮，年始成童，游学洛阳，闻得固遭枉死，即左执章钺，右执铁锧，诣阙上书，乞收固尸。朝廷不许，亮即往哭固丧，守尸不去。夏门亭长呵叱道："李、杜二公，身为大臣，不知安上纳忠，乃反构造逆谋，君何为敢犯诏书，轻试刑法呢？"亮慨然道："皇天畀亮生命，使得载乾履坤；李、杜二公，何人不替他称冤？亮唯义是动，不计生死，何必大言吓我？"说得亭长亦为叹息，顾亮再说道："人生既处今世，天虽高，不敢不跼，地虽厚，不敢不蹐，耳目甚近，幸毋妄言！"亭长亦有心人。既而南阳人董班，亦至固尸旁恸哭，留连不去。杜乔故掾杨匡，自陈留奔丧，星夜入都，犹著前时赤帻，托为夏门亭吏，守卫尸丧，驱逐蝇虫。三人守至十有二日，由司隶察状奏闻，梁太后也为垂怜，尽加赦宥，且听令收葬二尸。董班送固丧还汉中，杨匡送乔丧还河内，家属都随榇归里。先是李固策免太尉时，已遣三子基、兹、燮还乡，燮年才十三，有姊文姬，嫁与同郡赵伯英为妻，贤慧过人，因见兄弟回里，便即过问情由，且叹且泣道："李氏恐从此灭亡了！自从祖考以来，积德累仁，奈何至此？"遂密与二兄基、兹熟商，豫匿季弟，托言遣往京师，里人都信以为真。未几难作，郡守接得冀书，收固三子，基、兹被捕，并死狱中；独燮由文姬藏匿，幸免毒手。文姬尚忧难保，因召父门生王成入室，流涕与语道："君在先公门下，素有义声，今当以孤子相托；李氏存亡，系诸君身，愿君勿辞！"成即应声道："夙受师恩，敢不如命？"好义徒！文姬乃将燮交与王成，成偕燮沿江东下，入徐州境，使变姓名为酒家佣，自己卖卜市中，仍与燮相往来。燮有暇即从成受学，朝夕不懈。酒家知非常人，意欲以女妻燮；女年已及笄，也料燮不居人下，情愿委身相事，于是择吉成礼，伉俪甚谐。却是一出奇缘记。燮勤学如故，遂得淹通经籍。后来梁冀伏辜，赦书屡下，并求李固后嗣，燮始将本末详告酒家，酒家具礼遣归，方得为父追服，重会姊弟，复入朝拜为议郎，事且慢表。且说建和二、三年间，国政虽出权门，内外尚幸无事，唯灾异常有所闻；二年五月，北宫掖廷中德阳殿，及左掖门被火，车驾仓猝奔徙，避居南宫；三年六月，洛阳地震，宪陵寝屋，俱被震坍；七月间廉县雨肉，形似羊肺，或如手掌，远近称奇；八月中有孛星出天市垣，京都大水；九月地震二次，山崩五处。太尉赵戒，因灾免官，迁司徒袁汤为太尉，大司农张歆为司徒。梁太后下诏自责，令有司赈恤流民，掩埋饿莩，务崇恩施，禁止苛刻。越年正月，太后不豫，乃归政桓帝，大赦天下，改元和平。小子因将归政诏书，录述如下：

　　襄者遭家不造，先帝早世。永维太宗之重，深思嗣续之福，询谋台辅，稽之兆占；既建明哲，克定统业，天人协和，万国咸宁。元服已加，桓帝于建和二年行冠礼。将即委付，而四方盗窃，颇有未靖，故假延临政，以须安谧。幸赖股肱御侮之助，残丑消荡，民和年稔，普天率土，遐迩洽同；远览复子明辟之义，近慕先姑归授之法，阎皇后被迁离宫，本非自愿，诏文中曲为转圜。及今令晨，皇帝称制，群公卿士，虔供尔位，戮力一意，勉同断金，展也大成，则所望矣！

　　梁太后既经归政，即在长乐宫养疴，迭召侍医诊治，多日无效，反致增剧，勉强起床，出幸宣德殿，召见宫省官属，及诸梁兄弟，本拟面加嘱咐，因痰喘未平，只得令左右草诏，用纸代言道：

　　朕素有心下结气，近且加以浮肿，逆害饮食，寝至沉困。比读若毗。使内外劳心请祷，私自忖度，日夜虚歹，不能复与群公卿士，共相终竟，援立圣嗣，恨不久育养，见其终始。今以皇帝及将军兄弟，委付股肱，其各自勉焉！

颁诏后还宫，越二日即致逝世，享年四十有五，尊谥顺烈皇后，合葬宪陵。桓帝生母匽贵人尚存，当由桓帝仰报慈恩，遣司徒张歆持节奉策，往诣博园，尊匽贵人为孝崇皇后，号住室为永乐宫，得置太仆、少府等官，如长乐宫故事。所有朝廷政治，名为桓帝亲政，实仍在梁冀掌握中。当时颍川郡有两大耆儒，一个就是荀淑，表字伯和，出为当涂长；一个乃是陈寔，表字仲弓，出为太邱长。两人并有令名，又相友善。淑有八子，俭、绲、靖、焘、汪、爽、肃、旉，并承家学，克肖乃父，时人号为八龙。颍阴令苑康，比诸古时高阳氏才子八人，因名荀氏居里曰高阳里。寔亦有六子，长次最贤，长名纪，字元方，次名谌，字季方，齐德同行，与父寔并称三君；郡人谓元方难为兄，季方难为弟。元方子群，幼亦颖慧，寔尝过访荀淑，使长子御车，次子执杖，嫡孙年小，并载车中。淑闻寔至，令三子靖应门，五子爽行酒，俭、绲等相继进食，孙或亦在稚年，引坐膝前。两家合宴，当然尽欢。不意上感天文，德星并集，朝中太史，即奏称五百里内，有贤人相聚。大将军梁冀，但知作威作福，管什么贤人不贤人？嗣由光禄勋少府等，举淑为贤良方正，入朝对策，淑策文中多讥刺贵幸，为冀所忌，徙补朗陵侯相，莅事明理，世号神君。既而弃官归隐，家居数年，至六十七岁病终，时为桓帝建和三年。从前李固、杜乔，尝师事荀淑，还有同郡人李膺，亦奉淑为师，淑殁时，膺已为牧守，自表师丧，郡县均为立祠。寔尚生存无恙，唯因权幸擅权，志不苟合，所以一官小试，终就沉沦，后文再当表见，姑从缓叙。类叙荀淑、陈寔，不没名士。

梁冀嫉忠害良，终不少改，和平元年，且得增封食邑万户，连前封合三万户。弘农人宰宣，巧为迎合，上言大将军功比周公，应加封妻孥，今既封诸子，妻亦宜加号邑君。有诏依议，遂封冀妻孙寿为襄城君，兼食阳翟租，岁入五千万，加赐赤绂，仪比长公主。这位襄城君孙寿，却是一个非常淫悍的妇人，面貌却很是艳冶，善为妖态。眉本细长，却故意蹙损，作曲折形，叫做愁眉；目本莹彻，却轻拭眼眶，作泪眦状，叫做啼妆；不似愁而似愁，不必啼而似啼，也是不祥之兆。发本黑软，却半脱不梳，成一懒髻，使它斜欹半偏，叫做堕马髻；腰本轻柔，行动时却摆动莲钩，好似瘦弱不禁，叫做折腰步；齿本整齐，巧笑时却微涡梨颊，好似牙床作痛，叫做龋齿笑。龋音矩，齿痛貌。引得梁冀格外怜爱，格外宠惮，稍一忤意，便装娇撒痴，吵得全家不安。冀本好色，为妻所制，未能自由纵欲，也不免心存芥蒂。可巧父死丁忧，托言城西守制，与妻异居，其实同一美人友通期，日夕肆淫，借居丧庐，为藏娇屋，任情取乐。看官欲问友通期的来历，乃是一个歌妓，由冀父商购献顺帝，事君当进贤士，奈何购献美人？商之行为可见一斑。顺帝留住后宫，时因通期有过，仍然发还梁家，梁商遣令出嫁，偏冀心爱通期，待至商殁，便嘱门下食客，暗将通期诱来，借偿夙愿。怎奈艳妻独处，已有所闻，俟冀他出，竟率健奴，突入丧庐，搜索通期；通期未曾预防，竟被寿揪住云髻，先赏她几个耳光，然后交与家奴，把她牵归。通期本生得一头美发，由寿用剪截去，再将她花容玉面，用刀劙开，更迫令脱去外衣，笞掠至数百下，打得通期无从申诉，痛苦不堪。冀归庐闻报，吃一大惊，慌忙趋至岳家，向妻母叩头似蒜，请她至妻前说情，饶放通期。寿母乃往与缓颊，寿始将通期放归，冀急去探视，见她创痕累累，鬓影星星，禁不住肉痛起来。当即替她抚摩，婉言谢过，并延名医调治，外敷内补，好几日才得告痊。通期感冀厚意，仍然与冀续欢，亲昵如故；未几私生一男，取名伯玉，匿不敢出。偏又为孙寿所探悉，竟令子胤带着家奴，各持刀械，闯入友氏家内，不论男女老幼，一概杀死；只有冀私生子伯玉，平时常藏匿复壁中，幸得漏网，不致污刃。梁胤已灭尽友氏，扬长归报。独冀亲往勘视，惨不忍睹，忙着人买棺收殓，一一埋葬；心中虽衔恨妻孥，但畏妻如虎，未敢返家诘责，只把那私生子格外珍惜，重价雇一乳媪，育养民间，时令藏匿。自己也不愿回家，另在外舍居住。孙寿见冀挟嫌不归，也去另寻主顾，为娱乐计。可巧有个太仓令秦宫，曾在冀家充过奴仆，面目俊俏，口齿伶俐，因为冀所怜爱，荐为县令。他却并未赴任，仍在冀家出入往来，甚至深房密室，也得进出无阻。孙寿竟垂青眼，有所役使，往往令宫充当。宫小心伺候，曲尽殷勤，寿见他体心贴意，越加喜欢，有时辄屏去左右，与宫私谈，耳环厮磨，情绪密切。看官试想！这秦宫是个有名的狡徒，岂有不瞧透芳衷，欢颜相接？又况寿华色未衰，阃威又盛，这种主顾，真是毕世难逢，乐得放大了胆，趁这四目相窥的时候，将孙寿轻轻搂住。寿故作娇嗔，叱他无礼，那娇躯却全不动弹，一任秦宫拥入罗纬，解带宽衣，成就好事。好一场桃花运。嗣是宫内作情郎，外为宠竖，几乎大将军门下，要算他一人最出风头；且刺史二千石入都，求见大将军，必先谒赂秦宫，然后得通姓氏。宫又为冀夫妇互相调停，仍归和好，且劝他夫妇对街筑宅，穷极精工，左为大将军府，右为襄城君第，堂寝皆有阴阳奥室，连房洞户，曲折通幽，四围窗壁，统是雕金为镂，绘彩成图。此外尚有崇台高阁，上触云霄，飞梁石磴，下跨水道，差不多与秦朝阿房宫相似。又复广开园囿，采土筑山，十里九坂，取象崤函，山上罗列草木，驯放鸟兽，葱笼在望，飞舞自如。冀与寿共乘辇车，游观第内，前歌僮，后乐妓，鸣钟吹管，铿锵盈路，或且连日继夜，恣为欢娱。既而府第冶游，尚嫌不足，再至近畿一带，广拓林囿，周遍近畿；又在河南城西，增设兔苑，绵亘数千里，移檄各处，调发生兔，刻毛为志，人或误犯，罪至死刑。冀二弟尝私遣门役，出猎上党，冀侦得消息，恐他杀伤生兔，立派家卒往捕，杀死至三十余人。另在城西构造别墅，收纳奸亡，或取良家子女，悉为奴婢，名曰自卖人。寿又向冀谮毁诸梁，黜免外官数人，阴令孙氏宗族补缺。孙氏宗亲，都是贪婪不法，各遣私人调查富户，诬以他罪，捕入拷掠，令出金钱自赎，稍不满意，辄予死徒。扶风富豪孙奋，性最悭吝，冀遗以乘马，向他贷钱五千万，奋只出三千万缗借冀，冀竟大怒，移檄太守，冒认奋母为府中守藏婢，说他盗去白金十斛，紫金千斤，应该追缴。太守奉命维谨，即拘孙奋兄弟，逼令缴出原赃，奋等并无此事，怎肯承认？活活地被他敲死，资产悉被籍没，数至一亿七千余万缗，乱世时代，原不应拥资自豪。一大半献与梁冀，冀方才泄恨。嗣复派使四出，远至塞外，广求异物。去使多恃势作威，劫夺妇女，殴击吏卒，累得吏民痛心疾首，饮恨吞声。侍御史朱穆，本系梁氏故吏，因贻书谏冀道：

古之明君，必有辅德之臣，规谏之官，下至器物，各铭书成败，以防遗失。故君有正道，臣有正路，从之如升堂，违之如赴壑。今明将军地有申伯之尊，位为群公之首，一日行善，天下归仁，终朝为恶，四海倾覆。顷者官民俱匮，加以水虫为害，京师诸官，费用增多，诏书发调，或至十倍，各言官无现财，皆出诸于民，榜掠敲剥，强令充足。公赋既重，私敛尤深，牧守长吏，多非德选，贪聚无厌，遇民如虏，或绝命于棰楚之下，或自贼于迫切之求。又掠夺百姓，皆托之尊府，遂令将军结怨天下，吏民酸毒，道路叹嗟。昔秦政烦苛，百姓土崩，陈胜奋臂一呼，天下鼎沸；而面谀之臣，犹言安宁，讳恶不悛，卒之灭亡。又永和之末，纲纪少弛，颇失民望，裁四五岁耳，而财空户散，下有离心，马勉之徒，乘敝而起，荆扬之间，几成大患；见前回。

幸赖顺烈皇后，初政清静，内外向心，仅乃讨定。今百姓戚戚，因于永和，内非仁爱之心，所得容忍，外非守国之计，所宜久安也。夫将相大臣，均体元首，共舆而驰，同舟而济，舆倾舟覆，患实共之。岂可去明即昧，履危自安，主孤时困而莫之恤乎？宜时易宰守之非其人者，减省第宅园池之费，拒绝郡国馈遗，内以自明，外解人惑；使挟奸之吏，无所依托，司察之臣，得尽耳目。宪度既张，远迩清一，则将军身尊事显，德耀无穷。天道明察，无言不信，唯冀省览！

冀得书不省，但援笔批答道："如君所言，难道仆果无一可么？"何事为可，请汝说来。穆知冀怙过，不便再谏，只好付诸一叹。越年元旦，桓帝御殿，受文武百官朝贺，冀竟带剑入朝，忽左班闪出一人，大声叱冀，不令趋入，且使羽林虎贲诸将，把冀佩剑夺下，冀倒也心惊，跪伏阶前，叩头谢罪。正是：

　　　殿上直声应破胆，阶前权威也低头。

欲知冀曾否受谴，待至下回说明。

李固、杜乔，号称忠直，而于质帝遇毒之时，既不能挤生讨贼，复不能避祸归田，得毋忠有余而智不足者耶？然无辜被害，远近呼冤，彼苍亦隐为垂怜。特生郭亮、董班、杨匡诸义士，挤死收骸，复有李女文姬，智能料事，明足知人，托孤弟于王成之手，而遗嗣得全。待至梁氏族灭，而李杜之后裔犹存，为善者其亦可无惧欤？梁冀凶悍无比，而独受制于艳妻，先贤所谓身不行道，不行于妻子，有明征焉。且冀私诱友通期，而冀妻即私通秦宫，我淫人妻，人亦淫我妻，报应之速，如影随形。冀至此犹不知悟，反穷极奢侈，愈逞凶威，是殆所谓天夺之魄，而益其疾者，朱穆一谏，亦宁能挽回乎？

第十六回

忤内侍朱穆遭囚
就外任陈龟拜表

却说梁冀带剑入朝，突被殿前一人，叱令退出，夺下佩剑，这人乃是尚书张陵，素有肝胆，故为是举。冀长跪谢过，陵尚不应，当即劾冀目无君上，应交廷尉论罪。桓帝未忍严谴，但令冀罚俸一年，借赎愆尤，冀不得不拜谢而退。河南尹梁不疑，尝举陵孝廉，闻陵面叱乃兄，即召陵与语道："举公出仕，适致自罚，未免出人意外！"陵直答道："明府不以陵为不才，误见擢叙，今特申公宪，原是报答私恩，奈何见疑？"与周举同一论调。不疑听了，未免生惭，婉言送别。独冀因不疑举荐张陵，致被纠弹，当即迁怒不疑，嘱令中常侍入白桓帝，调不疑为光禄勋。不疑知为兄所忌，让位归第，与弟蒙闭门自守，不闻朝政。冀便讽令百官，荐子胤为河南尹。胤一名胡狗，年才十六，容貌甚陋，不胜冠带，都人士见他毫无威仪，相率嗤笑，唯桓帝特别宠遇，赏赐甚多。和平二年，又改号元嘉。春去夏来，天时和暖，桓帝乘夜微行，竟至梁胤府舍，欢宴达旦，方才还宫。是夕大风拔树，到了天明，尚是阴雾四塞，曙色迷离。故太尉杨震次子秉，已由郎官迁任尚书，上书谏帝微行，未见信用。俄而天旱，俄而地震，诏举独行高士。安平人崔寔即崔瑗子，崔瑗见四十三回。被举入都，目睹国家衰乱，嬖幸满朝，料知时不可为，乃称病不与对策，退作政论数千言，隐讽时政。小子特节录如下：

　　自尧舜之帝，汤武之王，皆赖明哲之佐，博物之臣，故皋陶陈谟而唐虞以兴，伊、箕作训而殷、周用隆。及继体之君，欲立中兴之功者，曷尝不赖贤哲之谋乎？凡天下所以不理者，常由人主，承平日久，习乱安危，或荒耽嗜欲，不恤万几；或耳蔽箴诲，厌伪忽真；或犹豫歧路，莫适所从；或见信之佐，括囊守禄；或疏远之臣，言以贱废；是以王纲纵弛于上，智士郁伊于下。悲夫！自汉兴以来，三百五十余岁矣，政令垢玩，上下急懈，风俗雕敝，民庶巧伪，百姓嚣然，咸复思中兴之救矣。且济时拯世之术，岂必体尧蹈舜，然后乃理哉？期于补陨决坏，譬犹枝柱邪倾，随形裁割，要措斯世于安宁之域而已！夫为天下者，自非上德，严之则治，宽之则乱。何以知其然也？近观孝宣皇帝，明于君人之道，审于为政之理，故严刑峻法，破奸究之胆，海内清肃，天下密如，荐勋祖庙，享号中宗。及元帝即位，多行宽政，卒以堕损，威权始夺，遂为汉室基祸之主。政道得失，于斯可鉴！盖为国之法，有似理身，平则养疾，疾则功焉。夫刑罚者，治乱之药石也；德政者，兴平之梁肉也。以德教除残，是以梁肉治疾也；以刑罚治平，是以药石供养也。方今承百王之敝，值厄运之会，自数世以来，政多恩贷，驭委其辔，马骀其衔，四牡横奔，皇路险倾，方将钳勒鞿辔以救之，以木衔口，曰钳；辅，为车辖，鞙，犹束也。岂暇鸣和鸾，清节奏哉？昔高祖令萧何作九章之律，有夷三族之令，黥、劓、斩趾、断舌、枭首，故谓之具五刑。文帝虽除肉刑，当劓者笞三百，当斩左趾者笞五百，当斩右趾者弃市，右趾者既殒其命，笞挞者往往至死，虽有轻刑之名，其实杀也。当此之时，民皆思复肉刑。至景帝元年，乃下诏曰："加笞与重罪无异，幸而不死，不可为民。"乃定律减笞轻捶，自是之后，笞者得全。以此言之，文帝乃重刑，非轻之也，以严致平，非以宽致平也。必欲行若言，当大定其本，使人主师五帝而式三王，荡亡秦之俗，振先圣之风，弃苟全之政，蹈稽古之踪，复五等之爵，立井田之制，然后选稷契为佐，伊吕为辅，乐作而凤皇仪，击石而百兽舞，若不然，则多为累而已。

　　这篇政论，并非劝朝廷尚刑，不过因权幸犯法，有罪不坐，贪吏溺职，有过不诛，所以矫时立说，主张用严。看官若视为常道，便变成刻薄寡恩了。揭出宗旨，免为暴主借口。高平人仲长统，得读匦政论，喟然叹道："人主宜照录一通，置诸座右！"这也是规戒庸主的意思。唯儒生清议，怎能遽格君心？梁冀是当道豺狼，顺帝还当他麟凤相待，意欲再加褒崇，特令公卿议礼。时赵戒、袁汤、胡广，迭为太尉，光禄勋吴雄为司徒，太常黄琼为司空。胡广本模棱两端，因见梁氏势盛，遂称冀功德过人，应比周公，锡以山川土田。独司空黄琼进议道："可比邓禹，合食四县！"这八字，亦硬逼出来。于是有司折衷申议，奏定加冀殊礼，入朝不趋，履剑上殿，谒赞不名，礼比萧何，增封四县，礼比邓禹，赏赐金帛、奴婢、彩帛、车服、甲第，礼比霍光，每朝会与三公异席，十日一评尚书事。梁冀得此荣宠，还是贪心不足，心下怏怏。会桓帝生母匽氏病终，即孝崇皇后。桓帝至洛阳西乡举哀，命母弟平原王石为丧主，王侯以下，悉皆会葬，礼仪制度，比诸恭怀皇后。即顺帝生母梁贵人，事见前文。唯匽氏子弟，无一在位，这全由梁冀擅权，心怀妒忌，因此不令匽氏一门，得参政席。至元嘉三年五月，复改元永兴，黄河水涨，经秋愈大，冀州一带，河堤溃决，洪水泛滥，田庐尽成泽国，百姓流亡，至数万户。有诏令侍御史朱穆，为冀州刺史。穆奉命即行，才经渡河，县令邑长，只恐穆举劾隐慝，解印去官，约有四十余人。及穆到郡后，果然纠弹污吏，铁面无私，有几个惶急自杀，有几个锢死狱中。宦官赵忠，丧父归葬，僭用玉匣，穆因他籍隶安平，属己管辖，特遣郡吏按验情实。吏畏穆严明，不敢违慢，竟发墓剖棺，出尸勘视，果有玉匣佩着，乃将赵忠家属逮捕下狱。谁知赵忠不肯认错，反向桓帝前逞刁，奏称穆擅发父棺，私系家眷；再加梁冀恨穆进规，也为从旁诬蔑，顿致桓帝大怒，立遣朝使拘穆入都，交付廷尉，输作左校。左校署名属将作大匠管理，凡官吏有罪，令入左校工作，亦汉朝刑罚之一种。当时激动太学生数千人，共抱不平，推刘陶为领袖，诣阙上书，代讼穆冤，学生干政自此始。略云：

伏见前冀州刺史朱穆，处公忧国，拜州之日，志清奸恶。诚以常侍贵宠，父兄子弟，布在州郡，竞为虎狼，噬食小人，故穆张理天纲，补缀漏目，罗取残贱，以塞天意。由是内官咸共恚疾，谤讟烦兴，谮隙仍作，极其刑谴，输作左校。天下有识，皆以穆同勤禹、稷，而被共、鲧之戾，若死者有知，则唐帝怒于崇山，重华忿于苍墓矣！舜葬于苍梧之野，故曰苍墓。当今中官近习，窃持国柄，手握王爵，口含天宪，运赏则使饿隶富于季孙，呼嚼则令伊颜化为桀跖；而穆独抗然不顾身害，非恶荣而好辱，恶生而好死也，徒感王纲之不振，惧天网之久失，故竭心怀忧，为上深计。臣等愿黥首系趾，代穆校作，不愿使忠臣之抱屈蒙冤也！谨此上闻，无任翘切。

桓帝得书，方将穆赦出，放归南阳故里。穆即故尚书令朱辉孙，表字公叔，年五岁，便以孝闻，后由孝廉应举，入为议郎，再迁侍御史，廉直有声，尝作《崇厚论》以儆世，称诵一时。至是罢归乡里，太学生刘陶等，又奏称"朱穆、李膺，履正清平，贞高绝俗，实是中兴良佐，国家柱臣，应召使入朝，夹辅王室，必有效绩可征"云云。原来颍川人李膺，为故太尉李修孙，在安帝时，见前回。操守清廉，与朱穆齐名，也是由孝廉进阶，累迁至青州刺史，嗣复转调渔阳、蜀郡诸太守，更任乌桓校尉。鲜卑屡兴兵犯塞，膺率步骑，临阵出击，亲冒矢石，裹创迭战，得破强虏万余，斩首至二千级，鲜卑始不敢窥边。寻因事免官，退居纶氏县中，教授生徒，及门常不下千人。刘陶等素重膺名，故与朱穆一同举荐，偏桓帝不肯听从，遂致名贤屈抑，沉滞至好几年。唯是君子道消，小人道长，上干天怒，灾异相寻，下丛民怨，盗贼四起。陈留贼李坚，自称皇帝；长平贼陈景，自号黄帝子；南顿贼管伯，自称真人；扶风人裴扰，亦自称皇帝。尚幸徒众乌合，不足有为，一经郡县发兵围捕，先后伏诛。只泰山、琅琊贼公孙举、东郭窦等，聚众较多，叛官戕吏，连年不平。到了永兴三年正月，复改号为永寿元年，大赦天下，与民更新。公孙举等顽抗如故，还有南匈奴左奥鞬台耆，及且渠伯德，左奥鞬、且渠，皆匈奴官名。纠合虏骑，入寇美稷，东羌亦举种相应，亏得安定属国都尉张奂，东抚北征，收群寇，破奥鞬，降伯德，羌胡始定。过了一载，鲜卑都酋檀石槐，率同虏骑三千名，入寇云中。相传檀石槐生时，很是奇异，父为投鹿侯，尝从匈奴军，三年始归，妻竟生下一子，就是檀石槐。投鹿侯向妻诘责，妻谓昼行闻雷，仰视天空，有雹入口，吞而成孕，乃生此男。投鹿侯似信非信，决意将婴儿弃去，因即投掷野中。我亦不信，有此异闻。妻私语家令，仍然收养。年至十四五岁，勇健有智略，别部酋长，抄取檀石槐母家牛羊，檀石槐单骑追击，所向无前，尽将牛羊夺回，由是各部畏服。待至壮年，越加智勇，施法禁，平曲直，莫敢违犯，遂共推为大人。檀石槐乃立庭弹汗山，招兵买马，逐渐强盛。及寇掠云中，警报似雪片一般，传达京师，桓帝乃再起李膺为度辽将军，使他防御鲜卑。鲜卑素惮膺威，望风震慑，当将所掠男女牲畜，尽行弃置，出塞自去。膺也不复穷追，安民设障，塞下自安。

独公孙举等骚扰青、徐，尚未平靖，嬴县地当要冲，贼踪出没，大为民害。朝廷闻警，由诸尚书简选能员，得了一个颍川人韩韶，使为嬴长。韶贤名卓著，一经到任，贼皆远徙，相戒不敢入境；流民万余户，仍得安然还乡，只是庐舍已空，一时无从得食，免不得待哺嗷嗷。韶即开仓赈饥，主吏谓未得上命，力争不可，韶慨然道："能起沟壑中人，复得生活，就使因此伏罪，也足含笑九泉了！"**为民忘身，是谓好官。**流民得粟疗饥，生全无算，郡守亦素知韶贤，并不加罪。时称颍川四长，一是荀淑，一是陈寔，**见前回。**一是钟皓，还有一人就是韩韶。皓初为本郡功曹，后迁任林虑长，不久即去。李膺尝将皓比诸荀淑，往往语人道："荀君清识难尚，钟君至德可师，两贤原无分轩轾呢！"皓兄子瑾，亦好学慕古，有退让风。瑾母就是膺姑，膺祖修累言瑾有志操，邦有道不废，邦无道得免刑戮，因复将膺妹配瑾为妻。瑾迭被州郡辟召，始终不起。膺谓瑾太无皂白，瑾转告诸皓。皓叹息道："昔齐国武子好招人过，终为怨本；诚欲保身全家，原不如守真抱璞，何必就征？"嗣是叔侄并皆隐处，不复出山，终得抱道自重，高尚终身。唯韩韶为嬴县长，只能保全县境，不能顾及他县，贼众飘逸山东，往来莫测，良民辄被劫掠，怨苦异常，地方长官，不得已申奏朝廷，请派大员督剿。是时太尉胡广，因日食免官，进司徒黄琼为太尉，光禄勋尹颂为司徒。颂因东方多盗，特举议郎段颎，拜为中郎将，引兵东讨。颎本故西域都护段会宗从曾孙，**前汉元帝时，会宗为西域都护。**世传武略，技击称长，又能洞明兵法，善抚士卒，此次出剿群贼，正如虎入羊群，连战皆捷，先毙东郭窦，继斩公孙举，累年逋寇，一鼓荡平。颎得受封列侯，长子亦进拜郎中。光阴易过，倏又为永寿四年，仲夏日食，太史令陈授，上言日食变异，咎在大将军梁冀。冀不禁大愤，立将陈授下狱，搒死杖下。已而飞蝗为灾，遍及京师，桓帝不知返省，但务改元，到了夏尽秋来，还要改年号为延熹元年，**真是多事。**且将太尉黄琼策免，再起胡广为太尉。已而南匈奴及乌桓、鲜卑，连同入寇，度辽将军李膺，已调入为河南尹，乃使京兆尹陈龟为度辽将军，出镇朔方。龟临行时，曾上疏白事道：

　　臣龟蒙恩累世，驰骋边陲，虽展鹰犬之用，顿毙胡虏之庭，魂骸不返，荐享狐狸，犹无以塞厚责，答万分也！臣闻三辰不轨，擢士为相；蛮夷不恭，拔卒为将。臣无文武之才，而忝鹰扬之任，上惭圣明，下惧素餐，虽没躯体，无所云补。今西州边鄙，土地堵埆，鞍马为居，射猎为业，男寡耕稼之利，女乏机杼之饶，守塞候望，悬命锋镝，闻急长驱，去不图返。自顷年以来，匈奴数攻营郡，残杀长吏，侮略良细，战夫身膏沙漠，居民首系马鞍，或举国掩户，尽种灰灭，孤儿寡妇，号哭空城，野无青草，室如悬磬，虽含生气，实同枯朽。往岁并州水雨，灾螟互生，老者虑不终年，少壮惧于困厄。陛下以百姓为子，百姓以陛下为父，焉可不日昃劳神，垂抚循之恩哉？唐尧亲舍其子，以禅虞舜者，是欲民遭圣君，不令遇恶主也！故古公杖策，其民五倍；文王西伯，天下归之，岂复舆金辇宝，以为民惠乎？近孝文皇帝感一女子之言，除肉刑之法，体德行仁，为汉贤主。陛下继中兴之统，承光武之业，临朝听政，而未留圣意。且牧守不良，或出中官，惧逆上旨，取过目前。呼嗟之声，招致灾害，胡虏凶悍，因衰缘隙；而令仓库殚于豺狼之口，功业无铢两之效，皆由将帅不忠，聚奸所致！前凉州刺史祝良，初除到州，多所纠罚，太守令长，贬黜将半，政未逾时，功效卓然，实应赏异以劝功能；改任牧守，去斥奸残；又宜更选匈奴、乌桓、护羌中郎将校尉，简练文武，授之法令；除并、凉二州今年赋役，宽赦罪隶，扫除更始；则善吏知奉公之福，恶者党营私之祸，胡马可不窥长城，塞下自无候望之患矣！

　　这疏呈入，桓帝倒也有些省悟，改选幽、并二州刺史，并自营郡太守都尉以下，亦多所变更；蠲除并、凉一年租赋，俾民少苏。及陈龟到任，州郡震栗，鲜卑也不敢犯塞，节省费用，岁约亿万。偏大将军梁冀与龟有隙，说他沮毁国威，沽取功誉，不为胡虏所畏，龟因坐罪征还，免官回里。嗣复征为尚书，累劾梁冀罪状，请即加诛，*也是个倔强汉*。桓帝始终不报。龟自知忤冀，必为所害，索性绝粒不食，七日乃殁。西域、胡夷、并、凉民庶，统为举哀，吊祭龟墓。那匈奴、乌桓等虏兵，闻得陈龟去职，复来寇边，朝廷乃调属国都尉张奂，为北中郎将，往御匈奴、乌桓。奂至塞下，正值虏众焚掠各堡，烽火连天，戍兵无不惊惶，独奂安坐帐中，谈笑自若，暗中却派人离间乌桓，使他掩击匈奴，捣破营帐，斩得匈奴别部屠各渠帅。再由奂统兵进讨，匈奴大恐，悔罪请降。奂因南单于车居儿*即兜楼储子*。叛服无常，将他拘住，奏请改立左谷蠡王。桓帝不许，仍使放还车居儿，征归张奂，命种暠为度辽将军。暠招携怀远，赏罚分明，羌胡相率效命，四境帖然。暠乃去烽燧，除候望，绥静中外，化光天日，连年抢攘的朔方，至此始得扫尘氛了。小子有诗叹道：

　　防边尚易用人难，要仗臣心一片丹。

果有忠贤司阃外，华夷何患不同安！

欲知后事如何，且看下回分解。

崔寔政论，为桓帝失刑而设，然或误会其意，则为祸愈烈。桓帝之误，非不知用刑，误在当刑不刑，不当刑而刑耳。试观朱穆掘尸，见忤中官，立被逮归，输作左校，微刘陶等之上疏申救，则直臣蒙垢，常为刑徒，虽欲免归而不可得矣。然则桓帝之犹有一得者，在用刑之尚未过暴耳，若误会崔寔之言，几何而不为桀纣耶？李膺、段颎、陈龟、张奂、种暠诸人，皆文武兼才，相继任用，无不奏功，可见桓帝当日尚有一隙之明；陈龟临行上疏，而桓帝亦颇采用，是未始不可与为善。惜为权戚宦官所把持，以致忠贤之不得久任耳。桓帝固失之优柔，而欲以严刑救之，毋乃慎欤？

第十七回

定密谋族诛梁氏
嫉忠谏冤杀李云

却说桓帝皇后梁氏，专宠后庭，靠了姊兄荫庇，恣极奢华，所有帷帐服饰，统是光怪陆离，为前代皇后所未备。及乃姊顺烈皇后告崩，帝眷渐衰，后既无子嗣，复好妒忌，每闻宫人怀孕，往往设法陷害，鲜得保全。桓帝不免衔恨，只因心惮梁冀，未敢发作，不过足迹罕至中宫，惹得梁后郁郁成疾，至延熹二年七月，一命归阴，当依后礼殡殓，出葬懿陵。唯梁氏一门，前后七人封侯，三女得为皇后，六女得为贵人，父子俱为大将军，夫人女食邑称君又有七人，子尚公主又有三人，外如卿将尹校，共五十七人，真是一时无两，备极尊荣。<u>盛极必衰。</u>梁冀专擅威柄，独断独行，无论大小政治，统归他一人裁决，宫卫近侍，都是梁家走狗，莫不希旨承颜。凡遇百官迁召，必先进谒冀门，上笺谢恩，然后敢转诣尚书，受命赴任。下邳人吴树，得除宛令，向冀辞行。冀宾戚多在宛县，因即向树嘱托，树答说道："小人奸蠹，比屋可诛，明将军为椒房懿戚，位居上将，应该首崇贤善，借补朝阙，宛邑凤号大都，名士甚众，今树进谒明将军，得蒙侍坐，承诲多时，未闻称一名士，乃徒以私人相托，树不敢闻！"<u>逆耳之言，独不畏死么？</u>冀默然不答，面有愠色，树即辞去。既至宛邑，便调查梁氏宾戚，好几个贻害民间，竟饬属吏收捕下狱，按法处治，百姓统皆戴德，独梁冀怀恨益深。后来迁补荆州刺史，又复向冀谒辞，冀佯为设宴，暗地里置毒酒中，树饮罢出门，须臾毒发，竟致倒毙车中。又有辽东太守侯猛，不去谒冀，冀诬以他罪，腰斩市曹。郎中袁著，年甫十九，见冀凶横日甚，不胜愤闷，乃诣阙上书道：

> 臣闻仲尼叹凤鸟不至，河不出图，自伤卑贱，不能致也。今陛下居得致之位，又有能致之资，而和气未应，贤愚失序者，势分权臣，上下壅隔之故也！夫四时之运，功成则退，高爵厚宠，鲜不致灾。今大将军位极功成，可为至戒；宜遵悬车之礼，高枕颐神。《传》曰："木实繁者披枝害心。"若不抑损权盛，将无以全其身矣！左右闻臣言，将侧目切齿；臣特以童蒙见拔，故敢忘忌讳。昔舜禹相戒，无若丹朱，周公戒成王，无如殷王纣，愿除诽谤之罪，以开天下之口，则臣等幸甚！天下幸甚！

梁冀得悉此书，气冲牛斗，即遣属吏捕著。著托病伪死，结蒲象人，买棺出葬，偏被冀察破诈谋，嘱吏四处侦缉，竟被拿获，立即笞死。太原人郝絜、胡武，与著友善，冀竟屠武家，枉死至六十余人。絜自知不免，仰药毕命。安帝嫡母耿贵人殁后，从子耿承，得封林虑侯，冀向承求贵人遗珍，不得如愿，即杀死承家族十余人。涿郡崔琦，善属文，为冀所重，因作《外戚箴》讽冀。冀召琦入责，琦奋然道："琦闻管仲相齐，乐闻谤言，萧何佐汉，令吏书过。今将军累世台辅，位比伊周，乃德政未闻，黎民涂炭，尚不思结纳忠良，自救祸败，还要钳塞士口，杜蔽主聪，难道必欲使玄黄改色，鹿马易形么？"说得冀无言可对，但遣琦归里。琦匆匆就道，中途为骑士所捕，杀死了事。这骑士的来历，不必细猜，便可知梁冀所遣了。不如是何致赤族？桓帝闻冀累杀无辜，也为惋惜；再加冀声色过人，每经朝会，只有冀可以发言，天子且不好抗议，因此桓帝积畏生怨，常抱不平。和熹皇后从子邓香，生女名猛，秀丽动人，香中年病殁，妻宣再嫁梁纪。纪系冀妻孙寿母舅，寿见猛色美，引入掖庭，得封贵人。冀欲认猛为己女，使她改姓为梁，又恐猛姊夫邴尊，方为议郎，或有漏泄情事，因使门客刺死邴尊，且欲将猛母宣一并刺死，才好灭口。真是无法无天。宣家在延熹里，与中常侍袁赦毗邻，冀遣刺客夜登赦屋，越入宣家，赦闻屋上有声，疑是盗至，立即鸣鼓会众，围捕刺客，好容易拿住一人，面加讯问，方知由梁冀差来，意在刺宣。赦急往宣家报明，宣因己女得为贵人，便入宫与语。贵人即转告桓帝，桓帝怒不可遏，起身如厕，有小黄门唐衡相随，因顾问道："宫中左右，何人与梁氏不和？"衡答说道："中常侍单超，小黄门左悺，前至河南尹梁不疑家，稍稍失礼，便被不疑拘他兄弟，收入洛阳狱中，超与悺踵门谢罪，才得释放。中常侍徐璜，黄门令贝瑗，亦与梁氏有嫌，不过口未敢言，容忍至今。"桓帝不待说毕，便摇手道："我知道了！"*写出慌张情状。*当下由厕还宫，即召超、悺入室，低声与语道："梁将军兄弟，专柄多年，胁迫内外，公卿以下，无人敢抗，朕意欲将他除去，常侍等意下如何？"*要除即除，奈何向阉人问计？*超、悺齐声道："祸国奸贼，当诛已久，臣等才皆庸劣，还乞圣裁！"桓帝又道："常侍等以为可诛，与朕同意，但须秘密定谋，方无他患！"超、悺又答说道："果欲除奸，亦非真是难事，但恐陛下不免狐疑！"桓帝道："奸臣胁国，理应伏辜，还有何疑？"乃更召徐璜、具瑗入内，与定密议，且由桓帝亲啮超臂，出血为盟。超复申说道："陛下既已决计，幸勿再言，梁氏耳目甚多，一或败露，祸且不测！"说罢，便即退去。为此一番密议，果有人报知梁冀，唯所谋情事，尚未宣露。冀已心疑超等，亟使中黄门张恽入省宿卫，预备不虞。具瑗饬吏收恽，说他无故入省，欲图不轨，当即拥帝御殿，召诸尚书入谕密谋，即使尚书令尹勋，持节出勒丞郎以下，使皆执械守住省阁，尽收符节，缴入省中。一面由黄门令具瑗，招集左右厩驺，及虎贲羽林剑戟士，合得一千余人，会同司隶校尉张彪，往围冀第。并令光禄勋袁盱，收冀大将军印绶，降封冀为都乡侯。冀仓皇失措，仰药自杀；*实是无用。*妻孙寿，亦无路逃生，也即将鸩酒饮下，一同毙命，*愁眉啼妆，悉成幻影，只可惜丢下秦宫。*冀子河南尹梁胤，与叔父屯骑校尉梁让、亲从卫尉梁淑、越骑校尉梁忠、长水校尉梁戟等，尽被拘入；还有孙寿内外宗亲，亦皆连坐，无论老幼，全体诛戮，弃尸市曹。冀弟不疑及蒙，先已病死，幸免追究，余如公卿列校刺史二千石，坐死数十人。太尉胡广，司徒韩缜，*尹颂病殁，由缜继任。*司空孙朗，并因阿附梁冀，一并坐罪，减死一等，免为庶人。四府故吏宾客，黜免至三百余人，朝廷为空。这事起自仓猝，中使交驰，官府市里，鼎沸数日，才得安定，百姓莫不称庆。有司隶冀家产，变卖充公，合得三十余万万缗。诏减天下税租半数，所有梁冀私园，悉令开放，给与贫民耕植，普及隆恩。就是安葬懿陵的梁皇后，亦追加贬废，降称贵人冢。封单超为新丰侯，食邑二万户；徐璜为武原侯，具瑗为东武阳侯，各万五千户；左悺为上蔡侯，唐衡为汝阳侯，各万三千户，这便叫作五侯。尚书令尹勋以下，计有功臣七人，皆封亭侯，勋为都乡亭侯，霍谞为邺都亭侯，张敬为西乡亭侯，欧阳参为仁亭侯，李玮为金门亭侯，虞放为吕都亭侯，周永为高迁乡亭侯。策文有云：

> 梁冀奸暴，浊乱王室，孝质皇帝聪明早茂，冀心怀忌畏，私行弑毒；永乐太和即匡皇后。亲尊莫二，冀又过绝，禁还京师，使朕离母子之爱，隔顾复之恩，祸深害大，罪衅日滋。赖宗庙之灵，及中常侍单超、徐璜、具瑗、左悺、唐衡，尚书令尹勋等，激愤建策，内外协同，漏刻之间，桀逆枭夷，斯诚社稷之祐，臣下之力。宜班庆赏，以酬忠勋，其封超等五人为县侯，勋等七人为亭侯；其有余功足录，尚未邀赏者，令有司核实以闻。

这诏下后，单超复奏称小黄门刘普、赵忠等，亦并力诛奸，应加封赏，乃复封刘赵以下八阉人为乡侯，与十九侯相去未远。从此宦官权力，日盛一日，势且不可收拾了。贵人邓猛，因色得宠，一跃为桓帝继后；后母宣得受封长安君。桓帝尚未知邓后本姓，还道她是梁家女儿，只因梁氏得罪，特令她改姓为薄；后来有司奏称后父邓香，曾为郎中，不宜改易他姓，于是使皇后复姓邓氏，追赠香为车骑将军，封安阳侯，香子演为南顿侯。演受封即殁，子康袭爵，徙封沘阳侯；长安君宣，亦徙封昆阳侯，食邑较多，赏赐以巨万计。进大司农黄琼为太尉，光禄大夫祝恬为司徒，大鸿胪盛允为司空；初置秘书监官。黄琼首举公位，志在惩贪，特劾去州郡赃吏，约十余人；独辟召汝南人范滂，使为掾吏。滂有清节，尝举孝廉，得受命为清诏使，按察冀州。滂登车揽辔，有志澄清，行入州郡，墨吏不待举劾，便已辞去。滂还都复命，迁官光禄勋主事。时陈蕃为光禄勋，由滂入府参谒，蕃不令免礼，滂怀愤投版，笏也。弃官径归。黄琼嘉他有守，故既登首辅，当即辟召。适有诏令三府掾属，举奏里谣，借核长吏臧否。滂即劾奏刺史二千石，及豪党二十余人，尚书嫌滂纠劾太多，疑有私故，滂答说道："农夫去草，嘉禾乃茂；忠臣除奸，王道乃清。若举劾不当，愿受显戮！"尚书见他理直气壮，也不能再诘，只所劾诸人，未尽黜免。滂知时未可为，仍然辞去。光禄勋陈蕃，转任尚书令，荐引处士徐稚、姜肱、韦著、袁闳、李昙五人，有诏用安车玄纁，征令入朝，五人皆辞不就征。说起五人品行，俱有贞操，名重一时。徐稚字孺子，南昌人氏，家素寒微，稚力田自赡，义不苟取，持身恭俭，待人礼让，乡民统皆翕服。屡辟不起，陈蕃为豫章太守，聘稚入幕，使为功曹，稚一谒即退，不愿署官。蕃越加敬礼，与他结交，每邀稚入府叙谈，至暮未散，特设一榻留宿，待稚去后，便将榻悬起，他客不得再眠，及朝廷礼聘人至，声价益高。姜肱为广戚人，表字伯淮，平居以孝友闻，尝与二弟仲海、季江，同被共寝。一日与季弟偕赴郡县，途中遇盗，持刃相遇，肱与语道："我弟年幼，父母所怜，又未聘娶，若杀我弟，宁可杀我！"季江亦急说道："我兄齿德在前，驰誉国家，怎可轻死？我愿受戮，聊代兄命！"真是难兄难弟。盗见他兄弟争死，不由的发起善心，收刀入鞘，但将两人衣服褫去。两人到了郡中，郡守见肱无衣服，当然惊问，肱托言他故，终不及盗。盗闻风感悟，俟肱归家，即踉前谢罪，送还衣服。肱却用酒食相待，好言遣去。郡县举肱有道方正，并皆不就。韦著字休明，籍隶平陵，隐居讲授，不闻世事。袁闳系故司徒袁安玄孙，家世贵盛，唯闳洁身修行，耕读自安。李昙世居阳翟，少年丧父，继母酷烈，服事益恭，常躬耕奉母，所得四时珍味，必先进母前，母亦化悍为慈，乡里共称为孝子，唯不求仕进，高隐以终。还有安阳人魏桓，亦以狷洁著名，由桓帝下诏特征，友人多劝他入都。桓反诘问道："士子出膺仕版，必须致君泽民，今试问后宫千数，可遽损否？厩马万匹，可遽灭否？左右权豪，可遽去否？"友人徐徐答道："这却未必！"桓嚣然道："使桓生行死归，与诸君有何益处呢？"遂却还征车，终不就官。阐发幽元。桓帝征求名士，本没有什么诚意，来与不来，由他自便，只对着故旧恩私，却是不吝爵赏，广逮恩施。中常侍侯览，献缣五千匹，便赐爵关内侯，又将他列入诛冀案内，进封高乡侯。览本无功，尚且借端影射，得受荣封，何况单超、具瑗等五侯，自然格外贵显，因宠生骄，倾动中外。白马令李云，露布上书，移副三府，内有数语最为激切，略云：

> 梁冀虽恃权专擅，流毒天下，今以罪行诛，犹召家臣杀之耳，而猥封谋臣至万户以上，高祖闻之，得毋见非？西北列将，得毋懈体？古者有云："帝者谛也。"今官位错乱，小人谄进，财货公行，政化日损；尺一拜用，尺一，指诏书。不经御省，是帝欲不谛乎？

桓帝看到"帝欲不谛"四字，震怒异常，立命有司逮云下狱，使中常侍管霸，与御史廷尉，共同审讯，将处严刑。弘农掾杜众，闻云因忠谏获罪，也不禁鼓动侠肠，即向朝廷请愿，与云同死。桓帝愈怒，并饬将众拘送廷尉。陈蕃已改官大鸿胪，与太常杨秉，洛阳市长沐茂，郎中上官资，并上疏乞赦云罪，有诏切责，免蕃秉官，降茂资官秩二等。管霸见人心未顺，也在桓帝前跪请道："李云草泽愚儒，杜众郡中小吏，情词狂戆，不足加罪。"桓帝呵叱道："帝欲不谛，是何等语？常侍乃欲曲恕彼罪么？"说至此，复顾令小黄门传谕狱吏，将李云、杜众处死，于是嬖宠益横。太尉黄琼，自思力不能制，乃称疾不起，桓帝尚未许休致，越二年始令免官，进太常刘矩为太尉。司徒祝恬已殁，代以司空盛允，不久复罢，可巧度辽将军种暠，召入为大司农，遂令暠继为司徒。司空一职，由太常虞放继任，又擢中常侍单超为车骑将军。超得握兵权，势焰益盛。前大鸿胪陈蕃，免归逾年，又由朝廷征为光禄勋。蕃见桓帝封赏逾制，内宠日多，更不禁愤然欲言，因上疏进谏道：

臣闻有事社稷者，社稷是为；有事人君者，容悦是为。今臣蒙恩圣朝，备位九卿，见非不谏，则容悦也。夫诸侯上象四七，谓二十八宿。垂耀在天，下应分土，藩屏上国；高祖之约，非功臣不侯。乃左右以无功博赏，至乃一门之内，侯者数人，故纬象失度，阴阳谬序，稼用不成，民用不康。臣知封事已行，言之无及，诚欲陛下如是而止！又近年收敛，十伤五六，民不聊生；而采女数千，食肉衣绮，脂油粉黛，不可资计。鄙谚云："盗不过五女门。"以女足贫家也；今后宫之女，岂不足贫国乎？是以倾宫嫁而天下化，纣作倾宫，藏纳美女，武王克殷，乃归倾宫之女于诸侯。楚女悲而西宫灾；鲁僖公废楚女，居西宫，因兆火灾。且聚而不御，必生忧悲之感，以致水旱之困。夫狱以禁止奸违，官以称才理物；若法亏于平，官失其人，则王道有缺，天下人民，皆将谓狱由怨起，爵以贿成。伏思不有臭秽，则苍蝇不飞。陛下果采求得失，择从忠贤，尺一选举，悉委尚书三公，使褒责诛赏，各有所归，岂不幸甚？

这篇奏疏，总算蒙桓帝采用一二条，放出宫女五百余人，降邑侯邓万世、黄携为乡侯，仍旧是无关轻重。复起前太常杨秉为河南尹。秉莅任未几，又与权阉单超相忤，竟致得罪。先是超弟匡为济阴太守，受赃枉法，为兖州刺史第五种所闻，种即第五伦曾孙。使从事卫羽案验，查出赃五六十万缗，因即上书劾匡兄弟。匡未免惊惶，阴嘱刺客任方刺羽。羽早已防着，把方捕获，囚系洛阳。匡复恐杨秉出头，再加穷究，乃密令方突狱逃亡。尚书召秉责问，秉直答道："方本无罪，罪在单匡，但教逮匡入都，下狱考治，自然水落石出，无从逃隐了！"这一番议论，本来是公正无私，偏单超在内把持，反诬秉私放任方，嫁祸单匡，竟将秉免官坐罪，输作左校，且将第五种构成他罪，充徙朔方。会值天气久旱，秉得遇赦，独第五种奉诏流徙，险些儿死于非命，不得生还。小子有诗叹道：

> 直臣报国敢偷生，被害阉人太不平。
> 留得一丝残命在，好教忠义两成名！末句为下文伏案。

欲知第五种何故濒死，下回自当叙明。

梁冀之恶，比窦宪为尤甚，而其受祸也亦最烈。窦宪伏法，未及全家，阎显受诛，尚存太后；若梁冀一门骈戮，即妻族亦无一子遗，甚至三公连坐，朝右一空，设非平时稔恶，何由致此？天道喜谦而恶盈，福善而祸淫，观诸梁冀夫妇，而为恶者当知所猛省矣！唯前有十九侯，后有五侯，权戚之伏辜，必假诸阉人之手，汉廷其尚有人乎？桓帝经此大变，犹不自悟，复滥逮恩私，厌闻谠论，李云语稍激切，即置之死地；杜众吁请代死，又加毒刑，有帝如此，宁非帝欲不谛耶？虽有善者，其如帝之不谛何哉？

第十八回

受一钱廉吏迁官
劾群阉直臣伏阙

　　却说第五种见忤权阉，被徙朔方，已是冤屈得很，哪知单超更计中有计，叫他前往朔方，实是一条死路，不使生归。蛇蝎心肠。原来朔方太守董援，乃是单超外孙，一闻第五种将到，自然摩厉以须，即欲将种处死。种前为高密侯相，尝优待门下掾孙斌，斌此时已入京当差，侦知超谋，亟语友人闾子直、甄子然道："盗憎主人，由来已久；今第五使君当投裔土，偏有单超外孙，为彼郡守，是明明前去送死哩！我意欲追援使君，令得免难；若我奉使君回来，计唯付汝二人，好为藏匿，方可无虞！"闾、甄二人齐声应诺。于是斌率侠客数人，星夜追种；行至太原，幸得相遇，当然格毙送吏，由斌下马让种，斌随后步行，一昼夜行四百里，才得脱归，就将种交与闾、甄二家，匿处数年。至单超已死，徐州从事臧旻，为种讼冤，始得邀赦还乡，正命考终。幸有义友。唯单超于延熹二年病死，诏赐东园秘器，及棺中玉具；到了出葬时候，复发五营骑士，与将作大匠，筑造坟茔，更令将军待御史护丧，备极显赫。嗣是左悺、具瑗、徐璜、唐衡等四侯，越觉骄横，统皆起第宅，筑楼观，穷工极巧，备极繁华；又多取良人美女，充作姬妾，衣必绮罗，饰必金玉，几与宫中妃嫔相似，假夫妻有何乐趣？所有仆从婢媪，亦皆乘车出入，倚势作威。都中人为作短歌道："左回天，具独坐；徐卧虎，唐两堕。"两堕，谓随意所为，不拘一格，或作"两为雨"者，误。四侯权焰熏天，只苦不能生育，于是收养螟蛉，或取自同宗，或乞诸异姓，甚且买奴为子，谋袭封爵；兄弟姻戚，都得乘势攀援，出宰州郡。单超弟安，得为河东太守；弟子匡，得为济阴太守；左悺弟敏，得为陈留太守；具瑗兄恭，得为沛相；徐璜弟盛，得为河内太守，兄子宣，得为下邳令。这班权阉家属，统是无德无能，但知作威作福，可怜那无辜百姓，枉受折磨，无从呼吁。就中有下邳令徐宣，尤为暴虐，莅任以后，有所需求，定要弄他到手，不管什么理法。故汝南太守李暠，籍隶下邳，生有一女，却是美貌似花，守身如玉。宣早闻她德容兼工，求为姬妾。李暠虽已去世，究竟是故家世族，怎肯将黄堂太守的女儿，配做阉人子弟的次妻？当然设词谢绝。哪知宣怀恨在心，既做了下邳令，就潜遣吏卒，闯入暠家，竟将暠女劫取了来，暠女宁死不从，信口辱骂，惹得徐宣性起，指挥奴仆，将暠女褫去外衣，赤条条的绑于柱中，要她俯首受污；暠女倔强如故，宣反易怒为笑，取出一张软弓，搭住箭干，戏把暠女作为箭靶，接连射了好几箭，断送了名媛性命；反掷弓地上，大笑不止。当下将女尸拖出，蒿葬城东。令人发指。暠家失去娇女，自然向太守鸣冤；偏太守惮宣威势，不敢案验，一味的延宕过去，经暠家再三催请，终无音响。可巧有个东海相黄浮，刚正著名，不畏强御，当由暠家具词申控，果然朝进冤词，夕蒙批准。下邳为东海属县，浮正好秉公办理，立饬干吏传到徐宣，面加讯鞫，宣尚狡词抵赖，再将宣家属一并拘入，无论老少长幼，各自审问，免不得有人招认，一经质对，宣亦无从狡展；唯还仗着乃叔势力，不肯服罪，浮竟命左右褫宣衣冠，将他反翦，喝令推出斩首。掾史以下，争至浮前谏阻，浮奋然道："徐宣国贼，淫凶无道，今日杀宣，明日我即坐罪，死亦瞑目了！"好一个铁面官。说着，即起座出辕，亲自监斩，榜罪通衢，暴尸市曹，都中无不称快。独徐璜得宣死耗，大为怨恨，便入白桓帝，捏造谎言，只说黄浮得了私贿，妄害侄儿；桓帝信以为真，即将浮革职论罪，输作左校。嗣复令左悺兄胜，为河东太守。皮氏县长赵岐，耻为胜属，即日弃官归里。岐为京兆人氏，总道归田守志，可以无虞，哪知京兆尹换一新官，乃是唐衡兄玹，与岐有隙，诬称岐窃帑逃回，饬吏收捕。岐先得风声，走匿他处，吏役无可报命，索性把岐家族，尽行拘去，迫令将岐交出。岐闻全家被系，奔窜益远，哪里还敢投案？唐玹即将岐家族数十人，一体骈戮，只有岐隐姓埋名，逃至北海市中，卖饼为生。北海人孙嵩，见岐仪容雅秀，料非凡品，因即载与俱归，藏置复壁中。后来诸唐失势，岐乃复出，再拜并州刺史。事见后文。

　　且说太尉黄琼，因病免官，继任为太常刘矩。矩系沛人，前为雍丘令，以礼化民，民有争讼，辄传引至前，提耳训告，说是忿恚可忍，县署不可入，使他归家自思，两造闻言感悟，往往罢去，因此狱讼空虚，循声卓著。累迁为朝中首辅，颇号得人。未几司空虞放，亦因事免归，再召黄琼为司空，琼固辞不获，勉强就职，月余复乞休归去；乃进大鸿胪刘宠为司空。宠籍隶东莱，曾出守会稽，除烦苛，禁非法，郡中大治，被征为将作大匠，仆被起行，途遇五六老叟，各赍百钱，奉作赆仪。宠慰谕道：“父老远来送行，得毋太苦？”诸老叟齐声道：“山谷衰民，未识朝仪，但知前时太守，专务苛征，郡吏奉令催迫，日夜不绝，无人敢安；今自明府下车以来，吏不追呼，犬不夜吠，小民何幸，得遇使君？乃闻朝廷征公内用，无从挽留，不得已来此送公，明知百钱不足为赆，唯思公两袖清风，不愿多受，区区奉敬，聊表诚意罢了！”宠温颜答道：“我政何能尽如叟言？只是烦劳父老，未便却情。”说至此，即将诸老叟所奉各钱，选出大钱一枚，总算收受，余皆却还，遂与诸老叟拱手告别；后人称为刘宠一钱，便是为此。<small>可传不朽。</small>宠入都为将作大匠，转调大鸿胪，超迁司空，与刘矩同为东汉良辅，且当时司徒种暠，亦有重名，三人齐心辅政，阉竖等稍稍敛迹，号称清平。故太尉李固幼子燮，奉诏征入，<small>见四十八回。</small>向姊文姬辞行，文姬戒燮道：“我家血食将绝，幸存我弟，得延一脉，重见天日，此去不患不得官，唯得官以后，宜杜绝交游，勿妄往来，更不可恨及梁氏，或有怨言；否则牵连主上，祸且重至了！”<small>好姊姊。</small>燮唯唯而去，入朝得为议郎。已而王成病逝，燮追忆旧恩，依礼奉葬，每遇四节，必特设上宾位置，虔诚奉祀，<small>王成保护李燮，亦见前文。</small>这也可谓以德报德，不负恩人了。延熹三、四年间，西羌复叛，护羌校尉段颎，屡次出讨，无战不捷；可奈羌众刁顽，出没无常，此去彼来，彼仆此起，累得河西一带，鸡犬不宁。烧当、烧何诸羌，先寇陇西金城，已被段颎击退；嗣又有先零、羌零、吾羌等，进寇三辅，转入并、凉二州，段颎复调集湟中义从诸兵，前去堵截。偏凉州刺史郭闳，贪功忌能，多方牵掣颎军，使不得进，义从诸兵，役久思归，陆续溃叛。郭闳且上书劾颎，反咎他不能抚下，遂致朝廷震怒，逮颎下狱，输作徒刑。河西失一长城，羌众愈炽。时皇甫规为泰山太守，平定剧贼叔孙无忌，威震一方，他本家居安定，熟悉羌情，因闻叛羌猖獗，志在奋效，乃即慨然上疏道：

自臣受任，志竭愚钝，实赖兖州刺史牵颢之清猛，中郎将宗资之信义，得承节度，幸无咎誉。今猾贼就灭，泰山略平，复闻群羌并皆反逆，臣生长邠岐，年已五十有九，昔为郡吏，再更叛羌，预筹其事，有误中之言；臣素有痼疾，恐犬马齿穷，不报大恩，愿乞冗官，备单车一介之使，劳来二辅，宣国威泽，以所习地形兵势，佐助诸军。臣穷居孤危之中，坐观郡将，已数十年矣，自鸟鼠山至东岱，其病一也。力求猛敌，不如清平，勤明吴孙，未若奉法，前变未远，臣诚戚之。是以越职尽其区区，伏赐垂鉴。

这疏呈入，有诏令规为中郎将，使持节监关中兵，往讨诸羌。规受命西行，既至凉州，立即部署兵马，出击羌众，斩首至八百级，羌众乃退；规复晓谕威信，随机招抚，相率畏怀，互为劝降，投诚至十数万人。到了次年，沈氏羌又入寇张掖、酒泉，规发降羌往御，适值暮春霾雨，疫气熏蒸，军中陆续传染，十死三四。规亲至营帐，巡视将士，三军感奋，壁垒一新，羌人望风震慑，遣使乞降。安定太守孙儁，属国都尉李翕，督军御史张禀，贪残狼藉，多杀降羌；凉州刺史郭闳，汉阳太守赵熹，又皆倚恃权贵，不遵法度，规按罪条奏，或免或诛，羌人更不胜感激，翕然听命。沈氏羌豪滇昌、饥恬等，带领十余万口，共诣规营，长叩请罪；当由规善言抚慰，扶令起身，延入座中，晓示祸福利害，滇昌等应声如响，欢跃而去。看官试想！如皇甫规这番功绩，应该从优议叙，晋锡崇阶；谁知朝中腐竖，因他劾去私党，且没有什么私赠，竟在桓帝面前，交相谗构，反谮规贿嘱群羌，虚词降服。桓帝糊涂得很，遂下玺书责规。规忧愤交并，因复上书自讼道：

四年之秋，戎蠢丑厉，爰自西州，侵入泾阳，旧都惧骇，朝廷西顾，明诏不以臣愚驽怠，使率军就道；幸蒙威灵，得振国命，羌戎诸种，大小稽首，所省之费，约一亿以上，以为忠臣之义，不敢告劳，故耻以片言自及微效。然比方先事，庶免罪悔，前践州界，先奏郡守孙儁，次及属国都尉李翕，督军御史张禀；旋又劾凉州刺史郭闳，汉阳太守赵熹，陈其过恶，执据大辟。凡此五臣，支党半国家，下至小吏，所连及者复有百余，吏托报将之怨，子思复父之耻，载赞驰车，怀粮步走，交构豪门，竞流谤讟。云臣私贿诸羌，仇以钱货。若臣以私财，则家无担石，如物出于官，则文簿易考。就臣愚惑，信如言者，前世尚遗匈奴以宫姬，镇乌孙以公主，今臣但费千万以怀叛羌，则良臣之才略，兵家之所贵，将有何罪负义违理乎？自永初以来，将出不少，复军有五，动资巨亿，有旋车完封，输入权门，而名成功立，厚加爵赏；今臣还督本土，纠举诸郡，绝交离亲，戮辱旧故，众谤阴害，固其宜也！臣虽污秽，廉洁无闻，今见复没，耻痛实深，《传》称鹿死不择音，谨冒昧略上！

桓帝得书，虽然免谴，但仍将规召还都中，使为议郎。中常侍徐璜、左悺，尚欲向规求赂，屡遣私人问规功状，规终不一答；璜等恼羞成怒，再将前案提起，迫规就吏。规毅然对簿，词不少屈。亲友属僚，多劝规从权贬节，且各欲为规醵资，馈遗权阉，规誓死不从。于是罗织成狱，说是余寇未绝，坐系廷尉，罚令至左校署充工；可悲，可叹！幸亏三公从中解救，又有太学生张凤等三百余人，诣阙陈书，代规鸣冤，规始得赦罪，罢遣归家。会南中变起，长沙、零陵一带，盗贼啸聚，进攻桂阳；艾县贼又相继响应，焚长沙，掠益阳；零陵、武陵诸蛮，复乘势蠢动，四出劫掠。御史中丞盛修，奉诏往讨，反为贼败；南郡太守李肃，弃城逃生；主簿胡爽，叩马谏诤，被肃杀死，朝廷捕肃处斩；荫恤爽子，特令太常冯绲为车骑将军，督兵剿贼。绲见前时所遣将帅，往往被宦官陷害，因请中常侍一人偕行，监察军费，乃命张敞监军；前武陵太守应奉，有德及民，舆情翕服，绲又调令同往。及抵长沙，便使奉晓谕贼众，贼果释械请降；进击武陵蛮，斩首四千级，受降十余万，荆州平定。绲归功应奉，荐为司隶校尉，自乞骸骨归里，有诏不许。唯宦官向绲索赂，不得如愿，遂嗾使监军张敞，奏称绲挈美婢二人，戎服从军，又至江陵勒石纪功，妄为夸张，请下吏案验；尚书令黄儁，谓绲无罪，才得罢议。赵年桂阳复乱，由太守陈奉讨平，绲终坐此免官。狐鼠凭城，难为功狗。前冀州刺史朱穆，复起为尚书，目睹宦官骄横，不忍缄默，因申疏力谏道：

案本朝故事，中常侍参选士人，建武以后，乃悉用宦者，自延平以来，寝益贵盛，假貂珰之饰，处常伯之任，天朝政事，一更其手，权倾海内，宠贵无极，子弟亲戚，并荷荣任，故放滥骄溢，莫能禁御。凶狡无行之徒，媚以求官，恃势怙宠之辈，渔食百姓，穷破天下，空竭小民。愚臣以为可悉罢省，遵复往初，率由旧章；更选海内清净之士，明达国体者，以补其处，则陛下可为尧舜之君，众僚皆为稷契之臣，兆庶黎民，蒙被圣化矣！

疏入不省，朱穆待了数日，未见批答，乃入朝进见，伏阙面陈道："臣闻汉家旧典，尝置侍中、中常侍各一人，省览尚书事，又有黄门侍郎一人，传发书奏，这三人统用士族。自和熹太后临朝，不接公卿，始用阉人为常侍小黄门，通命两宫，嗣是以后，权倾人主，穷困天下，今宜一律罢遣，博选耆硕，与参政事，方可追复前规，再臻盛治。愿陛下勿疑！"桓帝听着，默不一答，面上且现出怒容。穆伏不肯起，当由左右传旨令退，好多时方才起来，徐徐退去。宦官恨穆切直，屡加诋毁，穆愤不得伸，疽发背上，未几病终，享年六十有四。总计穆居官数十年，蔬食布衣，家无余产，公卿共表穆立节忠清，虔恭机密，守死善道，宜蒙旌宠；桓帝乃下诏褒叙，追赠穆为益州太守。先是穆父颉为陈相，修明儒术，颉殁后，由穆与诸儒考依古义，谥为贞宣先生；及穆病逝，陈留人蔡邕，复与门人述穆体行，谥为文忠先生。前太尉黄琼，家居二年，老病益剧，自思权阉当道，未能力除，常引为己憾。特草成遗疏千言，使人赍至阙廷，由小子节录如下：

陛下初从藩国，爰升帝位，天下拭目，谓见太平；而即位以来，未有胜政。诸梁秉权，竖官充朝，重封累职，倾动朝廷；卿校牧守之选，皆出其门，羽毛、齿革、明珠、南金之宝，殷满其室，富拟王府，势回天地；言之者必族，附之者必荣，忠臣惧死而杜口，万夫怖祸而木舌；塞陛下耳目之明，更为聋瞽之主。故太尉李固、杜乔，忠以直言，德以辅政，念国忘家，陨殁为报，而坐陈国议，遂见残灭，贤愚切痛，海内伤惧。又前白马令李云，指言宦官罪秽宜除，皆因众人之心，以救积薪之敝；弘农杜众，知云所言宜行，惧云以忠获罪，故上书陈理之，乞同日而死；所以感悟国家，庶云获免。而云既不辜，众又并坐，天下尤痛，益以怨结，故朝野之人，以忠为讳。尚书周永，昔为沛令，素事梁冀，借其威势，坐事当罪，越拜令职；及见冀将衰，乃阳毁示忠，遂因奸计，亦取封侯。又黄门协邪，群辈相党，自冀兴盛，腹背相亲，朝夕图谋，共构奸究。临冀当诛，无可设巧，复记其恶，以要爵赏。陛下不审别真伪，复与忠臣并时显封，使朱紫共色，粉墨杂糅，所谓抵金玉于沙砾，碎珪璧于泥涂，四方闻之，莫不愤叹。臣至顽驽，世荷国恩，身轻位重，勤不补过；然惧于永殁，负衅益深，敢以垂绝之日，陈不讳之言，庶有万分，无恨三泉。

这本奏章，也是自知必死，尽言规主。怎奈桓帝沉迷不醒，看了这班刑余腐竖，好似再造恩人，无论他如何凶横，总是不忍撵逐，坐使赤胆忠心的黄世英，琼字世英。饮恨以终。讣闻朝廷，总算予谥忠侯，追赠车骑将军。小子有诗叹道：

　　　临死犹闻上谏章，良言未用志难偿。
　　　臣躯虽逝忠常在，赢得千秋一字香。

黄琼既殁，四方名士，争往会葬，多至六七千人；独有一儒生前来吊丧，举动行止，与众人迥不相同。欲知此人来历，待至下回表明。

东汉时代，循吏颇多，往往升任三公，匡辅王室，而朝政未闻有起色者，君失其明，内蔽群小，而三公不能久任故也。试观刘宠之卸任会稽，仅受一钱，其生平之廉洁可知；及擢任司空，与刘矩、种暠同心辅政，应不难坐致太平，然而庸主之昏迷如故，虽有良辅，无能为力；况置三公如弈棋，不久而皆闻罢免耶？段颎、皇甫规、冯绲等，并有功加罪，朱穆力诤而不用，黄琼死谏而不从，汉之为汉，大势可知。宁待党锢祸起，正士一空，而始见东京之沦替欤？

第十九回

导后进望重郭林宗
易中宫幽死邓皇后

却说黄琼殁后，会葬至六七千人，就中有一儒生，行至冢前，手携一筐，从筐中取出絮包，内裹干鸡，陈置墓石，再至冢旁汲水，即将干鸡外面的絮裹，漉入水内，絮本经酒渍过，入水犹有酒气，当下取絮酹墓，点点滴滴，作为奠礼；复向筐内探出饭包，借用白茅，然后拜哭尽哀，起身携筐，掉头竟去。会葬诸人，先见他举动异常，不便过问，唯在墓旁敛坐默视，到了该生去后，方交头接耳，猜及姓名。太原人郭泰，首先开口道："这定是南昌高士徐孺子呢！"陈留人茅容，素善高谈，便应声道："郭公所言，想必无讹；容当追往问明便了！"说着，即据鞍上马，向前急追，约行数里，果得追及，问明姓氏，确系徐稚，表字孺子。容便沽酒设肉，与为宾主，两人小饮颇酣，性情款洽。容乘间谈及国事，稚微笑不答；唯问至稼穑，方一一相告。待至饮罢，彼此起身揖别，稚始与语道："为我谢郭林宗，<small>泰字林宗。</small>大树将颠，非一绳所能维，何必栖栖皇皇，不遑宁处呢？"<small>见识独高。</small>容即返告郭泰，泰不首道："孺子为人，清廉高洁，饥不可得食，寒不可得衣，今为季伟饮食，明是视为知己，刮目相看；若不答国事，便所谓智可及，愚不可及哩！"看官听说，这季伟就是茅容表字，容家居陈留，年至四十余，在野躬耕，与同侪避雨树下，众皆蹲踞，唯容整襟危坐，郭泰适过道旁，见容造次尽礼，就揖容与语，借着寻宿为名，意欲寓居容家；容坦然允诺，留泰归宿。黎明即起，杀鸡为黍，泰总道是饷客所需，未免过意不去，哪知容是杀鸡奉母。及与泰共餐，只有寻常菜蔬，未得一脔。泰食毕与语道："君真高士，郭林宗尚减牲缩膳，储待宾客，君乃孝养老母，好算是我良友了！"因劝令从学，终成名士。泰明能知人，素好奖引士类，后进多赖以成名。钜鹿人孟敏，尝负甑堕地，不顾而去，可巧泰与相值，召问敏意，敏直答道："甑已破了，回顾何益？"泰见他姿性敏快，亦劝令游学，果得成名。陈留人申屠蟠，九岁丧父，哀毁过礼，服阕犹不进酒肉，约十余年；当十五岁时，闻得同郡孝女缑玉，为父报仇，杀死夫从母兄李士，被系狱中。他即邀集诸生，替玉讼冤道："如玉节义，足为无耻子孙，隐加激励；就使不遇明时，尚当旌表庐墓，况一息尚存，遭际盛明，怎得不格外哀矜呢？"颇有侠气。外黄令梁配，览书感动，乃减玉死罪，但处轻刑。乡人称为义童。唯因家世贫贱，不得已佣作漆工，泰闻蟠义侠有声，特往与相见，假资勉学，蟠遂得以经艺名家。此外教授子弟，不下千人，唯不愿出仕，故太尉黄琼等，屡次辟召，泰终不应。有人从旁劝驾，泰喟然道："我夜观乾象，昼察人事，天已示废，如何再能支持呢？"话虽如此，但尚周游京邑，诱掖后进，不遗余力。

时有蒲亭长仇香，以德化民，尝令子弟就学，期年大化；有顽民陈元不孝，被母告发。香亲至元家，为陈人伦孝行，反复晓谕，元不禁感泣，立誓悔过，终为孝子。考城令王奂，闻香贤名，召为主簿，且与语道："君在蒲亭，使陈元不罚而化，政绩可嘉；但古人有言：'嫉恶如鹰鹯。'君得毋尚少此志么？"香答说道："鹰鹯究不若鸾凤，香所以不愿出此哩！"奂叹息道："枳棘非鸾凤所栖，百里非大贤所驻；今日太学诸生，曳长裾，蜚声誉，皆不若主簿，何苦郁郁居此，埋没一生？"香辞以无资，奂持捐俸一月，遣令入都。栽培名士，当效郭王。香既进太学，与同郡符融毗连邻舍。融性喜交游，宾客不绝，见香闭门自处，便乘暇过语道："京师为人文渊薮，英雄四集，君奈何不与结交？"香闻言正色道："天子设太学，难道使诸生徒骋游谈么？"说得符融嗒然若丧，俯首趋出。既而融转告郭泰，泰投刺往访，与谈数语，当即起拜道："君足为泰师，不止为泰友哩！"嗣香学成归里，仍然杜门谢客，无心仕进，隐居终身；唯泰往来如故，虽系屠沽卒伍，向他问业，无不收受。陈国童子魏昭，慕泰重名，踊前相请道："经师易遇，人师难求，愿为先生供给洒扫！"泰即令为弟子，随时指导，旋即成材。扶风人宋果，行为粗暴，太原人贾淑，性情险恶，皆经泰曲示裁成，化为善士。因此远近景仰，无不归怀。泰尝至陈梁间，途中遇雨，巾坠一角，时人乃故意仿效，号为林宗巾，可见得人心向慕，远近从同了。前光禄勋主事范滂，与泰相识，或问范滂道："郭林宗究系何等人？"滂应声道："隐不违亲，贞不绝俗；天子不得臣，诸侯不得友。此外非我所敢知呢！"后来泰丁母忧，悲戚过甚，竟至呕血，杖而后起，出视庐前，见有生刍一束，置诸地上，因即问明旁人，才知有人吊丧，置刍自去。当下因感生慨道："这又是徐孺子所为！《诗经》有云：'生刍一束，其人如玉。'我有何德，足以当此？"其实徐稚寓意，仍教他蛰居空谷，毋致絷维的意思，就是徐稚前祭黄琼，亦无非追怀旧谊，自表余情，并不是慕琼勋名，来赶这场热闹。从前琼在家授徒，稚辄过访经义，及琼备历显阶，却绝迹不赴，琼遣吏辟召，亦俱谢绝。他如陈蕃为豫章太守时，悬榻待稚，稚间或往来；**见前文。**嗣闻蕃入为尚书令，也不复往谒；蕃将稚名登诸荐牍，又屡征不起。蕃却在朝多年，屡退屡进，平时辄因事匡谏，往往未见施行。**无道则隐，何不效徐孺子？**先是侍中爰延，在宫值差，桓帝尝问延道："卿视朕为何如主？"延以中主相对，桓帝又问为何因，延复说道："尚书令陈蕃，任事即治；中常侍黄门，与政即乱；臣故知陛下可与为善，可与为非。"**论颇平允。**桓帝虽随口称善，进延为五官中郎将，但究不能重任陈蕃。会因客星经犯帝座，延又劝桓帝任贤去邪，终不见从，延称病引去；蕃仍守原职，未闻乞休。及调任光禄勋，正值车驾出幸河南，校猎广成苑中，陈蕃上疏谏阻，略言时当三空，不应畋游，三空是田野空，朝廷空，仓库空，却是确中时弊，并非虚言；偏桓帝游兴方浓，未肯中止，再加一班左右近臣，巴不得乘舆出幸，好乘此予取予求，自饱欲壑。于是奉驾南行，沿途需索，不可胜计，到了罢猎回宫，已皆贪囊充牣，喜跃而归。**小人无一不贪财。**

太尉刘矩，司空刘宠，俱因灾异相寻，坐谴免官，司徒种暠，又复病殁，桓帝特进太常杨秉为太尉，卫尉许栩为司徒，周景为司空。秉即杨震次子，父子相继为太尉，士论称荣；周景在卫尉任内，正直无私，素与杨秉气谊相投，至同列台阶，遂联名上奏，请将中官子弟，悉数罢斥，桓帝总算依从，黜免使匈奴中郎将燕瑗、青州刺史羊亮、辽东太守孙谊等五十余人，再起皇甫规为度辽将军，往镇朔方。规莅任数月，即奏举武威太守张奂，才略兼优，宜为主帅，自己愿为奂副。朝廷准如所请，乃迁奂为度辽将军，规为使匈奴中郎将。奂本酒泉人氏，曾为梁冀故吏，坐党梁氏，致遭禁锢；皇甫规常与友善，荐牍七上，乃得起为武威太守。武威僻处西陲，民多愚野，经奂严加赏罚，济以教养，风俗一新，百姓无不悦服，为立生祠；至迁任度辽将军，并得皇甫规为辅，爱威并用，夷夏归心，幽、并二州，安静了好几年。唯桓帝耽情游乐，屡思南巡，自广成苑校猎以还，倏忽一载，乃复鼓动游兴，托言至章陵祭祖，启跸出都，章陵即春陵县，事见前文。翠华一出，扈从万计，比前此校猎广成时，热闹加倍，途次征求费役，更形骚扰。独护驾从事胡腾看不过去，上言天子无外，乘舆所幸，即为京师，臣请以荆州刺史，比司隶校尉，臣自同都官从事。桓帝依议施行，腾乃得严申约束，遇有阉宦私索等情，立令州县报闻，州县如有徇隐，罪与同科，得此一举，才觉纪律肃然，莫敢干扰。车驾到了章陵，谒祭园庙，颁赐守令以下，多寡有差；再启行至云梦泽，临览汉水，复还幸新野，遍祀湖阳、新野两公主各祠，两公主，系光武帝祠。然后返驾入都，时已为延熹八年的残腊了。越年正月，诏遣中常侍左悺，前往苦县，致祭老子。真是多事，且由宦官主祭，老子有灵，岂肯就飨？待至左悺复命，凑巧权阉得罪，悺亦被劾，声势隆隆的左回天，到此亦无术求生，只好自寻死路了。说起权阉得罪的祸根，起自益州刺史侯参。参为中常侍侯览亲弟，倚兄势力，贪暴横行，凡民间财产丰富，即诬以大逆，诛灭全家，没入财物，前后得赃无数，怨积全州。事为太尉杨秉所闻，因即据实纠弹；有诏用槛车逮参，参在道自杀。京兆尹袁逢，至旅舍阅参行李，共有三百余车，统载金银珍玩，光耀满目，特上书报闻，秉乃再劾侯览，请一并放黜，语云：

臣案国旧典，宦竖之官，本在给使省闼，司昏守夜；而今猥受过宠，执政操权，其阿谀取容者，则因公褒举，以报私惠；有忤逆于心者，必求事中伤，肆其凶忿；居法王公，富拟国家，饮食极肴膳，仆妾盈绮素，虽季氏专鲁，穰侯擅秦，穰侯即秦昭王舅。何以尚兹？案中常侍侯览弟参，贪残元恶，自取祸灭，览固知衅重，必有自疑之意，臣愚以为不宜复见亲近；昔齐懿公刑邴歜之父，夺阎职之妻，而使二人参乘，卒有竹中之难，《春秋》书之，以为至戒。盖郑詹来而国乱，事见《公羊传》。四佞放而众服；四佞，即四凶。以此观之，容可近乎？览宜即屏斥，投畀有虎，若斯之人，非恩所宥，请免官送归本郡，全其余生，则忧足弭而为德亦大矣。

桓帝览奏，还是不忍罢览，再令尚书召秉掾属，用言诘问道："公府外职，乃奏劾近官，经典汉制，曾有此故事否？"掾吏答道："春秋时，赵鞅兴甲晋阳，入除君侧，经义不以为非，传谓除君之恶，唯力是视。汉丞相申屠嘉，面责邓通，文帝且为请释。本朝故事，三公职任，无所不统，怎说不能奏劾近官呢？"*理由充足。*尚书无词可驳，还白桓帝；桓帝不得已罢免览官。司隶校尉韩𬘡，复奏列左悺罪恶，及悺兄太仆左称。悺与称胆怯心虚，自恐不能逃罪，并皆仰药毕命。悺又劾具瑗兄恭，历任沛相，受赃甚多，亦应按赃治罪，诏即征恭下狱。瑗入宫陈谢，缴还东乡侯印绶。桓帝令瑗免官，贬为都乡侯，瑗归死家中。时单超、唐衡早卒，徐璜亦死，子弟本皆袭封，至此并降为乡侯，这就是五侯的结局。*只有左悺自尽，余皆令终，不可谓非幸遇。*皇后邓氏，专宠后庭，母族均叨恩宠，兄子康已早封淮阳侯，康弟统复袭后母封邑，得为昆阳侯，*邓后母宣，曾封昆阳君，至是，宣殁，故令统袭封。*统从兄会，却袭后父香封爵，得为安阳侯。统弟秉，又受封淯阳侯，就是后叔父邓万世，尝拜官河南尹，与桓帝并坐博弈，宠幸无比。约莫有六七年，邓后色已寖衰，桓帝又别选丽姝，充入后宫，先后不下五六千人，就中总有几个容貌超群，赛过邓后，桓帝得新忘旧，自然把邓后冷淡下来；邓后不免怀忿，时有怨言，又因桓帝所宠，莫如郭贵人，因与她积成仇隙，互搬是非。郭贵人甫承宠眷，一言一语，皆足移情，桓帝素来昏庸，怎能不为所蛊惑？那郭贵人乐得媒孽，遂把那邓后行止，随时谮毁，说得她如何骄恣，如何妒忌，惹动桓帝怒意，于延熹八年正月，废去皇后邓氏，撵往暴室，活活幽死。河南尹邓万世，及安阳侯邓会，并连坐下狱，相继瘐死；邓统等亦逮系暴室，褫夺官爵，黜归本郡，财产俱没入县官，邓氏复败。前度辽将军李膺，再起为河南尹，适值宛陵大姓羊元群，自北海郡罢官归来，赃罪狼藉，膺表陈元群罪状，欲加惩治；哪知元群行赂宦官，反说膺挟嫌中伤，竟将膺罢官系狱，输作左校。前车骑将军冯绲，复入为将作大匠，迁官廷尉，案验山阳太守单迁，因他情罪从重，笞死杖下。迁为故车骑将军单超亲弟，中官与有关系，遂飞章构成绲罪，亦与李膺同为刑徒。中常侍苏康、管霸，霸占良田美产，州郡不敢诘。大司农刘祐，移书州郡，将二阉占有产业，悉数没收。二阉当然泣诉桓帝，桓帝大怒，亦将刘祐下狱论罪，输作左校。太尉杨秉，正欲为三人讼冤，不意老病侵寻，竟致不起。秉中年丧妻，不复续娶，居官以清白见称，绰有父风，尝自谓我有三不惑，酒、色与财，及病殁时，年已七十有四。桓帝赐茔陪

陵，特进陈蕃为太尉，蕃奉诏固辞道："不愆不忘，率由旧章，臣不如太常胡广；齐
七政，训五典，臣不如议郎王畅；聪明亮达，文武兼资，臣不如弛刑徒李膺；愿陛下
就三人中，简贤授职，臣却不敢滥厕崇阶！"桓帝优诏不许，蕃乃受命就任，入朝白
事，屡言李膺、冯绲、刘祐三人冤屈，应即日赦宥，赐还原职，桓帝置诸不答；蕃复
跪请再三，反复陈词，备极恳切，仍未见桓帝允许，乃流涕起去。司隶校尉应奉，见
蕃屡请不准，独上疏申讼道：

　　昔秦人观宝于楚，昭奚恤荏以群贤，梁惠王玮其照乘之珠，齐威王答以四臣；夫
忠贤武将，国之心膂。窃见左校弛刑徒前廷尉冯绲，大司农刘祐，河南尹李膺等，执
法不挠，诛举邪臣肆之以法，众庶称宜；昔季孙行父亲逆君命，逐出莒仆，于舜之功
二十有一，今膺等投身强御，毕力至罪，陛下既不听察，而猥受谮诉，遂令忠臣同怨
元恶，自春迄冬，不蒙降恕，遐迩观听，为之叹息。夫立政之要，记功忘失，是以景
帝舍安国于徒中，景帝时，韩安国为梁大夫坐法抵罪，后复起为梁内史。宣帝征张敞于亡
命。敞为京兆尹，杀人亡命，会冀州乱，复征为刺史。绲前讨蛮荆，均吉甫之功；周尹吉
甫征服猃狁。祐数读若朔。临督司，有不吐茹之节；膺威著幽、并，遗爱度辽；今三陲
蠢动，王旅未振，《易》称雷雨作解，君子以赦过宥罪，乞原膺等，以备不虞，是臣
等所无任翘望者也。

　　经此一疏，却蒙桓帝听从，便将三人赦罪。陈蕃屡言不听，应奉一疏即行，为蕃计
已可引身退去。已而桓帝拟立继后，意在采女田圣，圣家世微贱，独生得妖娆艳冶，
姿态绝伦。桓帝得了此女，又将郭贵人撇诸脑后，日夕与田圣同处，相猥相倚，如漆
投胶。因此欲将圣册立为后。司隶应奉，伏阙固诤，力言田氏单微，不足为天下母。
太尉陈蕃，亦申言后宜慎选，不如册立窦贵人，却是世家旧戚，足配圣躬。桓帝无可
如何，乃立窦贵人为继后。后为窦融玄孙窦武女儿，即章帝后从祖弟的孙女，入宫未
几，得为贵人，既已正位中宫；父武得进任城门校尉，受封槐里侯。唯窦后姿色，不
及田圣，桓帝因公论难违，勉强册立，所以御见甚稀，有名无实；那桓帝的爱情，仍
然专属田圣一人。小子有诗叹道：

溺情无过绮罗丛，欲海沉迷太不聪；

二十年来昏浊甚，徒教妇寺乱深宫！

欲知后事如何，且看下回续叙。

隐不违亲，贞不绝俗，乃郭林宗一生确评。林宗生遭衰世，已知大局之不可复支，唯悲天悯人之衷，始终未愬，不得已栽培后进，使之成材，为斯文留一线之光；孔孟之辙环天下，教授生徒，犹是志耳。彼陈蕃、李膺诸人，知进而不知退，毋乃昧机。且于邓后之废死，蕃正在朝辅政，不闻出言谏诤，延至继立中宫，方谓田氏微贱，不如选立窦贵人。夫邓后何罪？不过为儿女私嫌，竟遭幽死；窦后何德？乃请立为后；厥后北寺之冤，已隐伏于后位之废立时矣。徐孺子尝诫郭林宗，而于下榻之陈蕃，反未闻预为规谏，抑独何也？

第二十回

激军心焚营施巧计
信谗构严诏捕名贤

却说桂阳太守陈奉，前已剿平长沙贼党，见五十二回。复破灭桂阳贼李研，桂阳乃安。唯余贼卜阳、潘鸿等，逃入深山，伏处年余，觑得兵防少弛，又四出劫掠，蹂躏居民。还有艾县残贼，亦与卜、潘二贼连合，大为民患。荆州刺史度尚，颇有胆略，招募蛮夷杂种，悬赏进讨，大破贼众，连平三寨，夺得珍宝甚多。卜、潘二贼，仍窜入山谷间，党羽犹盛，尚欲穷捣贼巢，殄绝根株；只士卒已腰囊满盈，不愿冒险再入，彼此逍遥自在，各无斗志。尚乃想出一法，向众扬言道："卜阳、潘鸿，乃是多年积贼，能战能守，未易驱除，我兵已经劳苦，且与贼相较，还是彼众我寡，一时不便轻进；今宜征发诸郡兵马，并力击贼，方可图功，尔等可随时习劳，出外射猎，毋使游惰，待至诸郡兵到，大举进剿，岂不是一劳永逸么？"士卒闻言，很是喜悦，当即成群结队，共出游猎，每日获得禽兽，充入庖厨，足供大嚼。众情愈加踊跃，遂至倾寨俱出，四处弋射，尽兴始归。不意到了营旁，统是惊心怵目，叫苦连天。原来那几座营盘，都已变做灰烬，所有平时珍积，被祝融氏收拾尽净了。<small>却是奇绝。</small>看官阅此，还道是营中失火，谁知却是度尚的秘计。尚见军心懈弛，无非为骄富所致，因特诱他出猎，密令心腹将士，暗地纵火，毁去各营，使他失所凭借，然后可以再用。大众未知尚谋，正在自悔自恨，涕泪交并，可巧尚来营巡视，故意顿足道："我令汝等出猎习劳，实为平贼起见，今营中无故被毁，致失汝等蓄积，怕不是由贼狡计，前来放火么？这都是我失防闲，致遭此害，我定要向贼求偿呢！"说至此，见大众并皆感泣，又继续宣言道："卜、潘二贼的财货，足富数世，诸君若能努力击贼，便可悉数取来，区区小失，不足介意，明日就进捣贼巢便了！"**虽是一番权谋，但欲驱策骄兵，亦不得不尔。**众皆应声道："愿如尊命！"尚心中大喜，饬各军秣马蓐食，待旦即发。未几已是黎明，便传出号令，全军启行，自已亦披挂上马，扬鞭急进，驰抵贼寨。卜阳、潘鸿等贼，甫经起食，一些儿没有防备，被官军长驱杀入，如削瓜刈草一般。卜、潘二贼，弃食出奔，由吏士抢步赶上，乱刀交挥，任他两贼如何凶悍，已剁得有头无尾，血肉模糊；余贼大半饮刀，剩了几个脚长的毛奴，虽得侥幸逃生，也已心胆交碎，情愿改过自新，变做平民。荆州大定，群寇悉平。尚以功得封右乡侯，调任桂阳太守。越年征还京师，改命任胤为桂阳太守。荆州兵目朱盖等，戍役日久，财赏不足，复愤恚作乱，与桂阳贼胡兰等合并，共计三千余人，进攻桂阳，焚掠郡县。任胤胆小如鼷，弃地逃走；贼众辗转迫胁，多至数万，移扰零陵。太守陈球，婴城拒守，掾吏向球进说道："贼势甚盛，明公不如挈家避难，尚可自全！"球勃然发怒道："太守分国虎符，受任一方，岂可顾全妻孥，折损国威？如敢再言奔避，立斩勿贷！"掾吏乃咋舌退去。球即削木为弓，断矛为矢，引机扳发，射死贼党多人。贼攻城不下，因决城外流水，灌入城中，球相视地势，据高屯兵，反引水淹贼，贼众惊骇，乃将流水泄去。内外相拒十余日，全城无恙。朝廷再授尚为中郎将，使率幽、冀、黎阳、乌桓步骑二万六千人，往救零陵，尚连败贼众，又与长沙太守抗徐等，调集各郡士卒，合力讨击，大破胡兰。兰急不择路，骤马乱奔，尚督兵追及，张弓搭箭，射倒兰马，兰颠扑地上，当由眼快脚快的军士，赶出一刀，了结贼命。余贼失去头颅共约三千五百级，朱盖等窜往苍梧。诏赐尚钱百万，抗徐等亦受赏有差。尚系山阳人，徐系丹阳人，两人为同时名将。至朱盖等入苍梧境，复被交趾刺史张磐击退，仍还荆州，后来为零陵太守杨璇讨平，这且无庸细表。

且说李膺遇赦后，复起为司隶校尉，他本生性刚直，不肯诡随，虽已迭经挫折，仍然风裁严峻，执法不阿。小黄门张让弟朔，为野王令，贪残无道，甚至刑及孕妇，一闻膺为校尉，便即惧罪入京，匿居乃兄第舍。果然膺闻风往捕，亲率吏卒至让家，四处搜寻，不见形影。及见室有复壁，即令吏卒毁壁入视，得将张朔觅着，一把抓住，押赴洛阳狱中，讯鞫得供，立即处斩。让遣人说情，已经无及；没奈何入诉桓帝，谓膺专擅不法。桓帝召膺入殿，当面诘责，问他何故不先奏请，便即行诛？膺从容答说道："昔晋文公执卫成公，归诸京师，《春秋》不以为非；《礼》云公族有罪，虽加三宥，有司尚可执宪不从。且孔子为鲁司寇，七日即诛少正卯，今到官已越一旬，自恐稽迟获罪，不意反欲速见讥；就使臣罪至死，还望陛下宽限五日，使臣得殄除元恶，然后退就鼎镬，也所甘心了！"元恶何能尽除？徒使权阉侧目，膺亦可以休矣！桓帝听着，因他理直气壮，不能再诘，乃旁顾张让道："这是汝弟有罪，应该加戮，不得专咎司隶呢！"遂令膺退去，张让亦只好趋出。嗣是黄门常侍，皆屏足帖息，虽经休沐，不敢复出宫省；桓帝怪问原因，众阉并叩头泣语道："畏李校尉！"是时朝廷日乱，纲纪颓弛，唯膺不屈不挠，好似中流砥柱，士人或得邀容接，辄相欣庆，号为登龙门。龙将烧尾，奈何？奈何？太尉陈蕃，荐引议郎王畅，进为尚书，出任河南太守，奋厉刚猛，与李膺齐名；太学诸生三万余人，常钦慕陈蕃、李膺、王畅等人，交口赞美，编出三语道："天下楷模李元礼，不畏强御陈仲举，天下俊秀王叔茂。"元礼、仲举、叔茂，便是李膺、陈蕃、王畅三人的表字。自从太学生有此标榜，遂致中外承风，竞相臧否，孰忠孰奸，孰贤孰不肖，往往意为褒贬，信口歌谣。于是君子小人，辨别甚清，君子与君子为一党，小人与小人为一党，小人只知为恶，党派却结得牢固，不至分争。君子与君子，有时为了学说不同，政见不同，却互生龃龉，又从一党中分出两党来，两党相诽，久持不下，反被小人从旁窃笑，乘隙攻入，得将"党人"二字，加到君子身上。暗君不察，疑他结党为非，听信谗言，滥加逮捕，闹得一塌糊涂，这就叫做党祸。小人原属可恨，君子亦不能无咎。

看官听着，待小子叙明东汉党祸的源流。一朝大狱，应该特别叙明。先是桓帝为蠡吾侯时，曾向甘陵人周福受业，及入承大统，便擢福为尚书；又有甘陵人房植，曾一任河南尹，也有重名。福字仲迟，植字伯武，乡人替他作歌道："天下规矩房伯武，因师获印周仲迟。"据此两语，似乎房植的名望，驾过周福，唯两人既相继通显，自然各置宾僚。福门下无不助福，往往优福劣植；植门下无不助植，又往往优植劣福，两造互争优胜，积不相容，免不得各树党徒，寖成仇隙，党人的名号，就从甘陵的周、房两家发生出来。既而汝南太守宗资，用范滂为功曹，南阳太守成瑨，用岑晊为功曹，并委他褒善纠违，悉心听政，二郡又有歌谣道："汝南太守范孟博，南阳宗资主画诺；南阳太守岑公孝，弘农成瑨但坐啸。"宗资南阳人，成瑨弘农人，孟博系范滂表字，公孝系岑晊表字，歌中寓意，是归美范滂、岑晊二人，名为功曹，实与太守无二，冤冤相凑，衅启南阳。宛县人张泛，为桓帝乳母外亲，拥有资财，工雕刻术，尝琢玉镂金，私贿中官，中官与为莫逆交，往来甚密，泛得恃势骄横，肆行无忌，宛吏不敢过问。南阳功曹岑晊，因宛县为南阳属地，特劝太守成瑨，捕泛入狱，泛慌忙通讯中官，乞为救护，中官即为代请，颁下赦文，晊又促瑨诛死张泛，然后宣诏施赦。小黄门赵津，家居晋阳，贪残放恣，太原太守刘𩆁，亦将津捕入狱中，遇赦不赦，把津处死。中常侍侯览，时已复官，即使张泛妻上书讼冤，并向桓帝前谮诉瑨、𩆁，说他不奉诏命，罪同大逆。桓帝顿时大怒，立征瑨、𩆁下狱，饬令有司审谳，有司仰承中旨，复称两人俱当弃市。同时山阳太守翟超，使张俭为督邮，巡视全境。侯览家在防东，残害百姓，大起茔冢，俭举奏览罪，被览从中搁置，壅不上闻，惹得俭容忍不住，竟督吏役，毁去览家，籍没资财。览怎肯罢休？泣诉桓帝，归罪太守翟超，超又被逮下狱，当由有司定案，与前东海相黄浮同科，并输左校。黄浮事，见五十一回。司空周景，时已免官，由太常刘茂代任，太尉陈蕃，邀茂一同入谏，请赦瑨、𩆁、超、浮四人，桓帝不从，中常侍复从中媒孽，茂恐为所构，不敢复言。独陈蕃不甘隐默，再上疏力谏道：

臣闻齐桓修霸，务为内政；《春秋》于鲁，小恶必书。宜先自整饬，后乃及人。今寇贼在外，四肢之疾，内政不理，心腹之患；臣寝不能寐，食不能饱。实忧左右日亲，忠言以疏，内患渐积，外难方深，陛下超从列侯，继承天位，小家蓄产，百万之资。子孙尚耻愧失其先业，况乃产兼天下，受之先帝，而欲懈怠以自轻忽乎？即不爱己，不当念先帝得之勤苦耶？前梁氏五侯，毒遍海内，天启圣意，收而戮之，天下之议，冀当小平；明鉴未远，覆车如昨。而近习之权，复相煽结，小黄门赵津，大猾张泛等，肆行贪虐，奸媚左右；前太原太守刘瑨，南阳太守成瑨，纠而戮之，虽言赦后，不当诛杀，原其诚心，在于去恶。至于陛下，有何悁悁？而小人道长，荧惑圣聪，遂使天威为之发怒，各加刑谪，已为过甚；况乃重罚，令伏欧刀乎？又前山阳太守翟超，东海相黄浮，奉公不挠，嫉恶如仇，超没侯览财物，浮诛徐宣之罪，并蒙刑坐，不蒙赦恕；览之骄纵，没财已幸，宣犯衅过，死有余辜！昔丞相申屠嘉，召责邓通，洛阳令董宣，折辱公主，而文帝从而请之，光武加以重赏，未闻二臣有专命之诛。而今左右群竖，恶伤党类，妄相交构，致此刑谴，臣闻是言，当复啼诉。陛下深宜割塞近习预政之源，引纳尚书朝省之事，公卿大官，五日一朝，简练清高，斥黜佞邪，如是天和于上，地洽于下，休祯符瑞，岂远乎哉？陛下虽厌恨臣言，臣但知为国效忠，冀回上意，用敢昧死奏闻！

　　桓帝览疏，非但不从蕃请，并且下诏责蕃。黄门中常侍等，恨蕃加甚，只因蕃为名臣，一时未敢加害，故蕃尚居官如故。平原人襄楷，诣阙陈书，力为瑨、锧讼冤，终不见报；会因河水告清，楷以为清属阳，浊属阴，河水当浊而反清，是阴欲乘阳之兆；又桓帝尝就濯龙宫中，亲祀老子，用郊天乐，楷书中亦曾提及，谓黄老清虚，好生恶杀，省欲去奢，今陛下厉行诛罚，博采妇女，全与黄老相反，祭祀何益？词意很是激切，桓帝唯置诸不理。楷复上书纠劾宦官，文中有云："殷纣好色，妲己是出；叶公好龙，真龙游廷。今黄门常侍，并犯天刑，陛下乃宠遇日甚，臣愚以为继嗣未兆，实坐此弊！"这数语激动一班阉竖，大起哗声。桓帝年已逾壮，未得一子，也不免触起懊恼，即召楷入朝，令尚书问状。楷直答道："古时本无宦官，自武帝末年，屡游后宫，始令阉人侍从，设置官职，这乃先朝弊政，不足为法！"尚书等斥楷违经诬上，应即论罪，竟把楷收送洛阳狱中，还是桓帝搁置不提，才免死刑。符节令蔡衍，议郎刘瑜，表救成瑨、刘锧，言亦切直，并坐罪免官；瑨与锧竟搒死狱中，唯岑晊、张俭，在逃未获。瑨、晊毕命，事由晊、俭二人启衅，乃瑨、锧死，而晊、俭逃生，以义相绳，未免负友。俭有清名，望门投止，辗转至东莱，匿李笃家。外黄令毛钦，闻风往捕，笃与语道："张俭知名天下，所为无罪，明府素行清正，何忍拘及名士？"钦抚笃背道："蘧伯玉耻独为君子，足下如何自专仁义？"笃又答道："笃虽好义，明府今日，也分得一半了！"钦叹息自去，笃复送俭出塞，方得幸存。晊窜往齐鲁，亲友亦竞为收容，唯前新息长贾彪，闭门不纳；彪曾有重望，在新息长任内，见贫民多弃子不育，特严令禁止，有犯与杀人同科，数年间户口蕃庶，民间称为贾父。至不纳岑晊一事，为众所疑，彪喟然道："《传》云：'相时而动，无累后人！'公孝要君致衅，自贻伊戚，我岂可私相容隐么？"足令岑晊自愧。后来晊走匿江夏山中，得疾乃终。一案未了，一案又起，河内有术士张成，颇善占验，预料朝廷当赦，纵子杀

賈彪办案图

人。司隶校尉李膺，收捕成子下狱，越日果有诏大赦，成子应当脱罪，膺独援杀人抵命的故例，不肯轻恕，竟将成子加诛。成尝挟术干时，交通宦官，宦官便替成报怨，嗾使成弟子牢修上书，劾膺交结太学游士，共为部党，诽谤朝廷，败坏风俗。桓帝误为听信，严旨逮捕党人，班行郡国，布告天下，案经三府。当由太尉陈蕃，展览党人名籍，俱系海内闻人，便皱眉捻须道："今欲逮捕诸人，统是忧国忠公，驰誉四海的名士；就使子孙有过，尚应十世加宥，况本身未著罪状，奈何无端收捕呢？"说着，遂将党人名籍却还，不肯署名。桓帝越加动怒，索性将司隶校尉李膺，罢官系狱；株连太仆杜密，御史中丞陈翔，及陈实、范滂等，共二百余人，陆续捕入；或已闻风避匿，经有司悬金购募，务获到案。**党人并非大盗，为何这般严酷？**杜密颍川人，累迁北郡、泰山太守，调任北海相，监视宦官子弟，有恶必惩；及去官还家，每见守令，多所陈托。同郡刘胜，亦自蜀郡告归，闭门扫轨，不复见客。颍川太守王昱，尝向密称美刘胜，说他清高绝俗，密知昱讽己，奋然说道："刘胜位为大夫，见礼上宾，乃知善不荐，闻恶无言，隐情惜己，自同寒蝉，这乃是当世罪人！密却举善纠恶，使明府赏罚得中，令闻休扬，岂非有裨万一么？"**无道则隐，奈何不知？**昱闻言怀惭，待遇加厚。嗣入朝为尚书令，迁官太仆，嫉恶甚严，与李膺名行相次，时人号为李杜；膺既得罪，密自然不能脱身，与同连坐。陈翔系汝南人，官拜议郎，出任扬州刺史，尝举发豫章太守王永，私赂中官，吴郡太守徐参，倚兄中常侍徐璜权势，在职贪秽，永与参因此被黜，宦竖与他结嫌，亦将他列名党案，逮入狱中。陈实本与宦官无仇，不过因名盛遭忌，致被罗织。有人劝实逃亡，实叹息道："我不就狱，众无所恃？"乃挺身入都，自请囚系。范滂本反对俭人，一闻逮捕，便昂然入狱，狱吏谓犯官坐系，应祭皋陶，滂正色道："皋陶为古时直臣，若知滂无罪，且当代诉天帝；如或不然，祭亦何益？"众闻滂言，并皆罢祭。度辽将军张奂，已就征为大司农。由中郎将皇甫规升任度辽将军，闻朝廷大兴党狱，遍拘名士，自耻不得与列，径拜表上陈道："臣前荐大司农张奂，便是附党，又臣输作左校时，由太学生张凤等为臣讼冤，便是党人所附；臣应同入党案，受罪坐罚！"桓帝得书，却搁置一旁，并不批答。**想是宦竖与规无嫌。**就中恼了一位大臣，复毅然申奏，力为党人辩诬，正是：

谗口嚣嚣真罔极，忠言谔谔总徒劳。

欲知何人出为辩诬，容至下回再表。

国家设兵，原以防盗，盗去不击，乌用兵为？观度尚之计激军心，似以诈谋使人，不足为法，然尚之所用以击贼者，乃蛮夷杂种耳；平素未曾训练，第因一时之募集，驱使从戎，若非设法以鼓动之，安能令其再接再厉，捣平贼巢耶？故尚之所为，权道也，非正道也！孔子所谓可与权者，尚其有焉。若李膺等虽素怀刚正，而当国家闭道之秋，不如洁身远害，天地闭，贤人隐，古有明言，乃以一时之矫激，祸及海内，宁非愚忠？徐孺子谓大木将颠，非一绳所能维；郭林宗谓天之所废，不可复支，正洞明权变之言，故卒能超然于党祸之外；刘胜甘作寒蝉，亦此物此志云尔。李杜虽忠，其如未识权宜何也？

第二十一回

驳问官范滂持正
嫉奸党窦武陈词

却说桓帝延熹八年，大兴党狱，缉捕至二百余人，恼动了一位大臣，不忍坐视，因复上疏极谏，这人为谁？就是太尉陈蕃。疏中有云：

臣闻贤明之君，委心辅佐，亡国之主，讳闻直辞；故汤武虽圣，兴由伊吕，桀纣迷惑，亡在失人。由此言之，君为元首，臣为股肱，同体相须，共成美恶者也。伏见前司隶校尉李膺、太仆杜密、太尉掾范滂等，滂曾为太尉黄琼掾吏。正身无玷，死心社稷，以忠忤旨，横加考案，或禁锢闭隔，或死徙非所，杜塞天下之口，盲聋一世之人，与秦焚书坑儒，何以为异？昔武王克殷，表闾封墓；今陛下临政，先诛忠贤，遇善何薄？待恶何优？夫谗人似实，巧言如簧，使听之者惑，视之者昏；然吉凶之效，存乎识善，成败之机，在于察言。人君者，摄天地之政，秉四海之维，举动不可以违圣法，进退不可以离道规，谬言出口，则乱及八方，何况髡无罪于狱，杀无辜于市乎？昔禹巡狩苍梧，见市杀人，下车而哭之曰："万方有罪，在予一人！"故其兴也勃焉。又青、徐灾旱，五谷损伤，民物流迁，茹菽不足，而宫女积于房掖，国用尽于罗绮，外戚私门，贪财受赂，所谓禄去公室，政在大夫，昔春秋之末，周德衰微，数十年间，无复灾眚者；天之于汉，恨恨无已，恨恨犹眷眷也。故殷勤示变，以悟陛

146

下，除妖去孽，实在修德。臣位列台司，忧责深重，不敢尸禄惜生，坐观成败，如蒙采录，使身首分裂，异门而出，所不恨也！

桓帝已信任宵小，决除党人，看了陈蕃奏疏，也疑他是党中魁硕，大为拂意；再加阉竖乘隙进谗，交毁陈蕃，遂传出一道诏旨，责蕃辟召非人，将他罢免，再起周景为太尉。景颇持躬亮直，但见蕃因言获戾，未敢再陈；此外更乐得置身局外，箝口避灾。迁延过了一年，党人尚未邀赦，当由前新息长贾彪，义愤填膺，在家叹语道："我不西行，大祸不解！"因即辞家入都，进谒城门校尉窦武，及尚书霍谞，请为党人申理。武乃缮疏进奏道：

臣闻明主不讳讥刺之言，以探幽暗之实；忠臣不恤谏争之患，以畅万端之事；是以君臣并熙，名奋百世。臣幸得遭盛明之世，逢文武之化，岂敢怀禄逃罪，不竭其诚？陛下初从藩国，爰登圣祚，天下逸豫，谓当中兴；自即位以来，未见善政，梁、邓诸恶，虽或诛灭，而常侍黄门，续为祸虐，欺罔陛下，竞行谲诈，自造制度，妄爵非人，朝政日衰，奸臣日盛。伏寻西京放恣王氏，佞臣执政，终丧天下，今不虑前事之失，复循覆车之轨，臣恐秦二世之难，必将复及，赵高之变，不朝则夕！近者奸臣牢修，造设党议，遂收前司隶校尉李膺、太仆杜密、御史中丞陈翔、太尉掾范滂等，逮考连及数百人，旷年拘系，事无左证。臣唯膺等建忠抗节，志在王室，此诚陛下稷、契、伊、吕之佐，而虚为奸臣贼子之所诬枉，天下寒心，海内失望，唯陛下留神澄省，即时理释，以厌人鬼喁喁之心！臣闻古之明君，必须贤佐以成政道；今台阁近臣陈蕃、胡广，及尚书朱寓、荀绲、刘祐、魏朗、刘矩、尹勋等，皆国之贞士，朝之良佐，尚书郎张陵、�皓、范康、杨乔、边韶、戴恢等，文质彬彬，明达国典，内外之职，群材并列；而陛下委任近习，专树饕餮。外干州郡，内干心膂，宜以次贬黜，案罪纠罚，抑夺宦官欺国之封，案其无状诬罔之罪，信任忠良，平决臧否。使邪正毁誉，各得其所，则咎征可消，天应可待矣！

窦武既将疏呈入，复缴上城门校尉及槐里侯印绶，自愿罢官，桓帝不许，仍将印绶发还。尚书霍谞，又表请释放党人，桓帝亦稍稍感悟，乃使中常侍王甫，就狱讯

问。时党人皆锢住北寺狱中，为黄门所管辖。一应人犯，类皆三木囊头，奄立阶下，王甫依次传入，逐加诘问，有几个略为辩白，有几个不愿多谈；滂独数次前进。王甫启口诘滂道："君为人臣，不知忠国，反勾结部党，自相褒举，评论朝廷，虚词交构，究竟意欲何为？宜供出实情，不得欺饰！"滂答说道："孔子有言：'见善如不及，见恶如探汤。'滂欲使善善同清，恶恶同污，不料朝廷反目为朋党，难道善反为恶，恶反为善么？"甫又诘问道："如君等互相推举，迭为唇齿，稍有不合，即加排斥，这是何意？"滂仰天长叹道："古人修善，自求多福，今日修善，反陷大戮；身死以后，愿将尸首埋葬首阳山侧，上不负皇天，下不愧夷、齐！"慨当以慷。甫听了滂言，也憋然改容，乃命并解桎梏，返报桓帝。李膺等又多引入宦官子弟，说他同党，宦臣亦不禁惶惧，乃向桓帝进言，以为天时当赦，桓帝才将狱中二百余人，一概释放；但尚留名三府，禁锢终身。一面下诏改元，号为永康。范滂出狱后，往候尚书霍谞，并不为谢，或咎滂何不谢谞，滂答语道："春秋时叔向坐罪，祁奚入援，未闻叔向谢恩，祁奚炫惠，滂亦效法古人，何必称谢？"叔向、祁奚皆晋人。说毕，即出都还至汝南。南阳士大夫，在道欢迎，有车数百辆，滂叹息道："这乃反使我速祸哩！"遂从间道还乡，不复见客。余人亦统皆归里。从前钩党诏下，郡国都希旨举奏，多至百数；唯平原相史弼，不奏一人，诏书前后迫促，髡笞掾吏，且使从事坐待传舍。弼往见从事，谓平原实无党人。从事作色道："青州六郡，五郡有党，敢问平原有何治化，独无党人？"弼亦峻词相拒道："先王疆理天下，划界分境，水土异宜，风俗不同，他郡有党，平原自无，怎得相比？若徒知趋承上司，诬害良善，是平原民居，户户可入党籍了！弼宁死不敢从命！"也是个硬头子。从事且惭且恨，回朝复旨。将加弼罪名，会因党禁从宽，只令弼罚俸一年；平原士人，幸免牵连，这都是史弼的厚惠，保全甚多。会稽人杨乔，由城门校尉窦武荐引，入朝为郎。乔容仪伟丽，奏对详明，桓帝爱他才貌，欲将公主配乔；乔见群阉当道，正士一空，料知将来无甚善果，因即上书固辞。桓帝不许，定要将爱女嫁乔为妻，且令太史择吉成婚，乔竟誓死相拒，绝粒数日，一命告终。好一个现成帝婿，弃去不为，反且如此拚生，真是奇闻！无非是想做夷、齐。

　　是年仲夏，京师及上党地裂；到了仲秋，东方大水，渤海溃溢，郡国官吏，转受中官嘱托，讹言瑞应：巴郡报称黄龙现，西河报称白兔来，魏郡报称嘉禾生，甘露降。种种虚诬，无一非贡谀献媚，取悦上心。大司农张奂，因鲜卑、乌桓复叛，受命为中郎将，再出督幽、并、凉三州，及度辽乌桓二营。乌桓素闻奂威名，不战即降；独鲜卑大酋檀石槐，恃勇不服，虽然引兵暂退，仍复觊觎边疆。朝廷虑不能制，遣使封檀石槐为王，拟与和亲。檀石槐不肯受命，自分属地为东西北三部，各置酋长管领，有时辄出掠幽、并、凉诸州。桓帝方耽恋酒色，宠幸金壬，私幸天下无事，只有西北一带，稍闻寇患，无庸多忧，不如及时行乐，与采女田圣等，朝夕纵欢，享受温柔滋味。待至精髓日涸，疾病交侵，尚封田圣等九女为贵人，勉与绸缪。结果是脾肾皆亏，无可救药，好好一个三十六岁的皇帝，竟至德阳前殿，奄卧不起，瞑目归天。淫荒之主，怎得延年？总计桓帝在位，改元多至七次，为东汉时所仅见，历数亦不过二十一年。三立皇后，无一嫡嗣，此外贵人数十，宫女百千，也不闻诞育一男。**寡欲方可生男，否则，多妻何益？**窦皇后情急失措，急召乃父窦武，入议立嗣，武复转问侍御史刘儵，拟向宗室中选立贤王，儵沉吟良久，方答出一个解渎亭侯宏。宏系河间王开曾孙，祖名淑，父名苌，世封解渎亭侯，母为董氏，宏袭封侯爵，年才十二。儵举宏为对，明明是奉承窦后，好教她援引故例，借口嗣君幼弱，亲出临朝。窦武告知窦后，果然隐合后意，即使儵持节迎宏，偕同中常侍曹节，与中黄门虎贲羽林兵千人，星夜驰往河间，迓宏入都。先是桓帝初年，京师有童谣云："城上乌，尾毕逋。公为吏，子为徒。一徒死，百乘车。车班班，入河间。河间姹女工数钱，以钱为室金为堂。石上慊慊春黄粱，梁下有悬鼓，我欲击此丞卿怒。"当时有人听此童谣，无从索解。及窦氏定策禁中，迎宏至夏门亭，由窦武带领群臣，奉宏入宫，即皇帝位，才将童谣起头的八语，逐条推测，有迹可寻。"城上乌"二句，是譬喻桓帝高居九重，专知聚敛；"公为吏"二句，是言蛮夷叛逆，父为军吏，子为卒徒，同时外征；"一徒死"二句，是前一人出征死事，后又遣兵车继讨；"车班班"二句，是刘儵至河间迎宏，更明白易解了；尚有后五语未曾应验，仍留作疑团，无人剖晰。后来宏即位二年，母董氏进为太后，喜积金钱，鬻官得贿，充满堂室，才知"姹女数钱"两语，已为谶兆；至"石上慊慊"三语，乃指董太后贪心未足，常使人春黄粱为食，忠臣义士，欲击鼓谏阻，反被丞卿怒斥。可见得自古童谣，俱非无因，但不知由何人创造，成此预谶哩！**半属后人附会，不能援作铁证。**闲文少表。

且说桓帝告崩，已是永康元年的残冬，及解渎亭侯宏入宫即位，已在次年正月，是为灵帝，当即改元建宁。窦后已早自尊为皇太后，临朝称制；不待桓帝出葬，便将贵人田圣等一并处死，泄除宿忿，开手即杀宫妃，怪不得后来多难。一面授窦武为大将军，首握朝纲。太尉周景，因病乞休旋即逝世，司徒许栩，已先罢职，由太常胡广继任；司空刘茂，亦已免官，代任为光禄勋宣酆。窦太后追溯前事，忆及自己得正位中宫，全赖陈蕃、周景两人；见五十二回。景已病殁，无可报德，乃特进陈蕃为太傅，使与大将军窦武，及司徒胡广，参录尚书事；复将司空宣酆免职，迁长乐卫尉王畅为司空；奉葬桓帝于宣陵，追尊嗣皇祖淑为孝元皇，夫人夏氏为孝元皇后，父苌为孝仁皇，墓号慎陵，母董氏生存无恙，号为慎园贵人。又加封窦武为闻喜侯，武子机为渭阳侯，从子绍为鄠侯，靖为西乡侯，一门四人，同沐侯封。当由涿郡人卢植，代为寒心，特献书讽武道：

　　植闻蟊有不恤纬之事，漆室有倚楹之戒，"蟊不恤其纬，而忧宗周之陨。"一语见《左传》，漆室女倚柱悲吟，忧国伤怀，事见《列女传》。忧深思远，君子之情。夫士立诤友，义贵切磋，《书》陈谋及庶人，《诗》咏询于刍荛，植诵先王之书久矣，敢爱其瞽言哉！今足下之于汉朝，犹旦奭之在周室，建立圣主，四海有系，诸公以为吾子之功，于斯为重；天下聚目而视，攒耳而听，谓准之前事，将有景风之祚。窃绎春秋之义，王后无嗣，择立就长，年均以德，德均则决之卜筮；今同宗相后，披图按牒，以次建之，何勋之有？岂横叨天功，以为己力乎？宜辞大赏，以全身名，又比者世祚不竞，仍求外嗣，可谓危矣！而四方未宁，盗贼伺隙，恒岳渤碣，尤多奸盗，将有楚人胁比，尹氏立朝之变；并见《春秋》。宜依古礼，置诸子之官，征王侯爱子，宗室贤才，外崇训导之义，内息贪利之心，简其良能，随用爵之，是亦强干弱枝之道也！

　　窦武得书，总道嗣君新立，大权在握，一时断不至变动，何必听信植言，自弃富贵？当下将来书搁置，不复留意。窦太后更封太傅陈蕃为高阳乡侯，中常侍曹节为长安乡侯；节当然乐受，唯蕃累疏固辞，章至十上，竟不受封。但与大将军窦武，同心辅政，征用前司隶李膺、太仆杜密、宗正刘猛、庐江太守朱寓等，并列朝廷；又引前越隽太守荀昱为从事中郎，前太邱长陈实为掾吏，共参政事；志在除奸，窦太后也却悉心委任，言听计从。不过妇女见识，容易动授，往往喜人谀言，厌闻正论。灵帝有乳母赵娆，随帝入宫，宫中号为赵夫人，性情狡黠，善揣人意，镇日里入侍太后，话长论短，深得太后欢心；还有一班女尚书，系内官总名，也俱受赵娆笼络，串同一气，日夕营私。中常侍曹节、王甫等，复谄事太后，与赵娆等朋比为奸，交相煽蔽，太后反皆视为好人，有所请求，无不允许，因此屡出内旨，封拜多人。以阴遇阴，更易相惑。看官试想，如女子小人的荐引，何有贤才？太后误为听信，不待窦武、陈蕃商量，便即授命，武与蕃不便封驳，又不忍坐视，自然懊怅异常。蕃嫉恶尤甚，尝与武会晤朝堂，私下语武道："曹节、王甫等，在先帝时，已操弄国权，浊乱海内，百姓汹汹，无不痛心；今若不设计诛奸，后必难图！"武点首称善，蕃心下大喜，推席而起，欢颜别去。武乃复引同志尹勋为尚书，令刘瑜为侍中，冯述为屯骑校尉，密商大计。适值五月朔日，日食告变，有诏令公卿以下，各言得失，蕃即前往语武道："昔御史大夫萧望之，为一石显所困，竟致自杀，况今有石显数十辈呢？近如李、杜诸公，祸及妻子，皆由权阉煽乱，正士罹殃，蕃年将八十，尚有何求？但欲为朝廷除害，佐将军立功，所以暂留不去；今正可为了日食，斥罢宦官，上塞天变，且赵夫人及女尚书，摇惑太后，亦宜屏绝。请将军从速措置，毋贻后忧！"武依了蕃言，便进白太后道："向来黄门常侍，只令给事省内，看守门户，主管近署财物，今乃使干预政事，谬加重任，子弟布列，专为贪暴，天下汹汹，都为此故，宜一概诛黜，扫清宫廷！"窦太后徐答道："汉朝故事，世有宦官，但当稽察有罪，酌量加惩，怎可同时尽废呢？"武乃先讦中常侍管霸、苏康，挟权专恣，应即加诛，太后总算依议，当由武收捕管霸、苏康，下狱处死。武又请诛曹节等人，偏太后犹豫未忍，迁延不报，陈蕃不暇久待，即上疏申请道：

臣闻言不直而行不正，则为欺乎天而负乎人；危言极意，则群凶侧目，祸不旋踵，钧此二者，臣宁得祸，不敢欺天也！今京师嚣嚣，道路喧哗，竞言曹节、侯览、公乘昕、王甫、郑飒，与赵夫人诸女尚书，并乱天下，附从者升进，忤逆者中伤，方今一朝群臣，如河中木耳。泛泛东西，耽禄畏害，陛下前始摄位，顺天行诛，苏康、管霸，并伏其辜，是时天地清明，人鬼欢喜；奈何数月复纵左右？元恶大奸，莫此之甚！今不急诛，必生变乱，倾危社稷，其祸难量，愿出臣章宣示左右，并令天下诸奸，知臣嫉恶，不敢为非，则宫禁清而治道可冀矣！

蕃上此疏，满望太后感念旧惠，如言施行，谁知太后仍然搁起，并不听用。去恶宜速，岂空言所可济事？况太后是个女流，难道能纤手除奸吗？那一班油头粉面的妖娆，及口蜜腹剑的腐竖，已是愤恨异常，竟与这窦武、陈蕃势不两立了！俗语说得好："和气致祥，乖气致戾。"为了朝局水火，遂致上苍示儆，发现端倪。小子有诗叹道：

> 天变都从人事生，吉凶悔吝兆先呈；
> 漫言冥漠无凭证，星象高悬已著明。

欲知天变如何，待至下回详叙。

观范滂对簿之词，原足上质鬼神，下对衾影；即其不谢霍谞，非特自白无私，且免致中官借口，谤及谞身，滂之苦衷，固可为知者道，难为俗人言也。然时当乱世，正不胜邪，徒为危言高论，终非保身之道，此范滂之所以终于不免耳。及桓帝告崩，窦后临朝，陈蕃有德于窦后，而进列上公，窦武更位极尊亲，手握兵柄，二人同心，协谋诛奸，似乎叱嗟可办；然必不动声色，密为掩捕，使妇寺无从预备，一举尽收，然后奏白太后，声罪加诛，吾料太后亦不能不从，肃清宫禁，原反手事耳！计不出此，乃徒向太后絮聒，促令除奸，何其寡谋乃尔？且陈蕃疏中，固尝云危言极意，则群凶侧目，祸不旋踵，彼既明知诛恶之宜速，处事之宜慎，奈何尚请宣示左右耶？谋之不臧，语且矛盾，识者已知其无能为矣。

第二十二回

驱蠹贼失计反遭殃
感蛇妖进言终忤旨

却说灵帝元年八月，太白星出现西方，侍中刘瑜，颇知天文，暗思星象示儆，危及将相，免不得瞻顾徬徨，因即上奏太后道："太白侵入房星，光冲太微，象主宫门当闭，将相不利，奸人为变，宜亟加防！"一面又致书窦武、陈蕃，略言星辰错缪，不利大臣，请速决大计，毋自贻祸。武与蕃乃再协商，筹定计议，先令朱寓为司隶校尉，刘祐为河南尹，虞祁为洛阳令，然后奏免黄门令魏彪，另用小黄门山冰代任，且使冰入白太后，收捕长乐尚书郑飒，送入北寺狱中。陈蕃向武进言道："若辈既经收捕，便当处死，何必送他入狱，多烦考讯哩？"蕃言甚是，但徒杀一郑飒，何足济事？武不肯从，即使山冰会同尚书令尹勋，侍御史祝瑨，就狱讯飒；飒供词连及曹节、王甫，勋与冰即据词复奏，使侍中刘瑜呈入。武踌躇满志，总道曹节、王甫等有权无力，唾手可取，不必防备他变，遂放心出宫，归府待信。蜂虿尚且有毒，况权阉蟠踞有年，怎可不为之备？刘瑜呈入奏章，也即退出；不料出纳奏章的内官，持了奏本，先去告知长乐宫内的五官史朱瑀。瑀闻郑飒被收，已怀疑惧，且与曹节、王甫等人，素相亲善，彼此互为倚托，自然时刻留心；当下索取奏本，私自展阅，看了数行，已经怒起，及阅毕后，更觉忍耐不住，自言自语道："中官不法，自可诛夷；我辈何罪？乃尽欲加诛呢？"说着，眉头一皱，计上心来，便大声喧呼道："陈蕃、窦武，奏白太后，将废帝为大逆，此事如何了得？"一面说，一面遍召长乐宫从吏，黍夜入商。当时应召驰至，计得共普、张亮等十七人，歃血共盟，谋诛窦武、陈蕃，然后报告曹节、王甫。节仓猝惊起，入语灵帝道："外间喧哄，将不利圣躬，请速出御德阳前殿，宣诏平乱！"*宵小诡谋，然是可畏！*灵帝年才十三，怎知内外隐情？当即依了节言，出御前殿。节与阉党拔剑相随，踊跃趋出，乳母赵娆，亦从至殿中，在旁拥护，传令闭诸禁门，召入尚书官属，取出亮晃晃的白刃，胁作诏书。尚书官属，无不贪生，就使心恨阉人，到此亦为威所迫，不敢不依言缮写。节也托称帝意，拜王甫为黄门令，使他持节至北寺狱，收系尹勋出冰。冰等时已就寝，闻有中使到来，急忙披衣出迎，兜头一看，乃是王甫，且见他张目宣诏，声势汹汹，心下不禁怀疑，返身复入；甫即抢上一步，厉声吆喝道："山冰汝敢不奉诏么？"道言未绝，手中已拔出佩剑，竟向山冰背后劈去，刀光一闪，冰已倒地。尹勋也从梦中惊醒，出外接诏，又被王甫手起剑落，结果性命。

甫即就狱中放出郑飒，还入长乐宫，竟去劫迫太后，索取玺绶，窦太后尚未起床，玺绶已被人取出，献与王甫。*汝不忍人，人将忍汝！*甫令谒者守住南宫，扃阁门，断复道，令郑飒等持节，及侍御史谒者，往捕窦武、陈蕃。武闻变驰入步兵营，与兄子步兵校尉窦绍，张弓拒使，射死数人，且召集北军五校士数千人，屯守都亭，向众宣令道："黄门常侍等造反，汝等能尽力诛奸，当有重赏！"军士尚将信将疑，勉听武命。郑飒慌忙奔还，报知曹节、王甫；节复矫诏令少府周靖行车骑将军，使与护匈奴中郎将张奂，率五营兵士讨武。奂方自北方受征，还都不过二三日，未知底细，一闻宫中急诏，当即奉命出来，与靖会合。王甫又招集虎贲、羽林诸将士，出来应奂，途中遇着陈蕃，与官属诸生八十余人，持刀入承明门，将至尚书门前，*八十余人，何足济事？此来意欲何为？*因即摆开兵马，将蕃截住；蕃等攘臂奋呼道："大将军忠心卫国，黄门胆敢叛逆，怎得反诬窦氏呢？"甫应声诟詈道："先帝新弃天下，山陵未成，武有何功，乃父子兄弟，并得侯封，时常设乐张宴，妄取掖庭宫人，私下纵欢，旬日间积资巨万。*这四语是诬陷窦武。*大臣若此，尚得说是有道么？公为宰辅，且与相阿党，岂非不忠？此外更不必说了！"说着，即指挥军士，将蕃围住，蕃拔剑叱甫，词色愈厉，甫悍然不顾，竟令军士一拥齐上，拘拿陈蕃；蕃年已垂老，又没有什么武力，所领官属诸生，多是文质彬彬，如何敌得住军吏？眼见是束手就缚，无策逃生。

总计蕃等八十余人，一大半被他捕去，押送北寺狱中。黄门从官，统是权阉羽翼，见了陈蕃捕到，便奋拳伸足，相率殴踢道："死老魅尚敢减损我等人员，剥夺我等廪饩么？"蕃怎肯忍气，自然反唇相讥，恼动这班狐群狗党，报告曹节、王甫，索得伪诏，将蕃害死。时已天明，张奂引兵出屯朱雀掖门，王甫领军继至，差不多有数千人，与窦武两下对垒；甫又使军士大呼武军道："窦武为逆，汝等皆系禁兵，应当宿卫宫省！为什么从逆抗命？如肯翻然知悟，反正来降，朝廷自当加赏，毋得多疑！"营府素畏服中官，且见张奂、王甫等，自内出来，持节指麾，总应亲受帝命，方得如此张皇，因此心怀顾虑，不愿助武。张奂领兵多年，善觇敌势，遥望武军懈弛，就麾军进攻，气势甚锐；武军既已疑武，复遭奂军压迫，料知情势不佳，不如见机往降，还可免罪受赏，于是彼弃甲，此倒戈，纷纷投入奂军。自朝至暮，武手下只剩百余骑，怎能支持？不得已拍马逃走；武从子绍亦即随奔。奂与王甫驱军追击，到了洛阳都亭，得将武等围住；武与绍惶急万分，自思无路可脱，先后拔剑自刎。奂即将二人枭首，缴与王甫，甫令悬首都亭，示众三日；**奂有重名，应知窦武忠正，奈何助奸戮忠？本编以追杀窦武，归咎张奂，具有良史书法。**随即还兵收捕窦氏宗族，及亲戚宾佐，一体骈戮；唯将窦武妻妾贷死，徙往日南。先是窦武生时，与一蛇同出母胎，家人未敢杀蛇，送往林中；及武母殁后，举棺出葬，有大蛇蜿蜒到来，用首触柩，泪血并流，历时乃去。智士已目为不祥，至是始验。武有孙辅，年只二岁，亏得掾吏胡腾，闻风先至武家，将辅抱匿他处，才得幸存。他如侍中刘瑜，与屯骑校尉刘述，均被捕戮，家族诛夷。曹节、王甫，复迫窦太后徙往南宫；且乘隙报怨，诬称虎贲中郎将刘淑，暨前尚书魏朗，俱与窦武等通谋，遣吏捕拿，二人皆愤急自尽。余如公卿以下，前经窦武、陈蕃荐举，尽行黜免，甚至两家门生故吏，无一逃罪，悉数禁锢。

议郎巴肃，本与武等同谋，曹节等未明情迹，但因他为武等荐引，免官归里，后来查悉肃与通谋，复派朝使前往拘戮。肃得知消息，不待朝吏到家，便诣县投案。县吏素重肃名，解去印绶，欲与俱亡。肃慨然道："既为人臣，有谋不敢隐，有罪不逃刑；肃本与窦除奸，不幸失败，何敢逃罪？愿随窦、陈二公于地下，使后世知有渤海巴肃，如君盛情，死且感念，今实不愿相累呢！"**可谓义士。**县令很是叹息，将肃交与朝使。朝使宣诏诛肃，肃引颈就刑，毫无惧容。铚令朱震，为太傅陈蕃故友，弃官入都，收葬蕃尸。蕃家属或死或徙，只有蕃子逸在逃，向震投依，震尚恐被捕，嘱逸隐姓埋名，避匿甘陵县境。后来果被发觉，系震下狱，一再考讯，胁令供逸所在，震抵死不肯承认，甚至全家被拘，连日搒掠，仍然不得实供，方得将案情延搁。直至黄巾贼起，朝廷大赦，震始得释，逸亦安归。就使窦武遗骸，亦由胡腾收埋。武孙辅，赖腾保护，与令史张敞，遁入零陵，诈云已死，自己改名谋生，以辅为子，费尽许多辛苦，养辅成人，替他娶妇，及赦诏屡颁，尚未敢遽言本姓；至献帝建安年间，荆州牧刘表，辟辅为从事，方知辅为窦武后裔，使还窦氏，仍奉武祀。这也是天鉴孤忠，不使绝后，所以有朱震、胡腾诸义士，极力保全；虽是颠连困苦，终得一线留遗。试看那宦官后来结果，究竟还是忠臣子孙，垂亡不亡，勿谓乱世时代，果可怙恶不悛哩！苦口婆心。

　　且说曹节、王甫等害尽忠良，扬扬得志，节迁官长乐卫尉，封育阳侯；甫迁官中常侍，仍守黄门令如故；朱瑀、共普、张亮等，皆为列侯；张奂仍拜大司农亦受侯封。嗣奂悔悟前失，深恨为曹节等所卖，上书固让，缴还侯印，有诏不许。悔已迟了。越年三月，灵帝尊母董贵人为孝仁皇后，由慎园迎入都中，特置永乐宫奉养，如皇太后仪。过了月余，有青蛇从空坠下，蟠绕御座，历久方去；翌日又遇大风雨雹，霹雳四震，拔起大木百余株；有诏令群臣直言。大司农张奂因乘机上疏道：

　　臣闻风为号令，动物通气；木生于火，相须乃明；蛇能屈伸，配龙腾蛰；顺至为休征，逆来为殃咎，阴气专用，则凝精为雹。故大将军窦武，太傅陈蕃，或志宁社稷，或方直不回，前以谗胜，并伏诛戮，海内默然，人怀震愤。昔周公葬不如礼，天乃动威；周成王葬周公于成周，天大雷电，以风偃禾拔木，乃改葬于毕示不敢臣，语见《尚书大传》。今武、蕃忠良，未邀明宥，妖眚之来，皆为此也，宜急为改葬，徙还家属；其从坐禁锢，一切蠲除。又皇太后虽居南宫，而恩礼不接，朝廷莫言，远近失望，宜思大义顾复之报，以全孝道而慰人心，则国家幸甚！

　　灵帝看到此疏，却也感动，转语中常侍等，欲亲往南宫定省，中常侍等并皆色变，慌忙拦阻；究竟灵帝年纪尚轻，胸无主宰，又复延宕过去。司徒胡广，已代陈蕃为太傅，录尚书事。广一任司空，再任司徒，三登太尉，又迁太傅，居官三十余年，颇能炼达故事，熟悉朝章，只是素性优柔，专知和颜悦色，取媚当时，所以同流合污；任令宫廷如何变乱，一些儿不遭迁累。京师有俚语云："万事不理问伯始，天下中庸有胡公。"伯始即胡广表字，万事不理，却是胡广一生的确评；若"中庸"二字，乃是圣贤至德，难道逢迎为悦的胡广，也能当此美名？可见舆论悠悠，非真足信。此外如宗正刘宠，代王畅为司空，进任司徒，再继刘矩为太尉；平素清廉有余，刚断不足，故虽忧心时事，究未敢直言贾祸，匡正朝廷。至若许栩许训等，相继为司徒，刘嚣、桥玄等，相继为司空，才具不过平常，在任又属不久，更无容赘述了。<small>表明四府沿革，免致渗漏。</small>张奂见四公在位，各无建白，因又与尚书刘猛等，共荐李膺等足备三公，曹节、王甫，闻言衔恨，当即请旨谴责。奂与猛自囚廷尉，数日始得释出，尚令罚俸三月，聊示薄惩。郎中谢弼，蒿目时艰，满怀愤懑，特上书奏谏道：

臣闻和气应于有德，妖异生乎失政。上天告谴，则王者思其愆；政道或亏，则奸臣当其罚。夫蛇者阴气所生；鳞者甲兵之符也。《鸿范传》曰："厥极弱时，则有蛇龙之孽。"又荧惑守亢，荧惑与亢，皆星名。徘徊不去，在有近臣谋乱，发于左右；不知陛下所与从容帷幄之内，亲信者为谁，宜急放黜，以消天戒。臣又闻唯虺唯蛇，女子之祥；伏唯皇太后定策宫闱，援立圣明。《书》云："父子兄弟，罪不相及。"窦氏之诛，岂宜咎延太后，幽隔空宫？愁感天心，如有雾露之疾，陛下当有何面目以见天下？昔周襄王不能敬事其母，夷狄遂致交侵，孝和皇帝不绝窦氏之恩，前世以为美谈。礼为人后者为之子，今以桓帝为父，岂得不以太后为母哉？《援神契》曰：《援神契》纬书名。"天子行孝，四夷和平。"方今边境日蹙，兵革蜂起，自非孝道，何以继之？愿陛下仰慕有虞蒸蒸之化，俯思凯风慰母之念！臣又闻爵赏之设，必酬庸勋，开国承家，小人勿用；今功臣久疏，未蒙爵秩，阿母宠私，乃享大封；大风雨雹，亦由于兹。又故太傅陈蕃，辅相陛下，勤身王室，夙夜匪懈，而见陷群邪，一旦诛灭，其为酷滥，骇动天下，门生故吏，并雁徙锢；蕃身已往，人百何赎，宜还其家属，解除禁锢。夫台宰重器，国命所系，今之四公，唯刘宠断断守善，余皆素餐致寇之人，必有折足复悚之凶，《易》曰："鼎折足，复公悚。"悚，鼎实也。折足复悚，喻不胜任。可因灾异，并加罢黜！亟征故司空王畅，司隶李膺，并居政事，庶灾变可消，国祚唯永。臣山薮顽暗，未达国典，伏见陛下因变求言，明诏令公卿以下，无有所隐；用敢不避忌讳，冒死渎陈，唯陛下裁察。

这书呈入，阉党大哗，即欲将弼加罪；但因灵帝为了邪妖天变，下诏求言，若遽至收弼，不免与前诏相背，乃只说他党同罪人，不宜在位，出谪为广陵府丞。弼不愿就职，辞官回家，阉宦尚未肯干休，查得弼家居东郡，特简曹节从子绍为东郡太守，前往监束。绍即诬构弼罪，将他拘系，几次讯鞫，硬要他供认罪伏。弼明明无辜，怎肯自诬？终落得刑杖交加，枉死狱中。暗无天日。故太尉杨秉子赐，方进为光禄勋，灵帝常令他侍讲殿中，问及蛇妖征验，赐博通经术，因即据经奏对道：

> 臣闻和气致祥，乖气致戾；休征则五福应，咎征则六极至。夫善不妄来，灾不空发；王者心有所维，意有所想，虽未形颜色，而五星为之推移，阴阳为其变度。以此而观，天之与人，岂不符哉？《尚书》曰："天齐乎人，假我一日。"我，指君主言，此为《尚书》中语。是其明征也。夫皇极不建，则有蛇龙之孽，《诗》云："唯虺唯蛇，女子之祥。"故春秋两蛇斗于郑门，昭公殆以女败；昭公之立，由于祭仲女之泄谋，逐去厉公，故得入立，至蛇斗见兆，昭公遇弑，故云以女败。康王一朝晏起，关雎见机而作。佩玉晏鸣，关雎叹之。事见《鲁诗》，今已佚亡。夫女谒行则谗夫昌，谗夫昌则苟苴通，故殷汤以此自戒，终济亢旱之灾。商初七年大旱，汤祈天自责，卒得大雨。唯陛下思乾刚之道，别内外之宜，崇帝乙之制，受元吉之祉，见"易泰卦"。抑皇甫之权，割艳妻之爱，见《诗·小雅》。则蛇变可消，祯祥立应。殷戊宋景，其事甚明，殷王太戊时，桑谷拱生于朝，太戊修德，而桑谷死；宋景公时，荧惑守心，景公修德，而星退舍，并见《史记》。幸垂察焉。

看赐奏对，也是隐斥权奸；不过语从含混，未尝指明阉党，但就妇女上立说。此时灵帝尚未立后，只有乳母赵娆，一介女流，未能周知外情，因此赐尚得无恙；唯所请各条，终归无效，徒付诸纸上空谈罢了。小子有诗叹道：

> 衰朝谁复重忠贤，主暗臣邪总不悛！
> 尽有良言无一用，何如刘胜作寒蝉？

内政虽乱，外事还幸顺手，当由边疆传入捷报，乃是东西羌一律讨平。欲知功出何人，待至下回再表。

  窦武之死，其失在玩；陈蕃之死，其失在愚。彼曹节、王甫等，蟠踞宫廷，根深蒂固。太后嗣主，俱在若辈掌握之中。即使谋出万全，尚恐投鼠忌器，奈何事已发作，尚出轻心耶？武之误事不一端，而莫甚于出宫归府，不先加防；蕃与武密谋已久，仍不能为万全之计，至闻变以后，徒率官属诸生，持刃入承明门，岂寥寥八十余人，遂足诛锄阉党乎？诛阉不足，送死有余，何其愚也？然则二族之横被诛夷，迹固可悯，而实由自取。刘瑜、尹勋以下，更不足讥焉，张奂为北州豪杰，甘作阉党爪牙，罪无可恕；至妖异迭见，乃请改葬蕃武，朝谒太后，欲盖已往之愆，宁可得耶？谢弼官卑秩微，犯颜敢谏，虽曰徒死，不失为忠，是又不得以张奂例之矣。

第二十三回

段颎百战平羌种

曹节一网殄名流

却说并、凉外面的羌种，叛服无常，自从段颎、皇甫规等，依次出讨，屡破羌人，西境少安；至段颎、皇甫规先后被谗，征还受罪，羌众复炽。见五十一回。规已起任度辽将军，独颎尚输作刑徒，未得复。会西州吏民，陆续诣阙，为颎讼冤，颎乃得免罪入朝，拜为议郎，出任并州刺史。会有滇那等羌，入寇武威、酒泉、张掖诸郡，焚掠庐舍，势甚猖狂，凉州几被陷没。朝廷闻警，乃复命颎为护羌校尉，乘驿赴任，滇那等素惮颎威，不待交锋，便即请降。还有当煎、勒姐诸羌种，互相勾结，抗拒如故，颎连年出击，屡破诸羌。当煎、勒姐诸羌人，并皆败北；再由颎率兵穷追，转战山谷间，大小经数十次，共斩首二万三千级，获生口数万人，马牛羊八万余头，收降部落万余，西羌瓦解；颎因功得封都乡侯。既而鲜卑诱引东羌，与共盟诅，使寇河西，中郎将张奂，方出督幽并凉三州，见五十四回。主张招抚。东羌或率种愿降，唯先零羌不肯从命。再由度辽将军皇甫规，遣使宣谕先零。先零朝降暮叛，狡黠异常，嗣复进掠三辅。奂乃遣司马尹端、董卓出击，阵斩虏首万余人，三辅少安。董卓始此。时尚为桓帝末年，有诏问颎以驭羌方略，颎独驳去规、奂两人计画，力主征讨，朝廷准如所议，听令出兵。颎即率兵万余人，赍半月粮，进剿先零羌。自彭阳直指高平，行抵逢义山，望见前面布满羌人，辎重牲畜，累累不绝，颎众不免惊惶。独颍神色自如，下令军中，分为数队，前张强弩，次持长矛，又次挟利刃，共列三重，再用轻骑分驻两旁，成左右翼，然后召语将士道："今去家已数千里，进可图功，退必尽死！各应努力向前，祸福安危，决在今日了。"亦一激将法。随即向众大呼，麾令杀敌，众皆应声腾跃，逐队奋进，先驱为强弩队，扯弓并射，箭如飞蝗，羌众纷纷避箭；阵势已动，当由长矛利刃两队，乘隙杀入，一番乱搅，好似虎入羊群，无坚不破；再由颍亲率左右两翼，包抄过去，虏众大骇，顿时大溃，颍从后追剿，斩首至八千余级，获牛羊二十八万头，乃收兵回营，露布告捷。适灵帝即位，窦太后临朝，进拜颍为破羌将军，赐钱二十万，召颍子一人为郎中；敕中藏府颁给金钱彩物，犒赏军前。颍既奉诏，复领轻骑追羌，驰出桥门谷，进抵走马水，侦知败羌屯集奢延泽中，即倍道兼行，一昼夜行二百余里。果见羌众在前，麾骑突上，喊杀声震动天地，羌众不意颍至，无暇抵敌，都是回头就跑，略略迟慢，便把性命丢脱；及逃至向落川，距奢延泽已数十里，方见颍军止追，乃收集溃羌，暂图休息。颍又遣骑司马田晏，率五千人出羌东，假司马夏育，率二千人出羌西，东西并进，夹攻逃羌。羌人也已预防，持械待着。可巧田晏先至，便兜头拦住，与晏鏖斗，晏部下只五千人，未及羌众半数，致为羌人所围。两下里拼死力争，正杀得难解难分，那西路已驰到，夏育攻入围场，援应晏军，晏趁势杀出，与育驱击羌众，羌众复败，窜至令鲜水上，倚流自固。晏使人飞报颍营，颍自往接应，会同晏、育两军，再向前行。到了令鲜水旁，军士已皆饥渴，水为羌众所据，无从汲饮，当由颍勒众齐进，驱虏过水，虏连败心惊，因复却走，颍军才得取水解渴，炊饭疗饥。饥渴既解，精神又振，更逾水击羌，且战且追，直抵灵武谷。羌众背山为阵，拟决一死战。颍见他立住不动，已料透羌人心意，索性披甲先登，怒马突阵，又是一激将法。将士无不感奋，相率随上，一当十，十当百，杀得羌众弃甲曳兵，四处奔散。颍复穷追至三日三夜，斩馘无算。到了泾阳，军士皆脚下生茧，方停足不追，余羌俱窜入汉阳山谷间。颍拟休养数旬，再进军荡平余羌。适中郎将张奂，奏称东羌虽破，余种难尽，段颍性轻志急，胜负无常，不如用恩济威，庶无后悔，朝廷乃止颍再进，谕令审慎。颍已决志平羌，复书申请道：

臣本知东羌虽众，而软弱易制，所以前陈愚虑，思为永宁之算；而中郎将张奂，谓虏强难破，宜用招降。圣朝明鉴，信纳瞽言，故臣谋得行。奂计不用，事势相反，遂怀猜恨，信叛羌之诉，饰词润意，云臣兵累见折衄，又言羌一气所生，不可诛尽，山谷广大，不便穷搜，流血污野，伤和致灾。臣伏念周秦之际，戎狄为害，中兴以来，羌寇最盛，诛之不尽，虽降复叛。今先零杂种，累以反复，攻没县邑，剽掠人物，发冢露尸，祸及死生，上天震怒，假手行诛。昔邢为无道，卫国伐之，师兴而雨，臣动兵涉夏，连获甘澍，岁时丰稔，人无疾疫；上占天心，不为灾伤；下察人事，众和师克。自桥门以西，落川以东，故宫县邑，更相通属，非为深险绝域之地，车驰安行，无应折衄。案奂为汉吏，身当武职，驻军二年，不能平寇，徒欲修文戢戈，招降犷敌。诞辞空说，僭而无征，何以言之？昔先零为寇，赵充国徙令居内；煎当乱边，马援迁之三辅，始服终叛，至今为梗。故远识之士，以为深忧。今旁郡户口单少，数为羌所创毒，而欲令降徒，与之杂居，是犹树枳棘于良田，养虺蛇于内室也！故臣奉大汉之威，建长久之策，欲绝其根本，不使能殖。本规三年之费，用计五十四亿；今才期年，所耗未半，而余寇残烬，将向殄灭。臣每奉诏书，军不内御，愿卒斯言，一以委臣，临时量宜，不失权便，务使羌虏殄而西徼常安，则臣庶足报国恩于万一，区区此意，不尽欲言。

　　时朝廷方有内变，宰辅权阉，互相私斗，至有窦、陈骈戮等事，未遑顾及外情，所以颎虽复奏，不闻详细批答；但遣谒者冯禅，抚慰汉阳散羌，羌众正在穷蹙，情急愿降，受抚约四千人。段颎闻报，复上言"春令方交，百姓甫在野农耕，羌虽暂降，县官无廪粟济给，必当复为盗贼，不若乘虚进兵，一鼓平羌"等语，朝廷又搁置不报。颎竟自发兵，再击东羌。行至凡亭山，与羌垒相距四五十里，即命田晏、夏育，率五千人屯据山上，羌人率众来争，蚁聚山下，仰首大呼道："田晏、夏育曾否在此？可来与我决一死生！"无非是恐吓伎俩。晏育听了，当然动愤，便鼓励将士，下山力战，卒破群羌；羌众向东奔溃，走入射虎谷中，分守诸谷上下门。颎欲乘此殄虏，先遣千人，截羌去路，结木为栅，广二十里，长四十里；又命晏育等率七千人，衔枚夜上西山，结营穿堑，俯临羌垒，更使司马张恺等，率三千人上东山，与为犄角。羌酋望见山上旗帜，才觉惊慌，亟引众来攻东山，断截水道。颎自领步骑往援，杀退羌众，乘胜会集东西山将士，进攻射虎谷上下门，一鼓捣破，遍搜深岩穷谷，屠戮殆尽。共诛羌酋以下万九千级，夺得牛马驴骡、毡裘庐帐，不可胜计，_{未免太酷，颎之}

大战羌兵

不得令终，当亦由好杀所致。单剩冯禅所抚四千人，尚获生全，分置安定、汉阳、陇西三郡，于是东羌乃平。统计段颎两年用兵，先后经百八十战，斩首凡三万八千六百余级，获牲畜至四十二万七千五百余头，费用四十四亿，军士只死亡了四百余人。朝廷论功行赏，进封颎为新丰侯，食邑万户。颎驭军仁恕，士卒罹伤，辄亲自省视，手为裹创，在营数年，未尝一日安寝，上下甘苦同尝，故人人感德，乐为效死。当时皇甫规、张奂，并以防边著名，颎与他鼎足并峙。规字威明，奂字然明，颎字纪明，三人皆籍隶凉州，世称为凉州三明，这且待后再表。

　　且说李膺、杜密等人，自经陈窦失败，复致连坐，一体废锢。偏是声名未替，标榜益高，前此尝号窦武、陈蕃、刘淑为三君，三君皆死，海内无不痛惜。此外尚有八俊、八顾、八及、八厨诸名称：八俊就是李膺、杜密、荀昱、王畅、刘祐、魏朗、赵典、朱寓，俊字的意义，无非说他是人中英杰；八顾系是郭泰、东慈、巴肃、夏馥、范滂、尹勋、蔡衍、羊陟，顾字的意义，谓能以德引人；八及乃是张俭、岑晊、刘表、陈翔、孔昱、范康、檀敷、翟超，及字的意义，谓能导人追宗；八厨便是度尚、张邈、王孝、刘儒、胡母班、秦周、蕃向、王章，厨字的意义，谓能仗义疏财。这三十二人，除尹勋、巴肃被戮外，统尚留存，士人竞相景慕；唯阉竖视为仇雠，每下诏书，辄申党禁。中常侍候览，为了张俭毁冢一事，衔怨甚深，*见五十三回*。嘱使乡人朱并上书告俭。并素奸邪，为俭所弃，当然仰承览意，诬称俭与同乡二十四人，私署名号，图危社稷，封章朝上，诏令夕颁，即饬有司严捕俭等。长乐卫尉曹节，复讽朝臣奏发钩党，请将故司空虞放，及李膺、杜密、朱寓、荀昱、刘儒、翟超、范滂诸人，一并逮治。灵帝年方十四，召问曹节等道：“如何叫做钩党？”节应声道：“就是私相钩结的党人！”灵帝又问道：“党人有何大恶，乃欲加诛？”节又答道：“谋为不轨！”灵帝更问道：“不轨欲如何？”节直答道：“欲图社稷。”灵帝乃不复言，准令逮治。*看他所问数语，好似痴呆，怪不得为宵小所迷。*李膺有同乡士人，得知风声，急往语膺道：“祸变已至，请速逃亡！”膺慨然道：“事不辞难，罪不逃刑，方不失为臣。我年已六十，死生有命，去将何往？”乃径诣诏狱，终被掠死；妻子徙边，门生故吏，并被禁锢。侍御史景毅子顾，为膺门徒，尚未及谴，毅独叹息道：“本谓膺贤，遣子师事，怎得自幸漏名，苟安富贵呢？”遂自表免归，时人称为义士。汝南督邮吴导，奉诏往捕范滂，滂家居征羌县中，导至驿舍，闭户暗泣。滂闻声即悟道：“这定是不忍捕我，为我生悲哩！”当下赴县诣狱。县令郭揖，见滂大惊，出解印绶，引与俱亡，且与语道：“天下甚大，何处不可安身？君何故甘心就狱？”滂答说道：“滂死方可杜祸，何敢因罪累君？况母年已老，滂若避死，岂不是更累我母么？”揖乃遣吏迎滂母子，使与诀别。滂向母拜辞道：“季弟仲博，素来孝敬，自能奉养，儿愿从我父龙舒君共入黄泉，<small>滂父显，曾为龙舒侯相。</small>存亡并皆得所，望母亲割舍恩情，勿增悲感，譬如儿得病身亡罢了！”母闻言拭泪，复咬牙徐语道：“汝今得与李杜齐名，死亦何恨？若既获令名，又求寿考，天下事恐未必有此两全呢！”<small>此母亦一奇妇人。</small>滂长跪受教，起身嘱子道：“我欲使汝为恶，恶岂可为？使汝为善，我生平原不为恶！”说至此，不禁呜咽，挥手令去，遂随吴导入都，亦即被掠死狱中。余如前司空虞放，司隶校尉朱㝢，沛相荀昱，任城相刘儒，山阳太守翟超等，并皆被捕，一并冤死，妻子皆流往边疆。

更可恨的是权阉肆毒，任意株连，平日稍有嫌隙，即把他名列党籍，非锢即戮，或与宦官素无仇怨，但有重名，播闻远近，亦就指为党人，一网打尽。因此党狱连坐，共死百余人。再令州郡捕风捉影，辗转钩连，或死或徙，或废或禁，又不下六七百人。唯郭泰名列八顾中，却能和光同尘，不为危言激论，所以怨祸不及，幸得免累，但探闻正人名士，枉死甚众，不由的悲从中来，私自挥泪道：“《周诗》有言：‘人之云亡，邦国殄瘁。’今汉室亦蹈此辙，灭亡恐不远了！但未知瞻乌爰止，究在谁屋呢？”<small>“瞻乌爰止，于谁之屋”亦《诗经》中语。</small>独张俭亡命未归，始终不得捕获，侯览定欲杀俭，令郡国严缉到案，如有收匿，与俭同罪。郡国官吏，应命侦查，四处搜缉，遇有前时留俭的人家，便即收讯，笞杖交下，往往至死。鲁人孔褒，与俭为至交，俭曾亡奔褒门，褒适外出，有弟融年才十六，出门应客。俭询知褒不在家，面有窘色，融转叩行踪，俭又因他年轻，未便遽告，免不得言语支吾。融即笑语道：“兄虽外出，难道我不能为君作主么？”乃留俭居宿，数日方去。郡吏闻风往捕，俭已脱走，遂将褒、融二人，系狱就讯。融首先认罪道：“俭来融家，原有此事，今已他去，未知何往；唯融兄在外，融实留俭，若要坐罪，融愿承当，与兄无涉！”褒待融说毕，当即接口道：“彼来求我，弟本不知，罪当坐褒。”郡吏得供，反致疑惑不定，因复传讯孔母。孔母答道：“妾夫已殁，应为家长，家事处分，应归家长担任，妾甘心认罪！”郡吏见他一门争死，仍难定谳，乃将供词申奏朝廷，有诏竟令褒坐罪，释母及融，融由是显名。史称融为孔子二十世孙，表字文举，父名伷，曾为泰山都尉。融幼有异禀，年四岁时，与诸兄食梨，舍大取小，家人问为何因？融答说道："我乃小儿，法当取小梨。"家属便呼奇童。不愧为孔氏子孙。及年十岁，随父诣京师，适李膺为河南尹，严肃门禁，除当代名士，及通家世好外，概不接见，融欲往视膺，独至膺府门前，顾语门吏道："我是李公通家子弟，特来求见，敢烦通报！"门吏见他年幼有仪，料非凡品，因即入内白膺。膺以为通家子弟，不能不许他进见，特令门吏引入；及见面后，并不相识，唯觉融趋承尽礼，举止大方，却也暗暗称奇。乃开口问融道："童年到此，定必高明，但未识令祖令父，与仆果有恩旧否？"融从容道："先祖孔子，与明公先祖李老君，同德类义，相为师友，可见得是累世通家了！"虽似辩言，却有至理。膺不禁叹赏，宾佐亦啧啧称羡。大中大夫陈炜后至，阑座便将融言转告，炜顺口说道："小时了了，大未必奇！"融应声道："如君所言，少小时宁可呆笨，勿可聪明么？"炜不能答。膺却大笑道："高明若此，他日必为伟器！"融乃辞去。越三年，即丁父忧，哀恸逾恒，扶而后起，乡里又称为孝子；至与兄褒争死法庭，孝且兼悌，自然名誉益隆。孔融少年履历，随笔叙过。唯张俭已出塞远扬，终得免戮，只晦气了几个亲友。陈留人夏馥，即前八顾中之一。闻俭亡命，牵累多人，不禁窃叹道："孽由己作，空污良善；一人逃死，祸及万家，还要求什么生活呢？"遂剪须发，逃入林虑山中，自隐姓名，为治家佣，日亲烟炭，形容毁瘁，阅二三年，无人知为夏馥。馥弟静载送缣帛，反惹动馥怒，愤然与语道："弟奈何载祸相饷？幸速携还！"静乃退归。汝南人袁闳，恐遭党累，意欲投迹深山，只因老母尚存，未便远遁，乃筑土室，不设门户，但开一小窗，子身伏处室中，从窗间纳入饮食；母或思闳，有时往视，闳方开窗应答，母去便将窗掩住；虽兄弟妻孥，不得相见。如是历十有八年，竟在土室中病终。故太邱长陈实，家居颍川，也是一时名士，与中常侍张让同乡。让遭父丧，郡吏并皆会葬，唯名士裹足不前，实却屈节往吊，让因此感实，所有颍川名士，赖实解免，多得全身。陈留人申屠蟠，前闻李膺、范滂等，非议朝政，为世所重，独引为深忧道："昔战国时代，处士横议，国君且拥篲先驱，后来终有焚书坑儒的大祸。今日恐复见此事了！"遂避迹梁、扬间，因树为屋，自同佣人，及钩党狱兴，蟠得脱然无累，徜徉终日。小子有诗咏道：

箕山颍水尚逃名，乱世如何反自鸣？

多少英雄流血后，才知智士善全生。

　　蹉跎过了二年，灵帝行加冠礼，颁下赦文，唯党人不赦。阉人凶焰，横亘神州。欲知后事变迁，且看下回续叙。

　　西羌之为汉患，历有年所，诚能举兵荡平，未始非一劳永逸之计；然吾闻圣王之待夷狄，叛则讨之，服则舍之，非好为姑息养奸，实体上天好生之德，不忍芟夷至尽也。张奂主抚，段颎主剿，皆属一偏之见。虽后来颎得平羌，然斩首至三万八千余级，得无所谓血流汗野，伤和致灾乎？况外侮可平，内蠹不可去，钩党狱兴，名流尽殄；曹节、王甫等之斫丧国脉，比羌患不啻倍蓰，豺狼当道，安问狐狸？张纲可作，吾知其愤且益甚矣。唯李膺、杜密、范滂诸人，不知韬晦待时，徒以一朝之标榜，祸及身家，株连亲友，是岂不可以已乎？而郭林宗、申屠蟠辈，则倜乎远矣。

第二十四回

葬太后陈球伸正议

规嗣主蔡邕上封章

却说窦太后徙居南宫，已经二年，灵帝并未往省，张奂、谢弼，相继进谏，俱为阉人所阻，*事见前文*。会灵帝选定皇后宋氏，朝廷称贺，宋氏为执金吾宋酆女，由建宁三年选入掖庭，册为贵人，越年正位中宫，晋封酆为不其乡侯。后既正位，当然至永乐宫朝见灵帝生母孝仁皇后，*即董贵人，见五十五回*。独未闻过谒南宫。既而灵帝天良发现，暗思自己入承帝统，全仗窦太后从中主持，大恩究不可忘，因于十月朔日，率群臣往朝南宫，亲至窦太后前，奉觞上寿。窦太后亦改忧为喜，畅饮尽欢。黄门令董萌，素受窦太后恩眷，至此见灵帝省悟，乐得乘间进言，屡为窦太后诉冤。灵帝乃常遣董萌过省，一切供奉，比前加倍。偏曹节、王甫等，引为深恨，反诬萌谤讪永乐宫，下狱处死，窦太后又失一臂助。灵帝复为阉党所迷，将南宫置诸脑后，不再往朝。越年颁诏大赦，改元熹平。中常侍侯览，调任长乐宫太仆，骄奢益甚，夺人妻女，破人居屋，怨满通衢，甚至同党亦被他侵迫，互生嫌疑；有司始得举劾览罪，策收印绶，下狱自杀。*多行不义，必自毙*。唯曹节、王甫揽权如故，窦太后为节甫所排，频年抑郁，饮恨不休，嗣闻生母复流死日南，连尸骸都不得归葬，益觉得哀思百结，无限酸辛。*也是自贻伊戚*。古人有言，女子善怀，况如窦太后的始荣终悴，不堪回首，怎能不怏怏成疾，促丧天年？熹平元年六月，竟在南宫中病逝。阉竖积怨窦氏，但用衣车载太后遗骸，出置城南市舍；曹节、王甫，居然入白灵帝，请用贵人礼殡殓。灵帝摇首道："太后亲立朕躬，统承大业，朕方自愧不孝，怎得反降太后为贵人哩？"还算有些良心。于是棺殓如仪，举哀发丧。曹节等复欲别葬太后，进冯贵人配祔桓帝，灵帝未以为然，因诏令公卿集议朝堂，特派中常侍赵忠监议。仍用阉人监议，可见曹节等势力。时太傅胡广已死，太尉刘宠早经免职，后任又掉换数人，继起为太仆李咸。咸自超迁太尉后，屡患疾病，告假养疴，闻得朝廷集议，欲将窦太后别葬，因即力疾起床，令家人捣好椒毒，取纳袖中，便与妻子诀别道："若窦太后不得配食桓帝，我誓不生还了！"说着，遂乘舆入朝，遥见群僚已萃集一堂，差不多有数百人，乃下车徐进，按席坐着。好一歇不闻人声，彼此面面相觑，无敢先言，因也暂忍须臾。少顷由赵忠开口道："诸公既已到齐，应该即时定议！"坐旁方有人起立道："皇太后以盛德良家，母临天下，宜配先帝，何必多疑？"咸闻言正中心坎，忙视发言的大臣，乃是廷尉陈球，正思接口赞成，那赵忠已微笑道："陈廷尉既有此意，应即操笔立议！"球并不推辞，就取过纸笔，随手草成数行，遍示大众。但见纸上写着：

　　皇太后自在椒房，有聪明母仪之德；遭时不造，援立圣明，承继宗庙，功烈至重。先帝晏驾，因遇大狱，迁居空宫，不幸早世，家虽获罪，事非太后。今若别葬，诚失天下之望。且冯贵人冢，尝被发掘，骸骨暴露，魂灵污染，生平固无功于国，何足上配至尊？臣球谨议。冯贵人冢，尝为盗所发，事在建宁三年。

　　大众览毕，都无异词，唯赵忠面色陡变，强颜语球道："陈廷尉创建此议，可谓胆略独豪。"球应声道："陈窦已经受冤，皇太后尚无故幽闭，臣常痛心，天下亦无不愤叹；今日为国直言，就使朝廷罪臣，臣也甘心！"这数语更拂忠意，顿时扬眉张目，欲出恶声。咸至是不能再忍，便起语道："臣意与廷尉陈球相同，皇太后不宜别葬。"群僚听着，方才同声附和道："应如此言！"公等碌碌，所谓因人成事者也。忠自觉势孤，未便多嘴，乃悻悻入内；李咸、陈球等也陆续退归。偏是曹节、王甫，尚在灵帝前力争，说是"梁后家犯恶逆，别葬懿陵，即桓帝后。武帝尝黜废卫后，以李夫人配食，今窦氏罪深，怎得合葬先帝"等语。李咸探知消息，因复抗疏力谏，略云：

臣伏唯章德窦后，虐害恭怀，安思阎后，家犯恶逆，而和帝无异葬之议，顺朝无贬降之文；事并见前文。至于卫后，孝武皇帝身所废弃，不可以为比。今长乐太后，尊号在身，亲尝称制，且援立圣明，光隆皇祚，太后以陛下为子，陛下岂得不以太后为母？子无黜母，臣无贬君，宜合葬宣陵，一如旧制！臣咸谨昧死以闻。

灵帝览奏，决计依议，始奉窦太后梓宫，合葬宣陵，追谥为桓思皇后。既而朱雀阙下，发现无名揭帖，有"曹节、王甫，幽杀太后，公卿皆尸位苟禄，莫敢忠言，天下当大乱"云云。曹节、王甫，慌忙报知灵帝，自白无辜。有诏令司隶校尉刘猛，从严查缉，十日一比，猛因谤书切直，不愿急捕，迁延至一月有余，未得主名。节、甫遂劾猛玩宕，左迁为谏议大夫。适护羌校尉段颎，班师东归，入为御史中丞，阉党素与往来，颇相友善，因此奉诏代猛，受任司隶校尉。当下派吏四出，捕得太学游生等千余人，拘系狱中，逐日考讯，亦无左证；徒累得一班士子，冤苦吞声。曹节等又嘱颎追劾刘猛，摭拾他罪。猛因此落职，罚作左校刑徒。颎为平羌功臣，何苦作阉人走狗？大司农张奂，调任太常，因与宦官屡有违言，致为所忌，且与段颎争论羌事，积不相容；并见前两回中。又有前司隶校尉王寓，依倚权阉，向奂有所请托，奂谢绝不允，遂由寓设词构陷，劾奂曾阿附党人，罪坐废锢。段颎更欲投井下石，逐奂回籍，授意郡县，迫令自裁。奂不胜惶惧，因致书谢颎道：

小人不明，得过州将，司隶管辖河南、洛阳、三辅、三河、弘农七郡，奂回籍经过，故书称州将。千里委命，以情相归，足下仁笃，照其辛苦。使人未返，复获邮书，恩诏分明，前已写白。而州期切迫，无任屏营，父母朽骨，孤魂相托，若蒙矜怜，壹流咳唾，则泽流黄泉，施及冥冥，非奂生死所能报塞。夫无毛发之劳，而欲求人丘山之用，此淳于髡所以拍髀仰天而笑者也。诚知言必见讥，然犹不能无望，何者？朽骨无益于人，而文王葬之；死马无所复用，而燕昭宝之；党同文昭之德，岂不大哉？凡人之情，冤则呼天，穷则叩心；今呼天不闻，叩心无益，诚自伤痛，俱生圣世，独为匪人；孤微之人，无所告诉，如不哀怜，便为鱼肉，企心东望，无所复言。

颎得书后，也觉得心生恻隐，不忍害奂，乃饬州郡好意看待，送奂西归。奂既返敦煌，闭户著书，不闻世事，才得幸全。未几又由中常侍王甫，察得渤海王悝，与同党郑飒、董腾交通，密告段颎，使他从速查究；颎又奉命维谨，再兴大狱，惨戮多人。这渤海王悝，系是桓帝亲弟，前曾袭封蠡吾侯，桓帝系蠡吾侯翼长子，入嗣帝位，故令弟悝袭封，事见前文。嗣因渤海王鸿，身后无子，乃令悝过继，承鸿遗封，得为渤海王。鸿为质帝生父，即千乘王伉孙。桓帝延熹八年，有司奏悝有邪谋，因降悝为瘿陶王，只食一县。悝潜谋复国，尝使人入都钻营，贿托中常侍王甫，代为申请，得能仍复旧封，当谢钱五千万缗，王甫满口应许。既而桓帝驾崩，遗诏赐复悝封，悝喜如所望；唯探得复封原因，乃是桓帝顾念亲亲，有此遗命，并非由王甫代为转圜，于是将五千万钱的原约，视为无效。哪知甫贪婪得很，屡遣心腹吏向悝索钱，始终不得如愿，乃阴伺悝过，为报怨计。先是朝廷迎立灵帝，道路曾有流言，谓渤海王悝，恨不得立，蓄有异图，当时亦无暇详究；后来中常侍郑飒，与中黄门董腾，串通渤海，常有书信往来，为王甫所侦知，遂令段颎出头告发，收郑飒等，送北寺狱，锻炼周章。尚书令廉忠，也是王甫爪牙，阿附甫意，诬奏郑飒等谋迎立悝，大逆不道；再经曹节从旁证实，不由灵帝不信，立即诏饬冀州刺史，拘悝下狱；复遣大鸿胪、宗正、廷尉三官，同赴渤海，逼悝自尽。悝有妃妾十一人，子女十七人，伎女二十四人，皆系死狱中。就是傅相以下诸僚属，亦责他辅导不忠，冤冤枉枉的杀死多人。郑飒、董腾，既由廉忠指为祸首，哪里还能生活，自然一并受诛。飒应处死，余实可怜。甫得进封冠军侯，曹节亦增邑四千六百户。宫廷内外，要算曹、王二宦官权势最盛，父兄子弟，并为公卿列校，牧守令长，布满天下。节弟破石为越骑校尉，贪淫骄纵，探得营吏妻有美色，即胁令献入，营吏怎敢违抗？只好与妻诀别，嘱使前往；哪知妻却有烈性，晓得三从四德，执意不行，结果是服毒自尽，完名全节。可哀可敬，惜乎姓氏失传。破石闻知，尚责营吏防守不严，革去职使。看官你道是冤不冤呢？惨不惨呢？艳福原难消受，况是一个寻常营吏。

嘉平二年，春季大疫，病死甚多，夏季地震，海水四溢。灵帝不知反省，往往归咎大臣，太尉李咸免官，进司隶校尉段颎为太尉，司徒桥玄、许栩，司空许训、来艳、杨赐，先后任免，命大鸿胪袁隗为司徒，太常唐珍为司空，颎与宦官通同一气，故得超迁。隗系故太尉袁汤第三子，承父遗荫，少历显宦，中常侍袁赦，认与同宗，常相推重，所以隗得进列三公。珍乃故中常侍唐衡弟，显是宦官亲党，台辅诸公，并作群阉耳目，国事更不问可知了。**堂堂宰辅，援系腐竖，可耻孰甚！**会稽人许生，首先发难，自称越王，传檄四方，指斥时政，不到月余，聚众万数，东攻西略，占夺了好几座城池。诏令扬州刺史臧旻、丹阳太守陈夤，并力剿贼，好多日不能扫平。许生反僭号阳明皇帝，连败官军。还是吴郡司马孙坚，具有智勇，召募壮士千余人，作为臧旻、陈夤的先驱，才得一再破贼，捣入会稽，枭下了许生头颅，戡定东南。**孙坚始此。**但已是两年扰乱，被难的人民，害得十室九空，试问从何处求偿呢？灵帝方宠信宦官，听令横行，管什么民间疾苦？四府三公，又多仰阉人鼻息，专严党禁；且议出一种钳制吏职的规条，叫做三互法。凡世俗有姻谊相关，及两州人士，不得交互为官，名为革除情弊，实是杜绝朋党。自是选用牧守以下，辄多禁忌，辗转需时。幽、并二州，屡有寇患；鲜卑骑士，出没塞下。庸吏被黜，狡吏乞休，往往悬缺不补，防务更坏。议郎蔡邕上书进谏道：

> 伏见幽冀旧壤，铠马所出，比年兵饥，渐至空耗。今者百姓虚悬，万里萧条，阙职经时，吏人延属，而三府选举，逾月不定，臣窃怪之！论者每云当避三互，不得不出以审慎，愚以为三互之禁，禁之薄者。今得申以威灵，明其宪令，在任之人，岂不戒惧？顾斤斤然坐设三互，自生留阂耶？昔韩安国起自徒中，朱买臣出于幽贱，并以才宜还守本邦；又张敞亡命，擢授剧州，岂宜顾循三互，继以末制乎？三公明知二州之要，所宜速定，当越禁取能，以救时敝，而不顾争臣之义，苟避轻微之科，选用稽滞，以失其人。臣愿陛下上则先帝，蠲除近禁，其诸州刺史器用可换者，无拘日月三互，以差厥中，则责成有属，而边境可期宁谧矣！

书奏不省，邕亦不便再谏，只好容忍过去。唯邕字伯喈，籍隶陈留。六世祖勋，前汉时曾为郿令，嗣因王莽篡位，弃官入山，高隐以终。及邕父棱亦素行清白，殁谥为贞定公。邕事母至孝，与叔父从弟三世同居，不分财产，乡里交相推美，名重一时。又平居博览书史，兼及术算音律诸学，雅善鼓琴，桓帝时五侯骄恣，征邕入都，欲命他鸣琴悦耳，邕行至偃师，称疾折回，不肯赴召；至桥玄为司徒，辟为掾属，方才应命。未几受宫郎中，校书东观；又未几迁为议郎。邕因五经文字，拾自烬余，沿讹袭谬，疑误后学，乃与五官中郎将堂谿儿，光禄大夫杨赐，谏议大夫马日磾等，奏请正定六经文字。灵帝本好经学，当即依议。邕即手录五经，用古文篆隶三体，依次缮成，镌碑刻石，竖立太学门外，使后学得所取正。于是中外士子，多来摹写，每日车马杂沓，填塞街衢。通经所以致用，徒正书法，实为末事。灵帝亦自造《皇羲篇》五十章，颁示天下；又使能文善赋的生徒，待制鸿都门。嗣且如能工尺牍，书板为牍，长一尺，所以抄录词赋。及善书鸟篆，亦引召至数十人；侍中祭酒乐松、贾护，又招徕了许多俗士，使他奏陈闾里趣闻，冀动上听。果然灵帝年少好奇，看了这班俗士奏本，好似燕书郢说，无奇不搜，乐得朝披暮阅，消遣闲情；一面饬使源源续陈，优给廪饩。还有几个市贾小民，不知他如何运动，得称为宣陵孝子，名闻廊庙，居然受拜郎中，暨太子舍人。好造化。永昌太守曹鸾，痛心时事，以为收揽俗子，何如赦宥名流？乃特为党人申讼，书中有云：

夫党人者，或者年渊德，或衣冠英贤，皆宜股肱王室，左右大猷者也。而久被禁锢，辱在涂泥；谋反大逆，尚蒙赦宥。党人何罪，独不开恕乎？所以灾异屡见，水旱洊臻，皆由于斯；宜加恩赦宥，以副天心！不胜万幸。

鸾将此书呈入，还望灵帝俯首采纳，立赦党人；不意赦书并未下降，缇骑却已到来，竟令鸾缴出印绶，褫去冠带，平白地加上锁链，牵入槛车，送至槐里狱中。槐里令且奉诏审问，阴承风旨，刑讯了好几次，打得曹鸾皮开肉绽，体无完肤。鸾又气又痛，绝食数天，一道忠魂，遽归冥府。灵帝还说应该处死，更下诏州郡，重申党禁，坐及五族，连门生故吏的父子兄弟，亦须免官禁锢，不准起复；这真是错中加错，冤上添冤了！古人说得好："天视由民，天听由民。"当此政刑两失，民情愤郁，怎能不上感天心？俄而疾风暴雨，俄而震雷陨雹，禾稼受害，大木皆拔；最奇的御殿后面，槐树被风掀起，又复倒竖；灵帝也觉惊心，下诏引咎，且令群臣各陈政要，俾见施行。蔡邕因复上封事道：

臣伏读圣旨，虽周成遇风，询诸执事；宣王遭旱，密勿只畏，无以或加。臣闻天降灾异，缘象而至，霹雳数发，殆刑诛繁多之所生也。风者天之号令，所以教人也，夫昭事上帝，则自怀多福；宗庙致敬，则鬼神以著。国之大事，实先祀典，天子圣躬所当恭事。臣自在宰府，及备朱衣，迎气五郊，而车驾稀出；四时致敬，屡委有司，虽有解除，犹为疏废，故皇天不悦，显此诸异。《洪范传》曰："政悖德隐，厥风发屋折木。"坤为地道。《易》称女贞，阴气愤盛，则当静反动，法为下叛。夫权不在上，则雹伤物，政有苛暴，则虎狼食人，贪利伤民，则蝗虫损稼。且本年六月二十八日，太白与月相迫，兵事恶之，鲜卑犯塞，所从来远矣。今之出师，未见其利，上违天文，下逆人事，诚当博览众议，从其安者。臣不胜愤懑，谨条陈七事以闻。

七事大纲：一肃祭祀，二纳忠谏，三求贤才，四去谗人，五屏浮士，六严考课，七惩诈伪。通篇约有数千言，不及细录。灵帝积迷不返，怎能悉见施行？但至初冬迎气北郊，总算车驾亲行；此外如宣陵孝子等，已授太子舍人，到此乃出为丞尉罢了。小子有诗叹道：

> 信谗复谏最堪忧，七事徒陈愿莫酬；
> 果使见机宜早作，多言无益反招尤。

是年秋日，更发兵北讨鲜卑，蔡邕又伸前议，谏阻北征。欲知灵帝是否肯从，且至下回再叙。

窦太后徙居南宫，虽由自取，然于窦武、陈蕃之欲诛权阉，太后固未尝与谋。曹节、王甫非不知太后之无能为，但既杀窦武，不能不归狱太后，为斩草除根之计。其所以逼徙南宫，不即害死者，尚恐清议难逃耳。然灵帝为太后所援立，应知感念旧恩，入宫一谒，又复绝迹不朝，至于太后殁后，且因阉竖之议为改葬，瞻顾徬徨，微陈球之抗议于先，李咸之赞同于后，几何不令太后之遗恨无穷也！蔡邕一文学士，所陈奏议，未始非守正之谈，然或嫌迂远，或涉虚浮，才有余而忠不足，吾于邕犹有余憾焉。但曹鸾一言而即遭掠死，国家无道之秋，固未足与陈说论者。邕之所失，在可去而不去耳，文字之间，固无容苛求也。

第二十五回

弃母全城赵苞破敌
蛊君逞毒程璜架诬

却说鲜卑大酋檀石槐，自恃强盛，未肯服汉，且连年寇掠幽、并诸州；朝廷以田晏、夏育两人，曾随段颎破灭诸羌，勋略俱优，特任田晏为护羌校尉，夏育为乌桓校尉，分守边疆。既而晏坐事论刑，意欲立功自赎，特使人入托王甫求为统将，愿击鲜卑；夏育亦有志微功，上言"鲜卑寇边，自春至秋，不下三十余次，请征幽州诸郡兵马，出塞往讨，大约一冬二春，便可殄灭鲜卑"等语。灵帝乃召群臣会议，或可或否，聚讼纷纷。议郎蔡邕，前曾谓不宜用兵鲜卑，至此仍坚持前议，再行申说道：

自匈奴遁逃，鲜卑强盛，据其故地，称兵十万，才力劲健，意智益生；加以关塞不严，禁网多漏，精金良铁，皆为贼有，汉人逋逃，为之谋主，兵利马疾，过于匈奴。昔段颎良将，习兵善战，有事西羌，犹十余年；今育晏才策，未必过颎，鲜卑种众，不弱于曩时，而虚计二载，自许有成，若祸结兵连，岂得中休？当复征发众人，转运无已，是为耗竭诸夏，并力蛮夷。夫边陲之患，手足之疥癣，中国之困，胸背之痛疽。方今郡县盗贼，尚不能禁，况此丑虏，而可伏乎？昔高祖忍平城之耻，吕后弃嫚书之诟。方之于今，何者为甚？天设山河，秦筑长城，汉起塞垣，所以别内外，异殊俗也。苟无蹙国内侮之患则可矣，岂与群蚁较胜败，争往来哉？虽或破之，岂可殄尽？夫专胜者未必克，挟疑者未必败；众所谓危，圣人不任，朝议有嫌，明主不行也。昔淮南王安谏伐越曰："天子之兵，有征无战。"言其莫敢校也。今欲以齐民易丑虏，皇威辱外夷，就如其言，犹已危矣；况乎得失未可量也？臣闻守边之术，李牧善其略，保塞之论；严尤申其要，遗业犹在，文章俱存。循二子之策，守先帝之规，臣曰可矣！幸垂察焉。

灵帝见了邕议，竟不肯从。王甫在内，蔡邕何能抗争？即拜田晏为破鲜卑中郎将，使领万骑出云中，作为正师；再令夏育出高柳，中郎将臧旻出雁门，作为偏师，三路并进，约有三四万人，出塞二千余里，方与鲜卑兵相遇。鲜卑大酋檀石槐，召集东西中三部头目，来敌汉军，汉军远行疲乏，不堪一战；那檀石槐以逸待劳，尽锐争锋，叫汉兵如何招架？眼见得纷纷败下，为虏所乘，晏、育、旻三将，各自顾全生命，回头乱跑，所有辎重车徒，尽行弃去，甚至所持汉节，也并抛失。三路人马，十死七八，只剩得残骑数千，零零落落，奔回原营。朝廷闻报，拘还晏、育、旻三将，并下诏狱；由三将倾家出赀，赎为庶人。鲜卑既得胜仗，寇掠尤甚。广陵令赵苞，素有清节，政教修明，蒙擢为辽西太守，地当虏冲，由苞缮治城堡，训练士卒，战守有资，屹为重镇。就职逾年，乃遣使至甘陵故里，迎接老母妻孥，好多日不见到来，未免系念。忽有候吏入报道："鲜卑兵万余人，突来犯边，前锋已经入境，不久要到城下了！"苞闻报大怒道："蠢尔鲜卑，敢来犯我疆界么？我当前去截击，使他片甲不回，方免后患！"说着，即召齐将士，慷慨晓谕，饬令为国效忠，将士等皆踊跃从命；当下调集兵马二万骑，由苞亲自督领，出城搦战。约行了一二十里，便见前面尘头大起，虏兵蜂拥前来。于是倚险列阵，截住虏踪，那虏众被苞阻住，也即停止。苞正拟麾兵突上，不料敌阵中驱出囚车，约有数具，左右各押着虏兵，持刃大喝道："赵苞快下马受缚，免得诛灭全家！"苞闻声出马，举目一瞧，好似万箭穿胸，险些儿晕倒地上。原来囚车里面，不是别人，正是白发毿毿的老母，与那娇颜稚齿的妻儿。自从苞饬迎家眷，母妻等相偕赴任，路过柳城，遇着鲜卑游骑，把他们掠去，询知为辽西太守眷属，即挟为奇货，号召骑士万余人，进攻辽西，意欲借此胁苞。苞见家眷被劫，怎不惊心？况母子恩情，何等深重？此时为虏所缚，惨同羊豕，若要不降，必致杀母；若要遽降，岂不负君？进退徬徨，激出了许多涕泪，凄声遥语道：

"为子无状，本欲将所得微俸，奉养朝夕，不意反为母祸！昔为母子，今为王臣，至我不得顾私毁公，罪当万死！如何塞责？"说至此，即听母声遥应，呼己小字道："威豪！人各有命，怎得相顾自亏忠义？从前王陵母陷入楚中，对着汉使，伏剑勉陵；我愿效陵母，尔亦当如陵忠汉便了！"苞待母说罢，竟打定主意，回首大呼道："大小将士，幸与我努力杀贼，上雪国耻，下报家仇！"道言未绝，即由军吏一齐杀出，骤马上前。虏兵凶横得很，一声喊起，把苞母及妻子等，立刻杀死，取首级掷入苞军，苞军虽然急进，已是不及救护，但抢得数具囚车，及车内的无头尸骸。苞母原是贤烈，苞亦未免太忍。苞至此悲愤填膺，还顾什么利害，当即挺刃当先，与虏拚命，部下二万人，也个个激动义愤，执着大刀阔斧，冒死捣入鲜卑阵中，霎时间摧破虏阵，剁死虏兵无算，虏众不可支持，自然四溃。苞赶至数十里外，见残虏已鼠窜出境，只得收兵还城。随将母妻子各尸，买棺殡殓，上表陈述军情，且请辞职归葬。灵帝得表，忙即遣使吊慰，加封苞为鄃侯，准令还葬母尸，厚赐赙恤。苞奉诏回乡，已将母尸等葬讫，顾语乡人道："食禄避难，不得为忠；杀母全义，亦不得为孝；我还有什么面目媮息人世呢？"乡人欲上前劝解，不料苞骤然心痛，用手椎胸，呕出紫血数升，突至仆倒地上，乡人忙将他舁入家中，奄卧床间，只呼了几声母亲，便即灵魂出窍，驰往冥途去寻那老母妻孥了。阅至此，令人酸鼻。苞本为中常侍赵忠从弟，与忠素不相协，耻谈门族，就官以后，从未致忠一书。所以苞既病殁，忠亦不为请谥，但教自己威福不致损失，管什么兄弟宗亲？灵帝亦只宠左右，不看重内外臣工。太傅一职，悬缺不补，太尉、司徒、司空三官，一岁数易，段颎为太尉后，复由陈耽、许训、刘宽、孟戫数人互为交替；只刘宽尚知自好，廉慎有余。到了熹平七年间，日食地震，相继不绝，反无缘无故的下诏改元，号为光和，大赦天下。太尉孟戫罢免，竟授常山人张颢为太尉。颢为中常侍张奉弟，因兄得官，出为梁相。适有喜鹊飞翔府前，由役吏与鹊为戏，用竿拨鹊，便致堕落，役吏忙去拾取，哪知鹊滚地一变，化成圆石。役吏非常惊愕，取石献颢，颢命将圆石椎破，内有金印，印上有"忠孝侯印"四个篆文，因此喜出望外，便致书兄奉，夸为瑞征。鹊何能变石？想俱由张颢捏造出来。奉入侍时，觑隙与灵帝谈及，又托永乐宫门吏霍玉，代为揄扬，灵帝竟为所惑，召颢入都，使为太常；未几即迁官太尉，想他做个太平宰相。余如司徒、司空，亦换去袁隗、唐珍、杨赐、刘逸、陈球、袁滂来艳等人，更迭就任，多约数月，少只数旬。看官试想，世上能有这般大材，速成治道么？无非依宦官为进退。光和元年四月，都中又闻地震，侍中署内，有雌鸡变作雄鸡。到了五月，有白衣人入德阳殿内，与中黄门桓贤相遇。贤喝问何事，白衣人却厉声道："梁德夏叫我上殿，汝为何阻我？"贤不知梁德夏为何人，正要将他扭住，详讯来历，偏赶到白衣人身前，一手抓去，落了个空，白衣人也不知去向了。贤不胜骇异，查问宫廷内外，亦不闻有梁德夏，只好约略奏报，留作疑案。至六月间，又有黑气堕入温德东庭中，长十余丈，形状似龙，好一歇方才散去；再过一月，有青虹出现玉堂殿庭，种种怪异，人相惊扰。灵帝乃召光禄大夫杨赐，谏议大夫马日碑，议郎蔡邕、张华，太史令单扬等，诣金商门，引入崇德殿，使中常侍曹节、王甫两人，就问灾异原因，并及消变方法。唯杨赐、蔡邕，引经据谶，奏对较详，节与甫还白灵帝，灵帝又特诏问邕，使他直陈得失，许用皂囊封上。汉制唯奏闻密事，得用皂囊封入。邕见灵帝推诚下问，不必再有忌讳，乃直揭时弊，密上封章道：

　　臣伏唯陛下圣德允明，深悼灾咎，襃臣末学，特垂访及，斯诚输肝沥胆之秋，岂可顾患避害，使陛下不闻至戒哉？臣伏思诸异，皆亡国之怪也；天于大汉，殷勤不已，故屡出妖变，以当谴责，欲令人君感悟，改危即安。今灾眚之发不于他所，远则门垣，近在寺署，其为监戒，可谓至切。蜺堕鸡化，皆妇人干政之所致也；前者乳母赵娆，贵重天下，生则资藏侔于天府，死则丘墓逾于园陵，此时赵娆已死。两子受封，兄弟典郡；继以永乐宫门吏霍玉，依阻城社，又为奸邪。今道路纷纷，复云有程大人者，察其风声，将为国患，宜严为提防，明设禁令，深唯赵、霍，以为至戒。今圣意勤勤，思明邪正。而闻太尉张颢，为玉所进；光禄勋伟璋，有名贪浊；又长水校尉赵玹，屯骑校尉盖升，并叨时幸，荣富优足。宜念小人在位之咎，退思引身避贤之祸！伏见廷尉郭禧，纯厚老成；光禄大夫桥玄，聪达方直；前太尉刘宠，忠实守正，并宜为谋主，数见访问。夫宰相大臣，君之四体，委任责成，优劣已分，不宜听纳小吏，雕琢大臣也。又尚方工伎之作，鸿都辞赋之文，可且消息，以示唯忧。《诗》云："敬天之怒，不敢戏豫。"天戒诚不可戏也。宰府孝廉，士之高选，近者以辟召不慎，切责三公；而今并以小文超取选举，开请托之门，违明王之典，众心不厌，莫之敢言。臣愿陛下忍而绝之，思唯万几，以答天望。圣朝既自约厉，左右近臣，亦宜从化；人自抑损，以塞咎戒，则天道亏满，鬼神福廉矣。臣以愚戆，感激忘身，敢触忌讳，手书具对。夫君臣不密，上有漏言之戒，下有失身之祸，愿寝臣表，无使尽忠之吏，受怨奸仇，则臣虽万死，感且不朽矣。

灵帝启封展阅，却也不胜叹息。曹节适立在后面，早已眈眈注视，只恨相距太远，一时看不清楚，又未便抢前明视，正在心中躁急；凑巧灵帝起座更衣，乃即趋近一瞧，已知大略，虽于自己无甚关碍，但据蔡邕劾奏诸人，统是自己同党，总不免暗里怀嫌。当下传告左右，遂将蔡邕表奏的内容，宣扬出去。咎在灵帝一人。邕与大鸿胪刘郃，素不相平，叔父蔡质，方为卫尉，又与将作大匠阳球有隙，球即中常侍程璜女夫。想系程璜的干女婿，否则璜为阉人，怎得有女？璜因邕章奏中，曾有程大人将为国患等语，恐他指及己身，不如先发制人，免被劾去；乃阴使人飞章发密，诬称蔡邕叔侄，屡将私事托郃，郃不肯相从，遂致邕怀怨望，谋害郃身。灵帝又为所迷，即令尚书向邕诘状，邕上书自讼道：

臣被召问，以大鸿胪刘郃，前为济阴太守，臣属吏张宛，休假百日，汉制吏休假百日，例当免职。郃为司隶，又托河内郡吏李奇，为州书佐，及营护故河南尹羊陟，侍御史胡母班，郃不为用，致怨之状，臣屏营怖悸，肝胆涂地，不知死命所在。窃自寻案，实属宛奇，不及陟、班，小吏进退，无关大体。臣本与陟姻家，岂敢申助私党？如臣叔侄欲相伤陷，当明言台阁，具陈恨状；所缘内无寸事，而谤书外发，宜以臣对与郃参验。臣得以学问特蒙褒异，执事秘馆，操管御前，姓名貌状，微简圣心。今年七月，臣诣金商门，问以灾异，贲诏申旨，诱臣使言，臣实愚戆，唯识忠荩，出言忘躯，不顾后害；遂讥刺公卿，内及宠臣，实欲以上抒圣虑，救消灾异，为陛下建康宁之计。陛下不念忠臣直言，宜加掩蔽，诽谤猝至，便用疑怪，尽心之吏，岂得容哉？诏书每下百官，各上封事，欲以改政思谴，除凶致吉，而言者不蒙延纳之福，旋被陷破之祸，今皆杜口结舌，以臣为戒，谁敢为陛下尽忠孝乎？臣季父质连见拔擢，位在上列，臣被蒙恩渥，数见访逮。言事者因此欲陷臣父子，破臣门户，非复发纠奸伏，补益国家者也。臣年四十有六，孤特一身，得托名忠臣，死有余荣；恐陛下于此，不复闻至言矣！臣之愚戆，职当咎患，而前者所对，质不及闻。而衰老白首，横见引逮，随臣摧没，并入陷坑，诚冤诚痛！臣一入牢狱，当为楚毒所迫，促以饮章。饮，犹隐也，言原告姓名，无可对问。辞情何缘复问，死期垂至，冒昧自陈，愿身当事戮，乞质不并坐，则身死之日，犹更生之年也。唯陛下加餐，为万姓自爱！

邕书虽似详明，可奈程璜在内反对，定要将邕加害，坚请灵帝收邕下狱，彻底查讯。灵帝本来糊涂，因即依议，邕遂被拘至洛阳狱中，连蔡质一并逮治。有司不敢忤旨，且受程璜暗中嘱托，锻炼成谳，奏称邕私怨废公，谋害大臣，罪坐大不敬，应该弃市；幸亏邕命不该绝，得着一个大救星，从中缓颊，才得起死回生。这大救星不属公卿，却仍出自中常侍间，姓吕名强，表字汉盛，与程璜同为阉人，同作内官，偏生性与璜等不同，倒是一个清正公忠的好侍臣。鹤立鸡群，应加褒扬。他知蔡邕无罪，不忍坐视，便挺身出来，至灵帝前叩首保邕，力为诉冤；灵帝乃使强传诏，减邕死罪一等，受髡钳刑，充戍朔方，质亦坐徙，家属同科。将作大匠阳球，得知此信，忙使刺客预伏要路，待邕出都就戍，将他刺死；哪知刺客颇感邕义，佯为受命，索给路费，至钱财到手，却一溜烟似的逃向他处，竟不返报。球候久不至，料知无成，再遣使人赍着金帛，追赂戍所监守官。监守官得了贿赂，反将详情告邕，教他戒备；因此邕与质等幸得生存。偏宫闱中又起风波，帝后间且遭谗构，好好一位宋皇后，并无什么大过，竟为逆阉王甫所谮，遽致身死家灭，说将起来，更觉令人发指。宋后不过中姿，且简言寡笑，未善趋承，因此正位以后，并不得宠，后宫妃妾，各思乘机夺嫡，互播蜚言，灵帝已不免怀疑；渤海王悝妃宋氏，系是宋后的姑母，悝被王甫陷害，夫妇同死，见前回。甫恐宋后报怨，趁机下手，约同大中大夫程阿，捏言宋后听信左道，咒诅皇上；再经妃嫔等从旁诬证，构成冤狱，遂由灵帝下诏废后，收还玺绶，徙居至暴室中，活活幽死，后父酆及兄弟等，并皆被诛。后来宫内侍臣，怜后无辜，各出私囊，凑集钱物，收葬后尸，及酆父子遗骸，归葬宋氏旧茔皋门亭。小子有诗叹道：

> 历朝废后总伤伦，况复谗言出寺人？
> 汉季外家多赤族，冤如宋氏最酸辛！

宋后枉死，王甫等权焰益张。当有一位公正的尚书，上书进规，欲知尚书姓名，容至下回再详。

　　赵苞之弃母全城，后人多悯其全忠，而惜其昧义。夫君与亲一也，亲不可弃，犹之君不可忘。为赵苞计，不如退兵守城，徐为设法，或啖以重利，或佯为乞降，务使母得生还，然后再谋却敌；万一不能如愿，则为君弃母，亦为后人所共谅，奈何锐图杀贼，忍视老母之遽膏锋刃乎？故苞之失不在于昧义，而在于少智；设令智士处此，当不若是之冒昧进战也。蔡邕之屡谏不从，已可引去；乃尚徘徊于廊庙之间，致为奸人所陷害。微吕强，身家已夷灭矣，邕其亦有才无智欤？若曹节、程璜诸人，罪不容于死，何足责焉？

第二十六回

诛大憝酷吏除奸

受重赂妇翁嫁祸

却说涿人卢植，前曾献书窦武，劝令辞封让贤，武不能用，遂致枉死，见五十四回。嗣由朝廷征为博士，出拜九江、卢江各郡太守，并有政绩，入补议郎，转为侍中，进授尚书。植身长八尺二寸，声如宏钟，少时与北海人郑玄，并师事马融，博古通今，能识大义。融为明德皇后从侄，明德皇后，即明帝后马氏。家富才豪，不拘小节，居处服饰，好尚奢华，常在高堂中悬绛纱帐，前授生徒，后列女乐，弟子依次讲授，免不得纷心靡丽，窥及声色。独植受学数年，未尝转眄，却是难能。融以是另眼相看。及学成辞归，亦阖门教授生徒，秉性刚毅，有志济时。光和元年，已迁擢为尚书，见宋氏无辜遭祸，与各种秕政相寻，不由的触动热诚，因上陈八事，请即施行。语繁不及备录，由小子撮要如下：

（一）用良，谓宜使州郡核举贤良，随方委用；（二）原禁，谓历届党锢，多非其罪，应悉加赦宥；（三）御疠，谓宋后家属，无罪横尸，致成疫疠，当一律妥埋，以安游魂；（四）备寇，谓侯王之家，赋税减削，愁穷思乱，必致非常，宜使给足，以防未然；（五）修体，应征有道之人，若郑玄诸徒，陈明洪范，禳解灾咎；（六）尊尧，谓郡守刺史，一月数迁，宜依黜陟，以彰能否，纵不九载，可满三岁；

尧帝时，九载考绩，故植以尊尧为条目，但当时三公屡易，不止郡守刺史，植言尚失之偏见。（七）御下，谓请谒希荣诸敝习，概宜禁塞，迁举之事，责成主者；（八）散利，谓天子之体，理无私积，宜弘大务，蠲略细微。

　　这八事陈将进去，灵帝竟无一采行；唯宋后家属，听令内侍收葬，不再过问。太尉张颢，任职半年，无甚建树，且因天灾迭见，把他免官，用太常陈球为太尉；又司空来艳病殁，进屯骑校尉袁逢为司空。逢即前司徒袁隗胞兄，承父袁汤遗荫，袭爵安国亭侯，灵帝入嗣，逢曾居官太仆，预议迎立，故尝增封三百户。隗先为司徒，逢继为司空，虽是世家显宦，实由中常侍袁赦推荐，故先后超迁。附阉宦以增荣，行谊可知。隐士袁闳，就是逢、隗从子，常私语家人道：“我先公福祚留贻，后世不能修德承家，乃好慕荣利，与乱世争权，恐不免为晋三郤了！”三郤，并为晋厉公所杀，事见《春秋左传》。为此居安思危，所以蛰居土室，久伏不出；遇有从父馈遗，一介不受，甚至母殁丁忧，亦未闻出室送葬，乡人目为狂生。哪知他无穷感慨，激成畸行，从前箕子佯狂，接舆避世，都操这种主意，看官幸勿视同怪物呢！回应五十六回。陈球夙怀忠直，做了两个月太尉，便被阉党排挤，借着日食为名，坐致策免，更任光禄大夫桥玄为太尉。玄亦有重名，历任司徒、司空，均因朝廷昏乱，无力挽回，自劾求去。灵帝因他素孚物望，屡罢屡召，及升任太尉，就职月余，又复托病乞休，有诏赐假养疴；又逾两月，仍以衰病告辞，乃再起段颎为太尉，使玄食大中大夫禄俸，就医里舍。玄有十龄幼子，独游门外，猝有三盗持杖，把玄子执登门楼，向玄求货。玄不肯照给，遣使往报司隶校尉，促令捕盗。时将作大匠阳球，调任司隶，接得玄报，忙率河南尹洛阳令等，围守玄家，但恐盗杀玄子，未敢过迫。玄瞋目大呼道：“奸人无状，玄岂为了一子性命，轻纵国贼么？”遂迫令进攻，阳球乃驱众入室，将要登楼，盗已将玄子杀死，然后下楼拚命，被众格毙。玄因上书奏请，凡天下有掳人勒赎等情，并当严捕治罪，不准以财货相赎，开张奸路。于是盗贼无从要挟，劫质罕闻，都下粗安。

　　偏灵帝因内帑未充，尝嫌桓帝不能作家，特想出一条敛钱的方法，就西园开张邸舍，卖官鬻爵，各有等差，二千石官阶，定价二千万；四百石官阶，定价四百万；如以才德应选，亦须照纳半价，或三分之一；令长等缺，随县好丑，定价多寡；富家先令入钱，贫士至赴任后，加倍输纳。**明明是叫他剥民。**这令一下，无论何种人物，但教有钱可买，便可平地升官，一班蝇营狗苟的鄙夫，乐得明目张胆，集资买缺，将来总好在百姓身上，取偿厚利。因此西园邸内，交易日旺，估客如林。**好一座贸易场。**灵帝见逐日得钱，盈千累万，自然喜欢。还有永乐宫中的董太后，嗜钱如命，闻得灵帝有这般好买卖，也即出来分肥，且令灵帝扩张生意，就是三公九卿，亦可出卖。灵帝却也遵教，不过少存顾忌，暗令左右私下贸易，公价出钱千万，卿价百万。约阅数月，内库充牣，永乐宫中，亦满堆金钱。灵帝大喜，召问侍中杨奇道："朕比桓帝何如？"奇系杨震曾孙，**震长子牧孙。**颇有祖风，承问即答道："陛下与桓帝，亦犹虞舜比德唐尧！"**答得甚妙。**灵帝作色道："卿真强项！不愧杨震子孙，他日死后，必复致大鸟了！"**大鸟事，见前文。**遂出奇为汝南太守，奇亦不愿在内，拜命即去。过了一年，**即光和二年。**春令大疫，遣中常侍等出施医药，接连是暮春地震，孟夏日食，灵帝专归咎大臣，策免司徒袁滂、司空袁逢，另任大鸿胪刘郃为司徒，太常张济为司空；唯太尉段颎，独得内援，不致免官。

谁知天下事多出人料，往往求福得祸，乐极生悲。颎所恃唯王甫，甫恶贯满盈，伏法受诛，连颎也因此坐罪，一并送命。甫有养子二人，一名萌，曾为司隶校尉，转任永乐少府；一名吉，亦为沛相，平时皆贪暴不法，吉尤残酷，凡杀人皆磔尸车上，榜示大众，夏月腐烂，用绳穿骨，传示一郡，臭气熏途，远近俱为疾首。吉却靠甫声势，任至五年，杀人万计。阳球为将作大匠时，尝闻报发愤道："若阳球得为司隶，断不令此辈久生！"**阳球亦酷吏之一，且陷害蔡邕，罪恶亦甚，唯为吉动愤，尚算秉公。**已而果为司隶校尉，方拟举劾王甫父子，适甫使门生王彪，至京兆境内，估榷官财物七千余万，多受私赇，为京兆尹杨彪所发。**彪系杨赐子。**甫正休沐里舍，颎亦方以日食自劾，还府待命。阳球闻彪已上弹章，又乘甫颎等不在宫廷，当即入阙面陈，极言甫颎等种种罪状；灵帝也觉动怒，即命阳球查究此事。球受命出朝，立派全班吏役，先拿王甫、段颎，再拘甫养子永乐少府萌，并将沛相吉，一并逮至，收系洛阳狱中，亲加审讯，严词逼供。王甫等狡赖异常，怎肯招认？那阳球是著名酷吏，从前历任守令，理奸惩恶，动辄骈诛，至是积愤多时，怎肯轻轻放过？当下喝令左右，取出多少刑具，加在甫身，甫熬刑不住，甚至晕绝，良久始苏。萌仰首语球道："我父子果当伏诛，也请顾念先后任使，稍为宽假，贷我老父！"**萌前为司隶，故有此语。**

球拍案叱道："尔等罪大恶极，死有余辜！尚欲论及先后，想我宽假么？"萌乃对骂道："尔前事我父子，不啻奴仆；奴仆敢反侮主人，临厄相挤，恐尔亦将自及了！"无瑕者，乃可录人，球未能免疵，故遭此反詈。球怒上加怒，再令左右将萌拖倒，用泥塞口，棰楚交至，立即挞死；甫与吉亦同毙杖下，颍亦自杀。球令将甫尸露置夏城门，大书揭示道："贼臣王甫。"一面籍没甫产，家属尽徙南方。甫既伏辜，球尚欲劾去曹节等人，因敕中都官从事道："且先去权贵大猾，然后议及余子。若公卿豪右如袁家儿辈，从事自能办理，何烦校尉费心？"既欲尽除宵小，不宜先自泄谋。这数语传达出去，权臣莫不震惧，连曹节也不敢出宫。会冲帝母虞贵人病逝，发丧出葬。冲帝为虞美人所出，事见前文，唯加封贵人，系灵帝时事。百官送殡往还，曹节等亦曾在列。节见甫尸暴露，不禁洒泪道："我辈可自相食，奈何使犬舐余汁哩？"说着，又嘱诸常侍勿留里舍，亟相引入殿，面白灵帝道："阳球乃有名酷吏，不宜使作司隶，纵令毒虐！"灵帝点首，即命节传诏，徙阳球为卫尉。球方因虞贵人安葬，奉命祭陵，节托尚书令即日召球，促就卫尉职任。球闻召驰回，进见灵帝，叩首陈请道："臣原无奇才，猥蒙陛下委为鹰犬，得诛王甫、段颍诸奸，但尚是狐狸小丑，未足宣示天下。愿再假臣一月，必食豺狼鸱枭，各使伏辜！"说至此，更叩头流血，但闻殿上呵声道："卫尉敢抗诏不从么？"球尚不肯止，至呵叱再三，不得已受职拜谢，快快趋出。曹节等又不必避忌，横行如故，中常侍朱瑀，与节相类。郎中审忠，不忍缄默，乃抗疏上奏道：

臣闻理国，得贤则安，失贤则危。故舜有臣五人，而天下治；汤举伊尹，不仁者远。陛下即位之初，未能亲揽万几，皇太后念在抚育，权时摄政，故中常侍苏康、管霸，应时诛珍。太傅陈蕃，大将军窦武，考其党羽，志清朝政，朱瑀、曹节等，知事觉露，祸及其身，遂兴造逆谋，作乱王室，撞蹋省闼，执夺玺绶，迫胁陛下，聚会群臣，离间骨肉母子之恩，遂诛蕃、武及尹勋等。因共割裂城社，自相封赏，父子兄弟，备蒙尊荣，素所亲厚，布在州郡，或登九列，或据三司。不唯禄重位尊之贵，而苟营私门，多蓄财货，缮修第舍，连里竟巷。盗取御水，以作渔钓；车马服玩，拟于天家。群公卿士，杜口吞声，莫敢有言；州牧郡守，承顺风旨。故蛊螟为之生，夷寇为之起。天意愤盈，积十余年。故频岁日食于上，地震于下，所以谴戒人主，欲令觉悟。昔殷高宗以雉雊之变，获中兴之功；近者神祇启悟陛下，发赫斯之怒，诛及王甫父子，路人士女，莫不称善，若除父母之仇。诚怪陛下复忍辜臣之类，不悉殄灭。昔秦信赵高，以危其国；吴使刑人，身遭其祸。春秋时，吴子余祭，使阍守舟，为阍所弑。今以不忍之恩，赦夷族之罪，奸谋一成，悔亦何及？臣为郎十五年，皆耳目闻见，瑀等所为，诚皇天所不复赦；愿陛下留漏刻之听，裁省臣表，扫灭丑类，以答天怒。与瑀考验，有不如言，愿受汤镬之诛，虽妻子并徙，亦臣所甘之如饴者也！谨不胜翘切待命之至。

　　忠将此疏呈入，早已拚生待诏，不意似石沉大海一般，多日不见复报。还是大幸。中常侍吕强，与曹节等志趣不同，由灵帝封为都乡侯，强固辞不受，因闻审忠陈言不省，也续陈一疏道：

　　臣闻高祖立约，非功臣不侯，所以重天爵，明劝戒也。中常侍曹节等，品卑人贱，谗谄媚主，佞邪徼宠，有赵高之祸，未受镮裂之诛。陛下不悟，妄授茅土，开国承家，小人是用，又并及家人，重金兼紫，交结邪党，下眐群佞，阴阳乖刺，稼穑荒芜，民用不康，罔不由兹。臣诚知封事已行，言之无及，所以冒死干触，进陈愚忠者，实愿陛下损改既谬，从此一止。臣又闻后宫采女，数千余人，衣食之费，日数百金，近时谷虽贱，而户有饥色，案法当贵，而令更贱者，由赋发繁数，以解县官，寒不敢衣，饥不敢食。民有斯厄，而莫之恤。宫女无用，填积后庭，天下虽复尽力耕桑，犹不能供。昔楚女悲愁，西宫致灾；注见前。况终年积聚，岂无愁怨乎？又承诏书当于河间故国，起解渎之馆，陛下龙飞即位，虽从藩国，然处九天之高，岂宜有顾恋之意？且河间疏远，解渎邈绝，而欲劳民弹力，未见其便。又今外戚四姓之家，及中官公族无功德者，造起馆舍，约有万数，楼阁相接，丹青素垩，不可弹言，丧葬逾制，奢丽过礼，竞相仿效，莫肯矫正。《谷梁传》曰："财尽则怨，力尽则怼。"此之谓也。又闻前召议郎蔡邕，对问于金商门，邕不敢怀道迷国，而切言极对，毁刺贵臣，讥呵宦竖。陛下不密其言，至令宣露，群邪膏唇拭舌，竞欲咀嚼，造作飞条。陛下同受诽谤，致邕刑罪，室家徙放，老幼流离，岂不负忠臣哉？今群臣皆以邕为戒，上畏不测之诛，下惧刺客之害，臣知朝廷不得复闻忠言矣。故太尉段颎，武勇冠世，习于边事，垂发服戎，功成皓首，历事二主，勋烈独昭，陛下既已式序，位登台司，而为司隶阳球所诬胁，一身既毙，而妻子远播，天下惆怅，功臣失望。宜征邕更加授任，反颍家属，则忠臣路开，众怨以弭矣！

灵帝得疏，仍然不省。前太尉陈球，方为永乐少府，志在除奸，特与司徒刘郃结交，秘密筹谋。郃兄儵尝为侍中，因与大将军窦武同党，连坐致死，郃为兄衔怨，故亦欲诛灭权阉，冀销宿恨。事未及发，球复致书劝郃道：

公出自宗室，位登台鼎，天下瞻望，社稷镇卫，岂得雷同容容？无违而已！今曹节等放纵为害，而久在左右，又公兄侍中，受害节等，永乐太后所亲知也，今可表徙卫尉阳球为司隶校尉，以次收节等诛之，政出圣主，天下太平，可翘足而待也！

郃见球书，意亦相同，但恐节等势大，未敢遽决。会有尚书刘纳，触忤宦官，被贬为步兵校尉，因闻郃欲报兄仇，特向郃进谒，谈及曹节等贻祸国家，不可不除。郃皱眉自叹道："我亦常作此想，只因宦竖耳目甚多，一或不慎，事尚未成，反恐受祸。"纳慨然道："公为国栋梁，危不持，颠不扶，焉用彼相？"**焉，作何字解，本出《论语》**。郃方答说道："承君劝我，敢不勉力？但君亦须为我臂助！"纳应声道："这却不待公嘱，纳已愿为效死了！"**死期原是将至。**郃忆陈球来书，拟使阳球复职，阳为诛奸能手，理应先与说明，乃乘暇会球，表明情意；球本有此志，自然极口赞成。怎奈屏后有一小妻，在内悄立，已听得明明白白。这小妻正是中常侍程璜女儿，待球送客入内，方才回房，两人面色，都与常时不同。球本偏爱小妻，料已被窃听了去，不如和盘说出，叫她先报程璜，说明诛死节等，与璜无干；倘能相助，事后当共享富贵。**计非不妙，唯与妇寺会商，多难成事。**那小妻满口答应，即托词归宁，转告乃父。程璜虽与曹节同党，但节等果死，内政可以自专，未始非利，乐得卖个情面，由他做去；因嘱女儿返报阳球，许守秘密。偏被曹节闻风，自去见璜，先说了一派兔死狐悲的话儿，感动璜心，再从袖中取出黄金，置诸几上，作为赠礼；随后复用虚词恫吓，说得程璜又惊又惧，又感又惭，不由的倾吐肺腑，竟将阳球所报的密谋，一一告知。**女夫也不管了。**节且邀同程璜，及党与等入白灵帝，齐声奏请道："刘郃等常与藩国交通，声名狼藉，近又与步兵校尉刘纳、永乐少府陈球、卫尉阳球，私遗书疏，谋为不轨，若非从速捕治，且夕必有祸变！臣等死不足惜，恐有碍圣躬，所以急切奏闻！"灵帝见他人多语合，谅非虚诬，不禁大发雷霆，命节等带领卫士，往拿刘郃、刘纳、陈球、阳球。四人无从抗辩，各束手受缚，同入狱中，眼见是棰楚交施，依次毕命。小子有诗叹道：

> 外言入阃本非宜，秘策如何嘱爱姬？
> 弄巧不成终一跌，杀身害友悔嫌迟！

过了一年，灵帝又要册立皇后了，欲知何人为后，待至下回报明。

汉季之中常侍，谁不曰可杀？唯庸主如桓灵，方信而用之。虽阉党亦有自相残灭之时，但与正士相抗，则一致同谋，曹节所谓我辈自相残食，不使犬得舐汁，即此意也。阳球之欲歼阉党，未始非志士所为，观其严鞫王甫父子，五毒交加，虽曰酷虐，而施诸凶竖，尚为相当之报应，不足为阳球责也。独球既嫉视权阉，乃纳程璜之女，列作宠姬，卒至机事不密，终为小妻所误，而轻丧生命，是宁非自作自受乎？且刘郃、陈球诸人，亦横遭牵累，同时毕命，可慨孰甚？《传》有之，谋及妇人，宜其死也，璜女不欲害其夫，而其夫卒因此致毙，此女子、小人所以不可与谋也夫！

第二十七回

挟妖道黄巾作乱
毁贼营黑夜奏功

却说宋皇后被废后，忽忽间已过两年，尚未册立继后。六宫无主，当由内外臣工，一再申请，乞立继后，以宣阴化。灵帝乃立贵人何氏为皇后。后出身微贱，本是一个屠家女儿，父名真，家居南阳，营业积资，每思攀援权贵，博些微名，凑巧宫中招选采女，遂囊金出都，赂遗中官，得将女儿充选。也是这女应该大贵，生成一副花容玉貌，比众不同，身长七尺一寸，肌肤莹艳，骨肉婷匀。灵帝素来好色，瞧着这个美人儿，哪有不喜欢的道理？衾裯使抱，列作小星，几度春风，含苞结种，十月满足，生下一男，取名为辨。时后宫常生子不育，灵帝恐再蹈覆辙，特令乳媪抱辨出宫，寄养道人史子眇家，号曰史侯。**名为皇帝，何亦做村妪思想？**因即册何女为贵人，甚有宠幸，至是竟得立为皇后，征后兄进为侍中，嗣复追封后父真为车骑将军，兼舞阳侯，号后母兴为舞阳君。后性刚多忌，既得正位，尚恐他人夺宠，随时加防。偏有赵国佳人王氏，为前五官中郎将王苞孙女，也得应选入宫，姿色与何后相同，才具比何后较胜，能书能算，应对尤长。灵帝又不肯放过，再令她入侍巾栉，好几次鸾颠凤倒，更种成欢叶爱苗，灵帝因她身怀六甲，晋号美人。**汉制宫中妃媵，贵人以下为美人。**何皇后略有所闻，侦察愈严，常图陷害。还是王美人生性聪敏，备豫不虞，有时进谒正宫，往往用帛束腰，不令大腹宣露。无如胎中儿日大一日，美人腹亦日胀一

189

日，累得王氏朝夕不安，只恐隐瞒不住，当下购服堕胎药，饮将下去，满望胎得堕落，还可保全性命；哪知药竟无灵，胎终不动，夜间复得梦兆，屡次负日前行，心中暗想：莫非应生贵子，未便使堕？于是不再服药，听天由命，也是这个胎中儿该有三十年帝号，所以安居腹中，无论如何刺激，总得保存过去。好容易过了十月，不坼不劈，脱离母胎，侍女报知灵帝，灵帝自然心欢，替他取下一名，是一协字。协既产出，王美人身尚未健，须服药调治；那何后阴谋设计，密遣心腹内侍，赍着鸩毒，走至王美人宫内，觑隙置入药中，王美人虽然伶俐，究竟防不胜防，服毒以后，呜呼毕命！可怜。灵帝闻丧，亲往验视，看她四肢青黑，料是中毒，禁不住泪下潸潸；再经查究起来，察出何后下毒情由，顿时怒不可遏，即欲将何后废去。慌得何后又惊又惧，急忙贿嘱曹节、张让等人，代为缓颊，竭力斡旋。果然钱可通神，奸能蒙主，曹节等从中吁请，得使何后位置，仍然稳固，毫不动摇。唯灵帝预防一着，令将王美人所生子协，寄居永乐宫，请董太后留心抚养；董太后却一口应承，协始安然无恙，免遭暗算。灵帝尚悼亡心切，凭着生平才学，撰成《追德赋》《令仪颂》两篇，词旨缠绵，如泣如诉。但身为天子，不能庇一妇人，终觉得乾纲失纽，薄幸贻讥，虽有哀词，无从共谅，因此遗制失传，徒有篇名流播罢了。唯灵帝不但好色，并且好游，特在洛阳宣平门外，筑起两座大花园，署名罼圭苑，分列东西，东罼圭苑，周一千五百步，西罼圭苑，周三千三百步；又在两苑旁增造灵昆苑，规制与两苑相同，苑中布置，备极繁华，小子也无暇细述。灵帝尚嫌不足，更在阿亭道筑造台观，高至四百尺，又特置园圃署，用宦官为令，再就后宫中设市列肆，使诸采女相率贩卖，由灵帝自作肆主，易服为商，握算持筹，估赢较绌。其实灵帝究非商人，怎知情伪？所有肆中货物，辄被诸采女窃去，甚至彼多此少，人有我无，弄得暗争明斗，吵闹不休，只瞒过灵帝一双眼睛。灵帝反自鸣得意，昼督诸女贸易，夕拥诸女酣宴，把朝政置诸不顾，一味儿纵乐寻欢。宫女以外，尚有一班阉人子弟，入宫服役，玩弄狗马，灵帝俱赏赐爵禄，使着进贤冠带绶。进贤冠，系汉朝文官服饰。又往往用四驴驾车，由帝亲自执辔，驰驱苑中，京师互相仿效，驴价与马价相齐。有时郡国贡献方物，必令先输例钱，纳入中署，叫作导行费，一人聚敛，四海沸腾。中常侍吕强，夙具忠诚，因上疏进规道：

天下之财，莫不生之阴阳，归之陛下，本无公私之别。而今尚书方敛诸郡之宝，中御府积天下之缯，西园引司农之藏，中厩聚太仆之马。而所输之府，辄有导行之财，调广民困，费多献少，奸吏因其利，百姓受其敝；又阿媚之臣，好献其私，容谄姑息，自此而进。旧典选举，委任三府。三府有选，参议掾属，谘其行状，度其器能，受试任用，责以成功，若无可察，然后付之尚书。尚书举劾，请下廷尉复按虚实，行其赏罚。今但任尚书，或复敕用，如是三公得免选举之负。尚书亦复不坐，责赏无归，岂肯空自苦劳乎？夫立言无显过之咎，明镜无见疵之尤，如恶立言以记过，则不当学也；不明镜之见疵，则不当照也。愿陛下详思臣言，不以记过见玼为责，则圣德懋而天下安矣！

灵帝沉迷不醒，怎肯听从？四府三公，又多凭宦官好恶，随势进退，还有什么公是公非？自从太尉段颎，与司徒刘郃，相继诛死，后任为刘宽、杨赐，两人皆负重望，足谐舆论；唯司空张济，趋奉权阉，赃私狼籍。哪知宽与赐任职年余，并皆罢去，独张济居位如故，另用许馘为太尉，陈耽为司徒。馘品行贪鄙，不亚张济。唯陈耽尚有清操，不久免职，再起袁隗为司徒，三公并系阉人党与，浊乱可知。天变人异，历年不绝，日食星孛，河决山崩，最奇怪的是洛阳女子，生下一个婴儿，两头四臂，似人非人，为此种种妖异，遂引出无数妖人来了。时钜鹿郡有张氏弟兄三人，长名角，次名宝，又次名梁。角读书不成，误入左道，自号大贤良师，诱惑愚民，设坛讲授，所谈一切，无非是假托黄老，以伪乱真。会值民间大疫，十病九危，角得乘间行私，查得几个医疫古方，剉合成药，用水煎汁，倾入瓶内，为人治病。病人踵门求药，他便将药水取出，假意烧符持咒，令病人跪拜坛前，然后给药与饮。有数人命不该死，饮下药水，果得病退身安，于是奉角为神，辗转称扬。每日至角处求医，多约百余人，少亦数十。角复自称为太平道人，另遣门徒周游四方，转相诱惑，大约过了十多年，凡青、徐、幽、冀、荆、扬、兖、豫八州人民，无不知有张大贤良师，交相倾慕，甚且弃卖财产，争赴张门，奔波跋涉，虽死不辞。因此十余年间，徒众多至数十万名。郡县未识角意，反誉角善道教化，为民所归。独司徒杨赐引为深忧，尝与掾史刘陶相语道："张角等诳惑百姓，必为后患，现今势已蔓延，若即令州郡捕讨，恐反激成速变。我意欲饬刺史二千石，简别流人，各使归籍，待至邪党散去，贼目自

孤，那时派吏往捕，不劳可获！卿以为此法善否？"果行是言，何至骚扰八方？陶应声
道："这正如孙子所云：'不战屈人。'怎得谓非善策呢？"赐即将所拟计策，列入
奏章，条陈上去，多日不见施用，赐乃因病乞休。刘陶更申前议，乞请照行，略言张
角阴谋日甚，四方谣言，谓角等潜入京师，觇视朝政，欲图不轨，州郡互相忌讳，不
欲上闻，宜亟下明诏，购捕角等，赏以国土，有敢回避，与贼同科。灵帝仍不以为
意，将原疏留中不报。

角逍遥法外，私置三十六方，大方万余人，小方六七千，各立渠帅，位等将军；
何不尽称道人？讹言："苍天当死，黄天当立，岁在甲子，天下大吉。"老天也有生死
语，真奇怪。阴令徒党混入京中，夜用白土为书，自京城寺门，以及大小官署，皆写
成"甲子"二字。甲子岁次，就是灵帝光和第七年，大方贼帅马元义，先收荆、扬
无赖徒数万人，与张角约期起兵，自己辇运金帛，至京师贿通中常侍，约为内应。中
常侍曹节已死，赵忠、张让、夏恽、郭胜、段珪、宋典、孙璋、毕岚、栗嵩、高望、
张恭、韩悝等十二人，皆得封侯，贵盛无比；又有封谞、徐奉，亦得邀宠，但不及赵
忠、张让的威权。灵帝尝谓"张常侍是我父，赵常侍是我母"，所以两人势焰直同皇
帝。阉人可呼为父母，张角等应不愧为祖师。封谞、徐奉虽是赵忠、张让的羽翼，但因
势力不及两人，也未免阳奉阴违；既得马元义私赂，遂不顾灵帝恩眷，竟与他订定私
约，愿为内援。元义大喜，立即报知张角，约期三月五日，内外并起。角有门徒唐
周，独上书告变，于是遣吏密捕元义，一鼓擒住，就在洛阳市中，处以辕刑。且诏令
三公司隶，查究宫省直卫，及内外吏民，遇有与角交通，当即处死，诛杀至千余人；
并敕冀州刺史，严拿张角兄弟。角等闻事已败露，星夜举兵，自称天公将军，号弟宝
为地公将军，梁为人公将军，所有徒众，统令头上包裹黄巾，作为标记，因此时人呼
为黄巾贼。角党三十六方，同时响应，燔烧官府，劫掠州郡，遂致烽火连天，中外俱
震。灵帝迭接警报，也觉得焦急起来，乃命何皇后兄进为大将军，加封慎侯，使率左
右羽林兵五营，出屯都亭；复就函谷、太谷、广成、伊阙、辕辕、旋门、孟津、小
平津八关，派员扼守，赐名八关都尉，严遏黄巾。偏是贼势浩大，官军多望风披靡，
莫敢争锋，警信传达京师，几乎一日数至。灵帝不得已大会群臣，共议讨贼方法。北
地太守皇甫嵩，方述职还都，入朝与议，力请赦除党禁，并发中藏私钱、西园厩马，
班赐军前，鼓励士心。这两事为灵帝所厌闻，但到此无可如何的时候，也不便固执成

见，因再询诸中常侍吕强。强乘势进言道："党锢久积，人情怨愤，若再不赦宥，将与张角合谋，为患滋甚，后悔无及！今请先考核左右，诛贪惩浊，复大赦党人，察量二千石刺史能否拨乱致治，虽有盗贼，亦无虑不平了！"灵帝乃颁下赦书尽弛党禁，凡从前坐罪被徙诸徒，一体放还；独张角不赦。遂诏求列将子孙，大发天下精兵，使尚书卢植为北中郎将，督领北军五校士，往讨张角，再进皇甫嵩为左中郎将，谏议大夫朱儁为右中郎将，共发五校三河骑兵，并募壮丁四万余人，分讨颍川黄巾贼。三将俱晓畅戎机，热心报国，一经简选，当即分道进兵；途次探悉盗贼诡谋，尚有勾通内侍消息，自然据实奏陈。封谞、徐奉，曾私交贼党马元义，元义诛死，两人慌忙得很，只恐谋泄并诛，因将所得金帛，转赠张让，求他代为转圜；让即为入白，寥寥数语，便把封、徐两人的逆谋，刷洗净尽。阿父训令，为皇儿的应该服从。至三将奏报到京，灵帝复诘责诸常侍道："汝等常谓党人欲危社稷，概令禁锢，今党人且为国用，汝等反敢通贼，应斩与否，可令汝等自说！"诸常侍连忙跪下，叩头流涕道："这皆是王甫、侯览等所为，臣等实未知情，乞陛下恩宥！"好一条推诿法。灵帝见他们哀求情状，又不禁心中怜惜，谕令起身；但将封谞、徐奉两人，下狱治罪。诸常侍尚怀疑惧，陆续求退，各自诏还京外子弟，不令为吏。灵帝还要温语慰留，叫他们安心守职。独吕强看不过去，劝灵帝速惩逆党，毋再养奸，灵帝才诛封谞、徐奉，余皆不问。赵忠、夏恽，与封、徐交谊颇深，遂共谮吕强，谓与党人共毁朝廷，屡读《霍光传》，志在废立，且强兄弟出为郡吏，并贪秽不法，应即究治。灵帝不察真伪，便令小黄门持剑召强。强不觉动怒道："我死，内乱不可复止！大夫欲尽忠国家，怎能坐对狱吏，枉受棰楚呢？"说着，便取过小黄门手中持剑，向颈一挥，流血毕命。死得可惜。小黄门见强已自杀，当即返报。赵忠等又进谗言道："强未知所问，便即自尽，显系情虚畏罪，惶急轻生！尚有强亲族留存，须再加明审，休使漏网！"灵帝因复收强亲属，没入财产。侍中向栩，上书论事，讥刺阉党，又为张让所诬，说他与张角通谋，欲为内应，即收送黄门北寺狱，把他处死。郎中张钧，复上书指斥宦官，有云：

　　窃唯张角所以能兴兵作乱，万民所以乐附之者，其源皆由十常侍多放父兄子弟、婚亲宾客，典据州郡，辜榷财利，侵掠百姓。百姓之冤，无所告诉，故谋议不轨，聚为盗贼。宜斩十常侍，悬首南郊以谢百姓！又遣使者布告天下，方可不烦师旅，而大寇自消矣。

灵帝得书，取示张让等人，叫他们自阅。又要断送张钧性命了。让等看毕，统吓得形色仓皇，各免冠徒跣，叩首谢罪，乞自诣洛阳诏狱，并出家财补助军饷。何不依他？灵帝又心怀不忍，谕令起着冠履，照常办事，且愤然道："钧真狂奴，难道十常侍中，竟无一善人么？"张让等始谢恩而退。钧却不管死活，申疏如前，益惹动权阉怒意，阴嘱御史构成钧罪，拘系狱中，指为学黄巾道，搒死杖下。前司徒杨赐，复起拜太尉，代许馘后任，灵帝召赐入问，商及讨贼事宜，赐上言欲禁外寇，先黜内奸。明明是救时良策。偏灵帝心怀不悦，竟将赐免官，改用太仆邓威为太尉，并罢去司空张济，特遣大司农张温为司空；一面诏饬三中郎将，限期平贼。左中郎将皇甫嵩，右中郎将朱儁，各统一军，驰赴颍川。儁与黄巾贼波才相遇，两下交锋，儁军败退；波才进攻皇甫嵩，嵩暂避贼锋，退保长社，凭城自固。各处黄巾贼，闻得官军败退，越加猖狂，南阳黄巾贼张蔓成，攻杀太守褚贡；汝南太守赵谦，又被黄巾贼杀败；幽州刺史郭勋，及太守刘卫，均为黄巾贼所杀。那颍川黄巾贼波才，复乘胜进围长社，皇甫嵩婴城拒守。部下兵不过数千，俯瞰城下贼众，约有数万，不由的相顾失色。嵩下令军中道："贼势虽盛，我自有计破他，汝等但能静守，听我号令，包管破贼！"军士闻知，稍稍安定，协力守城，波才攻扑数次，因城上矢石交下，不能得手。时当仲夏，天气溽暑，贼众多结草为营，罢战乘凉，嵩乃召语军吏道："兵有奇变，不在多寡，今贼众依草结营，正好用计破灭了！"军吏问是何计，嵩不慌不忙，说出一条火攻的计策，且嘱咐道："贼众借草自蔽，一遇火烧，必致四延，延烧以后，还有不惊乱么？我若乘势出兵，四面绕击，定可大胜，灭贼建功，就在今夜哩！"军吏听着，齐称好计。嵩即令军士各束草炬，每人一扎，待至黄昏将静，俱执炬登城。可巧大风四起，天昏如墨，各军士用火爇炬，齐向贼营中抛去，草遇火燃，火随风炽，霎时间烟焰冲天，贼众大惊。嵩复使锐士开门出城，四逼贼营，再纵火大呼，声彻郊野，城上亦举燎相应，慌得贼众骇愕万分，不知所措。嵩又从城中鼓噪而出，麾动部兵，驰突贼阵，贼皆股栗，觅路乱奔。经嵩驱兵进击，杀得群贼尸横遍野，血落成渠。转眼间已是天明，忽又有一彪军杀到，截住贼众去路，为首一员将弁，细目长须，仪容不俗。看官欲问他来历，乃是一位汉末枭雄，特奉朝命，来此杀贼。正是：

十侍乱政

欲平贼党非难事，且看枭雄已出场。

欲知此人为谁，且待下回报明。

黄门用事，引出黄巾，以内贼召外贼，古今来衰乱之征，大都如是，何疑乎张角？角之所为，殆亦一篝火狐鸣之小智耳。封谞、徐奉，与贼相应，灵帝既已察觉，应立申国宪，置诸死刑，顾必待诸内外之奏请，晚矣！且张让等日侍左右，亦有通贼之嫌，乃姑息勿诛，使之反噬正人。吕强为内侍中之忠且直者，而迫之使死；向栩、张钧，皆以直言受戮，昏愦如此，天下宁有不乱乎？皇甫嵩用火攻计，燔烧贼众，此为兵法上之所易知者，但施诸乌合之贼，即此已足。波才小丑，原不足道；而张角之破灭，亦借此为先声之举，莫谓皇甫非良将才也！

第二十八回

曹操会师平贼党
朱儁用计下坚城

却说黄巾贼波才，被中郎将皇甫嵩击败，觅路乱奔，途次又为官军所阻，为首将领，乃是骑都尉曹操。**奸雄发轫**。操字孟德，小名阿瞒，系沛国谯郡人，本姓夏侯氏，因父嵩为中常侍曹腾养子，故冒姓为曹。少时机警过人，长好游猎，放浪无度，不治生产。有叔父恨操无行，尝白诸曹嵩，嵩因即责操。操心中记着，偶与叔父相值，即翻身倒地，状若中风；叔父忙向嵩报明，嵩急往抚视，操已起立。嵩问操道："汝病已全愈否？"操答言无病，嵩复问道："汝叔谓汝中风，怎说无病？"操佯作惊疑道："儿并未中风，想系叔父恨儿，乃有是言！"**父可欺，何人不可欺？**嵩信以为真，遂听令放荡，不复过问。乡人见他斗鸡走狗，行同无赖，相率鄙夷，独梁人桥玄，**曾为太尉**。南阳人何颙，不同俗见，视操为命世才，尝语操道："天下将乱，非人才不能济事，将来欲安天下。所赖唯君！"何颙亦言汉室将亡，唯操可安天下。**未免高视阿瞒**。操因此自负，常与两人往来。桥玄复嘱操道："君尚未有名，可交许子将，当得蜚声，幸勿自误！"操应命自去。这许子将系许劭表字，劭为前司徒许训从子，籍隶汝南，具知人鉴，与从兄靖，俱负重名，凡乡里人物，一经评骘，往往垂为定论，他且性好褒贬，每月一更，故汝南人称他为月旦评。及操往见劭，劭正为郡功曹，延操入室，互谈世事，操却应对如流，唯劭随便酬酢，或吐或茹，累得操烦躁起来，禁不住质问道："操奉桥公训诲，特来访君，君素善衡鉴，请看操为何如人？"劭微笑不答。已经瞧透。操愤然道："见善即当称善，见恶即当言恶，奈何善恶不分，徒置诸不答呢？"劭为操所逼，方应声道："汝系治世能臣，乱世奸雄！"确是至论。操毫不动怒，反大喜道："君真可谓知己了！"操亦自认为奸雄。遂别劭还里。年二十，得举孝廉，进拜郎官，调任洛阳北部尉。甫入廨舍，即缮治四门，特设五色棒十余条，悬挂门首，一面张示立禁，如有违犯，不论贵贱，一体棒责。小黄门蹇硕，方得灵帝宠眷，有叔父提刀夜行，适犯禁令，操饬左右将他拿住，用棒打死。嗣是豪贵敛迹，无人敢犯，操遂扬名中外，迁顿丘令，复受征为议郎。黄巾贼起，朝廷授操骑都尉，使率军士数千人，往助皇甫嵩朱儁，讨颍川贼。操引兵驰抵长社，正值贼众败走，乐得乘贼危急，截杀一阵，贼众心慌意乱，哪里还敢对敌？但得冲开死路，连忙抱头窜去，操挥兵杀贼多人，夺得旗鼓马匹，不可胜计。待至残贼尽遁，皇甫嵩亦领兵赶到，与操相会，自然欢洽，当下合兵追贼，长驱直进。朱儁亦到来会师，三路兵联成大队，逐贼出境。波才等收众再战，复为官军所败，击毙至数万人，颍川乃平。皇甫嵩上表告捷，有诏封嵩为都乡侯，嵩益加感奋，邀同朱儁曹操，进讨汝南陈国诸贼。贼目波才，方逃至阳翟，打家劫舍，抢夺民粮，一闻嵩等又到，慌忙集众对敌，已是不及，嵩、儁、操三面兜拿，得将残贼剿灭净尽，波才无路可奔，眼见是妻子就戮了。么么小丑，有什么好结果？嵩等再驰抵西华，适有贼目彭脱，在该地猖獗害民，未曾经过大敌，冒冒失失，来与嵩等接仗。交战至一二时，已被嵩等捣破阵势，纷纷溃散、嵩下令招降，贼多匍匐乞命，彭脱见不可支，夺路遁去。汝南陈国诸贼众，俱至嵩营投诚，两郡又平。嵩上书白状，将首功让诸朱儁，并言操亦杀贼有功，这是皇甫嵩好处。朝廷加封儁为西乡侯，赐号镇贼中郎将，迁操为济南相；复令嵩讨东郡，儁讨南阳，操赴济南任事，于是三人受诏，分途告别。是时北中郎将卢植，连破张角，斩获至万余人。角走保广宗，由植追至城下，筑围凿堑，造作云梯，正拟誓众登城，为歼贼计；不意都中来了小黄门左丰，赍着诏书，来视植军，植瞧他不起，勉强迎入，淡淡的酬应一番，丰含有怒意，匆匆辞行。或劝植厚送赆仪，植摇首不答，听令还都。丰星夜驰归，入白灵帝道："广宗贼容易破灭，可惜卢中郎固垒息军，连日不动，臣看他是要留待天诛了！"灵帝听了，不禁怒起，立派朝使带着槛车，拘植入都，另调河东太守董卓为东中郎将，代植后任。说起这个董卓，本是陇西郡临洮县人，表字叫作仲颖，素性粗猛，兼有膂力，平时能带着两鞬，左右驰射。鞬即弓袋。陇西一带，羌胡杂居，卓尝往来寨下，交结羌豪，羌豪见卓多力，并皆畏服。桓帝末年，曾入为羽林郎，从中郎将张奂征羌，得为军司马，转战有功，见前文。迁拜郎中，赐缣九千匹。卓慨然道："我得叙功，全靠军士。"乃将缣分赏军士，一无所私。后来如何专欲自恣？嗣出任并州刺史，转为河东太守，至是奉诏为东中郎将，持节至广宗军营。军中因卢植被拘，心怀不服，再加卓颐指气使，满面骄倨，越使军心生贰，不愿效劳。张角却从城中突出，来攻董卓，卓麾兵与战，兵皆退走，卓亦禁遏不住，只好返奔；却被张角追至下曲阳，夺去许多辎重，满载还城，留弟张宝屯守，与卓相拒。卓自知不敌，没奈何上表乞师，灵帝严旨谴卓，勒令罢职，特遣皇甫嵩进兵讨角。嵩正进剿东郡，生擒黄巾贼卜己，斩首七千余级，荡平郡境，既接朝廷诏命，移讨张角，便兼程驰诣广宗。角得了重病，不能起床，既善符水，何不自医？但遣季弟梁出城迎战。梁部下多系剧贼，且新得战胜，气焰甚张，嵩军虽亦精锐，但两下里旗鼓相当，接战多时，兀自不分胜负。嵩鸣金收军，退至十里外下寨，闭营休士，静觇贼变。翌日令谍骑往探，见城外贼营如昨，唯众心惶惶，似有大故，仔细侦查，才知张角已死。当即向嵩报知，嵩喜出望外，传令军士，三更造饭，五更攻贼。军士依令部署，待至鸡鸣，一拥齐出，由嵩亲自督领，直抵贼阵；贼未肯让步，出营厮杀，约莫战到午后，贼党渐渐疲乏，阵势少乱。嵩急鸣战鼓，驱兵向前，兵士各猛力齐进，冲破贼阵，东斫西剁，滚落许多贼头。贼众骇奔，张梁也欲逃回，偏被官军杀至，不及回马，拚着死命，左右遮拦，百忙中一着失手，已为官军搠倒，从马上跌落马下，已经死去，再经兵刃交加，立成糜烂；只首级由快手割去尚是完全无缺，向嵩报功。嵩见张梁已死，乘势抢城，城中贼夺门出走，又由嵩分兵追杀，赶至河滨，贼忙不择路，齐投河中，河水方涨，湮没了好几万人，嵩得入广宗。见署中摆着棺木，料是张角尸骸，即令破棺戮尸，传首京师。唯角弟宝尚驻守下曲阳，未曾伏诛，乃复邀同钜鹿太守郭典，往击张宝，连战连捷，阵斩宝首，余贼多降，差不多有十余万众。事见《皇甫嵩传》。罗氏《三国演义》谓宝由贼党严政所杀，不知何据？三张并了，贼渠已歼，首功应推皇甫嵩，当由灵帝论功行赏，进嵩为左车骑将军，领冀州牧，封槐里侯。嵩请减免冀州一年田租，暂苏民困，有诏依议。百姓为嵩作歌道："天下大乱兮市为墟，母不保子兮妻失夫，赖得皇甫兮复安居。"嵩在军中，善能抚循士卒，故甚得众心；及治理民政，恩威兼济，莫不畏怀。独有一前信都令阎忠，挟策干时，劝嵩入清君侧，创建奇功，大略说是：

昔韩信不忍一餐之遇，而弃三分之业，利剑已扬其喉，方发悔恨之叹者，机失而谋乖也。今主上势弱于刘项，将军权重于淮阴，指枞足以振风云，叱咤可以兴雷电，赫然奋发，因危抵颓。崇恩以绥先附，振武以临后服。征冀方之士，动七州之众，羽檄先驰于前，大军响振于后，蹈流漳河，饮马孟津，诛阉宦之罪，除群凶之积，虽僮儿可使奋拳以致力，女子可使褰裳以用命，况厉熊罴之卒，因迅风之势哉？功业已就，天下已顺，然后请呼上帝，示以天命，混齐六合，南面称制，移宝器于将兴，推亡汉于已堕，实神机之至会，风发之良时也。夫既朽不雕，衰世难佐，若欲辅难佐之朝，雕朽败之木，是犹逆坂走丸，迎风纵棹，岂云易哉？且今竖宦群居，同恶如市，上命不行，权归近习，昏主之下，难以久居，不赏之功，谗人侧目，如不早图，后悔无及矣！议虽不经，却是奇论。

嵩见了这种议论，未敢遽从，因召忠面语道："嵩实庸才，不足与语此举，且人未忘主，天不祐逆。若妄想大功，转致速祸，不如委忠本朝，谨守臣节，就使遭谗，也不过放废而止。死有令名，犹且不朽。如君所言，乃系反常，嵩不敢闻命！"嵩犹足为社稷臣，非操、卓所得比。忠见计议不用，因即亡去。后来梁州贼王国等，劫忠为主，号为车骑将军，忠感恚致疾，竟致毕命，这且搁过不提。且说镇贼中郎将朱儁，往略南阳，南阳黄巾贼张曼成，屯众宛下，约百余日，为南阳新任太守秦颉击毙。贼党更推赵弘为帅，余焰复盛，攻陷宛城，有众十数万。朱儁到了南阳，与太守秦颉，及荆州刺史徐璆，合兵万八千人，围攻赵弘，两月不下。廷臣闻儁日久无功，奏请征儁问罪，司空张温进谏道："古时秦用白起，燕任乐毅，并皆旷年历岁，方得克敌。中郎将朱儁，前讨颍川，已著功效，今引师南指，必有方略，将来自足平贼，臣闻临军易将，兵家所忌，何若宽假时日，责令成功？"灵帝乃止，但传诏军前，促令急攻。儁慷慨誓师，定期歼贼。可巧赵弘领众出城，前来劫营，被儁军一鼓杀出，并力上前，将弘刺死。余贼逃回城中，又推了一个贼目，叫作韩忠，婴城固守。儁探得城中贼党，尚有数万，自恐兵少难敌，乃张围结垒，特筑土山，高出城头，俯瞰城内动静。儁登高凝视，沉吟良久，忽得了一条奇计，便返入垒中，擂鼓发兵，使攻城西南隅，贼帅韩忠，忙率众守御西南，儁却悄悄的带领亲兵，约有四五千人，绕至东北，架梯命攻。佐军司马孙坚，奋勇先登，引兵入城。韩忠闻东北失守，吓得魂驰魄散，忙弃去西南隅，退保内城，遣人乞降。徐璆、秦颉，及儁部下司马张超，俱欲收降息兵，儁独不许，且表明意见道："行军要诀，须察时宜，往往有形同势异，不可拘执。从前秦项纷争，民无定主，故高祖尝纳降赏附，劝示群雄；今海内一统，唯黄巾贼胆敢造反，若乞降即纳，如何劝善？贼急乃请降，绥复图变，纵敌长寇，终非良策，不若讨平为是！"说着，即将贼使叱去，更督兵力攻内城，贼众料无生路，冒死抵拒，无懈可乘。儁再登土山，默视城中，司马张超，随侍在侧，儁回顾张超道："我已想得破城的方法了。贼因外围周匝，内城逼急，乞降不受，欲出不得，没奈何与我死战。试想万人一心，尚不可当，况多至数万呢？我意在暂时撤围，纵敌出城，贼既得出，必无心恋战，势散心离，方容易破灭了！"*儁颇知兵法。*张超听了，很是赞成，当下传令撤围，退出外城。贼帅韩忠，不知是计，还道儁军有变，因此退去，于是号召贼众，倾城出追。儁且战且行，诱忠离城十余里，然后翻身杀转，与贼鏖斗，且更分兵抄出贼后，断贼归路。韩忠正在厮杀，回望后面亦有官军旗帜，才知中了儁计，急忙拍马退回，偏儁军不肯放松，步步紧逼，无法脱身。后面的官兵，也来夹攻，害得腹背受敌，进退两难，不得已横冲出去，觅路逃生。怎奈贼势愈蹙，官军愈张，待至有路可奔，已是遍地贼尸，惨不忍睹。有一大半弃去韩忠，各走各路，忠只好落荒狂窜，飞马乱逃。约走了数十里，身已疲困，马亦劳乏，手下不过数百骑。正拟下马休息，不意官军从后追到，一霎时围裹拢来，四面八方，都是黑森森的旌旗，亮晃晃的刀械，就使韩忠背上生翼，也是无从飞去，眼见得存亡呼吸，命在须臾。忠尚想求生，凄声乞降。当有军吏报知朱儁，儁许令投诚，解围一面，放出忠马。忠至儁前叩首悔过，儁还恐忠有狡谋，令左右将他缚住，牵至城下。城内已虚若无人，任令官军进去，忠亦随入，甫过城闉，突有一将兜头拦住，手起剑落，把忠劈作两段。看官道是何人杀忠？原来是南阳太守秦颉。颉恨忠前次固守，多费兵力，所以不从儁令，将忠杀死。*无故杀降，亦属非理。*儁未免叹息，但因颉从征有功，不便发作，只好含忍过去。哪知溃贼多闻风生疑，仍然啸聚，再拥孙夏为头目，还屯宛境，要想夺回城池。儁接得探报，趁着贼心未固，急引兵往攻孙夏。夏复败走，窜入西鄂城南的精山中，儁未敢轻纵，追蹑贼踪，穷搜山谷，斩首至万余级，贼乃骇散，不复成群，宛城始安。儁一再奏捷，受封右车骑将军，振旅班师。先是护军司马傅燮，随嵩儁等出讨黄巾，尝在营中抒发谠论，上陈阙廷，及转战南北，屡歼贼渠，积功甚多，应加懋赏；偏中常侍赵忠，嫉燮直言，从中谗毁，不但掩没燮功，还要将燮治罪。幸灵帝尚有微明，回忆燮奏牍中，曾有预言，因此不欲罪燮，模糊过去；但如傅燮的汗马功劳，却已搁过一旁，也不复提及了。小子有诗叹道：

国家赏罚有明经，宵小谗言怎可听？
功罪不分昏愦甚，从知灵帝本无灵！

欲知傅燮所陈何词，容至下回补叙。

黄巾之平，皇甫嵩为首功，朱儁其次焉者也。曹操虽奉命出讨，往助嵩儁，但不过因人成事，略有微劳，而本回标目，特举操名者，殆因操之发迹，实始于此；他日之挟天子，令诸侯，为三国时代之第一奸雄，不得不大书特书，预为揭示耳，非真主宾倒置也。朱儁与皇甫嵩齐名，而谋略不及皇甫嵩，颍川之役，微皇甫嵩，儁且一蹶不振矣；若汝南陈国之平贼，亦赖嵩为主帅，而儁得分功，至移讨宛城，两月不下，必待朝廷之督促，方苦心焦思，用谋破贼，然亦幸遇赵弘、韩忠之犷悍无谋，乃得为儁所算耳。唯罗氏《三国演义》，演写张角等种种妖术，且将刘、关、张三人，亦夹入嵩、儁二军中，语多臆造，不足为据。本回概不阑入，所以存其真也。

第二十九回

起义兵三雄同杀贼
拜长史群寇识尊贤

却说护军司马傅燮，系北地灵州人氏，本字幼起，嗣慕南容三复白圭，<small>南容春秋</small><small>时鲁人，事见《鲁论》</small>。乃改字南容。身长八尺，仪表过人，郡将举燮为孝廉，因得出仕。后闻郡将丁忧，也弃官行服，借报知遇。及为护军司马，独谓国家大患，不在贼寇，实在阉人，所以从军出征，尚在营中拜表道：

臣闻天下之祸，不由于外，皆兴于内；是故虞舜升朝，先除四凶，然后用十六相，明恶人不去，则善人无由进也。今张角起于赵、魏，黄巾乱于六州，此皆衅发萧墙，而祸延四海也。臣受戒任，奉辞伐罪，始到颍川，战无不克，黄巾虽盛，不足为庙堂忧也。臣之所惧，在于治水不自其源，末流弥增其广耳。陛下仁德宽容，多所不忍，故阉竖弄权，忠臣不进，诚使张角枭夷，黄巾变服，臣之所忧，甫益深耳。是扼要语。何者？夫邪正之人，不宜共国，亦犹冰炭不可同器。彼知正人之功显，而危亡之兆见，皆将巧词饰说，共长虚伪。夫孝子疑于屡至，市虎成于三夫，若不详察真伪，忠臣将复有杜邮之戮矣。秦白起死于杜邮亭。陛下宜思虞舜四罪之举，速行谗佞放殛之诛，则善人思进，奸凶自息。臣闻忠臣之事君，犹孝子之事父也，子之事父，焉得不尽其情？使臣身备铁钺之戮。陛下稍用其言，国之福也。

　　自燮有此奏，方得感动灵帝，幸免谴罚，唯有功不封，只命为安定都尉。还有豫州刺史王允，与讨黄巾，搜得贼中文件，有中常侍张让宾客私书。允将原书奏报，灵帝召让诘责，让叩头陈谢，且言"书从外来，安知非诈，不能作为确证"云云。说得灵帝也起疑心，竟被他花言巧语，瞒骗过去。让既得免罪，索性诬允欺君罔上，应该逮治，灵帝竟偏信让言，逮允下狱。及朱儁班师回朝，授为光禄大夫，宫廷内外，庆贺贼平，灵帝不胜喜慰，诏改光和七年为中平元年。时将岁暮，还要改元，真是多此一举。唯颁出一道赦文，却便宜了好几个罪犯：王允亦遇赦得释，就是前北中郎将卢植，囚解进京，减死一等，也因此释放出狱，还复自由。回应前回，笔不渗漏。再经皇甫嵩上书举植，盛称植行师方略，乃复起植为尚书。植有一个高足弟子，与植同郡，乘乱起兵，出讨黄巾余孽，立了一些功劳，由校尉邹靖登名荐牍，使列仕版，就职安喜县尉。这人为谁？乃汉景帝子中山靖王刘胜裔孙，名备字玄德。特笔提出，表明汉裔。胜子贞尝封涿县陆城亭侯，因酎金欠佳，坐谴革爵，汉武时宗庙祭祀，命宗藩献金，号为酎金，酎金不佳，例当夺封。贞遂留居涿县，好几传生出刘备。备祖雄与父弘，世为郡县吏。弘早病逝，单剩下妻子二人，家乏遗资，寡妇孤儿，形影相吊，不得已贩履织席，权作生涯。住宅东南角上，有大桑树，高约五丈余，浓荫满地，好似车盖一般，往来行人，互相诧异。里民李定，颇知相法，谓此家必出贵人。备幼时尝与村儿共戏树下，指树与语道："我将来当乘此羽葆盖车。"少成若天性。叔父刘子敬，闻言相戒道："汝勿妄语，恐灭我门！"何胆小乃尔？备乃不复言。年至十五，母使游学，因与同宗刘德然、辽西公孙瓒，俱往拜卢植为师。德然父元起，独怜备家贫，出资赒给。元起妻劝阻道："我与彼各自一家，为何不惜钱财，时常给与？"不脱村妇心性。元起叹道："我同宗中有此佳儿，定非凡器，奈何不分财济贫呢？"既而备年力渐强，身体日壮，长至七尺五寸，耳大垂肩，手垂过膝，目能自顾两耳，性喜狗马，又爱音乐；唯与人相接，宽厚和平，语言不烦，喜怒不形，豪侠少年，往往乐与交游，备亦好士不倦，休休有容。当时有两大壮士，同至备家，得备欢迎，遂结为生死交，始终不渝。一个是河东解县人，姓关名羽，初字长生，改字云长，朱颜赪面，凤眼蚕眉，美须髯，擅膂力，在本县杀死土豪，逃难亡命，奔至涿郡，适与刘备相遇，谈论甚欢，遂成至友；一个是世居涿郡，姓张名飞，表字翼德，《三国志》作益德。豹头环眼，燕颔虎须，平素粗豪使酒，直遂径行，独见了刘备、关羽，却是流瀣相投，格外莫逆。莫非前缘。相传三人尝结义桃园，誓为异姓兄弟，不愿同日生，只愿同日死。备年最长，次为关羽，又次为张飞，依序定称，不啻骨肉，食同席，寝同床，出入必偕，不离左右。会闻黄巾贼起，意欲仗义起兵，为国讨贼，只苦粮草马匹，无从筹办。三个异姓弟兄，单靠着六条臂膀，如何成事？正愁虑间，凑巧有豪贩两人，引着伙伴，驱马前来，刘备眼快心灵，即向两人问讯，彼此互答，才知两人是中山大商，贩马为业，一叫张世平，一叫苏双。当由备延入庄中，置酒相饷，殷勤款待，两人申说沿途多贼，不便贩卖，所以奔投僻处，为避寇计。备即与语道："我正欲纠集义徒，前往杀贼，可惜手无寸铁，无财无马，甚费踌躇。"两人便同声接入道："这有何难？我等当量力相助便了！"少顷饮毕，即取出白金数百两，良马数十匹，慨然持赠。也是侠客。备乐得领受，谢别二客，就招集乡勇，铸造兵械。备自制双股剑，关羽制青龙偃月刀，张飞制丈八蛇矛，各置全身盔甲，配好马匹，领着徒众，往投校尉邹靖。靖见三人气宇轩昂，不禁起敬，因即留居麾下，待至黄巾入境，便率三人同去截击。云长的宝刀，翼德的利矛，初发新硎，连毙剧贼，就是刘玄德的双剑，也得诛寇数人，发了一回大利市。句法新颖。邹靖得了三雄，立将黄巾贼驱出境外，上书奏闻，不没备功。朝廷因备起自布衣，只予薄赏，但命备为安喜县尉。

备奉命就职，辞了邹靖，带着关、张二人，同诣安喜。约有数月，忽由都中颁下诏书，凡有军功得为长吏，当一律汰去。备也为惊心，转思县尉一职，官卑秩微，去留听便，何妨静候上命。又过了好几日，闻郡守遣到督邮，已入馆舍，县令忙去迎谒，备亦不得不前往伺候。哪知督邮高自位置，只许县令进见，不准县尉随入，备只得忍气退回。翌日又整肃衣冠，至馆门前投刺求谒，待了多时，才有一人出报，说是督邮抱病，不愿见客。备明知督邮藐视县尉，托词拒见，一时又不便发怒，勉强耐着性子，懊怅回来。关、张两人，见备两次空跑，问明情由，禁不住愤急起来。张飞更性烈如火，便欲至馆舍中抓出督邮，向他权借头颅，刘备一再禁阻，飞阳为顺从，觑得一个空隙，竟抢步趋出，与督邮算帐去了。俄而备查及张飞，不见形影，料他必去闯祸，慌忙带着关羽等人，驰往督邮馆舍。将至门前，已听得一片喧闹，声声骂着害民贼。老张声音，初次演写。备急走数十步，才见督邮被张飞揪住，且骂且打，放开巨掌，在督邮头上乱捶，当即高声喝住。督邮又痛又愤，已是神志昏迷，及闻备喝阻声音，方将灵魂儿收转躯壳，喘息一番，复要拉着架子，向备叱问道："这……这个野

置备由仗

奴！乃是由汝差来么？"备尚未及答，督邮又说道："我奉命到此，正要黜逐汝等狂夫，汝却目无尊长，反且差人打我，敢当何罪？"这数语激动备怒，也不禁接口道："我也奉府君密教，特来拿汝！"*此君也要使诈了。*张飞在旁，闻备亦这般说法，胆气又壮，仍将督邮一把抓去，遥望左近有一系马桩，便牵过督邮，攀落马桩旁边的柳条，当作绳索，将督邮缚住桩上，再用柳条为鞭，尽力扑打，差不多有一二百下。*快人快事。*备又上前阻住张飞。飞大嚷道："兄长积功甚大，只得了一个小小官儿，不做便罢，我今杀死这贼！却为民间除一污吏，有何不可？"说至此，竟回取佩刀，要将督邮结果性命。——吓得督邮浑身发抖，不能不改口哀求道："玄德公恕我无知，乞饶性命！"*何前倨而后恭？*备方转怒为笑道："汝早知如此，我等自然好好伺候，何必受此一顿痛打哩？"说至此，便取出印绶，系督邮颈上，且与语道："烦汝交还印绶，我也不愿在此为官，当与汝长辞了！"言已即回。张飞正取刀来杀督邮，当由备将他拦转，共返署中，草草收拾行装，飘然引去。那督邮手下，非无从卒，但看了张飞虎威，统皆自顾性命，不敢向前；等到张飞已经去远，才敢走至树旁，解放督邮。督邮满身疼痛，由从卒扶至馆舍，医治了好几日，方得少痊，还报郡守。郡守详申省府，遣人捕拿，刘、关、张三人早已远扬他方，无从拘获了。*《三国志·刘先主纪》谓先主入缚督邮，杖二百，罗氏《演义》属诸张飞，较为合理，姑从之。*

且说中平二年二月，南宫云台忽然失火，毁去灵台、乐成等殿，延及北阙，复向西燃烧，如章德殿、和欢殿等，尽被毁去。宫中宿卫，竭力抢救，四面沃水，偏似火上添油，越浇越猛。等到火势渐息，已是大半乌焦，所有龙台凤阁，尽变做瓦砾荒场，残焰熊熊，尚是不绝，半月后始火尽烟消。灵帝不知修省，仍拟兴工再筑，规复原状，可奈国库告罄，一时腾不出这般巨款，未免忧劳。中常侍张让、赵忠，为帝设法，请加征天下田赋，每亩十钱，积少成多，已足修复宫室，更铸铜人。灵帝当即依议，颁诏郡国，按亩加征。乐安太守陆康，上疏谏阻，略言春秋时代，鲁宣税亩，即生蝗灾；哀公增赋，孔子以为非理，怎可聚夺民物，妄兴土木，违弃圣训，自蹈危亡？这数语原是激切，与张让、赵忠等大相反对。让与忠即谮康谤毁圣明，等诸亡国，应以大不敬论罪。有诏用槛车征康，囚诣廷尉。还亏待御史刘岱，力为解免，方得贷罪归田。于是诏发州郡材木文石，令内侍督工监造。内侍贪得无厌，往往向州郡索赂，稍不如意，便说他材木文石，不能合用，强令折价贱卖，另行购办；至第二次解到都下，又不肯即受，终致材料朽腐，宫室连年不成。又遣西园骖从，分道四出，督促州郡。州郡官吏，欲免罪谴，不得不贿托朝使，乞为转圜，一面却克剥百姓，私加赋税，作为挹注；暗地里还想中饱若干。看官试想，百姓已困苦不堪，那上供朝廷的款项，实行报解，十成中不过四五成。朝廷尚嫌不足，令牧守荐举茂才孝廉，俱当责助修宫钱；甚至简放官吏，亦必使先到西园，议定缴价，然后得赴任供职。新简钜鹿太守司马直，素有清名，西园允许减价，但尚索钱三百万，直怅然道："为民父母，顾可剥夺人民，上应时求，这却非我所忍为呢！"遂辞疾不行，迭经朝廷催迫，没奈何单车就道。到了孟津，复上书极谏时弊，并致书家人，与他永诀，竟服药自杀。衰乱时代，原是速死为幸。灵帝得直遗疏，稍稍感动，乃暂罢修宫钱，唯大小官吏，仍须纳资西园，方得到任。司徒袁隗因事免官，继任为廷尉崔烈。烈本冀州名士，至是因宫中傅母程夫人，纳钱五百万，才得超迁，但名誉因此骤衰。灵帝尚嫌价值太廉，顾语左右道："悔不少靳诏命，若昂价求沽，定可得千万钱！"亏他说出。程夫人从旁应声道："崔公名士，怎肯买官？赖我设法张罗，方能得此，难道尚嫌不足么？"灵帝听了，也不加责，一笑作罢。市侩家也不应如此，堂堂帝室，乃有这般笑话，真是古今罕闻。

唯是朝政日非，吏民交怨，免不得流为盗贼，一倡百和，所在横行，盗目各有绰号，不可殚述，大约声如雷震，便号为雷公；骑坐白马，便号为白骑；多须号为氐根，或号髭丈八；大眼就号作大目；他如浮云、白雀、杨凤、眭固、苦蝤等名目，各有所因，传为绰号；大群约二三万，小群亦六七千。常山贼褚燕，轻勇趫捷，贼党呼为飞燕，互相惮服，陆续趋附，依黑山为巢穴，愈聚愈众，多至百万人，时号黑山贼。河北郡县，无不受害，朝廷不能讨，遣使饵以官爵，诱令投诚。褚燕乃上表乞降，诏授燕为平难中郎将，使领河北诸山谷事。燕虽尝拜命，仍旧纵众殃民，未肯帖然就范，朝廷也无可如何，得过且过，置作缓图。唯陇西一带，驻守非人，湟中杂胡，乘势图变，推胡人北宫伯玉为将军，勾结先零羌种，与枹罕河关诸盗，一同作乱。金城人边章、韩遂，素有胆略，著名西州，群盗劫入寨中，使主军政，攻掠州郡，戕杀金城太守陈懿，及护羌校尉伶征。陇右刺史左昌，拥兵不救。长史盖勋，极言力谏，反触动昌怒，但给勋数百人，使他出屯河阳，抵御贼锋；更派从事辛曾、孔常，与勋同往，阳为助守，阴实监制，意欲伺勋偾绩，然后加罪。哪知勋素孚物望，连盗贼都不敢相侵。边章等绕出河阳，竟至冀城攻昌。昌忙使人移檄，召还辛曾、孔常、盖勋。曾等疑不肯赴，勋怒说道："古时庄贾后期，穰苴奋剑，**本列国时齐国故事**。公等不过位居从事，难道还比古时监军权力更重么？" **庄贾曾为齐监军，故勋言若是**。曾等闻言知惧，乃与勋还兵救昌。勋至城下，见边章指挥群盗，猖獗异常，因高声呼章道："汝本望重西州，奈何反联合寇贼，违叛朝廷？"章答说道："左使君若早从君言，发兵临我，庶可自改，今负罪已重，势难再降，计唯退避三舍，权谢高贤！"说罢，即引军撤围，扬长自去。既而左昌玩寇坐罪，革职去官；后任刺史，叫作宋枭。**或作宋泉**。枭见陇右多盗，拟令民讲读经书，使知大义，**想是一个迂儒**。乃召勋与语道："凉州人民寡学，故屡致叛乱，今不如多写《孝经》，遍使诵习，待至家谕户晓，乱自可弭了！"勋答说道："昔太公封齐，崔抒弑君，伯禽侯鲁，庆父篡位，齐鲁岂乏士人，何为至此？今不亟求靖难方法，徒欲济以文治，恐不止结怨一州，反将取笑朝廷，勋以为决不可行！"枭不以为然，竟将己意申奏，果被诏书诘责，召令还京。会新任护羌校尉夏育，为羌人所围，勋率州兵往援，终因众寡不敌，败退下来。羌众随后尾追，勋部下多半溃散，单剩得百余骑兵，还算跟着。勋结阵自固，怎奈羌人四蹙，孤弱难支。百余骑又战死一半，勋亦身中三创，马又负伤，不能再战，索性下马危坐，指着木表道："我当就死此地，为国殉身，也不足惜了！"羌众见勋已力尽，各欲上前杀勋，独有一羌渠跃马拦阻道："盖长史乃系贤人，汝等若将他杀死，岂非负天？"**羌人也知重贤**。勋闻言审视，系是勾就种羌帅滇吾，向曾相识，但此身已拚着一死，不愿向滇吾说情，因瞋目叱骂道："死反虏，晓得什么天道？快来杀我罢了！"滇吾毫不动怒，反趋近勋旁，下马相见，且愿让马与勋。勋仍不肯允，滇吾乃挥动徒众，把勋拥去，到了自己寨中，请勋上坐，呼众罗拜，再出酒肴相待，备极殷勤。转瞬间已是旬日，方拨羌骑数十人，送勋入寨，回至汉阳。朝廷闻勋忠义动人，征为讨虏校尉。小子有诗咏道：

> 羌虏猖狂也畏天，持刀未敢害忠贤；
> 一营罗拜申诚意，赢得名臣姓氏传。

勋虽生还，寇终未平，满朝公卿，又为了凉州乱事，会议征讨事宜。欲知如何定议，请看下回便知。

　　刘先主起自寒微，以一贩履织席之贫民，独能具有大志，交结英雄，为国讨贼，较诸曹阿瞒之已为朝吏，奉遣出兵，其难易固属不同，其忠义亦自有别，正不特一为汉裔，一为阉奴已也。关、张两人，或刚或暴，而与刘先主交游，偏能沆瀣相投，誓同生死，此正可见刘先主之驾驭英雄，自有令人倾倒、乐为用命者。怒鞭督邮一事，阅者称快，安得举天下后世之贪官污吏，尽付英雄之鞭笞乎？盖勋位不过长史，独能远谐物望，为世所钦。边章已入寇党，避而远之；滇吾本为虏帅，敬而礼之。盗贼夷狄，犹向慕贤者若此，人生亦何苦纵恶，而自丧声名，甘为此万年遗臭也？

第三十回

请诛奸孙坚献议
拚杀贼傅燮捐躯

却说凉州乱事，连年未平，朝臣奉诏会议，又觉得聚讼盈廷，莫衷一是。司徒崔烈，且欲弃去凉州。时安定都尉傅燮，已入为议郎，亦得与议，听了崔烈言论，不由的鼓动热肠，正色厉声道："司徒可斩！斩了司徒，天下乃安！"**好大胆！**三语说出，四座皆惊，烈亦为变色；尚书欲顾全崔烈面目，不得不劾燮妄言。灵帝召燮问状，燮从容答道："凉州为天下要冲，国家藩卫，今牧御失人，乃使一州叛逆，烈为宰辅，不思弭寇，反欲轻弃万里疆场。若使虏众得居此地，士劲甲坚，入寇内地，试问国家将如何抵御？这岂不是社稷深忧么？"灵帝乃依了燮言，诏令左车骑将军皇甫嵩，回镇长安，相机讨贼。贼党边章、韩遂等，入掠三辅，嵩引兵出战，得将贼党击退。偏中常侍张让、赵忠，与嵩有嫌，反说他屡战无功，徒糜军饷。灵帝竟不分皂白，收还嵩左车骑将军印绶，降嵩为都乡侯。原来嵩讨张角时，路过邺中，见赵忠宅居逾制，奏请没收，张让又向嵩求赂钱五千万，嵩亦不许，两人由此生恨，屡谋害嵩；且因嵩平张角，称为首功，若把嵩挤去，好将功劳夺归内廷，自己可以受赏。果然阴谋得遂，嵩被排斥，昏昏沉沉的汉灵帝，坐受群小荧惑，说是前讨张角，内侍参议有功，竟封张让、赵忠等十三人为列侯。**独不记张让通贼书么？**一面使司空张温，代为车骑将军，并召前中郎将董卓，使为破虏将军，归温节制，出讨凉州诸贼。温调集

211

诸郡兵马，约得十余万人，进屯善阳，边章引众来攻，温与战失利，卓亦败退。已而时届仲冬，天气严冷，夜间有流星如火，光长十余丈，照彻贼营，贼众疑为不祥，欲归金陵。卓得此消息，心下大喜，复邀同右扶风鲍鸿等，向晨攻贼。贼皆有归志，不愿力战，一哄儿弃营西走，倒被卓等驱杀一阵，斩首数千级，还营报功。温令卓往讨叛羌，另派荡寇将军周慎，追击边章。章方败走榆中，据城固守，慎即欲进攻。前佐军司马孙坚，方由温奏调至军，参议军事，坚因向慎献策道："贼新入榆中，必无粮储，定当由外输入。坚愿得万人，截贼粮道，将军率大兵为后应，贼不能久守，自然骇走；若窜入羌中，并力往讨，便可荡平，凉州得从此安靖了！"慎不从坚议，遂引兵围榆中城。边章闻慎军将到，先拨分贼党，往驻葵园；待至慎军攻城，坚守勿战，却密令葵园贼众，断慎粮道。慎乏食生惊，弃去辎重，狼狈遁还。

就是董卓一路人马，行抵望垣北隅，突遇羌胡大队，蜂拥前来，急切不能退避，致为所围。兵既被困，饷又不继，急得董卓徬徨终日，左思右想，幸得了一条良策，立命军士照行。卓本倚水立营，就从水旁筑起一坝，佯为捕鱼，暗中却将水势堵塞，腾出淤地，乘着宵深更静，拔寨潜走，悄悄的从坝下过军，待贼闻知，出来追击，卓军已经过尽，决塞放水，反将贼众淹死多人，贼慌忙走还。卓得全师引归，反屯扶风。适边章与韩遂争功，两不相协，章致书张温，自请投降，实是一缓兵计。温乐得应允，收兵退回长安，并将前后军情，奏报阙廷。灵帝览奏，见战功多出董卓，因特封卓为鏊乡侯，食邑千户，调任并州牧。当下颁诏付温，使温转告董卓。卓已得知封侯消息，便即志高气盈，睥睨一切，及温使人往召，竟不奉命。温待久不至，再遣属吏赍诏召卓，卓方徐徐到来，入帐见温，并未谢及奏叙的惠德，且满面露着骄容，居然有压倒张温的气象。已是跋扈。温看不入眼，出言谯让，卓竟反唇相讥，并谓"西征诸将，全属无用，若非我董卓功劳，怎能使贼畏服？"温又愤然与语道："边章等名虽乞降，心实难恃，将军既智勇兼全，还当再接再厉，扫平群贼，方得上报国恩！"卓亦抗声说道："贼已降我，无故往攻，岂不是自失威信么？卓志在杀贼，却不愿师出无名！"说着便起座自去。温见卓如此倨傲，也不起送，但闷闷的坐在帐中。旁边恼了一位参军，向前密语道："将军奈何放卓出营？"温见是孙坚，便屏去左右，问为何因？坚答说道："卓不自知罪，反敢大言不惭，将军何不申明军法，说他不肯应召，有违节度，立命斩首？"温惊顾道："卓颇有威名，若将他杀死，西行何依？"坚慨然道："明公亲率大军，威震天下，何恃一卓？况卓有三罪，不杀何待？卓抗辞不逊，慢言无礼，便是一罪；边章、韩遂，跋扈经年，理当按时进讨，卓反谓不宜往攻，沮军疑众，便是二罪；卓受任无功，应召稽留，乃尚趾高气扬，妄自尊大，便是三罪。古时名将，杖钺临众，往往先斩悍将，借示威名。如穰苴斩庄贾，魏绛戮杨干，故事可征，并非创例。今明公不忍诛卓，纵令骄恣，自亏威重，后悔恐无及了！"温若果听坚言，何至养痈贻患？温终不能决，挥坚使退，坚乃趋出，叹惜不已。未几有诏书颁到长安，进温为太尉，三公在外拜命，由温为始。温虽不能除卓，但颇重坚才，荐为议郎。坚为将来东吴始祖，小子应将他出身履历，补叙详明：

坚字文台，系吴郡富春县人，就是孙武子后裔，世为郡吏。历代祖墓，并在富春城东，墓上辄有五色云罩住，光延数里。乡父老少见多怪，常互相告语道："这非寻常云气，看来孙氏子孙，必将兴旺了！"及坚母怀妊，梦有人剖腹出肠，取绕吴郡阊门，不禁失声大呼，突致惊寤，回忆梦境，尚觉可怖。翌日出告邻母，邻母劝慰道："安知非将来吉征？何必多忧？"既而生子名坚，头角峥嵘，状貌伟岸。好容易长大成人，出为县吏。十七岁时，与父共载船至钱塘，遥见有海贼数十人，掠得商人财物，在岸上分赃，坚即白父道："速击海贼！"父摇手阻坚，嘱勿妄动。哪知坚已取得一刀，划船近岸，耸身跃上，大呼杀贼，手中刀东西指挥，如招人状；壮哉文台！贼惊出意外，还道坚招呼官军，当即抛弃财物，分头窜散；坚尚持刀追去，剁死一贼，携首还船。嗣是扬名郡县，由郡守召为郡尉，迁官司马。会稽贼许生造反，逾年未平，亏得坚召募勇士，会合州郡兵马，阵斩许生父子。见前文，《三国志》作许昌。刺史臧旻，上奏坚功，朝命未尝加赏，但使他做了三任县丞。至黄巾乱起，始由右中郎将朱儁保荐，历年从军，前文中已经叙及，无庸小子絮述了。

唯自张温出征后，司空一职，悬缺不补，会灵帝查阅案牍，得杨赐、刘陶所上奏章，曾云遣散张角党羽，然后诛及渠魁，事见六十回。当时置诸不理，遂致蔓延。此时张角虽平，前言俱在，灵帝也自觉悔悟，因加封赐为临晋侯，使代张温为司空；且封刘陶为中陵乡侯，使任谏议大夫。赐就职不过月余，便即病殁，灵帝也为辍朝三日，素服举哀，优加赙赠，令公卿以下会葬，予谥文烈。长子杨彪袭爵。那谏议大夫刘陶，既入为言官，常思补衮尽职，因复上疏言事道：

臣闻事之急者，不能安言，心之痛者，不能缓声。窃见天下前遇张角之乱，后遭边章之寇，每闻羽书告急之声，心灼内热，四体惊悚。今西羌逆类，私署将帅，皆多段颎时吏，晓习战阵，识知山川，变诈万端。臣常惧其轻出河东、冯翊，抄西军之后，东至函谷，据厄高望。今果已攻河东，恐更豕突上京，如是则南道断绝，车骑之军孤立，关东破胆，四方动摇，威之不来，呼之不应，虽有田单、陈平之策，亦计无所施。况三郡人民，皆已奔亡，南出武关，北徙壶谷，冰骇风散，唯恐在后。今其存者尚十之三四，军吏士民，悲愁相守，民有百走退死之心，而无一前斗生之计。西寇寝前，去营咫尺，胡骑分布，已至诸陵。将军张温，天性精勇，而主者旦夕迫促，军无后殿，假令失利，其败不救。臣自知言数见厌，而言不自裁者，以为国安则臣蒙其庆，国危则臣亦先亡也。谨复陈当今要急八事，乞须臾之间，深垂纳省，则国家幸甚，臣等幸甚！

书中所陈八事，不能尽述，大旨无非归罪宦官，说他欺君害民，酿成大乱。中常侍张让、赵忠等，得悉陶书，无不切齿，遂共白灵帝道："前因张角事发，诏书晓示威恩，臣等并皆改悔。今四方安静，陶乃嫉害圣政，专言盗贼。试想州郡并未上闻，陶何由得知底细？显见他与贼通情，所以先来恫喝，要想把臣等尽置死地，方好任所欲为。愿陛下勿为所欺！"是为肤受之愬。灵帝视让、忠如父母，总道他痛痒相关，不至诬妄，遂下诏谴陶，收系黄门北寺狱。狱为黄门所掌，当然归阉人鞫问，横加榜掠。陶自知必死，张目顾问宦官："朝廷已经省悟，加恩臣身，今为何又误信谗言？陶恨不与伊吕同俦，反与三仁并命！"殷有三仁，即微子、箕子、比干。说至此，竟用手扼吭，气闭身亡。前司徒陈耽，亦尝反抗宦官，张让、赵忠，索性将他罗织在内，拘系狱中，亦被掠死。赵忠反超任车骑将军。忠欲位置私人，更追论讨贼功臣，凡从前并未从军，只教是阉党走狗，多纳贿赂，便说他与讨黄巾，奏请授官。执金吾甄举，往见赵忠道："傅南容前在东军，有功不侯，天下失望；今将军亲当重任，应该进贤理屈，下副众心！"忠也为点首，待甄举辞去后，即遣弟城门校尉赵延，往访傅燮，乘间与语道："南容肯稍答我常侍，万户侯便可立致了！"燮正色道："人生通塞，乃是命中注定，若有功不赏，何莫非命？燮岂可妄求私赏哩？"说得赵延无言可答，返报乃兄。乃兄忠越加衔恨，唯因燮为众所推，未敢加害，但将他调任汉阳太守。燮抵任数月，已是中平三年。贼帅韩遂，杀死同党边章，及北宫伯玉，纠众十余万，进围陇西。太守李相如，不能御贼，反与贼连和，猖獗益甚。汉阳贼王国，又自号合众将军，起应韩遂，四出寇掠。凉州刺史耿鄙，号召六郡兵马，进讨贼众，令治中陈球为先驱。球素性贪婪，为民所怨，鄙亦未协舆情，傅燮知鄙出必败，乃向鄙进谏道："使君统政日浅，民未知教。孔子有言：'以不教民战，是谓弃民。'今若率平素不教诸人，越陇讨贼，恐十举十危。且贼闻大军将至，必万众一心，与为对垒，锋不可当。使君又统领新兵，上下未和，万一内变，虽悔何追？愚意不若息军养威，明赏必罚，阴加训练，贼得逍遥境外，必谓我决不能战，自致骄盈，由骄生衅，同恶相残。使君率已教人民，讨已离盗贼，尚患不能奏功么？今不为万全计策，反自就危途，窃为使君不取呢！"鄙自恃兵多，不从燮言，即日引军起行。甫经狄道，果有别驾应贼，先杀陈球，后杀耿鄙。鄙司马扶风人马腾，亦拥兵不救，自主一方。王国、韩遂等，遂进围汉阳；城中兵少粮尽，燮尚拚死守住。贼党中有北地胡骑数千，与燮同里，夙受燮恩，见燮登城抵御，各跪叩城下，愿送燮还乡，燮将他叱退。燮子干年甫十三，从父在任，知父性刚气锐，恐不能免，因向燮跪谏道："国家昏乱，致令大人不容朝廷。今天下已叛，孤城决难自守。乡里羌胡，夙怀恩德，欲送大人弃城归里，大人不如从权允许，还乡以后，率励义徒，俟至天下有道，再出未迟！"燮听得数语，便慨叹道："汝难道知我必死么？古人有言：'圣达节，次守节。'我闻暴如殷纣，伯夷且不食周粟，饿死首阳；今朝廷昏德，尚不如纣，我岂可自绝伯夷？况前时不能高隐，居位食禄，怎得见危即去？我已决死此地，汝有才智，后当自勉！主簿杨会，便是我程婴，可以托孤，我死亦瞑目了！"<small>程婴保孤事，见列国晋时。</small>干流涕哽咽，不能复言，左右亦皆泣下。忽由故酒泉太守黄衍，叩城求见，燮传令放入，干乃起入帐后，待衍进来。燮延令入座，问明来意，衍实为王国所遣，来作说客，因开口语燮道："成败事已可预知，君能先机起事，上可为霸王事业，下亦不失为伊吕，看来天下终非汉有，明府如果有意，衍等当奉为君师，愿受驱策，幸勿失此时机哩！"燮不禁变色，拔剑置席道："汝亦做过大汉臣吏，反为贼来下说词么？本当斩汝，徒污我刃，我权寄汝头颅，回报叛贼，毋再妄想！"衍怀惭自去。燮即传齐将士，开城搦战，与贼众接仗多时。贼众自恃势盛，上前围燮，环绕数匝，燮尚冒死冲突，格毙贼党数十人；怎奈兵残力竭，外无援应，终落得捐躯殉国，毕命沙场。燮子干由杨会护出，得归故里。朝廷闻燮阵亡，赐谥壮节，且予干世荫。后来干已长成，具有才名，仍得出仕，官至扶风太守。可见得忠臣有后，食报非迟。当时还有一位名贤，在家寿终，大将军何进，遣使吊祭，海内赴丧，多至三万余人。这人为谁？就是前太邱长陈实。实为太邱长后，隐居不出，党锢狱兴，实亦连坐系狱。见前文。实居乡有年，平心率物，遇有争讼，辄求判正，无不悦服。里人多感叹道："宁为刑罚所加，毋为陈公所短。"会遇岁歉民饥，有窃贼夜入实家，隐踞梁上，实已瞧见，故意不言，但呼子孙训戒道："人不可不自勉，恶人非生性使然，传染恶习，遂致不返；试看梁上君子，便可了然！"贼在梁上听着，大惊投地，叩头谢罪。实徐语道："看君状貌，不似恶人，若能改过迁善，自可不虑贫困了！"乃令子孙取绢二匹，赠与窃贼，贼拜谢而去。非陈仲弓，不能为此。于是一县无复盗窃。前太尉杨赐及司徒陈耽，入朝拜官，群僚毕贺，赐等以实未为相，自己反先登台辅，尝引为惭恨。大将军何进等，屡次派人敦聘，实终不肯出，婉谢来使道："实久谢人事，饰巾待终罢了，幸君善为我辞！"嗣后闭门悬车，栖迟养老，至中平四年夏季，考终家中，享寿八十四岁。吊祭诸徒，共至墓前瞻拜，代为刊石立碑，谥曰文范先生。遗有六子，纪谌最贤，孙群亦有盛名，事见后文。小子有诗赞道：

> 到底仁人克善终，光前裕后子孙隆；
> 宣城书法今犹在，千古争传陈仲弓。《后汉书》为宋宣城太守范晔所著。

老成凋谢，丧乱弘多，欲知后来变端，且至下回胪叙。

董卓曾受朝命，归车骑将军张温节制，温召卓不至，显违主帅，其跋扈情形，已见一斑。孙坚劝温诛卓，温独不从，虽若谨守臣道，不敢专诛，但闻以外将军制之，汉文曾有明训。温果能为国除奸，就使得罪被戮，较诸他日之受害于卓，为益多矣。哀哉温之临事寡断，卒酿成无穷之祸也。傅燮困守孤城，可去不去，迹亦近拘；然城存与存，城亡与亡，本人臣之大义，幼子泣请而不从，虏使进言而被斥，见危授命，大义凛然，虽死且不朽矣！语云："板荡识忠臣！"信然！

第三十一回

登将坛灵帝张威
入宫门何进遇救

却说灵帝中平年间，朝政日紊，国势愈衰，灵帝只知信任阉人，耽情淫乐。今岁造万金堂，明岁修玉堂殿；铸铜人四具，分置苍龙玄武门外；制黄钟四架，分悬玉堂云台殿中；又特在平门左右，用铜范成天禄虾蟆，*天禄善名。*中设机捩，口中喷水，谓可除秽辟邪。种种构造，统系掖庭令毕岚监工。就是一班刑余腐竖，亦无不建筑第宅，侈拟皇宫。灵帝常登台顾景，为消遣计。赵忠等恐他望见私第，向前进言道："人主不宜登高，登高恐百姓乖离！"*出自何典？是即赵高指鹿为马之类。忠亦姓赵，总算善承世德。*灵帝遂不敢登台，阉党益肆行无忌，但教瞒过一人耳目，还怕什么百官万民？哪知内蠹不休，适召外侮，西羌连年扰攘，未曾告平；鲜卑豪酋檀石槐，虽已病死，部落犹众，仍然出没塞下，屡寇幽、并诸州。他如腹地的盗贼，真是群起如毛，几难尽述。江夏散兵赵慈，戕杀南阳太守秦颉，纠众作乱，幸亏荆州刺史王敏，发兵破灭，得诛赵慈。未几中牟令落皓，及主簿潘业，又被荥阳贼杀死，当由河南尹何苗督师往剿，毙贼多人，暂时告靖。长沙贼区星，零陵贼观鹄，又相继造反，朝廷命议郎孙坚出守长沙，先斩区星，后斩观鹄，荆湖始平。偏渔阳人张纯、张举，接连发难，攻杀右北平太守刘政。辽东太守杨终及护乌桓校尉公綦稠。举自称天子，纯号弥天将军，同掠幽、冀二州。外如休屠各胡，亦乘隙为变，入寇西河，击杀郡守邢纪，转攻并州，刺史张懿与战，不幸败亡。黄巾余孽郭太等，因西河为胡所掠，也在白波谷揭竿，联络胡人，分扰太原、河东。左屠各胡复胁迫南单于，一同叛命，骚扰朔方。冀州刺史王芬，因见乱端四起，日夜戒备，累得寝食不安。适故太尉陈蕃子逸，自成所赦归，往谒王芬，谈及天下大乱，俱由阉竖专权所致，芬亦为叹息。旁有术士襄楷在座，奋袖起谈道："天文不利宦官，看来黄门常侍，均要族灭了！"陈逸大喜道："果有此事，不但国家可安，即如我先人埋冤地下，亦得从此伸雪，含笑九原！"芬亦接口道："若果天象有凭，芬愿为国家驱除阉贼！"襄楷指手画脚，力言阉人夷灭，不出一二年。语颇不谬，但未识何人能除阉党？为术终疏。芬乃召集豪俊，筹备饷械，上书言盗贼日滋，攻劫郡县，宜厚蓄兵马，分途剿平。灵帝不加理会，且欲北巡河间旧宅，指日起行。芬等闻信，遂欲用兵劫驾，尽诛黄门常侍，乘势废立。济南相曹操，已入拜议郎，与芬本系相知，芬因操足智多谋，遂使人与言秘计，乞为内援。操摇首道："废立二字，乃天下最不祥的名目；古人唯伊尹、霍光，行过此事。伊、霍位居首辅，诚能动众，所以事出有成；今诸君未及古人，漫思造作非常，期在必克，这岂不是求安反危，图福得祸么？"阿瞒毕竟性灵。遂嘱来使还白王芬，务求慎重，切勿卤莽从事。芬尚未信操言，又召平原人华歆、陶邱洪，共定大计。洪欲应召前往，歆急为劝阻道："废立大事，伊、霍不过幸成，芬才疏望浅，怎能成事？不如勿行！"洪乃中止。会北方有赤气亘天，夜半愈盛，横贯东西，太史奏言北方有阴谋，不宜出巡，灵帝乃无心北幸，并敕王芬罢兵。俄而征芬还都，芬疑是秘谋泄露，不敢应命，当即解去印绶，私走平原；尚恐朝廷拘拿，仓皇自尽。陈逸、襄楷，幸得免累。就是议郎曹操等，亦毫不牵连，这都是芬谋未泄，故俱得无恙，徒断送王芬一命罢了。死得无名。

且说太常刘焉，本前汉鲁恭王后裔，鲁恭王名余，系景帝子。徙居竟陵，因属汉朝宗室，得通仕籍，由中郎迁至太常。他见朝政多阙，祸乱相寻，乃建言"刺史、太守由赂得官，刻剥百姓，乃致离叛，应急选清名重臣，出任牧伯，剿抚兼施，方可削平世乱"等语。这计议尚未得行，有侍中董扶与焉友善，私下与语道："京师将乱，闻益州分野，却有天子气，未知属诸何人？"焉含糊对答，心下却觊觎非常，恨不得即赴益州。可巧益州乱起，刺史郄俭苛敛害民，为黄巾余党马相所杀，相僭称皇帝，钞掠巴蜀。警耗连达都中，刘焉得复申前议，进白灵帝，灵帝即命焉为益州牧，封阳城侯，出平蜀郡，焉喜如所望，受命即行。到了荆州东界，前途多盗，不便西进，逗留了好多日。也是他时来福凑，官运亨通，益州伪皇帝马相，被益州从事贾龙起兵，连战皆捷，诛戮无遗，因遣史卒迎焉入蜀，奉为州主。益州治所，本在雒县，焉以郄俭被杀，恐多不利，乃徙治绵竹，招携纳叛，笼络人心。侍中董扶，闻焉既得志，亦求为蜀郡西部属国都尉，灵帝准令赴蜀，扶便西往，为焉参谋，不必细述。同时宗正刘虞，也是汉家支派，为东海王强后人，强为光武帝子。以孝廉被举，累迁至幽州刺史，恩信及民，内外翕服，后来因事去官；至黄巾作乱，复起为甘陵相，亦善抚绥，进为宗正，奉职无阙。自张纯、张举作乱渔阳，幽州大扰，灵帝已遣骑都尉公孙瓒往讨，复因虞前在幽州，为民所服，乃特命为幽州牧，持节赴镇。汉制设州统郡，州有刺史，位置在郡守上，但比郡国守相，尚差一等；汉成帝时，方改称州牧，位次九卿，权同守相；光武中兴，又规复旧制，仍改州牧为刺史；自经刘焉、刘虞两人任命，于是复有州牧，得操重权，中原分裂，就从此开端了。为群雄割据张本。灵帝迭闻寇警，也不免忧从中来，默思小黄门蹇硕，身材壮健，具有武略，比诸车骑将军赵忠，强弱不同，不如令他专任戎事，保护宫廷。乃将赵忠撤销兵权，特授蹇硕为上军校尉，屯卫西园。蹇硕以下，更设校尉七人。虎贲中郎将袁绍，为中军校尉；屯骑校尉鲍鸿，为下军校尉；议郎曹操，为典军校尉；赵融为助军左校尉；冯芳为助军右校尉；赵、冯并为议郎。谏议大夫夏牟为左校尉；淳于琼为右校尉，琼亦为谏议大夫。俱归蹇硕调度，共称西园八校尉。七人为宦官爪牙，俱不值得。

　　会由术士望气告变，说是京师将有大兵，恐致两宫喋血。灵帝意图厌禳，特征四方兵会集京师，就平乐观作讲武场，观中筑一大坛，上建十二重华盖，高约十丈，坛东北另设小坛，复建九重华盖，高约九丈。四面张着赤帜，分列步骑数万人，结成方阵，借壮外观。灵帝亲擐甲胄，跨马临军，使大将军何进为前驱，秉旄仗钺，直抵坛前，御驾就大坛驻足，自立大华盖下；复用手挥进，令趋就小坛，在小华盖下立着，然后传令各军，操演阵法。军士一齐应令，万马齐奔，东驰西驱，前后继进，形色上似甚整齐。映入灵帝眼中，但觉得五花八门，赏心夺目。你要张幕看戏！大众即演戏一出与你看看。当下想入非非，竟自称一个徽号，叫做无上将军，就令左右书在旗上，作为大纛，向前导引，随即纵辔离坛，跃马四驰，就阵中绕行一周。只听得军吏喧声，齐呼万岁，不由的兴致越高，精神越奋，再兜了两个圈子，方将兵符交付何进。

返驾入宫。讨虏校尉盖勋随着，即回首顾语道："朕今日讲武，规模如此，卿以为善否？"勋应声道："臣闻先王耀德不观兵，今寇贼远距京师，陛下乃在都中列阵，臣恐未足扬威，徒自黩武罢了！"灵帝听着，忽觉感悟道："卿言甚是！朕见卿恨晚，群臣从未有此言呢！"勋拜谢而退，途遇中军校尉袁绍，略述问答情形，且与语道："主上聪明过人，但为左右所蔽，不免荧惑，真是可惜！"绍即前司空袁逢庶子，素好游侠，目睹阉寺擅权，素加愤恨，至是听得勋言，便邀至私宅，谋诛阉党，彼此约定，待机乃发。太尉张温，时已征还，左迁为司隶校尉。温举勋为京兆尹。灵帝方欲使勋内任，随时顾问，不愿相离，偏蹇硕等忌勋正直，劝灵帝依从温言，乃拜勋为京兆尹。勋既被外调，所有机谋，眼见得不能如约了。忽闻凉州贼警，日甚一日，陈仓为贼渠王国所围，危急异常，灵帝复拜皇甫嵩为左将军，并使董卓为前将军，受嵩节制，同救陈仓。嵩与卓合兵二万人，行至中途，屯兵不进，卓请速赴陈仓，嵩独未许，卓愤然道："卓闻智士不后时，勇士不留决；将军受命前来，无非为陈仓起见，速救方可保城，否则必为贼有了！"嵩驳斥道："君言错了！从来百战百胜，不如不战屈人。陈仓虽小，城守完固；王国虽强，未必能攻下坚城。我待贼疲敝，然后出兵往击，贼乃骇溃，这乃所谓不战屈人哩！"卓拗他不过，只得静待。约莫过了八十多日，陈仓尚是守住，王国却解围退去。嵩闻国退去，便下令军中，从速追击。卓又入请道："兵法有言穷寇勿追，今我兵追国，便是与兵法相背了！试想困兽犹斗，况国尚势盛，怎可穷追哩？"嵩复驳说道："我前不速击，是避贼锐气；今欲往追，是乘贼势衰；国众已走，莫有斗志，不得以穷寇相比。君且为后拒，试看我前驱追贼，必能成功，不怕王国不死哩！"**已操胜算。**说罢，即麾军前进，使卓为后应，果然连得胜仗，斩首万余级，国竟殒死。卓自愧无功，遂与皇甫嵩有嫌。越年征卓为少府，令将部曲归嵩管辖。卓诡词乞留，迁延不赴。嵩兄子郦在军中，向嵩进言道："本朝失政，天下倒悬；若欲安危定倾，责在叔父，次为董卓。今叔父与卓有怨，势不两容。卓奉诏委兵，乃上书抗辩，已是逆命，又因京师浊乱，踌躇不进，更是怀奸；且卓凶戾无亲，将士不附，叔父现为元帅，何妨声罪致讨，上显忠义，下除凶害，岂不是桓文盛业么？"嵩叹息道："专命有罪，专诛亦未尝无罪。为今日计，不如据实陈奏，请主上自行裁夺便了！"遂不从郦言，但上了一篇弹文。灵帝颁诏责卓，卓恨嵩益深。嵩原不能讨卓，灵帝也不能制卓，卓坐是专恣，要从此斫丧汉室了！**张温可诛卓**

而不诛，皇甫嵩可讨卓而不讨，虽是两人胆怯，亦关汉朝气数。

唯王国窜死，凉州略平；幽州由两张作乱，尚未平定。自称弥天将军的张纯，曾做过中山守相，失官以后，因凉州叛乱，致书前车骑将军张温，愿督同乌桓突骑，往徇凉州。温置诸不答，纯遂与同郡张举，攻杀校尉太守，霸占一隅。就是张举亦尝任泰山太守，失职生怨，谋为不轨，居然想身登九五，南面称尊。上文用总叙法，略而不详，故此处再用补笔。骑都尉公孙瓒，奉使出征。瓒本前中郎将卢植门徒，见六十二回。由小吏起家，辽西侯太守奇瓒状貌，妻以爱女，瓒从此发迹，随军有年。至是往讨两张，引兵至蓟，适值张纯攻略蓟中，由瓒一马当先，率军直上，奔入贼阵，贼皆披靡，瓒追杀至数十里外，方才安营。纯既败走，复去诱同乌桓部酋邱力居等，再寇渔阳、河间、渤海，进入平原，瓒更引兵往击，至石门山，大破贼虏，纯等远走塞外，连妻子尽行弃去。张举亦立脚不住，随纯同奔。瓒却未肯回马，追贼出塞，向北深入，进至辽西管子城，反为邱力居等所围，相持至二百余日，粮尽食马，马尽食弩楯，险些儿饿死全军。犹幸天降大雪，虏亦饥寒，撤围远去，直奔柳城，瓒乃得驰归。有诏进瓒为降虏校尉，封都亭侯。可巧幽州牧刘虞，亦持节到任，与瓒相见，瓒再拟扫虏，虞独欲招降，探得张纯、张举两人，遁入鲜卑，因遣使至鲜卑中，晓谕利害，劝令送两张首级。鲜卑酋步度根，檀石槐孙。犹豫未决，纯客王政，却将纯刺死，枭首送虞，邱力居素慕虞名，亦遣使请降。公孙瓒独心怀忮忌，阴使人邀截胡使，胡使探悉情由，绕道诣虞。虞乃上书请罢屯兵，但留瓒率万人驻守右北平。瓒始终未惬，遂与虞结下怨仇，连年不解了。与董卓相去不远。灵帝因虞有功，拟加重赏。会值太尉马日磾免官，乃超拜虞为太尉。自从张温降职司隶，后任太尉，两年中改换四五人，如司徒崔烈、大司农曹嵩、永乐少府樊陵，以及射声校尉马日磾，迭升迭降，好似弈棋一般；就是光禄大夫许相，继杨赐为司空，再代崔烈为司徒，也不过历职年余，终致罢免；唯光禄勋丁宫，迁任司空司徒，还算任职较长；司空刘弘，也是由光禄勋超迁，才略都不过平庸。且当群阉擅权时候，三公俱若赘疣，窃位苟禄，备员全身，乃是当日三公的避灾总诀，无庸一一絮述了。语虽简略，意仍周匝。

且说中平六年四月，灵帝有疾，卧床数日，不能视朝，公卿以下，各请册立太子，杳无复音。待至旬余，不闻召入大臣，宣扬末命。只上军校尉蹇硕，却出入寝宫，得与灵帝商决后事。始终信任宦官。正想依旨宣布，不料灵帝病变，仓猝归阴。

硕秘不发丧，矫诏召大将军何进，入受顾命。进接了诏旨，匆匆入宫，甫至宫门，正与硕司马潘隐相遇。隐举手示意，叫他休入。进与隐本系故交，慌忙退归营中，隐亦随至，向进报告道："御驾已崩，蹇硕欲杀将军，迎立皇子协为帝，愿将军另图至计！"进不觉大惊，亟引兵往屯百郡邸，汉时郡国百余，皆置邸，京师总邸，叫作百郡邸。静听后命。俄而何后又派人召进，进详细问明，方敢驰入。究竟宫内有何隐情，由小子直道其详：原来灵帝长子辩，为何后所生，轻佻无仪，灵帝意欲舍嫡立庶，又恐何后与兄，共有违言，所以迟延未发。上军校尉蹇硕，为灵帝所亲信，早已窥透上意，密劝灵帝遣进西征，灵帝当即依议，命进西击韩遂；进亦知灵帝不怀好意，未肯轻出，乃奏遣袁绍募兵徐、兖，俟绍还都，方可西行。蹉跎了一二年，灵帝病竟不起，自知顾命难宣，没奈何与蹇硕密商，叫他拥护次子。硕欲先诛何进，然后立皇次子协，偏又为潘隐所败露，不能逞谋，乃只好听命何后，立皇长子辩为嗣主。进既已问明原委，自然放胆入宫，奉皇子辩即位，尊何后为皇太后。辩年才十四，未能亲政，当由何太后临朝，大赦天下，改元光熹；灵帝尚未发丧，何便要改元？封皇弟协为渤海王，命后将军袁隗为太傅，与何进同录尚书事。进既秉朝政，遂思除去蹇硕，为报怨计，可巧袁绍还京，为进参谋，不但欲将硕加诛，且拟尽诛宦官，扫清宫禁。进因袁氏累世贵宠，引绍为助，且征何颙为北军中侯，荀攸为黄门侍郎，郑泰为尚书，与同心腹，期在必成。蹇硕亦暗地加防，因致中常侍赵忠、宋典等密书，使同党郭胜投递。胜与进同籍南阳，素相关照，竟趋至大将军府，出书示进。进展书一阅，不由的吃了一惊。正是：

　　　　外戚内阉争死命，败家亡国兆凶机。

　　欲知书中所说何事，容至下回叙明。

　　整军经武，本人主之要图，况盗贼四起，寇乱相寻，宁尚可不修武备耶？但如灵帝之所为，则以兵事为儿戏，张威不足，召辱有余。蹇硕一阉竖耳，遽授为上军校尉，袁绍以下，皆归节制，试思天下有义勇之将士，肯听阉人之驱策欤？袁绍辈不足道，智如曹操，乃甘就职，正其所以为奸雄也。若平乐观中之讲武，设坛张盖，夸示威风，灵帝自以为耀武，而盖勋乃以黩武为对，犹非知本之谈。"黩武"二字，唯汉武足以当之，灵帝岂足语此？彼之所信任者，妇寺而已，如皇甫嵩、朱儁诸才，皆不知重用；甚至一病不起，犹视蹇硕为忠贞，托孤寄命。范史谓灵帝负乘，委体宦孽，征亡备兆，小雅尽缺，其亦所谓月旦之定评也乎？

第三十二回

元舅召兵泄谋被害
权阉伏罪奉驾言归

却说何进见了郭胜，就胜手中取书展览，顿致惊惶失色。书中约有数百言，有数语最足惊人，略云：

大将军兄弟秉国专朝，今与天下党人，谋诛先帝左右，扫灭我曹，但知硕典禁兵，故且沉吟。今宜共闭上阁，急捕诛之！

进踌躇多时，方问郭胜道："赵常侍等已知悉否？"胜答说道："彼虽知悉，亦未肯与硕同谋。大将军但嘱黄门令，收诛蹇硕，片语便可成功了。"进依了胜言，即使胜转告黄门令，诱硕入宫，当即捕戮，一面宣示硕罪。所有硕部下屯兵，概不干连，移归大将军节制，屯兵得免牵累，自然愿听约束，各无异言。唯骠骑将军董重，为永乐宫中董太后从子，本与何进权势相当，两不相下；再加皇次子协，寄养永乐宫，颇得董太后宠爱，所以董太后与重密谋，拟劝灵帝立协为储，将来好挟权自固。偏与灵帝说了数次，灵帝始终为难，不便遽决，终致所谋无成；及何后临朝，何进秉国，只恐董氏出来干政，辄加裁抑。董太后很是不平，东宫愤詈道："汝恃乃兄为将军，便敢鸱张怙势，目无他人？我若令骠骑断何进头，势如反掌，看他如何处置呢？"**大言何益？** 语为何太后所闻，即召进入商，叫他除去董氏，免致受害。进即出告三公，及亲弟车骑将军何苗，共奏一本，略言"孝仁皇后常使故中常侍夏恽，永乐太仆封谞等，交通州郡，娄索货赂，珍宝尽入西省，败坏国纪，向例藩后不得留居京师，舆服有章，膳羞有品；今宜仍遵祖制，请永乐后仍还本国，不得逗留"云云。这奏章呈将进去，立由何太后批准，派吏迫董太后出宫。何进且举兵围骠骑府，勒令董重交出印绶；重惶急自杀，董太后亦忽然暴崩。或谓由何进使人下毒，事关秘密，史笔未彰，大约是不得善终，含冤毕命。**一双空手见阎王，何苦生前作恶？** 中外人士，多为董氏呼冤，才不服何进所为了。何太后乃为灵帝发丧，出葬文陵。总计灵帝在位二十一年，寿只三十有四。**补叙灵帝历数，笔不少漏。** 就是董太后遗枢，亦发归河间，与孝仁皇合葬慎陵。渤海王协，却被徙为陈留王。校尉袁绍，复向何进献议道："前窦武欲诛内竖，反为所害，无非因机事不密，坐堕忠谋；当时五营兵士，俱畏服中宫，窦反欲倚以为用，怪不得自取灭亡。今将军兄弟，并领劲兵，部曲将吏，又皆系英俊名士，乐为效命，事在掌握，这真是天赞机缘呢！将军宜为天下除患，垂名后世，幸勿再迟！"进也以为然，遂入白太后，请尽黜宦官，改用士人。何太后沉吟半晌，方答说道："中官统领禁省，乃是汉家故事，何必尽除？且先帝新弃天下，我亦未便与士人共事，得过且过，容作缓图。"**妇人之仁，往往误事。** 进不敢再争，唯唯而出。袁绍迎问道："事果有成否？"进皱眉道："太后不从，如何是好？"绍急说道，"骑虎难下，一或失机，恐将遭反噬了！"进徐答道："我看不如杀一儆百，但将首恶加罪，余何能为？"绍又说道："中官亲近至尊，出纳号令，一动必至百动，岂止杀一二人，便可绝患？况同党为恶，何分首从？必尽诛诸竖，方可无忧！"进本是优柔寡断的人物，终不能决。哪知张让、赵忠等，已微闻消息，忙用金珠玉帛，赂遗进母舞阳君，及进弟何苗，与为结好。天下无难事，总教现银子，当由舞阳君母子，屡至太后宫中，替宦官善言回护，曲为调停，并言大将军专杀左右，权力太横，非少主福。**得了金银，连骨肉都可不顾，阿堵物之害人如是。** 说得太后也为动容，竟与进渐渐疏远，不复亲近。进越觉失势，未敢逞谋；独袁绍在旁着急，又为进画策，请召四方猛将，及各处豪杰，引兵入都，迫令太后除去阉人。**失之毫厘，谬以千里。** 进依了绍计，即欲檄召外兵，主簿陈琳谏阻道："谚云：'掩目捕雀，是讥人自欺！'试想捕一微物，尚且不宜欺掩，况国家大事呢？今将军仗皇威，握兵权，龙骧虎步，高下在心，若欲诛宦官，如鼓洪炉，如燎毛发，容易得很。但当从权立断，便可成功，乃今欲借助外臣，嗾令犯阙，这所谓倒持干戈，授人利柄，非但无功，反且生乱呢！"进置诸不睬，竟令左右缮好文书，遣使四出。典军校尉曹操，闻信窃笑道："自古以来，俱有宦官，但世主不宜假彼权宠，酿成祸乱。若欲治罪，当除元凶，一狱吏便足了事，为何纷纷往召外兵，自贻伊戚？我恐事一宣露，必致失败呢！"见识原高，乃不去进谏，其奸可知。已而前将军董卓，自河东得檄，即嘱来使返报，指日入京。进闻报大喜，侍御史郑泰入谏道："董卓强忍寡义，贪欲无厌，若假以政权，授以兵柄，将来必骄恣不法，上危朝廷；明公望隆勋戚，位据阿衡，欲除去几个权阉，何须倚卓？且事缓变生，殷鉴不远，但教秉意独断，便可有成。"进仍不肯听。泰出语黄门侍郎荀攸道："何公执迷不悟，势难匡辅，我等不如归休了！"攸尚无去意，独泰毅然乞归，退去河南故里，安享天年。所谓见机而作，不俟终日。尚书卢植，亦劝进止卓入都，进愎谏如故，且遣府掾王匡、骑都尉鲍信，还乡募兵，并召东都太守乔瑁，屯兵成皋，武猛都尉丁原，率数千人至河内，纵火孟津，光彻城中。就是董卓也引兵就道，从途中遣使上书，请诛宦官，略云：

中常侍张让等，窃幸承宠，浊乱海内。臣闻扬汤止沸，莫若去薪，溃痈虽痛，胜于养毒，昔赵鞅兴晋阳之甲，以逐君侧之恶，今臣鸣鼓如洛阳，请收让等，以清奸秽，不胜万幸！

何太后得了此书，还是游移观望，不肯诛戮宦官；实是不能。问苗亦为诸宦官袒护，慌忙见进道："前与兄从南阳入都，何等困苦？亏得内官帮助，得邀富贵。国家政治，谈何容易？一或失手，覆水难收，还望兄长三思！现不若与内侍和协，毋轻举事！"进听了弟言，又累得满腹狐疑，忐忑不定。乃使谏议大夫种邵，赍诏止卓，卓已至渑池，抗诏不受，竟向河南进兵。邵晓谕百端，劝他回马，卓疑有他变，令部兵持刃向前，竟欲害邵，邵也无惧色，瞋目四叱，且责卓不宜违诏。卓亦觉理屈，才还驻夕阳亭，遣邵复命。袁绍闻知，惧进变计，因向进胁迫道："交构已成，形势已露，将军还有何疑，不早决计？倘事久变生，恐不免为窦氏了！"进乃令绍为司隶校尉，专命击断，从事中郎王允为河南尹，绍使洛阳武吏，司察宦官；且促董卓等驰驿上书，谓将进兵平乐观中。何太后乃恐慌起来，悉罢中常侍小黄门，使还里舍，唯留进平日私人，居守省中。诸常侍小黄门等，皆诣进谢罪，任凭处置。进与语道："天下汹汹，正为诸君贻忧。今董卓将至，诸君何不早去？"众闻言，默然趋退。绍复劝进从速决议，进又不肯从。一个是多疑少决，逐日迁延；一个是有志求成，欲速不达。两人虽是同谋，不能同意。直至绍再三怂恿，仍激不起懦夫心肠。如何干事。绍竟私行设法，诈托进命，致书州郡，使捕中官亲属，归案定罪。越弄越坏。中官得此消息，遂至惊慌。张让子妇，系何太后女弟，让急不暇择，跑回私第，一见子妇何氏，便匍匐地下，向她叩头，奇极。慌得他子妇连忙跪下，惊问何因。让流涕说道："老臣得罪，当与新妇俱返故乡。唯自念受恩累世，今当远离宫殿，情怀恋恋，愿得再见太后，趋承颜色，然后退就沟壑，死亦瞑目了！"原来为了此事，俗语谓"欲要好，大做小"，想即本此。子妇见让这般情形，自然极力劝慰，情愿出头转圜，让乃起身他去。让子妇匆匆出门，亟往见母亲舞阳君，乞向太后处说情，仍令张让等入侍。太后毕竟女流，难拂母命，不得不任事如故。偏何进为袁绍所逼，入白太后，面请答应下去，于是尽诛中常侍以下。并选三署郎官，监守宦官庐舍。何太后不答一言，进只得退出。有其兄，必有其妹，始终误一疑字。张让、段珪等，见进入宫，早已动疑，潜遣私党蹑踪随入，伏壁听着，具闻何进语言，当即返告让、珪，让、珪遂悄悄定计，又令私党数十人，各怀利刃，分伏嘉德殿门外，且诈传太后诏命，召进议事；进还道太后依议，贸然竟往，甫入殿门，已由张让等待着，指进发言道："天下扰扰，责在将军，怎得尽归罪我侪？从前王美人暴殁，先帝与太后不协，几致废立，我等涕泣解救，各出家财千万为礼，和悦上意始得挽回；事见前文。今将军不忆前情，反欲将我等种类，悉数诛灭，岂非太甚？现在我等也不能再顾将军，赌个死活罢了！"无瑕者，乃可戮人，进亦太不自思。进无言可对，瞿然惊起，离座欲出，让哪里还肯放过？招呼伏甲，汹汹直上，尚方监渠穆，拔刀争先，奋力砍进，进手无寸铁，如何招架？竟被渠穆砍倒地上，再是一刀，枭落首级。自寻死路，怎得不死？段珪就擅写诏敕，命故太尉樊陵为司隶校尉，少府许相为河南尹，罢去袁绍、王允两人。这伪诏颁示尚书，各尚书不免生疑。卢植与进有旧，更为惊愕，急至宫门外探信，且请大将军出宫共议，不料宫内有人大呼道："何进谋反，已经伏诛！"声才传出，即掷出一个鲜血淋淋的头颅。植慌忙审视，正是进首，当即俯首拾起，驰入大将军营中，取示将

何国舅谋诛宦竖

士，将吏吴匡、张璋，且悲且愤，挥兵直指南宫；就是袁绍亦已闻变，立遣从弟虎贲中郎将袁术，往助吴匡、张璋。宫门尽闭，由中黄门持械守阁，严拒外兵。袁术等在外叫骂，迫令宫中交出张让等人，好多时不见影响，天已垂暮，索性在青琐门外，放起火来，火势猛烈，照彻宫中。张让等也觉惊心，入白太后，只言大将军部兵叛乱，焚烧宫门。太后尚未知进死，惊惶失措，当被让等掖住太后，并劫少帝陈留王，及宫省侍臣，从复道往走北宫。

尚书卢植，早已料到此着，擐甲执戈，在阁道窗下守候，遥见段珪等拥逼太后，首先入阁，便厉声呼道："珪等逆贼，既害死大将军，还敢劫住太后么？"珪乃将太后放松，太后急不择路，就从窗外跳出，植急忙救护，幸得免伤。始终难免一死，何如死在此时？是时袁术、吴匡、张璋等，已攻入南宫，搜诛阉竖，止得小太监数名，杀死了事，独未见常侍黄门等人。适值袁绍趋至，术等具述情形，绍即与语道："逆阉虽众，今日已无生路，逃将何往？唯樊陵、许相两人，甘为逆党，不可不除！"说着，即矫诏召入樊陵、许相，一并处斩。可巧车骑将军何苗，也闻警驰来，绍即与潜赴北宫，行抵朱雀阙下，兜头碰见中常侍赵忠，立由绍麾众拿下。忠自北宫前来探视，冤冤相凑，被绍拘住，自然叱令枭首。忠见何苗在旁，还想求救，凄声呼语道："车骑忍见死不救么？"苗虽未答说，却已侧目向绍，似有欲言不言的苦衷，无非为他平日馈遗。待至忠首砍落，更不禁露出惨容。吴匡等素怨何苗不与乃兄同心，且见他形色惨沮，越觉可疑，遂传语部兵道："车骑与杀大将军，吏士能为大将军报仇否？"道言未绝，众皆应命，当即把苗抓去，砍作两段，弃尸苑中。兄弟同死，可谓两难？绍尚想拦阻，已是不及，乃引众突入北宫，关住大门，分头搜寻阉党，见一个，杀一个，见十个，杀十个，无论老少长幼，但看他颏下无须，尽行杀毙，接连杀至三千余人；有几个本非宦官，只因年轻须少，也被误杀，同做刀下鬼奴。想是与阉党同命，应该同日致死。只张让、段珪诸权阉，尚未伏诛，料他伏处内宫，守住太后、少帝、陈留王，于是引兵再进，深入搜查。唯何太后孑身留着，余皆不见，至问及太后，太后亦不甚明悉，但言："尚书卢植，救我至此，卢尚书向我说明，皇帝兄弟，被张让等劫出宫外，不知何往，现卢尚书已保驾去了。"绍乃仍请何太后摄政，并派官吏往追少帝陈留王。究竟少帝、陈留王两人，被张让等劫往何方？原来张让、段珪，因外兵已入北宫，势难再留，乃与残兵数人，劫迫少帝兄弟，步出北门，夜走小平津。公卿无一相从，连传国玺都不及携取。到了夜半，才由尚书卢植，及河南中部掾闵贡，相继赶来。贡手下带得步卒数人，既谒过少帝兄弟，便叱责张让、段珪道："乱臣贼子，尚想逃生，我今日却不便饶汝了！"说着，即拔剑出鞘，信手乱挥，劈倒了几个阉奴；独张让、段珪，陪立少帝左右，急切无从下手，因用剑锋指示，勒令自杀；让与珪无力抗拒，没奈何向帝下跪，叩首泣辞道："臣等死了，愿陛下自爱！"语罢起身，见前面便是津涯，因急走数步，一跃入水，随波漂去。这真叫做浊流了。

贡见让、珪等皆死，乃与卢植扶住少帝兄弟，觅路趋归。少帝与陈留王向在宫中抚养，年龄尚稚，从未走过夜路，并且满地荆棘，七高八低，天色又黑暗得很，虽是有人扶着，尚觉得步步为难；幸有流萤三五成群，透出微光，飞到身旁好似前来导引，因此尚见路影，踯躅南行。约走数里，路旁始有民家，门外置有板车，下有轮轴，闵贡瞧着，便令随卒取车过来，也无暇敲门问主，就请少帝兄弟，并坐车上，由步卒在后推轮，慢慢儿行到洛驿，听得驿中柝声，已转五更，天空中雾露迷蒙，少帝等又皆困倦，料难再行，才就驿舍中留宿。俄顷便已天明，卢植先起，面白少帝，愿赴召公卿，来此迎驾，少帝当然依议，植即辞去。闵贡以驿舍不便久留，也即动身，驿舍中只有两马，一马请少帝独坐，贡与陈留王共坐一马，出舍南驰；方有朝中公卿，陆续趋到，扈驾同趋。经过北邙山下，忽见旌旗蔽日，尘土冲天，有一大队人马到来，截住途中，百官统皆失色，少帝辩更觉惊慌，吓得涕泪交流，不知所措。惊弓之鸟。嗣见旌旗开处，突出一员大将，眉粗眼大，腰壮体肥，穿着满身甲胄，径至驾前，群臣惊顾，并非别人，乃是前将军董卓，稍稍放心。慢着。卓本在夕阳亭候命，经袁绍伪书敦促，因引兵再进，至显阳苑，望见都中火起，料有急变，便夤夜趱程，驰抵都城西偏，天已破晓，探悉公卿前去迎驾，因亦移兵北向，往迓少帝。可巧在北邙山前相遇，就跃马进谒。陈留王见帝有惧色，传诏止卓，当由侍臣向前，高声语卓道："有诏止兵！"卓张目道："诸公为国大臣，不能匡正王室，至使乘舆摇荡，卓前来迎驾，并非造反，为什么反要禁阻呢？"侍臣无语可驳，乃引卓谒帝。帝惊魂未定，好似口吃一般，不能详言，还是陈留王从容代达，抚慰以外，并略述祸乱原因，自始至终，无一失言。小时了了，大未必佳。卓暗暗称奇，隐思废立，面上尚不露声色，即请御驾还宫。先是京师有童谣云："侯非侯，王非王，千乘万骑上北邙。"至是果验。及少帝还宫后，即日颁诏，大赦天下，改光熹年号为昭宁，只传国玺已经失去，查无下落。汉已垂危，还要什么传国玺？

骑都尉鲍信，前奉何进差遣，从泰山募兵还都。既见时局大变，就往白袁绍道："董卓拥兵入都，必有异志，今不早图，必为所制，可乘他新至疲劳，乘隙捕诛，除去此獠，国家方有宁日呢！"绍惮卓多兵，且因国家新定，未敢遽发，免不得语下沉吟，信长叹数声，拱手告退，仍引还所招新兵，弃官归里。小子有诗咏鲍信道：

> 良谋不用便还乡，智士见机幸免殃。
> 若使后来常匿采，沙场未必致身亡。鲍信战死兖州，事见后文。

袁绍不敢诛卓，卓遂肆行无忌，欲逞异图。究竟卓如何横行，待至下回再表。

何进之谋诛宦官，反为所害，其事与窦武相同，而情迹少异。武之失，在于轻视宦官；进之失，则又在重视宦官。轻视宦官，故有临事出阁之疏，为人所制而不之觉；重视宦官，故有驰檄召兵之误，被人暗算而不之防，要之皆才略不足，优柔寡断之所致耳。且与武同谋者为陈蕃，蕃以文臣而致败，败在迂拘；与进同谋者为袁绍，绍以武臣而致败，败在粗豪。然蕃死而绍不死，卒得歼灭阉竖二千人，此由若辈恶贯已盈，必尽歼乃可以彰天罚，天始假手绍等，使之屠戮，非真视蕃为少优也。况引狼入室，绍实主谋，鲍信进诛卓之方，犹不失为中计，而绍又不能信从。绍非特害进，并且覆汉，其罪亦弥甚矣！若太后、少帝及陈留王，被劫宦官，几濒于死，妇人小子，知识愚蒙，任人播弄，尚不足怪焉。

第三十三回

逞奸谋擅权易主
讨逆贼歃血同盟

　　却说董卓引兵入都，步骑不过三千人，自恐兵少势孤，不足服众，遂想出一法，往往当夜静时，发兵潜出，待至诘旦，复大张旗鼓，趋入营中，伪言西兵复至。都中人士，竟被瞒过，还道日夜增兵，不知多少。既而何进兄弟所领部曲，均为卓所招徕，卓势益盛。武猛都尉丁原，表字建阳，有勇善射，何进曾令他屯兵河内，威吓宫廷；见前回。及众阉伏诛，少帝还驾，乃征原为执金吾。原麾下有一主簿，少年英武，力敌万人，姓吕名布，字奉先，籍隶九原，为原所爱，待遇极优。卓欲笼络吕布，特遣心腹吏李肃，与布结交，赠他名马一匹，叫作赤兔，浑身如火，每日能行千里，此外尚有许多珍宝，作为送礼，引得布心花怒开，非常感激。肃却说出一种交换条件，叫他刺杀丁原，转投董卓。可恶。布竟为财物所卖，不管什么主仆情义，觑个空隙，将原刺死，携首送入卓营。卓盛筵相待，备极殷勤，面许布为骑都尉，布大喜过望，屈膝下拜，愿认卓为义父。主仆不可恃，父子果可恃么？卓复取出金帛若干，令布招诱丁原旧部，尽归麾下，因此卓声焰益横。会天雨不止，卓讽有司上奏，劾免司空刘弘，即由自己代任；又闻得蔡邕才名，征令入都。邕为中常侍程璜所谮，流戍朔方，见五十八回。嗣遇赦得还，尚恐不免，亡命江湖十二年，取柯亭竹为笛，得焦尾桐为琴，徜徉山水，倒也放浪自由。偏董卓派吏征召，与邕相遇，迫令就道，邕称疾不赴。卓得吏返报，不禁大怒道："我力能诛人家族，蔡邕敢违我命，是自寻灭门大祸，休想再逃！"说着，又檄令州郡召邕，即日诣府，否则逮狱问罪。邕不得已入都见卓，卓使为祭酒，敬礼有加，阅日迁官侍御史，又阅日转补侍书御史，又阅日擢拜尚书，三日间周历三台，荣宠的了不得。旋由诏出邕为巴郡太守，复由卓留为侍中。卓已得握大权，遂有心废立，自思袁氏四世三公，可倚为党援，压服人心，因擢举前司徒袁隗为太傅，且召司隶校尉袁绍，婉颜与语道："今上冲暗，不合为万乘主，每念灵帝昏庸，令人愤唈。今陈留王年虽较稚，智却过兄，我意欲立他为帝，卿意以为何如？"绍直答道："汉家君临天下，垂四百年，恩泽深厚，兆民仰戴。今上尚值冲年，未有大过宣闻天下，公欲废嫡立庶，恐众心未服，还请三思！"卓勃然道："天下事操诸我手，我欲废立，谁敢不从？"绍又答道："朝廷岂无公卿？公亦不宜专断，且绍亦须禀明太傅，方可报命。"卓闻言愈怒，拔剑置案道："竖子敢尔！岂谓董卓刃不利么？"全无大臣体态。绍亦奋然道："天下健夫，岂独董公？"一面说，一面也横引佩刀，作揖而出，匆匆趋至上东门，解去印绶，悬诸门首，当即跨马加鞭，自奔冀州去了。引狼入室，不为狼吞，还是幸事。卓尚不肯罢议，遂召集百僚，会议大事，公卿以下，不敢不至。卓首先开口道："皇帝暗弱，不足奉宗庙，安社稷，今欲仿伊尹、霍光故事，改立陈留王，可好么？"大众听了，彼此相觑，莫敢发言。卓又继说道："我闻霍光定策，延年按剑，如有人敢阻大议，应该军法从事！"忽有一人出答道："昔太甲既立不明，伊尹乃放诸桐宫，昌邑王嗣位仅二十七日，罪过千余，故霍光将他废去，改立宣帝。今皇上春秋方富，行未有失，怎得以前事相比呢？"卓不禁大愤，怒目瞋视，乃是尚书卢植，当即拔剑起立，恶狠狠的向植扑去，植离席趋避，百官皆散。卓尚未肯干休，追植出来，旁边走过侍中蔡邕，将卓拦住，劝他息怒。议郎彭伯，亦趋前谏卓道："卢尚书海内大儒，有关人望，若先加害，反使天下不安！"卓乃止步不追，唯怒尚未解，趋入朝堂，迫令他尚书草诏，罢免植官。植匆匆出都，恐卓遣人行刺，绕道还乡。果然卓派吏往追，长途未见植踪，方才退归。卓复将废立草议使人持示太傅袁隗，隗不敢反抗，报称如议。九月甲戌日，卓至崇德前殿，会同太傅袁隗等，胁何太后策废少帝，说是皇帝在丧不哀，无人子礼，不宜为君，应该废立，当由太傅袁隗，扶出少帝，解去玺绶，使就北面。何太后为威所迫，未敢发言，只有珠泪两行，滔滔不绝。妇人只此伎俩。哪知董卓厉害得很，不但废去少帝，还要幽禁太后，因复当众宣议道："太后尝逼死永乐太后，背妇姑礼，无孝顺心；古时伊尹放太甲，霍光废昌邑王，著在典册，后世称扬，今太后宜如太甲，皇帝宜如昌邑，方可上追成宪，下慰舆情！"百官闻言，虽然意中反对，但畏卓凶横，只好唯唯从命。卓即令尚书缮好册文，在朝宣读道：董卓敢颁册文，莫非汉祖宗不成？

孝灵皇帝，不究高宗眉寿之祚，早弃臣子，皇帝承绍，海内侧望。而帝天姿轻佻，威仪不恪，在丧慢惰，緤如故焉，凶德既彰，淫秽发闻，损辱神器，忝污宗庙。皇太后教无母仪，统政荒乱，永乐太后暴崩，众论惑焉，三纲之大，天地之纪，而乃有阙，罪之大者。陈留王协，圣德伟茂，规矩邈然，丰下兑上，有尧图之表；居丧哀戚，言不及邪，岐嶷之性，有周成之懿。休声美称，天下所闻，宜承洪业，为万世统，可以承宗庙，兹废皇帝为弘农王，皇太后还政，徙居永安宫。谨奉陈留王为皇帝，应天顺人，以慰臣民之望。

尚书读毕，即由卓率领百僚，拥出陈留王协，奉上皇帝玺绶，掖登御座，南面受朝；就是废帝辩，亦使列朝班，以兄拜弟。陈留王协年才九岁，睹此情形，很觉不安，但已为董卓所制，不得不权示镇定，拱手受成，史家称为献帝，就是汉家的末代主儿。当下颁诏大赦，改昭宁元年为永汉元年。少帝于四月嗣位，九月被废，相距仅五月间，改元两次。至献帝既立，又复改元，一岁中有四个年号，也是奇闻。朝贺既毕，献帝还宫，卓即勒令弘农王辩，带同宫妃唐姬，出居外邸；一面迫何太后迁居永安宫。何太后只得迁移，但满腔悲愤，无处发泄，免不得带哭带骂，口口声声，咒诅董卓老贼。亲手铸成大错，骂卓何益？徒自速死。当有人报知董卓，卓派吏赍着鸩酒，至永安宫中，胁令何太后饮下。何太后求生不得，一吸立尽，毒发而亡。你要害死王美人、董太后，自然有此惨报。计自献帝登基，相距不过三日，卓令献帝至奉常亭举哀，公卿但白衣会葬，不成丧礼；唯与灵帝尚得合墓，追谥为灵思皇后。董卓且因永乐太后，与己同姓，力为报怨，既将何太后鸩死，复查得何苗遗骸，已经有人棺殓，索性再令剖发，把尸支解，抛掷道旁；又拘苗母舞阳君，一并处死，裸弃枳棘中，不准收葬。《后汉书·何皇后纪》，舞阳君为乱兵所杀，唯《三国志》及《纪事本末》皆云由卓杀死，今从之。卓自为太尉，奉老母为池阳君，令太尉刘虞为大司马，大中大夫杨彪为司空，进豫州刺史黄琬为司徒。凡公卿以下，至黄门侍郎子弟，各得选一人为郎，服役省禁，补前时宦官遗缺。至若承宣帝命，伺候皇后，专委侍中给事黄门侍郎，分充职使，共计得一十二人。又追理陈蕃、窦武，及诸党人宿冤，悉复爵位，遣使吊祭，擢用子孙。所有宦官家产，一体抄没，纤毫不遗。卓复自封郿侯，加斧钺虎贲；未几又晋位相国，入朝不趋，赞拜不名，剑履上殿。使司徒黄琬为太尉，司空杨彪为司徒，光禄勋荀爽为司空。爽为前当涂长荀淑子，幼年好学，十二岁能通《春秋》《论语》；至桓帝时，入拜郎中，陈言不用，弃官自去；嗣因钩党狱兴，遁居海上十余年。董卓入朝废立，虽然凶暴，尚欲牢笼物望，要结人心。尚书周毖，城门校尉伍琼，因劝卓力矫前弊，征用天下名士；卓乃命召荀爽及陈纪、即陈寔子。韩融、系前嬴县长韩韶子。郑玄、申屠蟠，蟠与玄谢病不至。爽为吏所迫，受命为平原相，行至宛陵，复调回都中，迁官光禄勋，视事只阅三日，即超拜司空。陈纪、韩融，皆不得已就征，纪为侍中，融为大鸿胪。卓又举尚书韩馥为冀州牧，侍中刘岱为兖州刺史，孔伷为豫州刺史，张邈为陈留太守，张咨为南阳太守，数人皆非卓亲旧，得邀简放，总算是推贤进士，冀博美名。唯回忆袁绍抗命，尚有余恨，特悬赏购拿，严令迭下；周毖、伍琼，却与绍为故交，乘间说卓道："废立大事，原非常人所能为；袁绍不达大体，因惧出奔，并无他志。今若购拿过急，反至激成变乱，袁氏树恩四世，门生故吏，充满天下，万一与公相拒，收豪杰，聚徒众，独霸一方，恐山东非公所有了，不如从宽赦宥，拜为郡守，绍喜得免罪，必且感公，何至再生他变呢？"卓乃拜绍为渤海太守，封邟乡侯，又使袁术为后将军，曹操为骁骑校尉。术终恐罹祸，奔往南阳；操亦不愿事卓，出都东归。罗氏《演义》中有曹操献刀事，史传不载，恐系附会。行至成皋，过故人吕伯奢家，适伯奢外出，家中留有五子，与操素相认识，当然接待，留操食宿。操本是个多心人，夜卧床中，不遑安枕，忽闻宅后有磨刀声，不禁跃起，侧耳细听，又模模糊糊的有"快杀"两字，更觉动疑，暗想：我背卓潜逃，莫非卓已派人到此，叫他杀我？不如速走为是。当下启扉欲行，偏被吕子闻知，出来挽留，形色似觉慌张，益足令人生怖，于是不问虚实，竟拔出佩刀，劈死吕子；转思一不做，二不休，索性闯入后宅，杀个净尽，吕家未曾防着，见操持刀进来，不及逃避，被操一阵乱斫，除伯奢五子外，又杀死妇女三人；搜至厨下，却见一猪被缚，尚未宰割，才知自己错疑，误杀好人，不由的凄然泪下，嗣又转念道："宁我负人，毋人负我！"操之奸由此二语。遂掉头不顾，賨夜出奔。道出中牟，正遇亭长巡逻见操夜行带刀，疑为匪类，把他拦住；问讯姓氏，操不肯自说姓名，语多支吾，亭长疑上加疑，便将操执送县中。县廨有一功曹，曾与操见过一面，知为乱世英雄，因向县令前代为缓颊，始得释放。罗氏《演义》指县令为陈宫，史无实据，故亦从略。操侥幸脱身，匆匆东去。卓因操不别而行，也曾行文缉拿，但自恃威权，以为无人敢抗，就使操等不服，潜踪自去，也是无关轻重，不足为忧，所以拿获与否，未尝严究。且因得志以后，恋及财色，尝纵兵搜索豪富，见财便取，见色便房，号为搜牢。洛中贵戚甚多，往往积有资财，拥娇妻，蓄美妾，坐享荣华，一经搜牢令下，都害得倾家荡产，连床头的美人儿，也被掠入相国府中，不知生死。董卓在府中坐待，每遇兵士抢掠回来，必亲自查验，最贵的珍宝，输入内藏，最好的妇女，充入下陈；余皆散给将士，令得分尝一脔。也算是与众同乐。卓尚嫌不足，又从宫中取出采女，无论已幸未幸，但教姿色可人，便即牵归；甚至娇娇滴滴的公主，亦被他掠回，每日逼令侍寝，轮流取乐。可怜这妙年女郎，含苞未吐，枉遭那硕大无朋的淫贼，恣情蹂躏，求生不得，求死不能，岂不是无辜招殃么？总是怕死之故。

　　转瞬间已是年暮，有诏除光熹、昭宁、永汉三个年号，仍称中平六年。越年元旦，乃改号初平，百官俱先至相国府贺谒，然后由董卓带领入宫，朝见献帝。及退班散去，卓回至府中，召集一班粉面油头，通宵筵宴，醉赏升平。约莫过了旬余，又要安排元宵灯席，大庆团圆。忽由外面递入警报，乃是关东牧守，合兵声讨，公然要他身家性命，取谢国人。卓也不禁着忙，再令干吏往探消息，原来事起东郡，由太守桥瑁发生。瑁为故太尉桥玄族子，曾为兖州刺史，颇著循声。及调任东郡太守，正值董卓废立，逆恶昭彰，海内豪雄，多欲起兵讨卓，只因先发无人，未敢轻举。瑁有志讨逆，亦恐势孤力弱，不足济事，乃诈作三公密敕，移书州郡，陈卓罪恶，征兵赴难。时冀州牧韩馥，由卓推举，到任数月，探得渤海太守袁绍，日夕募兵，有图卓意，自思渤海隶属冀州，正好遣吏监束，使绍不得妄动，方得报卓知遇。主见已定，偏接到桥瑁移文，展阅一周，又累得满腹狐疑，乃召问诸从事道："今果当助董氏呢？还是助袁氏呢？"语尚未毕，即有治中从事刘子惠，挺身出答道："起兵为国，何论袁、董？"两言可决。馥被他提醒，面有惭色，乃致书与绍，听令起兵。绍得韩馥赞成，越加胆壮，遂派使四出，约同举义。东郡太守桥瑁，与冀州牧韩馥，当然如约。绍从弟后将军袁术，山阳太守袁遗，也即响应；还有豫州刺史孔伷，兖州刺史刘岱，陈留太守张邈，广陵太守张超，河内太守王匡，均复书答绍，同时并举。前典军校尉曹操，逃归陈留，散家财，募义徒，为讨卓计，又得孝廉卫兹，出资帮助，集成了五千人，一闻袁绍起事，即率兵往会。就是前骑都尉鲍信，引兵返里，并未遣散，反多招了万余名，合得步兵二万，骑兵七百，辎重五千余乘，与弟鲍韬督练成军，援应各州郡义师。袁绍引军至河内，与王匡合兵；韩馥留驻邺城，督运军粮；袁术屯鲁阳，余军屯集酸枣，设坛祭天，歃血为盟。各牧守互相推让，莫敢先登，突有广陵郡功曹臧洪撩衣登坛，操盘歃血，当即向众宣言道：

汉室不幸，皇纲失统。贼臣董卓，乘衅纵害，祸加至尊，虐流百姓，大惧沦丧社稷，翦复四海。今由渤海太守袁绍等，纠合义兵，并赴国难，凡我同盟，齐心戮力，以致臣节。陨首丧元，必无二志。有渝此盟，俾坠其命，无克遗育，皇天后土，祖宗明灵，实共鉴之！

洪字子原，系广陵人，为故匈奴中郎将臧旻子，前曾举孝廉为郎，因乱弃官，还隐家中。太守张超，延为功曹，起兵向义，实由洪怂恿出来。洪身长八尺，状貌魁梧，声如闳钟，当登坛宣众时，说得慷慨激昂，声泪俱下，大众听了，无不动容。歃血既毕，遂由各牧守推选盟主，群言袁绍四世三公，应为领袖；绍辞让至再，经大众合词要求，然后应允。徒以门生推举，未免失真。绍自号车骑将军，领司隶校尉，使曹操行奋武将军，一面传檄天下，历数董卓罪恶，杀有余辜。于是长沙太守孙坚，承檄起兵，袭杀荆州刺史王睿，直指南阳；前西园假司马张杨，回籍募兵，道经上党，接得绍檄，也即在上党发难，纠合义徒数千人，进趋河内。共计讨卓人马，先后得十有四路，陆续会集，伐鼓渊渊，振旅阗阗，也好算得一场豪举了。反衬下文。小子有诗叹道：

仗义联盟德不孤，为王讨逆效前驱；
当年若果同心力，元恶何忧不立诛？

　　既而檄文传入京师，连董卓亦得瞧着，卓又惊又愤，复想出一条逆谋，嘱使郎中令李儒照行。欲知他如何行逆，下回再当说明。

　　少帝之废，谁致之？何太后致之也！何太后以屠家女，得为国母可称万幸，假令知足不辱，谦尊而光，则衅隙无自而生，祸难即可不作，何至母子兄弟，同归于尽，而国祚且为之阴移欤？夫唯其鸩死王美人，逼死董太后，念念为嗣子计，又念念为母族计，而后苍苍者乃嫉恶之。千里草，何青青？正天之巧为驱集，所以死悖后而彰恶报也。董卓为汉末乱贼，人人得而诛之；关东各路之兴师，名正言顺，谁曰不宜？独惜各牧守有讨贼之举，而无讨贼之才；且推袁绍为牛耳长，使主齐盟，绍固一引卓祸汉者，奈之何以门望相推也？当时之智勇较优，厥唯曹操、孙坚二人，然观于后来，皆非汉家柱石，韩馥以下无讥焉。罗氏《演义》，乃更以孔融、陶谦、马腾、公孙瓒羼入之，四子并未讨卓，安能与列？虽曰小说，亦不应穿凿失真，一至于此也。

第三十四回

议迁都董卓营私
遇强敌曹操中箭

　　却说郎中令李儒，受了董卓的密嘱，依言行事。看官道是何谋？原来卓因关东兵起，檄文指斥罪恶，第一件便是废去少帝。暗思少帝虽已废为弘农王，但尚留居京邸，终为后患，不如斩草除根，杀死了他，免得他虑，乃嘱李儒往鸩弘农王。儒即携鸩酒至弘农王邸中，托词上寿，举酒献王道："请饮此酒，可以辟邪！"弘农王摇手道："我无疾，何须饮此酒？想是汝来毒我呢！"儒逼令取饮，弘农王皱眉不答，儒竟张目道："董相国有令，怎得不从？就使不饮此酒，难道还想延年么？"为虎作伥，可恨可杀。时王妃唐姬在侧，情愿代饮，儒又叱道："相国并不令汝死，怎得相代？"弘农王自知难免，遂与唐姬永诀，涕泣作歌道：

　　天道易兮我何艰？弃万乘兮退守藩！逆臣见迫兮命难延，逝将去汝兮适幽玄！

　　歌罢，且令唐姬起舞。唐姬且舞且泣，且泣且歌道：

　　皇天崩兮后土颓，身为帝兮命天摧；死生路异兮从此乖，奈我茕独兮心中哀！

弘农王闻歌悲咽，相向失声。李儒在旁催逼道："相国立等回报，岂一哭便能了事么？"弘农王乃取过鸩酒顾语唐姬道："卿为王妃，不能再为吏民妻，幸此后自爱！"唐姬泣不能仰，弘农王已将鸩酒饮下，须臾毒发，晕死地上，年只一十五岁。或云十八岁。李儒见王已死，当即返报董卓。唐姬抚尸枕股，大哭一场。待至棺殓粗毕，复有吏人前来，迫姬出邸，姬对柩拜别，归赴颍川母家。父瑁曾为会稽太守，见女青年守孀，意欲改嫁，姬矢志靡他，因听令居住，后文慢表。

且说董卓既鸩死弘农王，乃召百僚会议，欲大发兵马，出击关东各路义师。突有一人插嘴道："为政在德不在众！"卓才听得一语，便怒目注视，见是尚书郑泰，便叱问道："如卿所言，兵果无用么？"泰答说道："泰非谓兵可勿用，但以为山东诸牧守，虽然发难，不必烦劳大兵。试想光武以来，中国无警，百姓安逸，忘战日久。仲尼有言：'不教民战，是谓弃之。'今山东州郡连结，看似强盛，实皆乌合，不能为害，这是第一件不烦大兵。明公起自西州，出为国将，练习兵事，屡践战场，名振当世，人怀慑服，这是第二件不烦大兵；袁本初绍字本初。系公卿子弟，生长京师，张孟卓邈字孟卓。乃东平长者，坐不窥堂，孔公绪徒清谈高论，吹枯嘘生，并无什么韬略，足为公敌，这是第三件不烦大兵。山东将士，素少精悍，勇不若孟贲，捷不若庆忌，但教偏师一出，即可成功，这是第四件不烦大兵。就使果有健将，也是尊卑无序，王命不加，徒然恃众怙力，星分棋峙，胜不相让，败不相救，怎肯同心共胆，持久不敝？这是第五件不烦大兵。泰虽诡词对卓，但此条实为泰所料，不幸多言而中。关西诸军，夙习兵事，近来又屡与羌斗，妇女尚能戴戟操矛，张弓发矢，况为勇夫壮士，使当关东散卒，定可全胜，这是第六件不烦大兵。现在天下所畏，无过并、凉人及羌胡义从，公得收作爪牙，遣使拒敌，譬如驱虎赴羊，一可当百，何庸多兵自扰？这是第七件不烦大兵。且明公将吏，统是干城腹心，周旋日久，恩信相结，忠诚可任，智谋可恃，少许足胜人多许，这是第八件不烦大兵。泰闻战有三亡，以乱攻理者亡，以邪攻正者亡，以逆攻顺者亡，今明公秉国平正，讨灭阉竖，忠义卓著，有此三德，待彼三亡，奉辞伐罪，何人敢当？这是第九件不烦大兵。东州郑玄，学赅古今，北海邴原，清高直亮，众望所归，足为儒生矜式。彼诸将若就询计划，非不可虑，但燕赵六国，终为秦灭，吴楚七国，卒败荥阳，成败利害，凭诸理势，如郑玄、邴原诸人，怎肯赞成逆谋，造乱长寇？这是第十件不烦大兵。明公若因刍议所陈，稍有可采，正不必四出征发，惊动天下；否则弃德恃众，反损威望，非徒无益，反且有害呢！"这一番话，说得董卓呵呵大笑，满口夸奖道："公业泰字公业。真不愧智士呢！"遂面授泰为将军，使统诸军，出击关东。泰也觉暗喜，拜谢而出。

看官阅过前文，应知郑泰已经归里，为何又出任尚书？回应六十五回。原来董卓搜罗名士，征泰入朝，泰不得已，应召而至，受职尚书。他见卓凶横不道，也想设法除奸，一时无从下手。巧遇关东兵起，乐得乘间进言，好教卓倚作股肱，可以联络外人，暗中摆布。及卓使为将军，正中心坎，当即部署兵马，即拟起行。谁知有人窥透泰意，向卓效忠道："郑公业智略过人，尝思结谋外寇，今反资以兵甲，令就党与，窃为明公担忧呢！"卓乃止泰出兵，留为议郎，嗣是格外加防，特擢义子吕布为中郎将，侍卫左右，行止不离。难道就靠得住么？侍御史扰龙宗，诣卓白事，未解佩剑，即由卓叱他无礼，呼布击死。越骑校尉伍孚，代为不平，尝在朝服内，披着小铠，怀着利刃，意欲伺便刺卓。一日入阁启事，交代明白，便即辞出。卓因孚素有重望，特别敬礼，起送数步，孚见卓亲身相送，还道命该断绝，就故意回头拦阻，乘隙取出藏刀，向卓砍去。卓眼明手快，立即侧身闪过，再仗着两臂气力，牵住孚腕，不使再动。那吕布早已瞧着，抢前救卓，将孚揪倒地上。卓怒问道："谁教汝反？"孚亦回詈道："汝非我君，我非汝臣，有什么反不反呢？汝乱国弑主，罪大恶极，天下孰不想食汝肉，寝汝皮！今日是我死日，故来诛汝。可惜可恨，不能磔汝市朝，以谢天下！"卓闻言益怒，立命将孚牵出，置诸极刑。或说即伍琼，但史称琼与周毖同死，当是两人。孚既杀死，警报日急，不但关东军事，日有所闻，还有白波贼帅郭太，连年骚扰，聚众至十余万，寇太原，破河东，气焰甚盛。白波贼见六十四回。卓亟遣女夫中郎将牛辅往讨白波贼，另派中郎将徐荣等，带领重兵，出屯近畿，阻遏关东各路人马。会都中有童谣云："西头一个汉，东头一个汉，鹿走入长安，方可无斯难。"卓偶有所闻，证诸图谶，亦是汉运将终，因即思迁都长安，借避兵锋。当下与公卿商议，公卿等皆不欲西迁，只是惮卓凶威，未敢反抗，大都默默无言。时车骑将军朱儁，方为河南尹，卓因儁多年宿将，外示亲昵，阴实嫉忌，恐他交通关东，乃表迁儁为太仆，使副相国，即日派出朝使，赍诏召儁。儁辞不肯受，且语朝使道："国家西迁，必辜民望，且反足示弱，使关东益张声势，殊属非宜。"朝使诘问道："召君受拜，君乃谢绝，不问迁都事宜，君偏龈龈有词，这是何故？"儁答说道："臣本不才，怎堪为相国副手？若迁都计议，须公诸舆论，何妨直言？”朝使又问道：“迁都尚未决定，事不外闻，君果从何处得来？”傕微笑道：“董相国已商诸公卿，且与臣亦曾说过，所以得闻。”朝使不能再诘，乃返报董卓，取消太仆成命。卓复大集百僚，再议迁都事宜，太尉黄琬，司徒杨彪，司空荀爽等，并皆列席，卓先倡议道：“昔高祖都关中，计十有一世，及光武帝都洛阳，至今也十有一世；我看天运循环，应仍还都长安，方为适宜。”大众仍面面相觑，莫敢发言。唯司徒杨彪起语道：“移都改制，事关重大，即如盘庚迁亳，实避河患，殷民尚且胥怨，必待再三晓谕，始无异辞；今无故迁都，必致百姓惊动，糜沸蚁聚，反且增忧，不如仍旧为是！”卓驳说道：“石苞室谶，曾云汉终十一帝，若非速迁，难道就此罢休么？”彪复说道：“石苞谶语，多属邪言，不可凭信，况关中经王莽祸乱，未曾修复，所以光武帝改都洛邑，今历年已久，百姓安乐，何必迁乔入谷，自蹈危机？”卓作色道：“关中物产丰饶，形势利便，故秦得并吞六国；若因宫阙残破，陇右材木甚多，运输最便，杜陵南山下，有瓦窑数千处，并工营造，指日可成，百姓何足与议？尽管西迁便了！”彪又说道：“关东方起乱兵，若闻我迁都，必更西进，不可不防！”卓狞笑道：“这更可无虑了！我既迁居长安，居高临下，势若建瓴，且有陇西劲旅，驱逐乱众，可令他出沧海之外，请君不必劳心！”彪尚将易动难安，宁逸毋劳，絮絮的说了数语，惹得董卓性起，扬眉张须道：“公欲阻挠大计么？”太尉黄琬从旁婉劝道：“这系国家大事，杨公所言，未始无见，还请三思！”卓斜目视琬，忿然不答。司空荀爽，见卓声色逼人，恐害及彪等，乃从容进言道：“相国本意，想亦不愿多劳，无非因山东兵起，未可立平，所以迁地为良，据关自固，这也是秦汉开国的至计呢！”聊为解嘲。卓听得此说，意乃少解，面色渐平。黄琬、杨彪、荀爽等，也即退出。卓竟借灾异为名，奏免黄琬、杨彪二人，另进光禄勋赵谦为太尉，太仆王允为司徒。适尚书周毖，与城门校尉伍琼，同至卓前，谏阻迁都，卓并不一睬，二人又复力谏。卓不觉触起前恨，拍案痛叱道：“卓入朝时，二君劝用善言，故卓辄依议；今韩馥等受官赴任，反举兵图卓；袁绍为二君所保荐，今且为戎首。若再听二君计议，恐卓命要从此断送了！卓不负二君，二君负卓太甚！”说至此，竟翻转脸皮，叱令左右牵出两人，同时斩首。二人虽是枉死，不得与伍孚并论。复使司隶校尉宣璠，率领吏士，往杀太傅袁隗，及太仆袁基；系袁术兄。所有两家眷属，无论男女老小，全体骈戮，共死五十余人，把一大堆尸骸，载至春城门外，同埋一穴。黄琬、杨彪，尚留寓都中，只恐连坐被诛，慌忙至相国府中，自谢前时失言。卓嘉他悔过，复表琬、彪为光禄大夫。琬为黄琼孙，彪为杨震曾孙，畏死媚贼，俱未免有愧祖风。

随即决计西迁，先使文武百官，扈跸出都，再驱洛阳人民数百万口，尽徙长安。宫廷内外，没一人情愿西行，只为董卓所迫，不敢不草草整装，准备起程。哪知董卓凶恶得很，严定限期，不准捱延时日。豪家富室，总有若干财产，匆匆不及安排，吁请宽限，卓却斥他违命不道，派吏收捕，斩首示威，并将财产籍没，充作军糈。可怜官民人等，弃其田园庐舍，只带得些须细软物件，扶老携幼，仓皇就道，随着献帝车驾，陆续前行。途中步骑驱蹙，更相践踏，再经道旁盗窃乘隙偷夺，无论贫富贵贱，都害得颠沛流离，饥苦冻馁，甚至饿莩载道，暴骨盈途。谁为为之？孰令致之？卓尚拥着兵马，屯驻洛阳圭苑中，饬令军士纵火，尽毁宫庙民庐，二百里内，统成赤地，鸡犬不留。于己无益，何苦为此？又使吕布发掘诸陵，及公卿以下坟墓，收取珍宝，充入私囊。难道自己好长生不老，受享终身？一面再遣将士，出击关东诸军。会闻河内太守王匡，进兵河阳津，窥取洛阳。卓用疑兵前往挑战，潜使锐卒从小平津偷渡，绕出匡军背后，前后夹攻，大破匡军。拿住许多军士，各将布帛缠束，外用膏油浇灌，然后引火焚身，从下至上，好多时才得烧死，号声震地，臭气熏天，真是耳不忍闻，目不忍睹。那王匡败还河内，报知袁绍，绍正得悉隗、基族灭，很是悲愤，檄令各军猛进，不料匡军败还，各路夺气，连袁绍也不胜彷徨。本初原是无能。奋武将军曹操宣言道："举义兵，诛暴乱，大众已合，还有何疑？设使董卓挟持天子，据守旧京，东向以临天下，虽无道横行，尚足为患，今乃焚烧宫阙，劫迁车驾，海内震动，不知所归，这真是天怒人怨，诛锄首恶的时机。若能并力西讨，一战就可平定了！"到底还是曹阿瞒。各军帅皆虎头蛇尾，莫敢先进，绍亦逡巡不发。国仇家怨，不思急报，做什么盟主？只陈留孝廉卫兹，本来与操同志，至此亦欲与操同行，商诸太守张邈，得兵数千，愿为操助。操毅然独进，自率部曲为先锋，使卫兹为后进，经成皋，达荥阳，一路顺风，所向披靡。董卓闻操为先锋，西向进兵，沿途连破数垒，劲气直达，不由的惶急起来，暗想关东人马，不下数十万，若随操继进，人多势盛，如何抵敌？不若用缓兵计，使人修和。乃遣大鸿胪韩融、少府阴循、执金吾胡母班、将作大匠吴循、越骑校尉王瑰，东出宣慰，劝令罢兵。袁绍等当然不从，拘戮胡母班、吴循、王瑰，袁术亦执杀阴循，唯韩融素有名德，释令西归。卓闻报大怒，飞饬中郎将徐荣，扼住汴水，不准放过关东一卒；又拨锐兵助荣。荣奉卓命，在汴水旁严行防守，可巧曹操驰至，即开营搦战。两军对阵，荣兵比操兵约多数倍，操兵突遇劲敌，一见便惊，各有退志，还是操慷慨誓师，引兵突出，与荣大战一场，自午前杀至日昃，兀自支撑得住。荣见部兵战操不下，抽出锐骑，专攻操阵中坚，又使余众开张两翼，包围操军。操军已经战乏，禁不住荣军围裹，只好各顾生命，分头乱跑；唯有几个曹氏亲将，如曹仁、曹洪、夏侯惇、夏侯渊等，还算保住曹操，舍命冲突。操料不能支，拍马返奔，偏后面追军，喊杀不绝。天时又至昏暮，路黑难行，正在危急万分的时候，猛听得弓弦声响，连忙闪避，已是不及，项下已中了一箭，接连又是一声，马随声倒，把操倾翻地上。当有敌兵数人，竟来杀操。亏得曹洪驰至，抡刀赶散，复一跃下马，将操扶起，拔镞裹疮，掖令坐上己马，自愿步行。操顾洪道："我弟岂可无马？倘或追兵到来，如何厮杀！"洪应声道："天下可无洪，不可无公！"从兄弟尚且如此，同胞当如何？操正在叹息，后面喊声复至，乃加鞭急走。行约里许，前面忽火炬通明，又有一军趋至，操与洪俱不胜惊忙，及仔细审视，乃是后军卫兹，方才放心。兹到了操前，见操狼狈得很，也不暇多说，拥操回马，连夜趋还酸枣。酸枣屯兵，共有数路，差不多有十数万人，张邈、刘岱、桥瑁、袁遗诸太守，均按兵不动，镇日里置酒高会，快活消遣。操目睹情形，向众愤语道："诸公在此屯留，莫非待贼坐毙不成？如肯听我计，最好请袁本初引河内众士，移至孟津、酸枣间，诸公分守成皋，据敖仓，塞轘辕大谷，制贼死命；再使袁公路<small>术字公路</small>率南阳兵甲，攻入武关，耀威三辅。然后可深沟高垒，勿与彼战，但用疑兵左出右入，使彼自相惊乱，必亡无疑。今兵以义动，专在此徘徊观望，惹人耻笑，窃为诸公不取哩！"张邈等微哂道："孟德新败，锐气方挫，只好休养数日，再作良图。"<small>全然不关痛痒。</small>操闻言益愤，掉头径出，自与曹洪、夏侯惇等，东赴扬州，进见刺史陈温，及丹阳太守周昕，勉以忠义，共讨董卓。二人亦庸碌无奇，只因碍着情面，拨给兵士四千人。操乃还至龙亢，夜宿帐中，忽帐外哗声四起，急忙起视，但见烟尘缭乱，火势炎炎。一时不暇细问，想必是营兵谋变，当下拔剑在手，冲将出去，砍倒了十数人；可巧曹洪、夏侯惇等亦执械进护，才得将乱兵驱散，扑灭余火。彻底调查，只有五百人不动，由操用言奖勉，乘夜起行。沿途复招得壮士千余人，仍至河内。闻得刘岱、桥瑁，互相仇杀，瑁竟被岱刺死，改任王肱为东郡太守，操不禁嗟叹道："逆恶未除，先自推刃，如何得成事呢？"

好容易过了残年，关东诸将，发生一种议论，要推立幽州牧刘虞为帝，虞为汉室支裔，已见前文，应六十四回。自莅任幽州后，招携怀远，课农劝耕，开上谷胡市，通渔阳盐铁，民安物阜，颇称小康。青、徐士庶，避难归虞，约有百万余口，经虞收视抚恤，各得重生。董卓尝拜虞为大司马，且进加太傅，只因道路梗塞，使命难通，所以虞仍守原任，安镇一方。关东牧守，因闻洛都西迁，天子幼冲，未卜存亡，乃拟奉虞为主。袁绍却也乐从，转询曹操，操慨然道："我等举兵西向，远近莫不响应，无非因师出有名，乃得致此；今幼主微弱，受制贼臣，非有昌邑亡国的罪孽，乃一旦改易，是我等亦将为董贼了！诸君如欲北面，我却仍然西向，不改初心。"说得袁绍哑口无言，再使人致书袁术，术答书不从。看官阅此，几疑袁术、曹操，宗旨相同，其实术已阴图自立，操尚有志效忠，试阅后文，自见分晓。小子有诗叹道：

> 谋国只应定一尊，如何横议欲分门？
> 袁曹抗辩非无理，心迹犹难共比论。

究竟袁绍等曾否立虞，待至下回再详。

　　山东兵起，董卓遣将出御，未闻败衄，而忽议西迁，意者其即由贼胆心虚，有以慑其魄而夺其气欤？然于伍孚行刺，则杀之；于周珌、伍琼之进谏，则亦杀之；于袁隗、袁基之有关绍术，则又杀之。穷凶极恶，何其残忍乃尔？且屠戮富人，焚毁宫室，二百里内，不留鸡犬，虽如秦政、项羽立暴虐，亦未有过于是者。诚使袁绍等同心戮力，联镳西进，则以顺攻逆，何患不胜？乃貌若相合，心实相离，口血未干，私争已启，徒赖一气盛言宜之曹操，亦何能济？汴水之败，非操之罪，乃诸牧守之罪耳？寡不可敌众，弱不可敌强，愚夫犹且知之，且牧守逗留不进，任令操之孤军深入，不败何待？操虽败犹奋，尚欲募兵再往，此时之曹阿瞒，固不可骤然加责也。若袁绍诸人，其固所谓尸居余气者乎？